AF204811

btb

Der erfolgreiche Getränkehändler und Barbesitzer Malte Dinger ist ein Glückspilz. Als er jedoch unverschuldet in die Fänge der Justiz gerät, steht plötzlich seine ganze Existenz auf dem Spiel. Für den Balkan-Casanova Branko ist das Leben da schon vorbei. Vieles deutet darauf hin, dass er das Opfer abseitiger sexueller Praktiken geworden ist, doch Kommissar Groschen glaubt nicht recht daran. Das Verhältnis Brankos zu der lustig gewordenen Witwe des Bautycoons Hauenstein bringt dann die Machenschaften der neuen rechtsnationalen Regierung ans Licht, die den bevorstehenden Opernball als Propagandaspektakel inszenieren will. Franzobels neuer Krimi spielt in der Zukunft, ist aber brandaktuell.

FRANZOBEL, geboren 1967 in Vöcklabruck, ist einer der populärsten und polarisierendsten österreichischen Schriftsteller. Sein Werk wurde vielfach ausgezeichnet. Mit seinem Roman »Das Floß der Medusa« stand er auf der Shortlist für den Deutschen Buchpreis, und er erhielt den Bayerischen Buchpreis. »Rechtswalzer« ist der dritte Fall für Kommissar Groschen in Wien.

Franzobel

Rechtswalzer

Kriminalroman

btb

Basierend auf wahren Begebenheiten

Gefördert von der Kulturabteilung der Stadt Wien, Literatur,
und vom Land Oberösterreich.

Sollte diese Publikation Links auf Webseiten Dritter enthalten,
so übernehmen wir für deren Inhalte keine Haftung,
da wir uns diese nicht zu eigen machen, sondern lediglich auf
deren Stand zum Zeitpunkt der Erstveröffentlichung verweisen.

Penguin Random House Verlagsgruppe FSC® N001967

1. Auflage
Genehmigte Taschenbuchausgabe April 2021,
btb Verlag in der Penguin Random House Verlagsgruppe GmbH,
Neumarkter Str. 28, 81673 München
Copyright © der Originalausgabe 2019 by
Paul Zsolnay Verlag Ges.m.b.H., Wien
Umschlaggestaltung: semper smile, München
nach einem Entwurf von Anzinger und Rasp, München
unter Verwendung eines Motivs von
© René Gruau/ www.gruaucollection.com
Druck und Bindung: GGP Media GmbH, Pößneck
SL · Herstellung: sc
Printed in Germany
ISBN 978-3-442-77015-1

www.btb-verlag.de
www.facebook.com/btbverlag

Für alle linken Füße

Dass Politik in meinem Leben eine Rolle spielen könnte, verwirrte und ekelte mich ein bisschen. Mir war aber bereits klar geworden, dass der sich seit Jahren verbreiternde, inzwischen bodenlose Graben zwischen dem Volk und jenen, die in seinem Namen sprechen – also Politikern und Journalisten –, notwendigerweise zu etwas Chaotischem, Gewalttätigem und Unvorhersehbarem führen musste.

Michel Houellebecq, *Unterwerfung*

DER ERNST DES LEBENS

6. September 2024, Freitag.

Dinosaurier sind Feinde Gottes. Als Beweis der Evolution stehen sie im Widerspruch zur Schöpfung. Weder in der Bibel noch in einem anderen heiligen Buch ist von der Erschaffung gigantischer Echsen die Rede. Als es in der Bibel Licht wurde, Mohammed den Koran empfing, Hinduisten die Veden aufschrieben, Joseph Smith das Buch Mormon, Zoroaster das Avesta oder Laotse das Daodejing, waren von den Dinos nur noch Knochen und versteinerte Exkremente übrig.

Aber warum sind Kinder so scharf darauf? Sehen sie in den urzeitlichen Ungetümen eine Kreuzung aus Superhelden und Schutzengeln? Fühlen sie eine Verwandtschaft zu diesen Kaltblütlern? Oder hat die von Steven Spielberg angeheizte Jurassic-Park-Industrie ihre ungeschützte Emotionalität vergiftet?

Jedenfalls hatte Carvin Dinger einen, wie sein Vater sagte, Dino-Vogel. Da riss auf seiner Schultasche ein Tyrannosaurus das Maul auf und zeigte Kuhhornzähne. Ein aus einem Elefantenkörper kommender Wurmfortsatz mit Peniskopf, der Apatosaurus, prangte auf der Federschachtel, während ein Nashornkopf mit Hämorrhoiden-Halskrause, der Triceratops, die Lunchbox zierte.

Malte Dinger, Carvins Vater, vertraute der Strahlkraft dieser Urzeitdrachen. Mögen andere Kinder Fußball- oder Star-Wars-Motive, Prinzessinnen, Disneyfiguren oder glupschäugige Hunde bevorzugen, Carvin liebte Saurier. Er bestand auf Geschirr mit urzeitlichen Echsen und versteifte sich darauf, vor dem Einschlafen eine Saurier-Geschichte erzählt zu bekommen.

Malte dachte an seinen ersten Schultag, konnte aber bloß Schatten ausmachen und den Geruch nach Kinderschweiß, Essigreiniger und Wurstbroten erahnen. Zuerst wird man von Erwachsenen mit Suggestivfragen gemartert: Ob man sich auf die Schule freue? Dann wird der Schulanfang gefeiert. Wer feiert? Die Eltern, dass sie die Verantwortung los sind? Die Kinder, denen eine Art Initiation abverlangt wird? Was bei archaischen Stämmen die Tätowierung der Geschlechtsteile, das Durchbohren der Lippen und Ohrläppchen mit großen Reifen oder das Anziehen eines mit giftigen Waldameisen präparierten Handschuhs ist, das ist in der zivilisierten Welt der Schuleintritt.

Zu Maltes Zeit gab es keine Schultüte, dafür musste man bei Erscheinen der Lehrer aufstehen und so laut »Guten Morgen!« brüllen, dass Kreidestaub von der Tafel rieselte. In den Klassenzimmern hingen Kreuze, der Bundesadler und Bilder von alten Männern, die so ernst dreinsahen, als ob sie monatelang nichts als Käserinde zu essen bekommen hätten. Statt der nun gängigen Birkenstocksandalen trug man Holzpantoffeln, die auf dem Linoleumboden klapperten wie einschnappende Mausefallen. Und dann dieses Gebrüll der Lehrer. Vogel-V, Fahnen-F, Schweineschwänzchen-Ringel-S ... Irgendwann stellte man fest, die Erwachsenen hatten etwas unterschlagen, nämlich die Tatsache, dass es sich bei dieser Schule um kein solitäres Ereignis handelte, das wie Weihnachten, Ostern und der Geburtstag einmal jährlich zelebriert wurde, sondern um etwas, das wie ein Teig das bisherige Leben umhüllte, jeden Tag bestimmte, das gleichförmige Leben in Unterrichtseinheiten und Pausen zerteilte – gefüllt mit schrillem Gebimmel, das sich wie Bleistiftspitzen in die Ohren bohrte und mit Hausaufgaben, Rechenproben und Leseübungen aufgebacken wurde.

Malte hatte die Schule gehasst, er war Legastheniker und hatte schier aussichtslose Kämpfe gegen die Nicht genügend geführt, die sich schon im Herbst wie Schlangen um ihn wanden und ihm bis zum Frühjahr jede Luft nahmen, bevor sie ihn in Gestalt von Entscheidungsprüfungen fast verdauten. Schule? Kinderfabriken, in denen man nur eines lernte – Zeit totschlagen. Sinnlose Spiele: mit der Stoppfunktion der Digitaluhr eine doppelte Null erwischen … Schritte der Lehrer zählen, Kritzeleien, Vier gewinnt.

Mit Carvins Schuleintritt holte ihn das alles wieder ein: verhärmte Lehrerinnen, übergewichtig oder anorektisch, ehrgeizige Eltern, die ihre unförmigen Larven in teure Markenkleider steckten, und Schulwarte, die nur eines kannten: die Einhaltung der Hausordnung; als hinge die Sicherheit des Vaterlandes davon ab. Außerdem musste man fünfmal in der Woche gegen sechs Uhr morgens aufstehen, um den Tag mit streitsüchtigen, gemeinen, lauten, am Aufmerksamkeitsdefizit-Syndrom leidenden Halbaffen zu verbringen, die damals Thomas und Daniel, Wolfgang, Christian, Peter oder Robert hießen und selbstgestrickte Pullover sowie Strümpfe mit Zopfmuster trugen. Heute, nachdem auch die Zeit der Fabians und Valentins vorüber war, hörten sie auf Carlos, Noah, Lionel, Leonidas oder Quirin. Die Mädchen hießen Faustina, Frida, Marie-Claire. Nur Idioten nannten ihre Kinder noch Kevin oder Jacqueline, Maurice oder Yvonne, womit sie ihnen ein Schild um den Hals hängten, auf dem stand: Wir sind gehirnbefreite Trottel mit einem jährlichen Familieneinkommen von weniger als 15 000 Euro. Die meisten wollten ihre Kinder adeln, nannten sie Leopold, Heinrich, Xavier, Ottokar, Maria-Theresia, Elisabeth, Seraphina oder nach einem anderen degenerierten Habsburger, Bourbonen oder Welfen. Auch Merle, April, Mai, Juno, Augusta oder ähnlich Idiotisches war beliebt.

Doch selbst die ausgefallensten Namen änderten nichts daran, dass man diesen eingebildeten Dauphins und Prinzessinnen, diesem hochkonzentrierten Nachwuchs (Einzelkinder!) ganzer Sippschaften ausgeliefert war. Jahrelang gab es kein Entrinnen, boten die überforderten, unzureichend ausgebildeten Pädagogen wenig Schutz. Der Schuleintritt war, als hätte jemand eine Seite im Buch des Lebens umgeblättert, von wo aus es kein Zurück mehr gab.

Malte Dinger war froh, selbst dieser Bildungseinrichtung entkommen zu sein, bemitleidete aber seinen Sohn, den er soeben samt Saurier-Schulsachen in der Klasse abgeliefert hatte, weil auf den ein System jahrelanger Drangsalierung wartete, das letztlich nur einen Zweck hatte, ihn zu einem leistungsfähigen, integrierten Mitglied der Gesellschaft zu formen.

Aber nicht nur die Kinder wurden vom Schulsystem in die Zange genommen, auch die Eltern. Vorbei war es mit faulen Vormittagen und Urlauben in der Nebensaison, vorbei mit Ausflügen und Saufgelagen bis in die Morgenstunden. Die Schule war auch über sie gestülpt, woraus es für die nächsten acht, zwölf Jahre kein Entkommen gab.

Hatte dieser Einschnitt nicht auch Positives? Hübsche Mütter? *Milfs!* In der Aula war ihm eine Blondine mit Kuhaugen aufgefallen. *Hashtag Marilyn.* Jetzt sah er eine Rothaarige, deren Teint an geschäumte Milch erinnerte. *Hashtag Vielleserin.* So schlenderte Malte lächelnd durch den Resselpark und überlegte, ob er sich ein zweites Frühstück gönnen sollte. Bis zu seinem Termin hatte er noch Zeit. Kaffee und Kipferl? Oder eine Leberkäsesemmel? Dieses Grundnahrungsmittel der Österreicher, das weder Leber noch Käse enthält … eine mit Antioxidationsmitteln und Natriumnitrit angereicherte, im eigenen Fermentierungssaft geschmorte und gebackene Fettmasse, die vorzüglich schmeckte – wie ein Marshmallow aus Wurst.

Nein, da kannst du dir das Fett gleich intravenös zuführen. Eine Mutter mit moosgrünen Strümpfen, *Hashtag Künstlerin*, die mit der einen Hand ein kauendes Kind Richtung Schule schleifte und mit der anderen ein Smartphone so nahe vor ihr Gesicht hielt, dass sie unmöglich sehen konnte, wohin sie stapfte, lief fast in ihn hinein. Eine prall gefüllte Brieftasche fiel aus einer ihrer Taschen. Malte hob sie auf und lief ihr hinterher.

– Oh. Vielen Dank. Die Grünbestrumpfte war verblüfft.

– Keine Ursache. Malte spürte ein Kitzeln in der Kehle. Er war, wie man sagt, ein guter Mensch, nicht gläubig, aber er bemühte sich, die Welt ein bisschen besser zu machen, hatte sich, als vor neun Jahren die Flüchtlingswelle in das Land geströmt war, als freiwilliger Helfer gemeldet und monatelang zwei Syrer beherbergt. Er spendete für die Entwicklungshilfe, boykottierte Großkonzerne, trennte seinen Müll, kaufte keine in Kinderarbeit hergestellte Kleidung, unterzeichnete Volksbegehren für die Gleichberechtigung der Frau und verzichtete auf Produkte aus der Massentierhaltung. Wann immer es darum ging, für den Frieden oder die Befreiung eines unterdrückten Volkes einzutreten, war er dabei. Natürlich, er war kein Heiliger, aber Menschlichkeit, Umweltschutz und Toleranz standen groß auf seinen Fahnen. Von jenen, die Menschen wie ihn als Gutmenschen oder Linksliberalen bezeichneten, ließ er sich nicht irritieren, er folgte seinem Herzen. Das straffe Law-and-Order-Programm der neuen Regierung spornte ihn an, noch aktiver zu sein.

Zwei Angehörige der Bürgerwehr, die neuerdings überall Präsenz zeigte, spielten mit ihren Gummiknüppeln. Eine feine Dame verpackte die Ausscheidung ihres kleinen Hundes, der aussah wie eine Drahtbürste auf Beinen und unbeteiligt gähnte, in ein Plastiksäckchen. *Weit hat es der Mensch gebracht, klaubt die darmwarme Scheiße seiner Köter auf …* Blitzkrieg fiel ihm ein, der Barsoi, den er vor Carvins Geburt besessen hatte. Damals war das Kotaufsammeln noch nicht Usus, hatte sich die Sackerl-fürs-Gackerl-Gesinnung noch nicht durchgesetzt.

Die Bäume glitzerten wie Goldwasser, und am kornblumenblauen Himmel standen Kondensstreifen. Ein wunderschöner Spätsommertag kündigte sich an, ein letztes Aufflackern einer Schönwetterperiode, bevor die Tage kürzer und kälter wurden.

Malte sprang vergnügt über Laubhaufen und stachelige Früchte, die an Seeigel und Kastanien denken ließen, hob eine auf, ließ sie wieder fallen, trat danach und sah zu, wie sie zu einer Skateboardrampe rollte. Da kreuzte ein Eichhörnchen seinen Blick, flitzte über den Platz, sprang in eine Rabatte, durch Sträucher, über eine Skulptur und war verschwunden. *Das Leben ist wunderbar, alles springt und jauchzt, jubiliert und liebt, und zu Hause warten Garnelen, Mayonnaise und ein Weißwein aus dem Kamptal.* Erst dank diesem fuchsbraunen Tierchen fiel Dinger die Bronzeskulptur auf, eine nackte, etwas zu üppig geratene Mutter, *keine moosgrünen Strümpfe, an der ist alles sumpfgrün,* kurz davor, ihrem Baby die Brust zu geben. *Bestimmt ein Überbleibsel aus der Nazizeit.* Darunter lag etwas: ein Smartphone. Malte, eine Woge stieg in ihm hoch, eine Mischung aus Finderglück und Neugierde, griff nach dem Mobiltelefon und überlegte, ob er es zur U-Bahn-Aufsicht bringen sollte. Wo war die? Die Station Karlsplatz war die weitläufigste der Stadt. Und als er nachdachte, wo es hier ein Büro der Verkehrsbetriebe gab und wie man es mit seinem Gewissen vereinbaren konnte, das Gerät nicht sofort hinzutragen, spürte er ein Vibrieren in der Hand. Gleich darauf erklang eine Mundharmonikamelodie aus »Spiel mir das Lied vom Tod«. Er klappte das Gerät auf, las »Unbekannt« auf dem Display, drückte die Taste mit dem grünen Telefonhörer und hielt es sich ans Ohr.

– Hör zu, Arschloch, sagte die Stimme im Lautsprecher. Jetzt ist es aus mit deinem Glück. Ab heute wendet es sich gegen dich, entzieht dir das Universum seine Gunst. Du bist raus, kapiert? Raus. Du hast ausgeschissen in der Welt!

– Was? Das muss ein Irrtum sein. Ich ... Dinger fühlte,

wie ihm eine Gänsehaut über den Nacken bis zu den Armen wuchs. Etwas schnürte ihm den Hals zu. Fühlte er sein Schicksal, das sich hier zeigte? Angst? Er rang um eine Antwort, doch da war bereits das Besetztzeichen. Was war das gewesen? Er betrachtete das Gerät. Es reizte ihn, das Handy wegzukicken wie die Nuss, doch steckte er es ein. *Ich bin raus? Blödsinn!* Dinger schmunzelte. Er war ein Glückspilz, auf die Butterseite des Lebens gefallen, optimistisch, immer zu Scherzen aufgelegt, beliebt, glücklich verheiratet, selbst nach zehn Jahren war seine Liebe zu Elvira noch aufrichtig, hätte nicht einmal der Fixierung durch Carvin gebraucht ... ein prächtiger Junge ... und seit er Lobsters Tonic Water und den Gin entdeckt hatte, florierte auch der Getränkehandel, von dem ihm viele abgeraten hatten. Sein Gin-Ding war in aller Munde, und seit die Stadtzeitung darüber berichtet hatte, wurde auch das »Dingers«, sein Comptoir, gestürmt. Bei Dingers gab es keinen ordinären Gordons oder Bombay Sapphire, wie man ihn in jedem Flughafenshop bekam, sondern Persian Peach, White Rain, Edinburgh Christmas Gin, Schwarzer oder Backwoods Vintage Dry. Gin war der neue Whisky, das hippeste Getränk, und Malte war voll drauf auf diesem Zug.

Es hatte gedauert, bis er aus seiner Prokrastination – ja, hier ist dieses Modewort angebracht – erwachte und seine Berufung für den Getränkehandel entdeckte. Seine Freunde waren alle in der Kreativwirtschaft, arbeiteten als Werbetexter oder in Designbüros, kämpften mit kleinen Filmausstattungsfirmen ums Überleben, erstellten Websites oder schrieben Artikel für Mitgliederzeitungen von Autofahrerklubs. Andere gaben Weinführer heraus, verdingten sich als Nebendarsteller oder betrieben eine Tanzschule für litauischen Tango. Jeder hatte eine Nische gefunden, in der er sich unersetzlich fühlte, nur Malte, kreativ wie eine Form zum Kekseausstechen, handelte mit Getränken, war das Bindeglied zwischen Produzenten und gerade angesagten Bars. Und von Donnerstag bis

Samstag betrieb er sein Comptoir, wo es nur Gin, Prosecco und Lobsters Tonic Water gab, sich die Gäste ihr Essen selbst mitbringen konnten. Nur selten, auch das lief gut, gab es Austern aus der Bretagne. Malte brauchte kein Start-up und keine Bitcoins, keine Aktienfonds und kein Portfolio, er war mit ehrlicher, einfacher Arbeit erfolgreich – Arbeit, die kleine Destillerien förderte, die Welt vielleicht nicht besser machte, aber lebenswerter. Dazu Carvin, ein freundliches und hochbegabtes Kind, das formidabel Schach spielte, alle Strophen der Marseillaise kannte und sich bereits mit vier selbständig das Lesen beigebracht hatte. Während sich alle anderen Paare um ihn herum getrennt hatten, waren er und Elvira immer noch zusammen. Hätten sie sich von ihrem Bankberater keinen Fremdwährungskredit einreden lassen, wäre ihre Wohnung bereits abbezahlt, aber auch so war ein Ende der monatlichen Belastungen absehbar. Alles hatte sich hervorragend entwickelt, das Universum war auf seiner Seite. *Butterseite!*

Und nun das? *Bestimmt ein Scherz.* Allerdings war da der Nachhall eines dumpfen Knalls, als ob im Regal seines Kopfes ein Buch umgefallen wäre. Plötzlich tauchte eine längst vergessene Empfindung auf: Ohnmacht. Er schob dieses Gefühl zur Seite, ging Richtung U-Bahn, sah in einer Glasscheibe sein Spiegelbild, blieb stehen, betrachtete sich und war – ja, konnte man es anders sagen? – zufrieden: Ein schlanker Mann mit hängenden Augenlidern, feinen Gesichtszügen und glattem, sandfarbenem Haar, das an der Stirn schon schütter war, ein Oskar-Werner-Typ, blickte ihm da entgegen. Mit dem hellen Staubmantel, der eng geschnittenen grauen Hose samt Armani-Gürtel und den maßgefertigten spitzen Lederschuhen, vollendete Höhepunkte der sutorischen Handwerkszunft, könnte er Werbung für Kaffeekapseln machen. Er glich mehr einem Dandy oder Künstler denn einem Getränkehändler. Und das war er auch, ein Künstler. Keiner, der Bilder, Texte oder Handyfilmchen produzierte, sondern einer, der die Kunst zu leben beförderte, einer, der Leute an klischee-behaftete Produkte heranführte, etwa an Austern, die sie nur vom »Schwarzen Kameel« beim Goldenen Quartier kannten, wo sie aber nicht verkehrten. Hatte er Lust, gab es Austern Rockefeller oder eine Sauce Mignonette. Savoir-vivre.

Er strich sich durchs Haar, wischte sich Strähnen in die Stirn und genoss die Energie, die ihn durchflutete. Lächelnd trippelte er die Treppe zum U-Bahn-Perron hinunter, und wie um den Anruf Lügen zu strafen, fuhr gerade ein Zug ein. Leichtfüßig sprang Malte in den vordersten Waggon. Das Kind war abgeliefert, und er fühlte sich prächtig. Die Menschen starrten mit verschlafenen Gesichtern entweder in ihr Smartphone oder in eine Gratiszeitung. Die meisten trugen ihre dunkle Alltagsuniform, hatten ungepflegte fettige Haare, massige Figuren und Ringe unter den Augen. Einigen sah man an, dass sie eben erst aus dem Urlaub zurückgekommen waren und jetzt die farbenfrohen Kleider austrugen, die ihnen geschäftstüchtige Thai, Levantiner oder Mallorquiner aufgeschwatzt hatten. Es würde nicht lange dauern, bis sie diese Kleidung als für Wien unpassend, weil zu auffällig erachteten und zur üblichen Tarnung zurückkehrten, die die Leute in graue Mäuse verwandelte und als das zeigte, was sie waren: Sklaven, Knechte, Arbeitstiere, die auf Erlösung durch die neue Regierung hofften.

Dinger ging zu einem freien Platz, wollte einer alten Frau den Sitz überlassen, die aber abwinkte, setzte sich und sah, dass jemand »Moses« in die Fensterscheibe geritzt hatte. *Moses? Ausgerechnet Moses?* War das Verkehrssystem so etwas wie der Zug der Israeliten durch das Rote Meer? Gegen Wien konnte man viel vorbringen, aber der öffentliche Verkehr funktionierte vortrefflich. Doch wer ritzt »Moses« in eine Fensterscheibe? Vielleicht der alte Prediger, den er und Carvin bei der Hinfahrt beobachtet hatten? Ein kleines Männlein mit einer Lederkappe aus der Renaissance. Als der Mann dann mit fester Stimme anfing, von einem neuen Zeitalter zu phantasieren, dem Zeitalter Jesu Christi, und Malte weiße nasse Socken sah, sodass er unweigerlich an Inkontinenz denken musste, zog er Carvin ans andere Ende des Waggons.

– Und wenn die Gerechten in den Himmel kommen, hatte der Alte deklamiert, werden die aus Stolz und Eitelkeit, die aus Gier und Unmäßigkeit Blinden zur Hölle fahren, weil sie ihr Leben vergeudet haben. Carvin hatte verlegen gegrinst, und Malte war ein Schauer über den Rücken gelaufen.

Moses? Jetzt war kein Prediger zu sehen. Der seltsame Anruf hallte nach. War er, Malte, ein Blinder? Einer, der sein Leben vergeudete, weil er seine Bestimmung ignorierte? Nein, er lebte das Leben eines Gerechten, und wenn Gott einen Hauch von Hausverstand besaß, würde er anerkennen, dass Dingers Dasein dem Wohl der Welt zuträglicher war als das eines Akkord-Beters – nützlich wie ein eingewachsener Zehennagel, während er, Malte, Liebe in die Welt brachte.

Er sah die verstümmelten Schlagzeilen der Gratiszeitung, durch die sein Gegenüber blätterte. Darin war von Alkolenkern, Axt-Mördern, Türken-Fliegern und Gratis-Viagra, nein, Gratisvignette die Rede. *Lauter Sprachkrüppel, Versehrte aus dem Krieg gegen Zeilenüberlängen:* »Wer kann Steuer?«, »Wir sind Euro«, »Haben Spaß?« …

Malte hatte lediglich ein paar Worte gelesen, als der Zug in die Station Museumsquartier einfuhr. Braune Mosaiksteine – eine Hautkrankheit, nein, diese Station sah aus, als hätte sie ein durchgeknallter Koch mit Schinkenfleckerln belegt. Große gerahmte Bleistiftzeichnungen hingen an den Wänden: Wurzelwesen, die an zusammengedrehte nasse Bettwäsche erinnerten. »Kunst im öffentlichen Raum« wurde das genannt – die Rache eines dafür zuständigen Beamten an der Welt.

Der Zeitungsleser erhob sich, und ein anorektisches Mädchen mit klobigen Schuhen und einem alten Koffer ließ sich auf den frei gewordenen Platz sinken. Hübsches Gesicht, milchweiße Haut und braune Augen, aber an ihren viel zu großen Händen wölbten sich blaugrüne Adern. Schlanke Beine, jedoch muskulös und krumm. *Hashtag Landpomeranze? Nein, ein Engel.* Sie öffnete den auf ihren Knien liegenden Koffer, hob den Deckel, vergewisserte sich des Inhalts und machte ein erleichtertes Gesicht. *Was da drinnen ist? Speck, Käse und eine Rilke-Gesamtausgabe? Oder ein großes Schild: Gott hat dich verlassen, weil du dein Leben vergeudet hast … Sind auch ihre Strümpfe angepisst? Nein!* Nun schaute sie auf, und kurz blickten sie einander in die Augen. Flash! Von wegen Gunstentzug. Für Malte war es so, als wäre die Zeit angehalten, als bewegte sich keiner der Fahrgäste, stünde der Zug irgendwo in den Tiefen Wiens, hätte die Erde aufgehört, sich zu drehen. Einen Moment lang hielt das Universum den Atem an, wusste er nicht mehr, wo und wer er war. Kam er selbst gerade aus der Schule? Hatte Pink Floyd soeben »The Wall« herausgebracht? Zertrümmerten Sid Vicious und Johnny Rotten nachts ein Hotelzimmer? Wechselte Pelé zu New York Cosmos? Wurde Diego Maradonas Hand gerade göttlich? Oder feierte Justin Bieber seinen achtzigsten Geburtstag? Gab es Kolonien am Mars oder zumindest einen Lift zu einer 36 000 Kilometer entfernten Weltraumstation?

Was für ein wunderbarer Moment an einem großartigen Tag!

Der Zug fuhr in die Station Volkstheater ein. Hier gab es keine gezeichneten Bettlakenkreaturen, die Schinkenwürfel waren in ein Zwetschkenkompott gefallen. »Wählt das Leben, nicht die Urne« war an die violette Wand gesprayt. Daneben stand »Viva la Vulva!«. Dinger lächelte, sah das Plakat für eine Klimt-Ausstellung, *der Blattgoldgustl,* daneben Spruchbänder für ein Theater. Und dann war da noch ein riesiges Plakat der Regierung, das die beiden Parteiführer entschlossen und einträchtig zeigte: das kernige Gesicht des einen und die stechend blauen Husky-Augen des anderen. Beide blickten nach rechts *oder in die rechte Zukunft?* und sahen aus wie von einem stalinistischen Maler in Szene gesetzt. »Wir für Euch« stand darüber. Außerdem fiel Malte am Bahnsteig ein adipöser Mann mit Anglerjacke, kurzen Armee-Hosen, muskulösen Oberarmen und blondiertem Vokuhila auf. Daneben eine üppige Frau mit Rod-Stewart-Pusteblumen-Frisur und dem zerknautschten, großporigen Gesicht einer Alkoholikerin, die gerade einen Langstreckenflug hinter sich gebracht hat.

Die beiden sahen aus, als hätten sie sich die vergangenen zwanzig Jahre ausschließlich von Bier, Jägermeister, Currywürsten und Pommes ernährt. *Das sind diejenigen, denen wir die neue Regierung verdanken. Wegen deren Gesinnung bricht Europa auseinander ... Aber nein, sei nicht ungerecht, vielleicht sind das liebenswerte Zeitgenossen ... Vielleicht macht die neue Regierung wirklich alles besser, bringt uns diese LIMES-Bewegung tatsächlich Sicherheit und Wohlstand und zufriedene Bürger...* LIMES, die Partei für den »wahren Sozialismus«, war weder links noch rechts, sondern vor allem antiislamistisch; angetreten, um die westlichen Werte Demokratie, Toleranz und Religionsfreiheit zu verteidigen. Die beiden Parteiführer, von denen man nicht viel wusste, waren nach dem Scheitern der türkis-blauen Koalition wie aus dem Nichts aufgetaucht und hatten die Wahlen mit überwältigender Mehrheit gewonnen.

Malte blickte wieder zu dem Mädchen, das ihn aber nicht beachtete, aufstand und mitsamt dem Koffer in den rückwärtigen Teil des Zuges abdampfte. Als er darüber grübelte, ob er sie unverschämt angeglotzt hatte, *heutzutage wird ja schon ein freundlicher Blick als sexuelle Belästigung aufgefasst,* hörte er das leise, aber bestimmt gesprochene Wort:

– Fahrscheinkontrolle!

SCHWARZER FREITAG

Dinger wäre nie auf den Gedanken gekommen, dass Worte einen Geschmack besäßen, aber dieses »Fahrscheinkontrolle« schmeckte nach Rostblumen und brackigem Regenwasser. Lässig holte er seine Brieftasche hervor, um die Monatskarte der Wiener Linien herauszufischen. Er öffnete das Portemonnaie, griff nach dem Fahrschein … Nichts! Da waren ein Hundert-Euro-Schein, die zerfledderte Kopie seines Reisepasses, eine Gutschrift der Österreichischen Bundesbahnen, Bankomatkarte, diverse Ausweise … aber keine Monatskarte! Dinger spürte, wie sein Herz drei Gänge hinaufschaltete, seine Schweißdrüsen zu arbeiten begannen. Elvira! Seine Frau hatte sich gestern die Karte ausgeborgt und augenscheinlich vergessen, sie zurückzugeben.

Das Malte-Dinger-Universum schrumpfte auf diese Monatskarte zusammen. Er musste so verzweifelt dreingesehen haben, dass die Kontrolleure – jenes blondierte Duo mit der schlammgrünen Anglerkleidung – sofort und mit dem geschulten Blick Hunderttausender Überprüfungen den Schwarzfahrer erkannten.

– Was ist? Extraeinladung? Der Mann verschränkte die Arme, hob das Kinn und sah aus wie ein aus der Form geratener Schlagersänger, der sein Publikum fragte, ob er die Konzerthalle gleich oder erst bei der Zugabe in die Luft jagen solle.

Dinger brachte kein Wort heraus.

– Ein irdenes Gefäß schwebt über unseren Häuptern.

– Bitte?

– An Scherben haben mir auf!

– Ich ... einen was?

– Einen Potschamper.

– Nachttopf, ergänzte die Blondierte.

– Keine Tanz. Kommen S', sagte der aufgepumpte Mensch mit sanfter Stimme in breitem Wienerisch. Auf dem Ausweis, der um seinen Hals baumelte, konnte Malte den Namen Walter Hirm lesen.

– Ich ... das heißt ... bitte ... Dinger rang um Worte, überlegte, ob er einen Ausländer spielen sollte, der nicht verstand, *zu spät!* Er wollte lächeln und sagen, dass er mit fremden Menschen nicht mitgehen dürfe, brachte aber nur unzusammenhängende Satzfetzen zustande, *immer dieses Sich-klein-Fühlen vor Autoritätspersonen,* und stieg, »Kommen S'«, mit den beiden Bratwürsten aus.

Die Station Rathaus, diesmal graue Schinkenwürfel, war fast menschenleer, nur ein Straßenmusiker lehnte an einer vertäfelten Säule und sang »Hey Jude«.

– Kein Fahrschein ... Macht hundertdrei Euro, raspelte die Dame mit Reibeisenstimme. Auf ihrem Ausweis stand Brigitte Cicivarek. Hirm und Cicivarek ... *hört sich nach dem Refrain eines tschechischen Kinderliedes an.*

– Ich besitze eine Monatskarte, es ist nur so, meine Frau, Elvira ... ich weiß nicht, wieso ... Frauen! ... Ständig verlegt sie Schlüssel, die Brieftasche, ihre Handtasche gleicht dem Bermudadreieck ...

– Was glauben Sie, wie viele Ausreden wir täglich hören.

– Und wissen Sie, was wir davon halten? Notorische Schwarzfahrer, die sich auf Kosten der Allgemeinheit bereichern. Volksschädlinge!

– Aber ... ich. Es stimmt wirklich. *Volksschädling ist ein Naziwort, aber sag jetzt nichts. Seit die neue Regierung im Amt ist, sind solche Ausdrücke wieder salonfähig, allerdings nur in Bezug auf Moslems. Ständig ist davon die Rede, dass Christen und Juden im Koran als »Brennstoff des Höllenfeuers« gelten,*

»Dār as-Salām«, das Haus des Friedens für Moslems, erst er-
reicht wird, wenn die ganze Welt an den Islam glaubt. Stän-
dig heißt es, der Koran sei Mohammeds »Mein Kampf«, Mus-
lime besäßen die Lizenz zum Lügen, wenn es der Verbreitung
des Glaubens diene … und wenn wir uns nicht zur Wehr setz-
ten, würden sie uns vernichten … Aber jetzt gibt es ja LIMES,
die Partei zur Bekämpfung dieser Volksschädlinge …

– Ein irdenes Gefäß schwebt über unseren Häuptern.

– Wie?

– An Scherben ham mir auf! Der Muskelprotz lächelte.
Auf seinem Unterarm war ein Bikerspruch tätowiert.

– Bezahlen Sie gleich oder mit Erlagschein?

– Gleich. Kein Grund zur Panik. *Beim Schwarzfahren er-*
wischt, unnötigerweise eine Strafe bezahlt, schuld ist Elvira.
Aber es gibt Schlimmeres, eine Krebsdiagnose oder wenn Carvin
etwas zustieße, undenkbar … Dagegen ist das nur ein kleiner
Obolus an das Universum, dafür, dass alles weiter seinen ge-
wohnten Gang geht … Dinger griff nach seiner Brieftasche und
wusste, es waren zweihundert Euro drinnen. Doch als er sie
öffnete, fuhr es wie ein Blitz in ihn, sie enthielt nur noch einen
Schein. Hundert Euro waren in der Schule geblieben – Carvins
Schulmilch, weil selbst ein von Sauriern protegierter Knabe
Calcium und Eiweiß brauchte. Die Lehrerin hatte gefragt, ob
er den Jahresbetrag gleich bezahlen oder überweisen wolle.
Gleich, hatte er gesagt. Und jetzt? Jetzt hatte er den Salat.

– Mir fehlen drei Euro.

– Also mit Erlagschein? Der muskulöse Hirm stand so
nahe neben Malte, dass sich dieser vom bitteren, nach Zigarettenrauch, Kaffee und Magensäure riechenden Atem beinahe übergeben musste.

– Die drei Euro können Sie mir nicht erlassen? … Ich besitze eine Monatskarte … Kann man das nicht überprüfen?
Dinger lächelte. Er hatte noch nie Probleme mit Autoritäten
gehabt, wusste, wenn man die Amtsgewalt akzeptierte und

sich subaltern verhielt, gab es in Österreich immer ein Hintertürchen, ein Augenzudrücken und Durchwinken. Deshalb liebte er Wien, hier ließ sich alles amikal regeln – man musste den Beamten nur zeigen, dass man einer von ihnen war, kein arroganter Schnösel, der die Nase im vierten Stock trug.

– Na ja. Der Muskelprotz kratzte sich am Ohrläppchen.

– Kommen Sie, ich gebe Ihnen den Hunderter, und wir vergessen die Geschichte.

– Ich habe bereits alles eingegeben, widersprach die Cicivarek und zeigte auf das Display ihres schwarzen Kastens – ein Gerät, wie es Kellner, Schaffner und Parksheriffs verwendeten. Bald werden auch Ärztinnen, Kindergärtner, Busfahrerinnen ... wird jeder Mensch alles, was er tut, in so einem Kasten abspeichern müssen.

– Leider, zuckte Hirm die Achseln. Wenn die Chefin sagt, es geht nicht ...

– Dann löschen Sie es wieder, Frau Chefin.

– Unmöglich! Der blondierte Koloss verneinte. Name? Geburtsdatum? Wohnadresse? Versicherungsnummer?, ratterte es aus der Cicivarek hervor.

– Paul Glücksmann, Anwaltssubstitut, Tendlergasse 12, neunter Bezirk. Wiener Gebietskrankenkasse 6234 06 03 84, gab er einen Phantasienamen und die Adresse eines Studentenheimes an, in dem er einmal gewohnt hatte. *Fake News kann ich auch.* Bei der Versicherungsnummer stimmte gar nichts, und mit der Berufsbezeichnung hoffte er auf Respekt. Er bemühte sich, ein ehrliches Gesicht zu machen, fürchtete aber zu erröten oder dass das Wort »Lügner« auf seiner Stirn aufblinken könnte.

– Sie haben sicher einen Ausweis, der das bestätigt, meinte die Dame.

– Ausweis? Hören Sie, ich habe meinen Sohn zur Schule gebracht und nicht damit gerechnet ... Jetzt reicht es, schickte sich Dinger an, die beiden einfach stehenzulassen.

– Dageblieben, Freundchen.

– Was fällt Ihnen ein? Sie haben kein Recht, mich festzuhalten.

– Dürfen wir durchaus, sagte die Chefin. Sie glauben wohl, wir lassen uns verarschen. Und ehe Dinger sichs versah, hatte auch sie einen Arm gepackt.

– Wir haben das Recht, Sie bis zur Feststellung Ihrer Identität anzuhalten.

– Ich habe Ihnen alles gesagt. Malte spürte eine Welle unsagbarer Wut aufsteigen.

– Wir gehen jetzt zur Polizei und sehen im Melderegister nach. Die beiden zerrten ihn Richtung Ausgang, und der Musiker sang: »Remember to let her into your heart, then you can start to make it better …«

– Lassen Sie los. Dinger lächelte. Wir gehen zum nächsten Bankomat, dort hebe ich drei Euro ab, damit diese lächerliche Episode ein Ende findet.

– Klingt vernünftig, brummte der Muskelmann, ohne Maltes Arm loszulassen. So verließen sie die U-Bahn-Station, Dinger eingeklemmt zwischen diesen Bullen. »Yeah, yeah, yeah.« Sie landeten vor einem Café, wo auf einer schwarzen Tafel »Kaffee to go – jetzt auch zum Mitnehmen« stand, und hielten nach einem Geldautomaten Ausschau. Dort drüben! Als Dinger seine Bankomatkarte herausholte, wurde sie ihm *he!* von der Walküre aus der Hand gerissen.

– Paul Glücksmann also? Sie las den Namen und lächelte. Das gibt eine Anzeige wegen falscher Personalangaben, Herr Dinger. Ist das jüdisch?

– Nein. Ich …

– Wenn Sie sich kooperativ verhalten, können wir davon Abstand nehmen. Noch immer war Hirm der Freundlichere.

– Können wir nicht! Cicivarek war unerbittlich. Dinger? Sicher ist das jüdisch, so was hab ich im Urin.

– Ist es nicht, Sie Rassistin.

– Ich habe nichts gegen Juden, im Gegenteil … die lassen sich nicht beim Schwarzfahren erwischen, aber kein Wunder, von denen hat jeder einen Cousin in der Hochfinanz drüben in Amerika, was sie so weich aussprach wie ein Burger-Brötchen von McDonald's: Ameriga.

Dinger fühlte seinen Puls. An den Schläfen klopften Schmiede mit großen Hämmern. Er war dermaßen wütend, dass er dieser widerwärtigen Kreatur, dieser aufgeblasenen Schlagersängerinnenkarikatur am liebsten gegen das Schienbein getreten hätte … *Nilpferd!* … steckte die Bankomatkarte in den Schlitz, tippte seinen Code und zehn Euro ein. *So, gleich ist die Sache aus der Welt.* Einen Augenblick später, als TRANSAKTION ABGEBROCHEN auf dem Display erschien, war er wie vor den Kopf gestoßen. Malte wusste sofort, weshalb. Vorgestern war er mit Elvira in einem Möbelhaus gewesen, hatte ein Hochbett und einen ergonomischen Schreibtisch für Carvin mit der Bankomatkarte bezahlt. Zum Schuleintritt, Elviras Ansicht, brauchte der Sprössling ein neues Kinderzimmer. »Oder soll er auf dem Wickeltisch die Hausübungen machen?« Achthundert Euro. Elvira hatte angeboten, die Hälfte beizusteuern, aber dann ihre Brieftasche nicht dabeigehabt. Achthundert Euro! Kein Vermögen, aber sein Wochenlimit! Behebungsobergrenze, damit im Falle eines Diebstahls das Konto nicht geplündert wurde. Und nun? TRANSAKTION ABGEBROCHEN.

– Ich muss meinen Bankberater anrufen, damit er das Limit hinaufsetzt. *Keine Panik. Lächle.* Wir haben Möbel für unser Kind gekauft, Hochbett, Schreibtisch … Dinger blickte in genervte Gesichter, holte sein Handy hervor, suchte den Namen seines Bankbetreuers, Michael Moldowan, und war froh, als er nach nur einem Tuten die vertraute Stimme hörte. Auch Moldowan schien erfreut. »Herr Dinger, was verschafft mir das Vergnügen …« *Was wohl? TRANSAKTION ABGEBROCHEN!*

Malte erklärte seine Situation, und der Bankmensch meinte, das sei kein Problem, allerdings dauere es ein paar Stunden, bis die neue Behebungsobergrenze im System sei.

– Lässt sich das beschleunigen? Seit dem Fremdwährungskredit schulden Sie mir was!

– Leider. Das System … Moldowan bedauerte, hoffte aber, ihn bald zu sehen, es gäbe da günstige Hedgefonds, wertgesichert …

– Scheiße. Dinger legte auf und blickte die beiden Kontrolleure verzweifelt an. Kommen Sie, ich lade Sie in mein Lokal ein, das Dingers, und wir vergessen die Geschichte. Mögen Sie Gin? Haben Sie schon einmal einen By Sea By Land getrunken? Mit Lachs-Gin, Heuessenz, Wermut und Olivenerde.

– Olivenerde? Hirm rollte mit den Augen.

– Ich halte fest, versuchte Beamtenbestechung. Cicivarek verschränkte ihre Arme.

– Das war eine Einladung!

– Sie können mit Kreditkarte bezahlen, der Muskelmann war noch immer freundlich.

– Habe ich nicht.

– Wirklich? Die Walküre sah ihn ungläubig an: Ein Jude, der keine Kreditkarte besitzt, ist wie eine Gabel ohne Zacken …

Tatsächlich hatte Dinger seine Mastercard gerade gekündigt und eine Visa beantragt.

– Jetzt ham mir den Scherben auf.

– Dann bleibt nur die Wachstube, Herr Dinger, sagte die Walküre. Müssen wir Sie wegen versuchten Betruges anzeigen.

– Was? Wachstube? Wieso Betrug?

– Falsche Personaldaten! Irreführung der Behörden!

– Bitte … Mir fehlen drei Euro. *Nur keine Panik. Ruhig bleiben, mit tiefer Stimme sprechen.* Drei lächerliche Euro! Malte wandte sich an den erstbesten Passanten, einen Herrn mit Lodencape, Filzhut samt grüner Kordel, Trachtenschuhen und Elektrozigarette im Mund.

– Entschuldigung, ich brauche drei Euro, weil ich meine Monatskarte vergessen habe und jetzt wegen Schwarzfahren belangt werde … Hundert habe ich selbst … Ich gebe sie Ihnen zurück … drei Euro … Geben Sie Ihrem Herzen einen Stoß! Bitte!

Der Mann beachtete ihn nicht, marschierte weiter, als hätte er nichts gehört.

– Bitte, jeder Zug an Ihrer E-Zigarette kostet mehr. Nichts! Also wandte sich Dinger an eine gebrechliche Dame mit einem Yorkshire in der Burberry-Tasche, die nur die Nase rümpfte, ihn verächtlich ansah und »Nein!« zischte. »Betrüger! Komm, Brutus.« Das Hündchen bellte.

– Wollen Sie nichts Gutes tun?

– Nein!

Da kam ein Ausländer … Nein, der hatte selbst kein Geld. Aber drei Euro? Keine Reaktion. *Idiot! Ist das der Dank, dass ich Flüchtlingen geholfen habe?* Der Nächste war ein Skater mit kariertem Hemd und weiter Hose. Der Bursche fuhr vorbei. *Soll das cool sein?* Noch ein Mann, der freundlich aussah, sich aber wegdrehte, als er Malte hörte, ein Mädchen mit rot gefärbtem Haar, eine Dame mit dem Aussehen einer Sekretärin … Niemand hörte zu, alle beschleunigten ihre Schritte, winkten ab oder gaben zu verstehen, dass sie gerade kein Geld dabeihatten.

Ist dies das goldene Wiener Herz? Nein, die Leute sind abgestumpft, haben zu viele Berichte über Trickbetrüger und die Bettlermafia gelesen.

– Pack, hauchte Dinger, herzloses. Hat denn niemand Mitleid? Alles, was ich will, sind drei läppische Euro, das ist doch nicht zu viel verlangt. Predige ich den Weltuntergang oder das Zeitalter Jesu Christi? Dinger sank auf die Knie und blickte flehentlich zum Himmel – blau, wie selbst der Himmel nur an manchen Tagen blau sein konnte. *Wachstube? Anzeige? Bleib ruhig.*

– Na schön, ich gebe Ihnen hundert, und den Rest bezahle ich mit Erlagschein, wandte er sich den Kontrolleuren zu. Damit haben Sie kein Risiko. Und in meinem Comptoir gebe ich Ihnen einen aus. Rhabarber-Gin? Oder einen Popeye mit Spinat?

Die Fettsäcke blickten sich an, doch Cicivarek schüttelte den Kopf.

– Nein? Dinger spürte, wie ihm das Blut in den Kopf schoss. Anzeige? Er dachte an die Konsequenzen. Die Gastgarten-Begehung um elf Uhr. Und Carvin? Würde er von der Schule fliegen, wenn herauskam, dass sein Vater vorbestraft war? Dann war es vorbei mit der Paläontologen-Karriere, dann konnte er schlechtbezahlter Tierpfleger werden. *Universaler Gunstentzug? Ausgeschissen?* Er blickte nochmals in die Brieftasche, sah den grünen Schein, die Ausweise, den Ausdruck der Bundesbahnen.

– Ha. Ich habe einen Gutschein! Acht Euro von der ÖBB für eine Zugverspätung. Das ist ein Schwesterunternehmen! Den müssen Sie akzeptieren.

Hirm studierte das Papier und brummte:

– Könnte gehen.

Na bitte, der aus dem Leim gegangene Dieter-Bohlen-Verschnitt hatte ein Einsehen.

Nun begutachtete die Cicivarek mit lüsternen Rinderaugen den Gutschein, lächelte und schüttelte den Kopf.

– Nein, das geht nicht.

– Was? Wieso?

– Hier, lesen Sie. Die Dicke zeigte auf eine kleine Zeile: »Gültig bis 31. August 2024.« Der war vergangene Woche. *TRANSAKTION ABGEBROCHEN.*

– Gibt es nicht! Sie kirschkernhirnige Urschel, Sie Walross … Da hatte ja der Nazirichter Freisler mehr Sinn für Toleranz … Malte suchte nach einer weiteren Beleidigung, doch fiel ihm keine ein … Das können Sie nicht machen. Sie! Ihr Bild gehört auf Zigarettenpackungen, zur Abschreckung! Seht euch diese Steigbügelhalter an. Chauvinisten! Fagottisten! Dinger kreischte und stieß jedes Schimpfwort, das ihm einfiel, ganz egal, ob es passte oder nicht, verächtlich aus: Stalinisten! Karrieristen! Sandkisten! Katzenstreu!

Jetzt, als er brüllte, wichen ihm alle Menschen aus wie einem Wahnsinnigen, in dessen Umlaufbahn sie nicht geraten wollten. Nur einer ging direkt auf ihn zu, stellte sich breitbeinig hin und blickte ihn herablassend an, ein Polizist.

Bevor Dinger die Gestalt zuordnen konnte, quasselten schon Cicivarek und Hirm auf ihn ein, sagten etwas von Schwarzfahrer, falschen Personalangaben, Betrug, Bestechung und Beleidigung.

Die Walküre wollte Dinger bei der Hand nehmen, doch der war außer sich. Das Marihuana in seiner Tasche fiel ihm ein. Er war kein Choleriker, nicht aggressiv, verabscheute körperliche Gewalt. Jetzt fühlte er sich in die Enge getrieben, riss sich los. Mit ungeahnten Kräften schlug er um sich, traf die Bäuche der Kontrolleure. Sie packten seine Arme, drehten sie ihm auf den Rücken. *He!* Er schrie, wand sich, kam frei, stieß um sich, erwischte die Kappe des Polizisten, die vom Kopf fiel, hörte »Missachtung einer Amtsperson«, spürte Griffe, Schläge, Schmerzen, die sich auszubreiten begannen. Da knickten seine Beine ein, landete er auf den Knien, rappelte sich hoch, spürte einen Stich im Kreuz, was ihn nicht hinderte, die Ungetüme wegzustoßen. »Missachtung von Amtspersonen!« *Behörden? Lächerlich!* Er wollte die Cicivarek wegdrängen, wurde zurückgehalten, riss sich los, versuchte, sich die Häscher vom Leib zu halten, stieß mit den Ellbogen … und … traf den Polizisten. Für einen Augenblick war alles wie gefroren, erstarrt … dann griff sich der Polizist an den Mund, strich einen Blutstropfen von der aufgerissenen Lippe, tippte gegen sein Gebiss und zog einen Schneidezahn heraus.

– Widerftand gegen die Ftaatfgewalt! Daf wird teuer, Freundchen, zischte der Polizist. Dinger sah den Beamten an, *typisches Landeigesicht wie eingeschlafene Füße,* war verwirrt. *Widerstand gegen die Staatsgewalt.* Er konnte nicht begreifen, wie das passieren konnte. *Das war keine Absicht!* Ihm wurden Handschellen angelegt, jetzt war er in ihrer Gewalt. *Handschellen wie ein Verbrecher!* Die beiden Kontrolleure tauschten mit dem Polizisten Daten aus, und von irgendwoher tauchte eine blonde Polizistin auf, die mit schriller Stimme brüllte und Dinger mit einem Gummiknüppel traktierte. Das Eigenartige war, diese Behandlung erregte ihn. Er sah ihre makellos geformten Hinterbacken, ihre Brüste, den offenen Mund, blitzende Vorderzähne und nahm nur verschwommen wahr, dass sie telefonierte.

– Wir sind eines gewissen Malte Dinger habhaft geworden … bisher unbescholten … Es liegt nichts gegen ihn vor, nur ein Vermerk … Wie? In einen Raufhandel verwickelt, wiederholte die Polizistin eine Information, die sie aus dem Telefon erhalten hatte.

Habhaft geworden? Beamtendeutsch.

Er ift renitent, lispelte der Polizist und pfiff durch die Zahnlücke. Fag dem Juriften, daff man den nicht auf freiem Fuff anzeigen kann. Widerftand gegen die Ftaatsgewalt. Er hielt triumphierend seinen Zahn in die Höhe, gelb wie Erbsenbrei. *Schon gut, gründe eine WhatsApp-Gruppe, du Hirn.*

Die Polizistin musste den Juristen am anderen Ende der Leitung nicht lange bitten. Der Tatbestand genügte. Untersuchungshaft! Das Wort schlug ein wie eine Bombe. Malte fühlte, wie sein Fundament wegbrach, dieses Wort »Untersuchungshaft« alles planierte. Gleich darauf bremste ein Einsatzfahrzeug, wie im Kino sprangen zwei Beamte aus dem Wagen, bugsierten Dinger zum Auto und fixierten ihn. Jemand tastete ihn ab, zog beide Handys und die Geldbörse aus seinen Taschen, *zum Glück entdeckte man das Marihuana nicht*, sagte etwas wie »zwei Handys sind typisch für Drogendealer« und schob ihn in den Fond des Fahrzeugs.

Während all dies geschah, gingen Malte die Worte der Polizistin durch den Kopf. »Vermerk, in einen Raufhandel verwickelt.« Es dauerte, bis er das verstand: Es war vor Carvins Geburt, Blitzkrieg, altersschwach und krank, schiss damals nur noch Suppe, unmöglich, diesen Kollateralschaden der Barsoi-Verdauung zu entfernen. »Lassen Sie den Wollknäuel einschläfern, der rinnt ja aus«, hatte sich ein Betrunkener beschwert und begonnen, Malte zu traktieren. Zur Verteidigung ein Rempler. Der Betrunkene stolperte, fiel unglücklich und brach sich das Fersenbein. Von der Polizei wurden die Personalien aufgenommen, zu einer Anzeige war es nicht gekommen. Das war alles, der ganze Raufhandel. *Wieso ist das gespeichert? Polizeistaat!*

Im Auto roch es nach verschmorten Kabeln. Das Blaulicht wurde angeschaltet, und der Wagen raste hinunter zum Ring, bog beim Schottentor nach links, und danach ging es die Maria-Theresien-Straße entlang zum Polizeianhaltezentrum, das man nach dem alten Namen der Roßauer Lände (Elisabethpromenade) schlicht »Liesl« nannte.

He, was passiert da? Um elf ist die Begehung! Da kommen Leute vom Stadtamt, um den Schanigarten des Dingers abzunehmen. Es geht zwar nur um zwei Parkplätze, aber da bringe ich im Sommer zwanzig Leute unter. Für einen Kleinunternehmer ist das lebenswichtig. Ich habe keine Zeit für eine Untersuchungshaft.

Der Wachraum dieser »Liesl« war voll mit Kreaturen der Nacht, die die Polizei aus den finstersten Löchern geschabt hatte: illegale Prostituierte und ihre Freier, kleine Drogendealer, Einbrecher, Menschen ohne Aufenthaltsbewilligung, Obdachlose. Unzählige Gerüche, das Gemisch aus billigen

Parfüms und altem Schweiß. Eine apathische Flüchtlingsfamilie mit Kleinkindern – die neue Regierung machte kurzen Prozess und schickte sie in ihre Heimatländer zurück,
selbst dann, wenn dort Krieg herrschte. *Was haben die Regierungschefs unlängst verkündet? Es spielt keine Rolle, ob jemand
gut integriert ist, die deutsche Sprache beherrscht und einen
Arbeitsplatz hat. Ohne Aufenthaltsberechtigung muss er abgeschoben werden, basta.* Daneben ein derangierter Geschäftsmann, der seine Freilassung verlangte, dann ein Mädchen,
höchstens fünfzehn, das Heroin oder zumindest Methadon
brauchte. Die Regierung hatte alle Ersatzprogramme gestrichen und begonnen, sämtliche Drogenabhängigen einzusperren. Zwei kroatische Fußballfans in Hajduk-Split-Shirts.

Malte nahm die Beamten verschwommen wahr – irgendwie waren alle gleich. Er wurde fotografiert, vermessen und
gewogen, was im Polizeijargon als »Aufnahme der Nämlichkeit« bezeichnet wurde. *Zweiundachtzig Kilo? Wegen der
Schuhe und dem Trenchcoat!* Während man seine Personaldaten erfasste und er seine Finger auf einen kleinen Scanner
legen musste, wurden die ersten Gefangenen nach draußen
eskortiert.

– Das Krokodil legt gleich ab.

– Der geht noch mit.

– Wir sind voll.

– Dann macht er Wochenende, bleibt bis Montag. Diese
Sätze schienen weit entfernt, aber das Wort »Montag« bohrte
sich in Maltes Kopf.

– Bis Montag? … Hören Sie, das ist ein Missverständnis …
Ich will telefonieren! Ich muss einen Termin einhalten. Malte
bemühte sich, ruhig zu bleiben.

– Telefonieren? Der Beamte sah ihn gleichgültig an. Telefonieren ist nicht. Bis Montag sind Sie unser Gast, aber keine
Sorge, Sie werden gut verpflegt. Er deutete zu einem Tablett
mit Wurstsemmeln – vertrocknete Maschinenfabrikate mit

zwei Scheiben chemisch-rosiger Extrawurst, an den Rändern farblich angerostet. *Bestimmt verkeimt.* Daneben ein bläulich schimmernder Wasserbehälter, eine Batterie weißer Plastikbecher. An der Wand darüber Ansichtskarten aus Jesolo, Thailand und Mallorca.

– Bis Montag?

– Maximal sechsundneunzig Stunden. Der Beamte sagte das ohne Regung.

– Sechsundneunzig? Während Malte rechnete und sich ausmalte, was es bedeutete, in diesem vergitterten Raum mit den Holzbänken vier Tage verbringen zu müssen, *Transaktion abgebrochen, Totalausfall,* erschien ein Wega-Polizist und rief:

– Einer geht noch.

– Na, dann werden Sie unsere Gastfreundschaft das nächste Mal genießen. Der Beamte lächelte, und Malte wollte sagen, dass es kein nächstes Mal geben werde.

Draußen sah er, was ein Krokodil war – ein Polizeibus. Dieser war nicht grün, sondern weiß, ein Albino. An seiner Flanke stand »Justiz«. Fenster besaß das Gefährt keine, nur schmale Schlitze oben an den Seitenflächen. Der Innenraum war wie der Abteilwagen eines Nachtzugs in Zellen unterteilt, sehr viel kleiner allerdings und mit Schalensitzen statt der Betten. Justizwachebeamte in voller Montur – Vollvisierhelm, Schlagstock, Pistole, kugelsicherer Weste und Maschinengewehr – halfen denen, die Handschellen trugen, beim Anlegen des Sicherheitsgurts. Den anderen wurde seine Funktion mit einem Tippen des Schlagstocks gezeigt. Im Vergleich zu dieser Truppe waren die Flugbegleiterinnen der Aeroflot zu Zeiten Breschnews mütterliche Engel.

Malte saß in einer Zelle mit dem Geschäftsmann, der panische Angst hatte, seine Verhaftung könnte ruchbar werden.

– Woher sollte ich wissen, dass Natascha minderjährig ist? Die hat das doch nicht zwischen den Beinen stehen. Glauben die, aus der tropft Zuckerwasser? Wenn man in ein Bordell geht, erkundigt man sich dann nach dem Alter der Damen? Jetzt will man mir die Verführung einer Minderjährigen anhängen. Ein Skandal! Er sah Malte aus trüben Augen an. Dinger war in seinem ganzen Leben in keinem Laufhaus gewesen, alles, was er kannte, war die Dildofee … Je länger er diesem Geschäftsmann zuhörte, desto mehr zweifelte er an seiner Integrität. *Vielleicht ein Gebrauchtwagenhändler, Versicherungsmakler, Antiquitätenschacherer?* Er kannte solche Typen aus dem Dingers.

Der Motor wurde gestartet, doch der Bus fuhr nicht. Gepolter setzte ein, und Malte glaubte, etwas wie »Gutmenschen-Gesindel« zu verstehen. Tatsächlich hatte sich vor dem Bus ein Sitzstreik formiert, der gegen die Abschiebung der Flüchtlingsfamilie protestierte. *Ausgerechnet heute? Ich verstehe ja ihr Anliegen, auch wenn es naiv ist. Aber wenn nur die Hälfte von dem, was die Regierung über den Islam erzählt, stimmt, die Moslems sich wirklich als Soldaten des Islam mit Moscheen als Kasernen und Minarette-Bajonetten betrachten, ist es tatsächlich besser, diese Hinterwäldler abzuschieben … Doch nicht alle denken so, noch gibt es Menschenrechtsaktivisten, blauäugige Romantiker, Abschiebungsgegner, aber erstens ist das zwecklos und zweitens: Was wird aus meiner Begehung?*

Parolen gegen den Innenminister wurden skandiert, worauf dumpfe Geräusche folgten, Schreie. *Für eine Flüchtlingsfamilie geht man auf die Straße. Und für mich? Es ist tragisch, was mit diesen Familien geschieht, aber wenn ich die Begehung verpasse, ist der Gastgarten weg, und damit ist auch keinem geholfen.*

– Als ob der Fotze das Alter auf der Stirn stünde. Der Geschäftsmann führte weiter Selbstgespräche. Minderjährig? Die wedelt dir einen runter, bevor du bis drei gezählt hast …

Nachdem die Protestierer aus dem Weg geräumt waren, keineswegs zimperlich, setzte sich das Krokodil endlich in Bewegung.

Der Wochenendreiseverkehr machte aus der Fahrt ein zuckelndes Gehopse. Dazu das Geseiere seines Nachbarn, der von Skandal und Ostnutten lamentierte, davon, dass er den Polizeipräsidenten kenne, Kontakte habe.

Malte hatte Lust, ihm eine reinzuwürgen, und sagte:

– Haben Sie nie etwas von Zwangsprostitution gehört? Diese Mädchen werden unter falschen Versprechungen ins Land gelockt, dann nimmt man ihnen die Pässe ab und zwingt sie, sich von Typen wie Ihnen vögeln zu lassen.

– Na und? Was soll daran falsch sein?

– Vielleicht, weil es gegen die Menschenwürde verstößt? Malte schüttelte den Kopf.

– Blödsinn! Das Gesetz zum Schutz der Huren, sagte der Freier, stammt aus der alten Zeit, das wird jetzt alles anders. Die Regierung räumt auf mit diesem liberalen Getue.

Ja, das glaube ich auch.

Als der Bus nach einer halben Stunde hielt und die Inhaftierten ausstiegen, erblickten sie Uniformierte, die den bunten Haufen sofort in einen Gang trieben. Malte, als gefährlich eingestuft und von vier Exekutivbeamten umkreist, sah ein großes grünes Garagentor, Betonsäulen, eine Einfahrt, die an die Lieferantenzufahrt eines Möbelhauses erinnerte.

– Wo sind wir hier? Er hatte das irrationale Gefühl, das alles schon einmal erlebt zu haben. Vielleicht in einem Traum oder einem früheren Leben?

– Im Landl. Justizvollzugsanstalt Josefstadt. Wickenburggasse, sagte der Geschäftsmann, und in Malte, der an Franz Kafka und Schlachthöfe dachte, leuchtete sofort ein Satz auf: Lasset, die ihr eintretet, alle Hoffnung fahren.

UNTER GERECHTEN

Männer und Frauen wurden getrennt. Während es für die Prostituierten, das drogensüchtige Mädchen und die weiblichen Asylbewerber samt ihren Kindern durch eine blaue Eisentür ging, kamen die Dealer, der Geschäftsmann, die beiden Fußballfans, zwei Obdachlose, ein Transvestit und Malte in einen Raum mit dem Charme einer Umkleidekabine. Bis auf die verschraubten Holzbänke gab es hier rein gar nichts, weder Möbel noch Bilder an den Wänden, nur einen Geruch von Verfall, aber nicht nach Schimmel oder Moder, sondern von innerem Zusammenbruch. *Hat da jemand eine tote Ratte in der Tasche?*

Niemand sagte etwas. Alle starrten in die Fliesen, als ob dort etwas zu sehen wäre – ein Grundrecht etwa, die Aussicht auf baldige Freiheit oder zumindest eine neue Netflix-Serie.

So ist es also, wenn man im Häfen landet, dachte Dinger, für den das Gefängnis, der Knast, Bau, oder wie immer man es bezeichnete, bisher eine Dislokation dargestellt hatte, eine Einrichtung, die irgendwo in einem Paralleluniversum existierte, aber nicht in seiner Welt. Jetzt war er selbst darin, gedemütigt, erniedrigt, und trotzdem lächelte er, weil ihn das beruhigte, er sich sicher war, bald nach Hause zu dürfen, um Elvira zu berichten, *du glaubst nicht, was passiert ist,* aber noch ließ man ihn schmoren.

Beim Schwarzfahren erwischt, falsche Personalangaben und einem Polizisten den Zahn ausgeschlagen, das war eine stattliche Anzahl an Delikten. *Und dann der lächerliche Versuch, mit dem ÖBB-Gutschein zu bezahlen.* Vor allem der Zahn würde ihn mehrere tausend Euro kosten. Ein netter Spaß, aber kein Grund, die Nerven zu verlieren. Er war wo hineingeraten, in eine Verkettung unglücklicher Umstände, das war alles. Gut, wenn das hier lange dauerte, konnte er anschließend direkt zur Begehung fahren, und von dort zurück zur Schule, um Carvin abzuholen. Sie hatten geplant, das Wochenende auf dem Land zu verbringen. Vielleicht das letzte schöne Wochenende vor einem langen, trüben Herbst und einem noch längeren Winter. Carvin freute sich auf das Lagerfeuer und Elvira auf das Essen in rustikalen Gasthäusern. Er würde etwas unterschreiben und dann gehen. Reine Formalität. Man ließ ihn zappeln, um sich für die Tätlichkeit zu revanchieren, aber im großen Ganzen hatten die nichts in der Hand, nichts, das es rechtfertigte, ihn festzuhalten.

In der Zwischenzeit waren die Fußballfans und Drogendealer weggeführt worden.

– Was denken Sie, wie lange das dauert? Der Geschäftsmann spielte mit seiner Krawatte und sah ihn an. Wenn es so weitergeht, ist die Nutte volljährig.

– Man wird uns nicht lange hierbehalten.

– Meinen Sie?

– Natürlich. Sonst hätte man Ihnen die Krawatte abgenommen. Suizidgefahr!

– Dass ihr euch da nur nicht täuscht. Die rauchige Stimme des Transvestiten, der mit seinen Netzstrümpfen und dem Lippenstift eine Rolle in »Käfig voller Narren« hätte übernehmen können, hatte einen fatalistischen Unterton. Ihr seid wohl Erstmalige?

– Erstmalige?

– Neu im Staatssanatorium? Seid froh, dass es Vormittag ist, nach zwölf ist keiner mehr da, kommt man in die Eingangszelle im Keller. Die ist ganz leer, kein Fernseher, kein Radio, keine Zeitung … Da gehst du dir schnell selbst auf die Eier, sofern du welche hast … zum Essen die typische Bundesheerkaltverpflegung: Wurstsemmel, Fleischaufstrich oder

Brote mit Analogkäse … Heute ist Freitag … also bis Montag …

Bis Montag?

Am Gang spazierten Männer in karierten Hemden und Sakkos. Beamte und Sträflinge mit Handschellen. Niemand schien sich um sie zu kümmern. Der Transvestit prahlte mit seinen Titten, brabbelte etwas von Bleistifttest und Bikram-Yoga, von seinen Plänen, sich, wie er sagte, renovieren zu lassen, obwohl die Schönheitschirurgen Verbrecher seien.

– Nur wenige lassen sich mit Naturalien bezahlen.

Irgendwann wurde Malte geholt und in ein kleines Büro gebracht. Man nahm ihm die Handschellen ab, damit er Trenchcoat und Jackett ausziehen konnte, dann legte man die Brezeln wieder an. Erneut wurde seine Nämlichkeit aufgenommen, wurde er vermessen, gewogen, *einundachtzig Kilo,* fotografiert. Frontal- und Profilansicht. *Wollen die mich steckbrieflich suchen lassen? Werden diese Bilder einmal Zeugen gezeigt, wenn es darum geht, Verbrecher zu identifizieren?* Speichelabstrich. Danach kam er zum Arzt – ein gutmütig aussehender Mensch mit eckiger Randlosbrille, weißen Bartstoppeln, lockigem, aber zu langem weißem Zuckerwatte-Haar, der Malte an den Kabarettisten Michael Niavarani erinnerte.

– Wie geht es Ihnen, hauchte der Doktor, während er Malte den Hemdsärmel hochkrempelte und eine Manschette um den Bizeps legte. Faust machen!

– Hören Sie, ich bin zu Unrecht hier, ich … Sie sind doch ein zivilisierter Mensch, Sie müssen mir zuhören … Ich weiß gar nicht, warum ich bei einem Doktor bin …

– Irgendwelche körperlichen Beschwerden?, fiel ihm der einen hupenartigen Gummiball pumpende Arzt ins Wort.

– Noch nicht, aber lange wird es nicht mehr …

– Dann ist es gut. Der Doktor blickte kurz auf das Manometer, einen verchromten Zylinder mit Zifferblatt, dann wieder zu Malte:

– Allergien? Unverträglichkeiten?

– Nein. Hören Sie …

Aber der Reserve-Niavarani ließ sich nicht aus dem Konzept bringen:

– Kinderkrankheiten? Mumps?

– Nein.

– Scharlach? Der Arzt hatte sich die Stöpsel eines Stethoskops in die Ohren geschoben und drückte Malte, dem er mit einem Ruck das Hemd hochgezogen hatte, die metallische Membran an die Brust.

– Ja, glaube ich zumindest.

– Röteln?

– Nein.

– Windpocken? Nun wurde der Rücken abgehört, was von einem leichten Klopfen begleitet wurde.

– Kann sein, ich weiß nicht …

– Sonstige Krankheiten? Aids? Hepatitis? Tropenkrankheiten? Die tiefe, immer noch leise Stimme des Doktors hatte etwas Beruhigendes.

– Nein, nein, nein.

– Tragen Sie einen Herzschrittmacher? Sind Sie Diabetiker? In dauerhafter Behandlung? Schon mal Patient in einer Nervenheilanstalt gewesen?

– Nein. Hin und wieder Kopfschmerzen, wenn Schnee kommt.

– Sie sollten Meteorologe werden. Der Arzt stand auf, griff Dinger an den Kopf und befühlte sein Haar.

– Glauben Sie, ich habe Läuse?

Ohne etwas zu sagen leuchtete ihm der Mediziner mit einer kleinen Stablampe in die Ohren, die Augen, bedeutete ihm, den Mund zu öffnen, sah ihm in den Rachen. Dann setzte er sich wieder, rollte auf seinem Schreibtischsessel zu Dinger, murmelte etwas von »einer kleinen Spende«, und ehe Malte sichs versah, wurde ihm der Arm abgebunden und Blut abgezapft. Sechs fingerdicke Plastikröhrchen, die in eine Art Bierträger (nur viel kleiner) kamen.

Der Weißhaarige notierte etwas in ein Formular, blickte auf, sah durch Dinger hindurch, nickte dem Beamten zu, was so viel bedeutete wie, Sie können ihn rausschaffen. Malte sah das stoppelbärtige Gesicht des Arztes fassungslos an … *Offener Hemdkragen? Legere Ausstrahlung? Aber Hilfe, Verständnis? Nichts! … Ab heute wird Niavarani boykottiert!* Er kam nicht wieder in den Aufenthaltsraum, sondern zu einem Gerät aus Polycarbonat, das an einen Fotokopierer erinnerte.

– Lungenröntgen! Oberkörper freimachen. Der weißbemäntelte Laborant nuschelte.

– Ich würde mich gern ganz freimachen. Dinger lächelte. Wieso Lungenröntgen? Eine Gesundenuntersuchung?

Der Weißkittel betrachtete ihn abschätzig – ein Koch, der einen Hummer ins siedende Wasser schmeißt, ein Insektenforscher, der einen Käfer aufspießt. Die Handschellen wurden geöffnet, und man wies ihn an, Hemd und Unterleibchen auszuziehen. Dann musste sich Malte an das Gerät stellen, fuhr die Schiene an ihm entlang. *Copy and paste.*

– Wenn Sie sich benehmen, können wir die Brezeln weglassen. Der Polizist hielt die Handschellen hoch und sah ihn fragend an.

– Ich will keinen Ärger.

– Dann kommen Sie … benehmen Sie sich. Der Beamte führte ihn zur nächsten Tür, die offen stand. Eine kleine Zimmerflucht mit Schreibtisch und einer weißgekleideten Person waren zu sehen. Malte erblickte eine hübsche Frau. Zurückgekämmtes dunkelblondes Haar, freundliches, ja, geradezu offenherziges Gesicht, das Reinheit und Güte ausstrahlte – eine blutjunge Paula Wessely.

– Tabea Butterweck. Das zierliche Persönchen reichte ihm die weiche Hand. Ich bin die Psychologin. Malte war verzaubert. *Psychologin? Ist das hier ein Aufnahmetest? Tabea? Was*

für ein bezaubernder Name. Sie fragte ihn mit heller, fast müt-
terlicher Stimme nach seinen Familienverhältnissen, seinen
Zielen im Leben, was Glück für ihn bedeute und ob er schon
einmal an Selbstmord gedacht habe. Er erzählte ihr freimütig
von Carvin und Elvira, vom Getränkehandel, dem Dingers
samt Schanigarten … Für ein paar Augenblicke vergaß er, wo
er sich befand, war es wie in einer Strandbar oder an einem
anderen flirtablen Ort. Sie lächelte und machte sich Notizen. *Gott, ist die hübsch! Gut, Brüste hat sie keine, aber dieser Mund, das Näschen, die Grübchen …* Sie zeigte ihm jetzt
schwarze Tintenkleckse und wollte seine Assoziationen hören. Er kannte diesen Rorschachtest vom Bundesheer, wusste,
dass er mit schwarzer Vogel, Totengräber, Sensenmann und
Ähnlichem antworten musste, um als depressiv eingestuft
zu werden. Er sah aber Wiesenblumen, Schmetterlinge und
Schokomuffins, woraufhin sie ihm lächelnd eine stabile Persönlichkeit attestierte.

   – Aber! Sie müssen doch erkennen, ich bin unschuldig. Benimmt sich so ein Gewalttäter? Ist das aggressiv? Ja?

   – Wissen Sie, wer am charmantesten ist? Die Mörder!
Tabea Butterweck blickte Richtung Tür, wo der Beamte stand,
den Malte jetzt erst richtig wahrnahm: ein nett aussehender
Bursche. Etwas zu lang geratene, leicht überhängende Nase –
Typ Adriano Celentano. Draußen würden sie ein Bier trinken.
*Draußen? Jetzt denkst du schon in diesen Kategorien. Du bist
nicht drinnen. Das ist ein Missverständnis, eine Sache von ein
paar Stunden. Eine Story für deinen Facebook-Account.*

   – Das war's. Alles Gute, sagte die Psychologin.

   – Kurz und schmerzlos wie eine Prostatauntersuchung.
Malte grinste.

   Nun ging es in ein Zimmer, das an den Umkleideraum eines Hallenbades erinnerte. Das hatte nichts mit dem Gefängnis zu tun, das er aus Filmen kannte, da war nichts von »Flucht
von Alcatraz« mit Clint Eastwood oder »Die Verurteilten« mit

Morgan Freeman ... Eher atmete hier jede Tür, jeder Gang, jeder Kubikmillimeter Luft den schweren Geruch österreichischer Bürokratie. Der Stall des Amtsschimmels.

Das ist ein schlechter Traum, dachte er. Wohl wissend, dass es keiner war, rechnete er doch damit, bald aufzuwachen. Da vernahm er ein Glucksen in seinem Bauch, spürte er einen leichten Druck in den Gedärmen und glaubte, einen kleinen Furz in die Freiheit entlassen zu müssen. In der Gewissheit, hier eine olfaktorische Marke zu setzen, entspannte Malte seinen Schließmuskel, murmelte »unhaltbar« und lächelte zufrieden, was sich gleich im nächsten Augenblick erst zu Staunen, dann zu Bestürzung verzerrte: Der kleine Pups war ein Eigentor und hatte ihn nass gemacht. *Ein fester Schas!* Nun wurde ihm die Bedeutung dieses Ausdrucks bewusst – wobei, so fest war er nicht. *Gar nicht furztrocken wie der Kuchen einer Großbäckerei.* Er spürte es ganz deutlich, es war, als wäre die Fruchtblase einer schwangeren Katze geplatzt. Er hatte sich, um es beim Wort zu nennen, angeschissen. Auch das noch. *Ein fester Schas! Fuck!*

Wie hatte Martin Luther gesagt? »Aus einem verzagten Arsch kommt kein fröhlicher Furz!« Aber das? Ein Anschlag der Gegenreformation! Seine Hose klebte in der Arschfalte. Er hatte etwas Inneres nach außen gestülpt, die Verhältnisse umgewendet und saß nun richtig in der Scheiße. Entwürdigend. Wann war ihm das zuletzt passiert? Vor Jahren in Mexiko, als ihm ein rachsüchtiger Montezuma, vielleicht aber nur Kolibakterien oder ein Norovirus die Gedärme ungerührt umgerührt hatten.

– He, ich muss mal auf den Topf. Er sprang auf und sah den vor der Tür stehenden Beamten flehend an, aber der Celentano-Typ beachtete ihn nicht, aß seine Maurerforelle, eine mit Zwiebel und Senf gefüllte Knackwurst, las in der *Kronen Zeitung* und murmelte etwas von später und Geduld.

Noch nie hatte sich Dinger so hilflos gefühlt. Er merkte,

wie seine Augen feucht wurden, und am liebsten hätte er den Tränen freien Lauf gelassen.

Sacht trommelte er gegen die Wand, doch der Beamte vor der Tür ignorierte ihn nicht nur, er wandte sich sogar demonstrativ zur anderen Gangseite, um zwei Figuren zu grüßen. Wie sollte Malte wissen, dass es sich um Kriminalkommissar Falt Groschen und einen seiner Inspektoren handelte.

TOTER MANN

Immer noch Freitag, der 6. September 2024. Falt Groschen, ein behäbiger Endvierziger, und sein Assistent, der kleine, cholerische Gordon Zwilling, waren wegen einer Zeugenbefragung im Grauen Haus, wie das Landesgericht samt angeschlossener Justizvollzugsanstalt genannt wurde. Es ging um einen Ukrainer, der einen Moldawier erstochen haben sollte. Der Dolmetscher übersetzte viel weniger, als der Beschuldigte sagte, und ließ sich auch durch misstrauische Blicke des Kommissars nicht aus der Ruhe bringen.

Groschen, genau genommen Gruppeninspektor, aber wegen der Fernsehkrimis hatte sich selbst polizeiintern die Bezeichnung Kommissar durchgesetzt, verstand manche Wörter: robotje, amnesty, human. Als Übersetzung einer von Grimassen begleiteten Suada wurde ihm aber nur ein knappes »war alkoholisiert, das Ganze ein Unfall« präsentiert. Der Ukrainer hatte entsetzte Augen, die des Dolmetschers waren kühl und gierig. Da, der Kommissar wollte gerade nachbohren, vibrierte Groschens Handy. Die Zentrale! Leichenfund in der Strozzigasse, wahrscheinlich Mord.

Kommissar Groschen hatte lockiges, leicht angegrautes Haar, Brille, Unterlippenbärtchen. Er war korpulent, ein grüblerischer Biertrinker, Eigenbrötler. Hätte man ihn gefragt, wie er seiner Meinung nach aussähe, wäre ohne Zögern John Travolta zur Antwort gekommen – nur mit einem Unterlippenbärtchen. Gut, die Augenbrauen waren nicht so dicht, die Backenmuskeln nicht so ausgeprägt, das Grübchen am Kinn fehlte komplett, die Nase war breiter, aufgeworfener. Aber die Haare, die waren wie bei John Travolta!

Mit dem Taxi brauchten der Kommissar und sein Inspektor höchstens zehn Minuten – quälend lange Minuten, hatte die Zentrale doch gemeint, sie müssten sich auf etwas gefasst machen. Es gab Mordfälle mit toten Kindern. Auch verweste Leichen, bei denen sich der Fundort in ein Paradies für Insektennachwuchs verwandelt hatte, waren kein erhebender Anblick. Oder war jemandem das Hirn aus dem Schädel geblasen worden? Erhängte, Erstochene oder mit Strom Gegrillte waren auszuhalten, diesmal aber klang es nach einer Sache, bei der einem nicht nur das Frühstück hochkam, sondern auch das Mittagessen verdorben wurde, und zwar für Tage.

Gordon Zwilling trommelte nervös mit den Fingern gegen die Seitenscheibe des Taxis. Der Fahrer schimpfte auf Uber, wo jeder Idiot fahren dürfe. Groschen selbst dachte an seine Frau, die mit Trennung gedroht hatte. Sie halte, hatte sie verkündet, diese schlechten Stimmungen, die er in letzter Zeit verbreite, nicht mehr aus. Tatsächlich war der Kommissar in sich gekehrt, mürrisch und zu keiner Erklärung bereit. Er wusste selbst nicht, was los war. Eine Herbstdepression? Oder die Regierung? Überall im Kommissariat hingen LIMES-Plakate: »Der wahre Sozialismus!«, »Wir für Euch!« Die Kollegenschaft war begeistert. Die Polizei wurde aufgestockt, es gab neue Waffen, mehr Schießtraining, auch die Rechte der Polizisten waren erweitert worden. Nun musste niemand mehr eine interne Untersuchung fürchten, weil er einen Verdächtigen zu hart angefasst oder einen Flüchtenden von hinten erschossen hatte. Es durfte wieder durchgegriffen werden.

Groschen stopfte seit Wochen Schaumrollen, Leberkäse und anderen kalorienreichen Dreck in sich hinein, trank mehr Bier als üblich, was schon bisher weit über dem Durchschnitt lag, und das Einzige, worauf er sich freute, waren Fußballspiele der Nationalmannschaft, die ihn dann regelmäßig so bitter enttäuschten, dass seine Stimmung erst recht darniederlag. Doch war das ein Grund zur Trennung? Seine Frau nörgelte an ihm herum, beschwerte sich, weil er Schuhe nicht ordentlich abstellte, im Badezimmer Handtücher achtlos auf den Boden warf, seine Wäsche nicht wegräumte oder ohne Teller frühstückte. Er gelobte Besserung, wusste aber, dass er nicht aus seiner Haut konnte.

Seit sich Staatsanwalt Döblinger den »Polizisten des Jahres« ausgedacht hatte, eine Marketingaktion, um das Image der Polizei zu heben, war er noch griesgrämiger geworden. Im Geheimen hatte er mit dieser Auszeichnung gerechnet, sich Dankesworte zurechtgelegt … Immerhin war er es gewesen, der den Mordfall um den bekannten Mittelstreckenläufer aufgeklärt hatte. Und dafür, dass gerade kein Serienkiller die Stadt in Angst und Schrecken versetzte, konnte er ja nichts. Alles, was die Kriminalpolizei momentan beschäftigte, waren Pakete mit langen Frauenhaaren. Feierte so ein Mörder seinen Triumph, erlaubte ein Friseur sich einen Scherz?

Jedenfalls war nicht Falt Groschen, sondern ein Kollege der Drogenfahndung als Polizist des Jahres ausgezeichnet worden. Ein Giftler, wie die Beamten von der Suchtmittelabteilung intern genannt wurden, der Kolumbianerinnen überführt hatte, die mit Kokainpaketen in der Gebärmutter schwanger gegangen waren. Außerdem hatte dieser Superpolizist die Scheinwerferdiebstähle geklärt – immer wieder waren aus Sportwägen Scheinwerfer herausgeflext worden, was man lange für die Tat eines Psychopathen gehalten hatte. Dabei waren es Jungunternehmer, Leute, die mit Marihuanaplantagen reich werden wollten, und da ein legaler Kauf der dafür notwendigen Beleuchtungskörper aufgefallen wäre, wurden eben Porsches, Ferraris oder Maseratis tranchiert.

Ständig gab es Lobeshymnen auf das Drogendezernat, auch der Staatsanwalt wurde in Homestorys gefeiert: »Döblinger am Würstelstand!« »Ein Staatsanwalt räumt auf!« »Warum Wien nicht Amsterdam wird!« Er war im Frühstücksfernsehen, diskutierte im Radio und wurde zu Promi-Veranstaltungen eingeladen, was Groschens Frau ihrem Kommissar regelmäßig unter die Nase rieb. Zwar sagte sie Dinge wie: »Dem Döblinger ist nichts zu blöd, geht mit seiner Holden zur Eröffnung eines Schuhgeschäfts. Wie peinlich!« Tatsächlich aber verriet ihr Blick: Warum werden wir nicht eingeladen? Weil mein Mann ein mürrischer Griesgram ist, den niemand in seiner Nähe haben will.

Solche Dinge gingen Groschen durch den Kopf, als das Taxi in der Strozzigasse hielt. Ein Streifenwagen stand in zweiter Spur, am Hauseingang lehnte ein Polizist, nahm aber Haltung an, sobald er den Kommissar erblickte. Sie gingen durch einen schmalen Hausflur, öffneten eine Tür mit bunten Butzenscheiben, landeten in einem begrünten Hof. Unglaublich, welche Oasen es in Wien gab. Groschen sah einen Topf mit wildem Basilikum, einen Strauch Hortensien und einen kleinen Feigenbaum. Seine Frau hätte angesichts dieses floristischen Refugiums vor Freude mit der Zunge geschnalzt und den grünen Daumen gehoben.

Inspektor Martin Zakravsky, auch leicht grün im Gesicht, kam auf Groschen zu und sagte etwas von hartgesotten und dass der Tote kein erhebender Anblick sei. Sie traten durch eine Tür, standen in einer winzigen Garderobe mit hellem Klebeparkett, Fertigteilmöbeln, Hausschlapfen und Pelzmänteln an Haken, gingen weiter in eine Küche, in der der Kommissar zuerst den mehlsuppengrauen Laminatboden sah, dann die Einrichtungshausmöbel. Er roch eine Mischung aus Old Spice und Kochschinken, erblickte schließlich einen nackten Mann, der auf einem Hocker saß. Aber in welcher Haltung? *Wie eine verschnürte Weihnachtsgans.* Der Oberkörper war nach vorne gebeugt, sodass der massige Bauch herunterhing, während der Hals gestreckt war, Kopf nach hinten. Bei genauerem Hinsehen erkannte man, dass die Beine mit einem Kabelbinder gefesselt waren, ebenso die Arme. Was war hier los? »Fifty Shades of Grey« für Arme?

Die groteske Haltung ergab sich, weil sowohl die Arm- als auch die Fußfesselung durch eine Wäscheleine mit dem Hals verbunden war. Der Tote hatte sich nicht bewegen können, ohne sich dabei zu strangulieren. Das Seltsamste aber war der rote Gartenschlauch, der seinen Hintern mit dem Wasserhahn der Anrichte verband. Eine Junggesellenmaschine? Groschen kannte diese abstrusen Selbstbefriedigungspraktiken von Elektrikern. War das hier die Variante für Installateure?

– Zu Tode klistiert, sagte Martin. Die Therme war auf maximale Leistung eingestellt. Der Mörder hat ihm siedendes Wasser in den Darm gejagt, er wurde innerlich gekocht.

Tatsächlich erinnerte die Haut des Toten an Kochschinken. Groschen sah den massiven, mit dunklen Haaren bewachsenen Rücken, den Speckreifen um die Hüften. Der Mund stand offen. Die Lippen waren blaubeerblau, selbst das braune Kopfhaar schien gebleicht, während die Augen weit aufgerissen waren. Ein unendlicher Schrecken lag darin. Dieser Mensch musste fürchterliche Schmerzen erlitten haben. Unter dem Hocker waren rötlichbraune Schlieren, deren Herkunft sich der Kommissar besser nicht vorstellen wollte. Daneben lag ein Lederband mit Gummikugel, ein Mundknebel. Das ganze Arrangement erinnerte an eine Mischung aus Schlachthof und Folterkammer, was durch die Einbauküche mit den herzigen Nippfiguren in den Regalen eigenartig konterkariert wurde.

– Reicht ein Heißwasserklistier, um zu sterben? War der Gerichtsmediziner schon hier?

– Ist unterwegs.

– Wer hat den Toten gefunden?

– Putzfrau. Martin zeigte in Richtung Wohnzimmer, wo eine rauchende Lady saß. Groschen warf einen Blick in das schummrige Zimmer und bekam eine Hitzewallung, als hätte man auch ihm siedendes Wasser in den Enddarm gefüllt. Die Vorhänge waren zugezogen, und im rötlichen Licht einer Stehlampe glich die freizügig bekleidete Dame mehr einer Prostituierten denn einer Aufwartefrau. Das anliegende Oberteil ließ ihre gepressten kleinen Milchdrüsen wie eine Mischung aus Kinderpopo und Sparschwein aussehen. Sie trug grobmaschige Netzstrümpfe und ein funkelndes Collier unter ihrem stark geschminkten Gesicht, das von roten Dauerwellen eingefasst war. Kantiges Kinn, spitze Nase, Zigarettenmundstück, sogar die Lider erinnerten an die Zacken einer Gabel.

Das ist eine Putzfrau?

– Hallo. Ich bin Iris. Sie dämpfte ihre Zigarette im vollen Aschenbecher aus und zündete sich sofort eine neue an.

– Wie haben Sie den Toten entdeckt?

– Beim Pokémon-Go-Spielen. Iris' Stimme war so rau, als hätte sie statt Stimmbändern eine Kaffeemühle. Außerdem sprach sie mit südländischem Akzent, in dem die R nur so rollten. Sie zog an ihrem Zigarettenspitz, taxierte den Kommissar mit abschätzigem Blick und fuhr fort:

– Habe ich diesen Herrn noch nie gesehen. Wahrscheinlich wäre es ihm lieber, hätte ich ihn nie bekommen zu Gesicht, zumindest nicht so. Man bezahlt, damit hier Ordnung mache ich.

– Wer bezahlt?

– Habe ich Ahnung keine, Schätzchen. Habe ich nicht einmal Telefonnummer. Man ruft an, wann kommen soll ich, das Geld liegen auf Tisch. Schlüssel draußen im Basilikum.

– Und heute hat man Sie auch angerufen?

Die Dame zögerte.

– Heute bin gekommen ich so … Wollte nachsehen ich, ob alles in Ordnung. Die Wohnung immer leer und manchmal … Habe ich gedacht, sehe mal nach …

– Wozu?, mischte sich Martin ein.

Iris lächelte, und Groschen sah seinen Assistenten genervt an. Wie kann man nur so blöd fragen.

– Die Geschichte riecht nach einem Sexunfall. Sie arbeiten als Domina?

– Sieht es hier aus wie in einem SM-Studio, Schätzchen? Bin ich nur für Ordnung da.

– So so, brummte Groschen.

– Habe ich verständigt Polizei sofort. Iris dämpfte die Zigarette aus. Hätte ich verschwinden können, aber nein, da ich eine pflichtbewusste Bürgerin … Will ich ja kein Goldenes Ehrenzeichen, aber etwas freundlicher könnten Sie mich behandeln. Iris war erbost, dass sie selbst in Verdacht geraten war.

– Ich habe von Schauspielern gehört, die darauf stehen, sich Hamster durch die Därme kriechen zu lassen, und dem hier gefiel es vielleicht, wenn er hinten etwas reingeschoben bekam. Groschen sagte das mit so sachlicher Stimme, dass es für Martin klang, als würde eine Steuererklärung abgehandelt werden.

– Wo ist seine Kleidung? Groschen stand an einem Regal und betrachtete eine kleine Gipsfigur.

– Wieso? Iris spielte mit dem Feuerzeug.

– Nur mit dem Mundknebel bekleidet wird er wohl kaum hergekommen sein. Mich interessiert, ob er sich freiwillig ausgezogen hat oder …

– Wir haben keine Kleidung gefunden. Keine Papiere, kein Handy.

– Also haben wir keine Ahnung, wer der Tote ist? Wer ist der Mieter der Wohnung? Hast du die Hausverwaltung kontaktiert?

– Da meldet sich niemand, sagte Martin.

– Probier es weiter. Und du, Gordon, sprich mit der Müllabfuhr, mit den Miststierlern, Sandlern und den Leuten, die Kleidercontainer durchpflügen – bestimmt hat man die Sachen des Toten wo entsorgt.

– Brauchen Sie mich noch? Iris sah zum Kommissar.

– Ich danke Ihnen, Sie haben uns sehr geholfen. Ich werde Sie für einen Orden vorschlagen. Iris lächelte und blickte ihn verächtlich an. Groschen tippte sich an die Schläfe und ging in die Wohnküche, wo die Leiche immer noch wie ein großes, anklagendes Stück Fleisch auf dem Hocker saß. Zwei grün schimmernde Fliegen surrten um den Toten. Der Kommissar wollte sie verscheuchen, doch die Tiere flogen nur kurz hoch, um sich gleich wieder auf die Lippen und Augenränder der Leiche zu setzen. Gordon, der keine Lust hatte, sich mit Obdachlosen zu unterhalten, zog ein missmutiges Gesicht, und Martin kratzte sich am Kopf.

– Wie haben Sie das gemeint, Chef, dass er gerne hinten etwas reingeschoben bekommen hat?

– Hast du es nicht gemerkt? Groschen flüsterte. Diese Iris ist ein Irenäus. Eine Transe! Wieder versuchte er, die Fliegen zu verjagen.

– Hab ich euch. Der Kommissar schlug zu, erwischte beide Insekten, die nun wie hingespuckt auf der behaarten Leichenschulter klebten. Groschen blickte sich schuldbewusst um und schnippte sie dann weg.

– Wir müssen die Fingerabdrücke des Toten überprüfen. Wenn das nichts ergibt, geben wir sein Foto in die Zeitung. Vielleicht erkennt ihn jemand.

– Unwahrscheinlich. Der Kommissar schaute wissend, aber Martin ahnte, dass aus ihm nichts herauszubekommen war.

– Das solltest du auch checken. Groschen hielt eine Broschüre hoch, die er eben von einem Regal genommen und durchgeblättert hatte. »Die Unbedingten« stand darauf.

– Was ist das?

– Ein Freizeitkatalog.

– Was soll daran interessant sein? Martin blätterte darin und sah Bilder von jungen Männern mit Kappen, Schärpen, Degen – Burschenschafter, die Mensuren fochten. Texte über Großdeutschland, Börsenspekulanten, Flüchtlinge. Er las

Überschriften wie »Multikulti-Lüge« oder »Die neue Völkerwanderung«.

– Eine Werbung für den Tor-Browser.

– Was ist das?

– Onion-Dateien. Das Darknet. Glauben Sie …?

Groschen zog ein schmuddeliges Stofftaschentuch hervor und schnäuzte sich.

– Kannst du dich an Jack Unterweger erinnern?

– Den Frauenmörder?

– Dieser sogenannte Häfenpoet galt als Musterbeispiel für die Resozialisierung, bis man ihn des zehnfachen Prostituiertenmordes verdächtigte. Man konnte ihm nie etwas nachweisen, aber er war stets in der Nähe der Tatorte … Das Haar einer Ermordeten auf einem ausrangierten Autositz seines weißen Ford Mustang hat schließlich gereicht, ihn zu verurteilen. Das hätte auch ein Ermittler dort anbringen können … Kurz bevor der Unterweger ins Visier der Ermittlungen geriet, war ein Mann bei einer Zeitung und behauptete, er wüsste, was hinter diesen Morden stecke. Snuff-Videos! Mord vor laufender Kamera … damals noch auf VHS-Kassetten. Für zwanzigtausend Schilling könne man sich den Dreck ansehen. Der Informant sagte sogar, wo, in einem Hotel am Schwedenplatz, dem Capricorno. Außerdem zeigte er den Reportern eine Villa am Stadtrand, in der Beweismaterial zu finden sei, und einen Platz im Garten, wo angeblich die Hauptdarstellerin eines solchen Videos läge, in diesem Genre reicht es nur zu Einmalauftritten … Die Journalisten waren überfordert, hatten zu wenige Beweise, und bevor man der Sache nachgehen konnte, wurde wie aus dem Nichts der in weißen Anzügen herumstolzierende Jack Unterweger als Hauptverdächtiger hervorgezaubert.

– Und die Snuff-Videos?

– Sind niemals aufgetaucht. Ich war damals auf der Polizeischule … und später … Wahrscheinlich hatte nie jemand Zeit, dem nachzugehen. Aber wenn diese Prostituierten tatsächlich für solche Videos umgebracht worden wären, hätten die Filme irgendwann auftauchen müssen ... sind sie aber nicht.

– Das war vor mehr als dreißig Jahren. Martin schob seine schwarze Hornbrille hoch. Wenn dieser Mord hier auch gefilmt worden ist, sollte er im Darknet sein.

– Versuch dein Glück.

Sie standen wieder in der Strozzigasssse, als zwei Streifenpolizisten, ein bulliger Fleischhauertyp und eine junge Frau mit großen Zähnen, angestürmt kamen. Sie taten geschäftig und ... Jetzt fiel Groschen auf, dass ihnen ein Kameramann sowie ein Tontechniker mit Stabmikro, Kopfhörer und Umhängetasche folgten. Überall prangte das Logo A-TV. *Arsch-TV.*

– Halt! Sie sind der Kommissar. Ein kleiner Glatzkopf baute sich vor Groschen auf. Wir drehen eine Reportage über den Streifendienst. Wären Sie so freundlich, die Auffindung der Leiche für uns nachzustellen. Ich habe mir das so vorgestellt, Hubert und Staller finden den Toten. Etwas später kommen Sie mit Ihrem Assistenten, der Zwerg deutete auf Martin, und die beiden erklären Ihnen den Sachverhalt ...

– Hubert und Staller?

– Das sind ihre Spitznamen ... Starsky und Hutch wäre ihnen lieber, aber sehen Sie sie an. Jedenfalls können wir Ihre Szene gleich drehen, dann müssen Sie nicht warten.

Groschen blickte zu Martin, der sich durchs Haar strich und sein Flanellhemd in die Hose stopfte ... *rechnet schon mit Hollywood* ... schüttelte den Kopf und ließ das Kamerateam stehen.

– Aber, rief ihm der Reporter hinterher. Das können Sie nicht machen, ich ... wir haben eine Drehgenehmigung.

– Wenn ich Filmstar werden will, gehe ich nach Hollywood, aber nicht zu Arsch-TV. Groschen rümpfte die Nase, Martin war enttäuscht.

HAUS DER SCHLÖSSER

Nach wie vor Freitag, der 6. September, und Malte Dinger war immer noch in Untersuchungshaft.

Gefängnis! Ein stechender Schmerz im Bewusstsein, ein nicht abzustellendes Hintergrundgeräusch: Häfen! Kittchen! Knast! Bau! Nach einer Ewigkeit, die keine zwanzig Minuten gedauert hatte, hatte sich diese Erkenntnis samt dem ihr innewohnenden Schrecken festgesetzt. Malte Dinger konnte es nicht glauben. Gefängnis! Der Raum erinnerte an einen Wartesaal in einem aufgelösten albanischen Bahnhof. Oder war es das Sprechzimmer von Doktor Frankenstein? Auf einem wackeligen Holztisch lagen alte Magazine. Außerdem eine Ausgabe der *Niederösterreichischen Nachrichten* (NÖN), die fast nur Gruppenfotos enthielt: Fußballmannschaften, Schulklassen, Senioren und Feierlichkeiten der neuen Regierung, die ständig Sportveranstaltungen, Erntedankfeste oder Umzüge organisierte. Es war wie nach jedem Regierungswechsel – das Leben ging weiter wie zuvor, die Leute feierten und waren viel zu beschäftigt, Veränderungen zu bemerken.

Das Konzept der *Niederösterreichischen Nachrichten* war simpel: möglichst viele Menschen abbilden, damit die alle eine Zeitung kauften. Anstatt an Carvin oder Elvira zu denken, für einen Anruf fehlte ein Telefon, hatte Malte begonnen, die Abgebildeten zu zählen. 2178 – und keiner von ihnen war im Gefängnis. Alle strahlten und lebten und bliesen Kerzen auf Geburtstagstorten aus oder nahmen Geschenkkörbe entgegen. Malte war noch immer überzeugt, bald freigelassen zu werden. Manchmal blitzten der alttestamentarische Prophet in der U-Bahn und das gefundene Handy auf. Vor allem aber war er auf seine Gedärme konzentriert. Was, wenn dieses Fürzchen erst der Anfang war, eine Kaskade folgte? Die Eingeweide glucksten verdächtig.

Der Justizwachebeamte – die Maurerforelle war verzehrt – betrat mit enervierender Gelassenheit den Raum. Hatte der Fäkalgeruch alles erfüllt? Im Beamtengesicht waren kleine, graue Bartstoppeln, aber nichts, weder ein Blick noch eine Geste, deutete an, dass er die volle Hose bemerkt hatte.

– Sind wir so weit? Darf ich jetzt gehen? In Malte keimte Hoffnung auf. Ich habe nichts verbrochen. Ich …

– Kommen Sie! Ohne auf Dingers Fragen einzugehen, führte ihn der Adriano-Celentano-Verschnitt durch einen hellen Gang zu einer kleinen Garderobe. Ein Kämmerchen voll grauer Spinde und Bänken mit geriffelten Holzlatten. Während Malte glaubte, nun entlassen zu werden, mengte sich ein mit Nachdruck ausgesprochenes Wort in seine Hoffnung und entzog ihr den Boden:

– Ausziehen!

– Was? Ich will nach Hause.

– Bis Montag sind Sie unser Gast, sagte der Beamte emotionslos. Der Staatsanwalt ist bereits im Wochenende auf dem Golfplatz. Will das Wetter ausnutzen.

– Was? Hierbleiben? *Sagt ausziehen, will aber, dass ich einziehe.*

– Bedanken Sie sich beim Wettergott.

– Bis Montag? Eine Panikwelle rollte durch Dinger. In Gedanken stopfte er Golfbälle in die Körperöffnungen dieses Staatsanwalts. *Der hat nichts auszunutzen.* Auf bizarre Weise war dieser Vormittag ein Zusammenbruch all seiner Ordnung.

– Kann man nichts machen.

– Moment. Das … Malte gab einen röhrenden, die Ungerechtigkeit der Welt beklagenden Seufzer von sich. Das ist … *Bis Montag?*

– Das hätten Sie sich früher überlegen müssen.

– Man kann mich nicht festhalten. *Früher überlegen? Was denn? Dass Elvira vergessen hat, mir den Fahrschein zurückzugeben?* Ich … Er fühlte sich gedemütigt wie seit seiner Kindheit nicht mehr.

– Ausziehen!

– Ich muss meine Frau anrufen. Einen Anwalt. Die Presse … Ich werde mich beschweren … Freiheitsberaubung … Um elf Uhr kommen Leute vom Stadtamt … Ich führe ein Comptoir, das Dingers, können Sie googeln … Der Ginsalabim hat letztes Jahr bei der Gin-Weltmeisterschaft in Chemnitz den vierten Platz gemacht … Dinger rang um Argumente, schlüpfte dabei aus den spitzen, maronibraunen Lederschuhen, seine Füße fühlten sich seltsam weit entfernt an, aus dem Hemd, er öffnete den Gürtel mit dem Armaniadler, streifte die Hose ab, sah den feuchten Fleck in der Unterhose (Boxershorts von Calvin Klein, *passender Name*, mit Schweinchen, ein Geschenk Elviras), der sich bis zur Hose (Hugo Boss) durchgedrückt hatte, ein kleiner brauner Patzen in Gulaschsuppenkonsistenz. Er stand nun in Socken (zitronengelb mit blauen Schmetterlingen) vor dem Beamten, der sich beim Anblick dieser Fußbekleidung das Lachen verkneifen musste, ihm bedeutete, dass er die auch ausziehen müsse. Wann war Malte das letzte Mal nackt vor einem Fremden gewesen? *Splitterfasernackt! Was für ein Wort?*

Sein Shorty glich einem Schildkrötenkopf, die Hoden hingen traurig an ihm herab wie ein ausgedrückter Teebeutel.

– Weiter. Da hinein.

Es ging durch eine Tür, und Dinger stand in einem gekachelten Raum, sah zu Tropfen erstarrte Farbe. Große, mit Alufolie umwickelte Luftabzugsrohre hingen an der Decke, und bei den Duschen stand ein Duschgel der Geschmacksrichtung »Wiesenfrisch mit erfrischendem Kräuterduft«. *Kein Ayurveda mit hautfreundlichem pH-Wert, eine Tensidbombe.* Es gab keinen Temperaturregler, nur einen silbernen Knopf, damit oben aus dem Hahn Wasser kam – kein Brausekopf von Grohe mit Massagefunktion, sondern ein alter, angerosteter Zerstäuber. Das Wasser, zuerst viel zu kalt, wurde allmählich wärmer. Für einen Moment vergaß Malte, wo er sich befand. Er seifte seinen Penis ein und wartete auf eine Reaktion, dass sich Calvin Klein zumindest ansatzweise in Hugo Boss verwandelte. Nichts. Konnte man durch Demütigung impotent werden?

Der Beamte warf ihm ein raues Handtuch zu, auf dessen Aufhänger »Justizanstalt Josefstadt« stand. *Die müssen sehr viel Zeit haben, wenn sie so lange Wörter ausschreiben. Aber natürlich, es gibt hier welche, die wirklich viel Zeit haben, sehr viel Zeit … Und ich bin einer davon … Bis Montag kann ich nun Handtuchaufhänger beschriften …* Er rubbelte sich ab und widerstand dem Drang, sich zu verhüllen. Sollte der Celentano-Verschnitt seinen Schildkrötenkopf, der sich mittlerweile fast zur Gänze in den Schambeinpanzer zurückgezogen hatte, ruhig sehen.

In der Garderobe wartete ein weiterer Beamter, klein, halslos, Doppelkinn und Hornbrille. Er forderte Dinger auf, den Mund zu öffnen, stellte sich auf die Zehenspitzen und leuchtete mit einer Stablampe in seinen Rachen.

– Zunge raus. Nun zog er ihm die Lippen hoch und inspizierte wie ein Viehhändler das Zahnfleisch, dann klappte er die Ohren um und forderte ihn auf, die Arme zu heben.

– Jetzt zeigen Sie mir Ihre Fußsohlen.

– Wozu? Suchen Sie das Logo von Augarten-Porzellan?

– Spreizen Sie die Zehen.

– Ich wollte mir immer das Logo einer Porzellanfirma auf die Fußsohlen tätowieren lassen, die Meißen-Schwerter oder Löwe und Einhorn von Ironstone.

Der Beamte stülpte sich Gummihandschuhe über … *Was hat der vor? … Hoffentlich keine Prostatauntersuchung …* und nahm einen kleinen Spiegel, den er ihm unter die Eier hielt.

– He, Sie behandeln mich wie einen Verbrecher.

– Sie sind einer!

Damit nicht genug, musste Dinger auch noch in die Hocke gehen und warten, bis ihm der Beamte sein Periskop unter den Arsch gehalten hatte.

– Was kommt als Nächstes? Gastroskopie? Glauben Sie, ich habe mich verhaften lassen, um im Dickdarm Drogen hereinzuschmuggeln?

– Jede Körperöffnung ist rechtlich abgedeckt, dass sie visitiert wird. Jetzt beugen Sie sich vor und husten.

Dinger tat, wie ihm geheißen, aber natürlich fiel weder ein Drogenpaket noch ein Handy oder sonst etwas aus seinem Enddarm.

– Anziehen!

Anziehen? Meine Sachen? Dinger entschied sich dafür, die feuchte Unterhose nicht anzusprechen. Er ließ das Corpus delicti unauffällig in eine Ecke wandern und stieg einfach so in seine Hose, was sich ungeschützt anfühlte. Als er die Schuhe angezogen hatte, trat das kleine, halslose Doppelkinn vor ihn, sah ihm von unten streng in die Augen und sagte:

– Sie glauben wohl, Sie können uns verarschen? Sie glauben, wir wären …

– Was denn? Wieso?

– Das Geschenk, das Sie uns da hinterlassen wollen! Der Beamte blickte zur zusammengeknüllten Unterhose, stieg mit seinem Fuß darauf und zog sie ein Stück auseinander, sodass der braune Fleck zwischen den Calvin-Klein-Schweinen sichtbar wurde. Darüber muss ich Meldung erstatten. Dafür werden Ihnen sämtliche Vergünstigungen gestrichen.

– Aber … *Was für Vergünstigungen?* Dinger murmelte etwas von Malheur und peinlich, aber davon wollte der Beamte nichts hören:

– Lässt hier einfach ein Präsent zurück. Verhöhnung der Staatsgewalt. Wenn ich etwas nicht ausstehen kann, dann sind es hinterhältige Scheißkübel wie du. Aber eines sag ich dir, Freundchen, deinen Schmäh hab ich schon gefressen!

– Sie dürfen mich nicht duzen.

– So? Ich werde dir zeigen, was ich alles darf. Wirf das in den Mistkübel. Die Worte wurden so scharf ausgesprochen, dass man damit Glas hätte schneiden können.

Eingeschüchtert ergriff Malte mit zwei Fingern den inkriminierten Stoff und ließ ihn in einen Plastikeimer fallen, dann wurde er in ein Büro gebracht, wo ein Verzeichnis der abgenommenen Gegenstände bestätigt werden musste. *Amtliche Verwahrung, noch so ein Beamtenwording.* Brieftasche, zwei Handys, Schlüsselbund.

Zwei Handys? Richtig, das Universum hatte ihm die Gunst entzogen. Kurz blitzte der Gedanke auf, dass ihm das jemand angetan haben könnte. Aber wer? Vielleicht hatte das Handy tagelang auf ihn gewartet? Oder waren die Fahrscheinkontrolleure bezahlte Schauspieler gewesen? *Hirm und Cicivarek?* Eine großangelegte Verschwörung, die nur den einen Sinn hatte, ihn zu vernichten? Aber wer sollte das tun? Hatte er Feinde? *Hater? Unmöglich, ich bin doch beliebt, ein fröhlicher Mensch, den man gernhat.*

– Wir machen das, um Diebstähle unter den Häftlingen zu verhindern. Die Zigaretten und das Feuerzeug dürfen Sie behalten.

Das heißt, ich komme mit anderen Gefangenen in Kontakt? Mit Verbrechern?

– Das hier, der Beamte hielt eine kleine Stanniolpapierkugel in die Höhe, gibt einen weiteren Verweis.

Malte lächelte beschämt. War Marihuana für den Eigengebrauch nicht erlaubt?

– Seien Sie froh, dass das neue Suchtmittelgesetz noch nicht in Kraft getreten ist. In spätestens einem Monat würden Sie dafür ein Jahr lang in den Bau gehen. Die neue Regierung ist für Ordnung, die räumt auf.

– Ja, ich bin ein Glückspilz. Malte sagte es fast tonlos.

– Es wird für Sie ein Konto eingerichtet, damit Sie sich etwas kaufen können.

– Nicht notwendig. Lange bleibe ich nicht.

– Den Ehering muss ich Ihnen abnehmen.

– Wieso? Nein! Ich trage den seit der Hochzeit … Elvira, meine Frau, sagt, es bringt Unglück, wenn man ihn herunternimmt.

– Wollen Sie sich lieber den Finger abschneiden lassen?

Während Malte am Ring zog, telefonierte der halslose Zwerg, sagte etwas von Zugang, Österreicher und freier Zelle. Rhabarberrhabarber. Nachdem er aufgelegt hatte, blickte er Malte an und sagte:

– Wir haben Glück, in Trakt sechs ist ein Platz bei einem Österreicher frei.

– Ich bin ein echter Glückspilz! Malte bearbeitete immer noch den Ring. *Elvira wird das nicht gefallen.*

– Wäre Ihnen eine Zehnmannzelle mit Schwarzafrikanern oder Osteuropäern lieber? Die würden sich über so ein hübsches Büberl freuen. Wir haben hier eine Belegung mit achtzig Prozent Ausländern.

Büberl? Ich bin achtunddreißig!

– Der Ring geht nicht ab.

– Kaltes Wasser! Der Beamte zeigte auf ein Waschbecken, und es funktionierte tatsächlich. Über dem Wasserhahn hing ein Plakat der neuen Regierung. Schwarze Füllfeder und Hammer auf gelbem Grund in einem Mauerring – »LIMES« stand darüber. »Wir für Euch«, »Der wahre Sozialismus«. War politische Werbung in öffentlichen Gebäuden nicht verboten? Die neue Regierung hatte nicht bloß eine Wahl gewonnen, sondern die Macht ergriffen und damit begonnen, den Staat nach ihren Vorstellungen umzugestalten. Das, was die türkisblaue Regierung ein paar Jahre zuvor angedacht hatte, wurde von LIMES in Windeseile umgesetzt: neue Verfassung, ein nationales Glaubensbekenntnis, jede Beleidigung staatlicher Symbole wurde bestraft, alle Medien hatten sich gegenüber einer Regierungsbehörde zu verantworten, Sozialhilfeempfänger mussten gemeinnützige Arbeit verrichten, Kinder von Flüchtlingen kamen in Erziehungslager … Malte hatte von diesen Maßnahmen gehört, aber da er davon nicht betroffen war, war ihm der Protest der Künstler und Randgruppen wie ein pawlowscher Reflex erschienen. Keineswegs war er mit allem einverstanden, hatte jedoch kaum Veränderungen festgestellt, außerdem gab es Steuererleichterungen, mehr Kindergartenplätze, höhere Pensionen, billigeres Benzin …, aber jetzt, da er diesem Staat ausgeliefert war, begann er zu ahnen, was das alles bedeutete. Interessanterweise ängstigten ihn weder die dicken Mauern noch die Gitter oder gleichgültigen Beamten, sondern dieses Plakat, die Selbstverständlichkeit, mit der es hier über dem Waschbecken hing.

– Na, sehen Sie. Dieses Formular wenn Sie uns noch ausfüllen. Das Doppelkinn schob ihm ein bedrucktes Blatt Papier hin, worauf das Religionsbekenntnis anzukreuzen war, zudem wurde nach der Wohnadresse, unterhaltspflichtigen Kindern, einem Arbeitgeber, Nahrungsmittelunverträglichkeiten und so weiter gefragt. *Und ob ich einmal in einem KZ gearbeitet habe und einen Terrorangriff plane, wollen sie nicht wissen?* Nachdem er mit kindlicher, fast kalligrafischer Schrift alles wahrheitsgemäß beantwortet und dem Beamten das Formular übergeben hatte, fragte er mit unterwürfigem Ton:

– Darf ich jetzt telefonieren?

– Nein! Der Zwerg schüttelte den Kopf und bedeutete ihm mitzukommen. Am Ende des Gangs wartete ein alter Bekannter, der Adriano-Celentano-Typ, mittlerweile mit verspiegelter Brille, womit er einem amerikanischen Autobahnsheriff glich. Unter die Achsel hatte er Maltes Jackett und Trenchcoat geklemmt.

– Haben Sie beim Arzt vergessen.

– Danke. Dinger nahm das Kleiderbündel. Wann darf ich telefonieren?

– Kann man nicht sagen, brummte der Beamte, dessen Atem nach Knackwurst und roher Zwiebel roch.

– Ich muss meine Frau informieren, die hat keine Ahnung, dass ich ein Date mit der Justiz habe und meine Freizeit im Gefängnis verbringe. Mir steht ein Telefonat zu!

– Das glauben alle, weil sie zu viele amerikanische Filme schauen. Bei uns gibt's kein Telefonieren.

Es ging zu einer Gittertür. Der Beamte hob den Kopf, nahm die Spiegelbrille ab, zwinkerte in eine Kamera und sagte:

– Aufschluss. Ein Surren war zu hören, und das Gitter ließ sich öffnen. Sie gingen hindurch, und Adriano Celentano meinte:

– Jetzt sind mir im Gesperre.

Sie kamen zu einer grauen Eisentür, die sich mit einem Schlüssel – der Beamte hatte ein ganzes Bündel am Hosenbund – öffnen ließ. Als Nächstes kam wieder eine Gittertür, und Malte hatte das Gefühl, durch die Innereien eines riesigen Tresors zu wandeln. *Dieses Gefängnis ist ein einziges Haus der Schlösser. Bestimmt gibt es jemanden, der sie täglich ölt.* Nur der Geruch war anders, nicht nach Geld, sondern nach einer Mischung aus Putzmittel, Kartoffelsalat, Schweiß und alten Socken.

Zwei kahlgeschorene Gefangene wrangen einen Wischmopp über einem Kübel aus. Der eine hatte einen tätowierten Stacheldraht um den Hals, der andere zwei eckige S auf der Stirn. *Na, euch hat man wohl mit Glyphosat großgezogen?* Dinger musste beim Anblick dieser Gesellen so verängstigt dreingesehen haben, dass sie ein saftiges Grinsen aufsetzten.

– Huhu. Frischfleisch, zischte der SSler und zeigte ihm die geballte Faust. HASS war auf die Fingerglieder tätowiert. Malte stockte der Atem. Bilder von amerikanischen Gefängnissen blitzten auf, reißerische TV-Dokumentationen, in denen es um brutale Gangs wie die Arische Bruderschaft, die Mara 18 oder die Salvatrucha ging. Aber er war hier nicht in Amerika, sondern im bürgerlichsten Bezirk Wiens, einer Hochburg der Lodenträger, Hofratswitwen und Altmonarchisten, im Zentrum der rostroten und moosgrünen Kordhosen, dünnen Steppjacken, Burberryschals und Filzhüte – in der Josefstadt. Aber auch hier stand die SS für Hitlers Schutzstaffel, und HASS bedeutete dasselbe wie überall sonst auf der Welt.

– Keine Angst, sagte der Vollzugsbeamte mit der Spiegelbrille. Mir sind nicht in Kolumbien oder Russland. *Nein, sind wir nicht, aber Ratten gibt es trotzdem. Ratten, die weggesperrt werden, weil sie sich sonst auf friedliche Bürger stürzen.* Sie kamen an weiteren Häftlingen vorbei, die allesamt kein vertrauenerweckendes Bild abgaben. Muskulöse, vom Hanteltraining gestählte Oberarme, geschorene Haare, Boxernasen. *Ratten!* Dahinter hing ein breiter Klebebandstreifen mit kleinen Zetteln an der Wand.

– Gibt es nicht. Der Zettelpoet, schon wieder! *Pflückgedichte? Hier in der Justizanstalt?* Der Beamte ging zu den Papierschnipseln, riss den Streifen herunter und zerknüllte ihn.

– Der Zettelpoet ist eingesperrt? Malte kannte dessen Produkte, seine Pflückgedichte hingen seit mehr als dreißig Jahren in der ganzen Stadt. *Der würde sogar im Paradies den Baum der Erkenntnis mit seinen Gedichten vollpflastern. Nicht nur den, auch die Schlange, Adams Gemächt, das Schamdreieck Evas … Der würde sich selbst vor Gott das Recht erstreiten, überall im Garten Eden seine Gedichte aufkleben zu dürfen. Hätte er zu Zeiten Jesu gelebt, würde am Kreuz nicht INRI stehen, sondern ein Kalenderspruch des Zettelpoeten … Und wäre er ein Astronaut, er würde das gesamte Universum mit seinen Gedichten versehen …*

– Grobe Sachbeschädigung, die Polizei war lange machtlos, aber seit er mit Edding-Markern Wände und Plakatflächen beschmiert, haben mir ihn. Der Nasenbär trat gegen den Knäuel aus Klebestreifen und Papier, diesen Kokon der Poesie, als wären nicht Gedichte darin, sondern giftige Taranteln.

Bei einem Glaskobel mit getönten Scheiben, der an die Aussichtswarte eines Flughafentowers erinnerte, blieb der Lyrikhasser stehen und sagte sachlich:

– Zugang. Österreicher.

– Psychisch stabil? Ein schnauzbärtiger Beamter im hellblauen Hemd, unter dem sich ein vorgetriebener Bauch wölbte, erschien, nahm das Formular an sich, murmelte etwas von anständigem Benehmen und gutem Auskommen, um sofort wieder in seiner Kammer zu verschwinden. Er kam zurück mit einem Nest aus Handtüchern, worin eine Glasschüssel lag, die eine kleinere Schüssel, ein Trinkglas und Besteck barg. Malte nahm den hopfigen Geruch verdauten Bieres wahr und sah die tranigen Orang-Utan-Augen des Beamten.

– Ihre Garnitur. Leintuch, Decken- und Polsterüberzug, zwei Handtücher, ein Geschirrtuch, eine Tasse, Trinkglas, Besteck, großer Schekel, das ist die Glasschüssel, kleiner Schekel. Der Schnauzbart schaute auf die Glasschüssel: »Die ist zum Essen und nicht, wie manche Kameltreiber meinen, für das Waschen nach dem großen Geschäft ...«

– Und das Handtuch ist kein Gebetsteppich, ergänzte Adriano Celentano. Haben mir alles schon gehabt.

– Wenn Sie hier Ihr Kreuzerl machen. Der Schmerbäuchige überreichte ihm die Empfangsbestätigung.

– Und Gewand?

– Grauzeug? Gibt es nicht mehr. Da für alle die Unschuldsvermutung gilt, dürfen Sie Privatkleidung tragen.

– So, jetzt schauen wir, ob Ihnen unser Sanatorium gefällt. Ich bin übrigens der Stockchef, Valentin Göttlinger.

– Stellen Sie sich gut mit ihm, grinste die Spiegelbrille. Er ist hier der große Zampano. Wenn mir einen Fernseher, einen Wasserkocher oder sonst was wollen, ist er derjenige, der es bewilligen muss. Er tippte sich an die Stirn und schlenderte davon.

– Kommen Sie. Der Stockchef musterte ihn, seufzte und watschelte dann in einen Gang mit lauter Zellentüren, die mit ihren metallischen Riegeln an Kühlschränke erinnerten. Tatsächlich wurden hier Menschen kaltgestellt.

Malte konnte nicht begreifen, was ihm widerfuhr. Eben erst hatte er Carvin in der Schule abgeliefert, seine Schulmilch bezahlt, über Saurier nachgedacht, attraktiven Müttern nachgesehen, überlegt, ob er etwas frühstücken sollte … sich auf die Begehung seines Gastgartens vorbereitet … Und jetzt? Die Dinge waren nicht so schlimm wie in seinen ärgsten Albträumen, sondern schlimmer, viel schlimmer. Ein dumpfer Groll stieg in ihm hoch, ein atavistischer Instinkt, sein bisheriges Leben zu verteidigen. Gleichzeitig war er willenlos und apathisch wie ein Schaf auf dem Weg zur Schlachtbank.

Göttlinger öffnete eine Zellentür und bedeutete ihm einzutreten:

– Ihr neues Reich, lächelte der Stockchef mit einer unangenehmen Vertraulichkeit.

So war Malte Dinger an diesem Freitag, dem 6. September 2024, unversehens und mehr oder weniger unschuldig in die Mühlen der Justiz geraten. Die Angelegenheit war lächerlich, Malte fühlte es, und doch war er wütend, verwirrt und, was ihn selbst ein wenig irritierte, optimistisch.

WEISSER RIESE

Schon am Gang waren ihm Klavierklänge aufgefallen. Nun, da er in der Zelle stand, wurde er von niederprasselndem Geklimper zugeschüttet. Ein Wolkenbruch von Tönen. Das schnelle Gehämmere, *Beethoven auf Speed?*, füllte jede seiner Poren – lauter kleine Schläge. So laut, dass er die zuschnappende Zellentür kaum wahrnahm. Dinger sah ein Hochbett aus Stahlrohr, Storchenbeine, einen kleinen Tisch, dem das Furnier abging, Regale voller Bücher, einen Fernseher und, unschwer als Quelle des Geklimpers zu erkennen, einen Gettoblaster aus den Neunzigern. *Nicht gerade das neueste Bose-Soundsystem.*

– Tritt ein, bring Glück herein. Magst du Chatschaturjàn? Die Stimme hatte sich durch das Geklimper gepresst, stand inmitten der Töne wie die Assistentin eines Messerwerfers.

– Katscha…? Was? Kann man das essen? Malte sah zuerst nur eine spitze Hakennase, die wie ein Widerhaken aus dem oberen Bett ragte.

– Aram Chatschaturjan, der Komponist. Und ehe Malte sichs versah, sprang ein hagerer Mann mit ungesunder, milchkaffeebrauner Gesichtsfarbe vom Hochbett, ging zum Gettoblaster und stellte die Musik leiser. Als er sich umdrehte, erkannte ihn Malte. Der holzige, nur aus Muskelsträngen bestehende Mann war Godehard Persenbeug, der bekannte Lobbyist, beteiligt an Skandalen, Waffendeals, Verkäufen von Wohnbaugenossenschaften und Vergaben öffentlicher Bauaufträge, bei denen angeblich Schmiergeld über seine Schwarzkonten geflossen war. Ybbs-Persenbeug oder Ybbserl, wie er von der Bevölkerung nach einer Abfahrt an der Westautobahn genannt wurde. *Na ja, wenigstens kein Gewaltverbrecher.* Er sah jünger aus als in der Zeitung, seine Augen, schwarz wie Kohle, waren überaus lebendig.

– Was starrst du mich so an?

– Ich …

– Wenn du beim Hofgang auch so glotzt, bekommst du eine Freikarte für den Fleischwolf. Manche mögen das hier gar nicht. Oder bist du ein Florist? *Ein was?* Ein Hinterlader?

– Nun, ich … Malte stellte die Glasschüsseln auf den Tisch, nahm das Besteckmesser und klimperte dagegen.

– Echtes Metall, echtes Glas? Ich dachte, im Knast werden einem Schnürsenkel und Gürtel abgenommen.

– Wenn du dich aufschlitzen willst, mach es im Klo. Nicht, dass du hier alles versaust.

– Keine Angst. Ich bin nur erstaunt. Die könnten ja Plastikschüsseln und Plastikbesteck hergeben.

– Bring sie auf Ideen. Was hast du ausgefressen? Steuerbetrug? Pyramidenspiel? Was trifft den Nagel auf den Kopf? Persenbeug musterte ihn misstrauisch und strich sich mit einer nachdenklichen Geste über das Kinn. Ausschauen tust du wie ein Hosenverkäufer.

– Beim Schwarzfahren erwischt. Beamtenbeleidigung. Ich sollte gar nicht hier sein. Ich … Ich will hier raus … zu meiner Frau, zu Carvin, meinem Kind. Elvira! Zuckerschnecke! Carvin! Mein Sohn ist außerordentlich intelligent und talentiert und … *sein Vater sitzt im Gefängnis.*

Was hatte er gemacht? Ein unbedachter Moment. Und jetzt war er in derselben Situation wie dieser Millionenbetrüger. Ehe Malte diese Ungerechtigkeit fassen konnte, saß er mit Tränen in den Augen auf dem unteren Bett. Die Aussicht, hier das Wochenende zu verbringen … *Der Schanigarten wird mir nicht bewilligt werden, die Garnelen im Kühlschrank werden verderben* …, das war alles so ungeheuerlich, dass er am liebsten losgeheult hätte.

– Wir werden uns nicht umbringen, sagte Ybbs-Persenbeug. Wenn du furzen musst, weil jedes Böhnchen gibt ein Tönchen, stell dich zum Fenster, schließ am Klo die Tür, und wenn du deine Hosenschlange würgst, mach es leise. Trautes Heim, Glück allein. Noch etwas: Ich hasse es, wenn man mir beim Schlafen zusieht. Er lächelte, betätigte den Lautstärkenregler und schwang sich auf das obere Bett.

Malte wischte sich die Tränen aus den Augen und begann, das Bett zu überziehen. Die Matratze war voller geränderter Flecken, und in der kratzigen, grauen Decke sah er Brandlöcher. *Lieber Gott, mach, dass dies ein Traum ist, mach, dass ich aufwache und in meinem Bett liege.*

Auf dem wackeligen Schreibtisch thronten juristische Bücher, das österreichische Strafrecht, das Allgemeine Bürgerliche Gesetzbuch, auch eine Sprachkurs-CD: Portugiesisch für Fortgeschrittene. *Plant Persenbeug die Flucht nach Madeira?* Dann lagen da ein Einwegrasierer, eine ausgefranste Zahnbürste sowie ein Kamm voller Haare. *Creepy.* Das Fenster war außen vergittert. Auf dem enggerasterten Konstrukt aus dunkelgrün lackierten Metallstäben hingen weiße Fäden. Überreste vom Pendeln – mit hin- und herschwingenden Fäden, Malte fiel das wieder ein, wurden Botschaften und Waren ausgetauscht. *Pendeln ist eine Art Freihandelszone des Gefängnisses.* Er rückte die vollbehängte Wäschespinne zur Seite, trat an das geöffnete Fenster und ließ seinen Finger über eine lackierte Schweißnahtwulst gleiten.

Der Blick in den Hof war ernüchternd. Das mit Grünspan überzogene Dach eines Wachturms – eine Mischung aus Hochstand und Eisenbahnstellwerk; mehrere quadratische Betonhöfe, die an ein Labyrinth für Labormäuse denken ließen. In einem spazierten Häftlinge, andere lehnten an der Wand und rauchten. Malte sah bandagierte Hände, muskulöse Oberkörper, weiße Tennissocken und schwarze Sandalen. *Wenn ich das fotografieren und auf Facebook stellen könnte, bekäme ich mehr Likes als für jede Gin-Kreation.* Plötzlich Schreie. Zwei Kerle standen sich gegenüber, beide hatten Tücher um den linken Unterarm gewickelt. In den Händen blitzte etwas. *Selbstgeschliffene Messer?* Wie Gladiatoren. Sie tänzelten, sprangen aufeinander zu, versuchten, sich zu treffen, verfehlten, stachen neuerlich. Warum griff keine Wache ein? *Was ist das? Ein Workshop für Barbaren?* Schreie der Verzweiflung, der Angst, aber keine Wärter. Erst als einer den anderen … *die haben den Begriff Meeting falsch verstanden …* getroffen hatte, aus dem Bauch eine pulsierende Blutfontäne schoss, jemand »Wachtel! Wachtel!« brüllte, stürmten Beamte in das Betongeviert und führten beide Messerstecher ab.

Malte wandte sich entsetzt ab, beachtete den im Bett liegenden Musikliebhaber nicht, den die Schreie völlig kaltgelassen hatten, und drehte sich zur Tür. Die Zelle war zwei Meter breit und vier Meter lang. Neben der Eisentür gab es eine hölzerne Schwingtür, die in ein winziges Bad führte. Im Waschbecken waren Kalkränder, und das Klo aus poliertem Edelstahl hatte keine Brille. Wofür war der rote Knopf neben der Zellentür? Ein Plastikdeckel mit Lamellen … sah aus wie eine Gegensprechanlage. Malte drückte auf den Knopf.

– Was ist?, meldete sich die barsche Stimme Göttlingers.

– Ich will telefonieren.

– Geht nicht. Sie müssen zuerst einen Elfer-Zettel ausfüllen.

– Und wo bekomme ich so einen Elfer-Zettel? *So wie ich das hier einschätze, muss ich einen Antrag stellen. Vielleicht einen Fünfer-Zettel?*

– Ich bringe ihn.

Malte warf sich auf das Bett und hörte dem musikalischen Säbelrasseln zu. Elfer-Zettel? War das ein Scherz? Ein Wort der Knastsprache so wie Schekel für Schüssel oder Kas (kaiserlicher Arrestschließer) für Wärter? Vielleicht bezeichnete der Elfer-Zettel irgendetwas Absurdes, das gar nicht existierte?

Da ging die Tür auf, und der Stockchef reichte ihm mit bösem Stör-mich-ja-nicht-noch-einmal-Blick das Formular. In seinem Rücken schüttete gerade ein Gefangener den Inhalt eines Plastikbechers in sich hinein. Daneben hantierte ein Beamter an einem Wägelchen, auf dem sich eine ganze Batterie kleiner Becher und Fläschchen befand. *Werden die Häftlinge ruhiggestellt?* Maltes Blick musste so neugierig gewesen sein, dass der große Boss herablassend verkündete:

– Mittagsmedikamentenrunde. Psychopharmaka für die Depressiven, Aggressiven. In der Früh gibt es die Ersatzdrogen Methadon, Heptadon, Substitol und zu Mittag das hier … Deppenwasser. Und wenn wir noch einmal grundlos den Alarmknopf drücken … Der Schnauzbart seufzte und überreichte ihm ein paar zusammengeheftete Blätter.

– Lektüre!

Göttlinger schloss die Tür, und Ybbs-Persenbeug, der wie eine alte Krähe auf dem Hochbett saß, meinte, dass sich Substitol für Missbrauch eigne:

– Schaut aus wie Waschpulver, kleine Körner. Manche sammeln das Zeug unter der Zunge, und wenn genug beisammen ist, setzen sie zum ultimativen Schleudergang an und warten auf den weißen Riesen.

Ultimativer Schleudergang? Das werde ich nicht notwendig haben. Ich komme hier bald raus.

Vom Gang waren Schritte, Sprachfetzen zu hören, und sein Zellengenosse meinte väterlich, dass das Gefängnis so schlimm nicht sei, da es genug zu essen gäbe, man in Ruhe gelassen würde und das Ganze einem Aufenthalt im Kloster gliche. *Der Rabe hat leicht reden, hält sich wohl für die Reinkarnation des heiligen Benedikt.*

– Du musst nur mit den Georgiern aufpassen.

– Georgier?

– Ukrainer, Polen, Rumänen, Russen, Bulgaren, Serben, Moldawier und eben Georgier, Haarwaschwili, Sehraschwili,

Bienemajawili, Dschughaschwili … Weiß der Geier, woher die Willis kommen. Man sagt, die machen Urlaub im österreichischen Staatsgefängnis. Außerdem gibt es Afghanen, Türken, Afrikaner.

– Und Nazis?

– Wenige, und die meisten mit dem IQ einer ausgebrannten Glühbirne.

– Und Politische? Es heißt, kritische Journalisten, Oppositionelle, Richter, Militärs hätte man verhaftet.

– Davon weiß ich nichts. Sieht man nicht. Wahrscheinlich abgesondert, vielleicht in Wöllersdorf. Alle Wege führen nach Rom.

Der und seine Sprichwörter.

Malte machte sich daran, den Elfer-Zettel auszufüllen. Als er fertig war, blickte er auf die »Lektüre« des Stockchefs. »Hausordnung (§ 25 StVG)« stand da zu lesen. Darunter waren allgemeine Bestimmungen aufgelistet, »deren Nichtbefolgung Ordnungswidrigkeiten begründen kann«. *Beamtendeutsch!* »Die Insassen haben sich untereinander verträglich und rücksichtsvoll zu benehmen und alle Tätlichkeiten, Beleidigungen, Streitigkeiten oder Anstandsverletzungen zu unterlassen …« *Eine Peergroup! Cool.* »Fühlt sich ein Insasse von einem anderen beleidigt oder gekränkt, so hat er solche Vorfälle unverzüglich dem nächsten Strafvollzugsbediensteten zu melden.« *Das ist das Papier nicht wert.* »Die Insassen dürfen weder mit einer im Strafvollzug tätigen Person noch mit einem in derselben Anstalt Angehaltenen Geschäfte abschließen.« »Verbote sind insbesondere: ungebührliche oder störende Lärmerregung, das Hinauswerfen von Gegenständen oder Hinausschütten von Flüssigkeiten aus dem Haftraum, das Verhängen von Türen, Fenstern und Mauernischen, das Verdecken der Beobachtungsöffnung, das Füttern frei lebender oder herumstreunender Tiere.« … »Die Benützung der Rufanlage ist nur in Notfällen oder aus zwingenden und un-

aufschiebbaren Gründen gestattet.« *Deswegen war der Stockchef sauer.* »Der Konsum berauschender Mittel ist verboten.«
Und Substitol? ... »Das Horten von Lebensmitteln, Genuss-
mitteln, Gebrauchsartikeln u. dgl. ist verboten.« ... »Die Genehmigung von Besuchen bei Untersuchungshäftlingen er-
folgt durch den zuständigen Staatsanwalt bzw. durch den
Vorsitzenden der Hauptverhandlung ... Ein Empfang von
Wäschepaketen für Insassen ist über Ansuchen möglich ...
Der Empfang von Nahrungs- und Genussmittelpaketen ist
nicht zulässig ... Aus berücksichtigungswürdigen Gründen
können Insassen über Ansuchen Telefongespräche mit Angehörigen, Sachwaltern und sozialen Einrichtungen sowie mit
öffentlichen Stellen, Rechtsbeiständen und Betreuungsstellen
gewährt werden.« *Aus berücksichtigungswürdigen Gründen?
Smile.*

Wenig später waren zwei unheimliche Schläge zu vernehmen, metallisch wie aus einer Schmiedewerkstatt. Kurz darauf wieder, diesmal apokalyptischer, lauter. *Was war das für
ein Uhrwerk des Todes?*

– Schauen wir, womit man uns verwöhnt.

Gleich darauf ein Knall, der Malte das Rückenmark hin-
auffuhr wie die Kugel bei einer Hau-den-Lukas-Anlage. Die
Tür ging auf, und zwei Männer mit spitalgrünen Shirts und
durchsichtiger Plastikhaube traten ein. *Chirurgen? Nein, Essensausgabe.* Hinter ihnen der sogenannte »Kapsch«, ein Wägelchen mit Behältern aus Stahlblech.

Ybbs-Persenbeug sprang vom Bett, griff nach seinen Sche-
keln, reichte sie den Fazis, wie die mit solchen Arbeiten beauf-
tragten Gefangenen, die Kalfakter, hießen, und kommentierte
die Ausspeisung mit »Nouvelle Cuisine« und dass er eh einen Maderer habe. Dinger machte es ihm nach, sah die trans-
parenten Plastikhandschuhe der Fazis. *Wenigstens hygienisch
scheint hier alles in Ordnung zu sein.* Nachdem er sich wieder auf die Matratze hatte fallen lassen, *vom im Liegen Essen,*

sagt Elvira immer, bekommt man Magenkrebs, erblickte er eine gelbgraue Masse, Kartoffelpüree, auf der zwei braune Quadrate lagen, die wohl panierter Fisch sein sollten. *Makrobiotisches Essen schaut anders aus.* Als er daranging, sie mit der Gabel zu zerteilen, entpuppten sie sich als glückskeksartige Krusten um, *nein, kein Sinnspruch,* eine dünne, faserig graue Masse. Der erste Bissen schmeckte nach altem Frittieröl. *Da speibst du dich an, aber bis übers Kreuz.* Malte nahm vom Püree, hoffte auf eine genusstechnische Rettung, aber das Zeug hatte eine zähe, klebrige Konsistenz und schmeckte nach vorgekautem Pappendeckel. *Fuck!*

Freitags wurde in ganz Österreich panierter Fisch mit Kartoffelsalat oder Püree verspeist. Wegen der katholischen Tradition, die den Tag der Kreuzigung als Fasttag betrachtete, gab es in allen Ausspeisungen und Kantinen, in allen Werks-, Schul- und Kindergartenküchen immer und überall panierten Fisch – sechzehn bis zwanzig Millionen in Mehl, verquirlter Hühner-DNA und Semmelbröseln gewendete Fischquadrate, die jeden Freitag von den Österreichern vertilgt wurden. Siebenhundert Kubikmeter Fisch, zwei vollbeladene Containerschiffe. Aber nirgendwo waren sie so ungenießbar wie hier.

– Salz? Pfeffer? Ybbs-Persenbeug hatte nicht nur zwei Gewürzstreuer vor sich stehen, sondern auch noch eine Stoffserviette mit Monogramm umgebunden. *Sieht aus wie ein durchgeknallter Adeliger.* Malte nickte, und sein Zellengenosse reichte ihm die Gefäße.

– Ist verboten, weil mal irgendein Idiot einem Wärter Pfeffer ins Aug geblasen hat … Aber mitgefangen, mitgehangen, du verrätst das nicht.

Malte nickte. Ein Lächeln brachte er nicht zustande.

– Was heißt eigentlich Maderer?

– Einen Maderer haben, sein Zellengenosse schlang das Zeug in sich hinein, heißt so viel – Schmatz – wie Flameau,

Kohldampf. Ist – Schmatz – Gefängnissprache. Aber stell dich nicht dümmer, als du bist. Reicht eh, dass du ein Spitzel bist.

– Wie bitte? Was? Ein Spitzel? Ich?

– Glaubst du etwa, sagte Persenbeug mit vollem Mund, ich weiß nicht, warum du hier bist? Um mich auszuhorchen, um darauf zu warten, dass ich einen Ex-Politiker anschwärze, aber von nichts kommt nichts, da kannst du lange warten. Von mir erfahrt ihr nichts. Denkst du wirklich, ich kaufe dir ab, dass du auf Luft sitzt? Wegen einer Fahrscheinkontrolle?

– Glauben Sie doch, was Sie wollen.

Den Rest des Essens schwiegen sie. *Spion? Ich? Krass!* Dinger überlegte, wie er mit dieser Anschuldigung umgehen sollte, als sich die Zellentür öffnete und zwei Beamte erschienen. »Justizwache« war mit gelbem Faden in den dunkelblauen Jacken eingenäht.

– Hofgang.

INSIDE AUSTRIA

Im Kommissariat stand noch die schwüle Luft des Sommers. In den Gängen warteten Zeugen und Verdächtige. Polizeibeamte unterhielten sich über Politik, Fußball oder den »Polizisten des Jahres«. Überall hingen Plakate der Regierung, »Wir für Euch«, »Soziale Heimatpartei«, »Wir sind das Volk«, doch daran stieß sich niemand.

Julia Schäfer, Groschens Bürohilfskraft aus Aschaffenburg, machte den Kommissar auf einen kleinen, bärtigen Mann aufmerksam, der dringend vorgelassen werden wollte.

Groschen riskierte einen Blick, konnte sich aber nicht entsinnen, diesen Menschen mit dem angegrauten, sandfarbenen Haar, dem spärlichen Bart und der geröteten Haut schon jemals gesehen zu haben. Kariertes Hemd und eine bunte Krawatte, die aussah wie plattgewalzte Fruchtgummis. *So kleiden sich Wohnungsmakler, technische Zeichner oder Supermarkt-Filialleiter.* Ein Wichtigtuer, dachte der Kommissar und wandte sich wieder seinem Büro zu, wo Martin Zakravsky unruhig hin- und herlief.

– Pelzmäntel, Hauspantoffeln mit Tigerstreifen, Thermophor … in den Küchenregalen Tee, eine Flasche Rum, Zwieback … In der Wohnung kann nur eine ältere Lady gewohnt haben. Die Hausverwaltung ist unerreichbar.

Der Kommissar stand am Fenster und schaute auf das gegenüberliegende Baugerüst.

– Wir sollten uns diesen Irenäus kaufen, sagte Martin. Ist nur gekommen, um nachzusehen? Das kann er seiner Erbtante erzählen. So sieht doch keine Putzfrau aus! Wenn es sich um einen Sexunfall handelt, ist er der Täter. Wahrscheinlich hat er in einer Panikreaktion die Polizei gerufen und ist später draufgekommen, dass er wegen fahrlässiger Tötung belangt werden kann.

– Vergiss den transvestitischen Meister Proper, brummte Groschen. Bei einem Sexunfall hätte er die Rettung gerufen, nicht die Polizei.

– Aber …?

– In der Wohnung hat niemand gewohnt. Versuch herauszufinden, woher die Nippes stammen.

– Sie meinen die Gipsfiguren und Holzschachteln und …

– Die Aschenbecher, gehäkelten Deckchen, Muscheln, all das Zeug.

– Wenn es sein muss … Martin sah ihn an, als ob er soeben den Auftrag erhalten hätte, auf den Knien nach Lourdes zu rutschen. Er war darüber so verstört, dass er vergaß, dem Kommissar mitzuteilen, was er über das Darknet und die Burschenschafterbroschüre herausgefunden hatte.

Groschen wusste, was sein Inspektor dachte; sie sollten einen Mörder suchen und keinen Altwarenhändler, aber er hatte wenig Lust, Martin in seine Überlegungen einzuweihen.

Als der Inspektor das Büro verließ, stieß er mit Julia Schäfer zusammen. Die dralle Blondine mit dem Sexappeal der jungen Marilyn Monroe schien aus allen Nähten zu platzen, und nicht nur Martin musste sich zurückhalten, um vor lauter Geilheit nicht völlig den Verstand zu verlieren. Sie trug ein rotes Kostüm von Lena Hoschek, dessen Rock kaum über das Gesäß reichte und sie oben so zusammenschnürte, dass einem ihre sekundären Geschlechtsmerkmale primär ins Auge sprangen. *So etwas Sakrales möchte man gerne säkularisieren.* Es gab kaum jemanden auf dem Kommissariat, der nicht davon träumte, sie ins Bett zu bringen, aber die feministisch angehauchte Sexbombe hatte unmissverständlich kundgetan, dass Dates mit Kollegen nicht in Frage kamen – »sonst wird man, wie es hier heißt, zum Nudelfriedhof«.

– Der Herr draußen meint, er könne nicht mehr warten. Wenn Sie ihn nicht bald empfingen, müsse er …

– Was trinken Sie da? Der Kommissar blickte auf die große Tasse in Julia Schäfers Hand.

– Kamillentee.

– Wenn Sie krank sind, gehen Sie nach Hause. Groschen machte eine Handbewegung, mit der man Hühner verscheucht, wartete ab, bis die Sekretärin wieder draußen und die Tür geschlossen war. Dann ließ er sich auf seinen Stuhl fallen und schloss die Augen, doch sosehr er sich auch anstrengte, es gelang ihm nicht, des Toten aus der Strozzigasse habhaft zu werden. Ein Mensch ohne Namen, ohne Geschichte, mit Fingerabdrücken, die in keiner Datei auftauchten … gebrüht wie ein Schwein, bevor man ihm die Borsten abschabt …, dazu die Augen, Fleisch, das Fliegen anzog, die schwarzen Haare auf dem Rücken … Groschen wollte an keinen Sexunfall glauben; gut, es gab viele Perversionen, aber hier hatte jemand ein Geständnis erpresst. Die Mafia? Nein, die hantierte mit Trennscheiben oder Bolzenschneidern. Eher jemand, der kein Blut sehen konnte. Ein Amateur.

Als Julia Schäfer wieder im Zimmer stand, merkte er, dass er mit sich selbst gesprochen hatte.

– Was ist?

– Er ist gegangen.

– Gegangen? Krepiert ist er! Siedendes Wasser im Darm, da … Allmählich wurde ihm bewusst, dass sie gar nicht von der Leiche sprach, sondern von dem ungeladenen Besucher.

– Er war verärgert und hat gesagt, ich solle Ihnen ausrichten, Sie werden das bereuen.

– Bereuen? Plötzlich kam Groschen der Gedanke, dieser Gast könnte etwas mit der Leiche in der Strozzigasse zu tun haben. Er sprang auf, stürmte für seine Trägheit erstaunlich schnell aus dem Büro, lief das Treppenhaus hinab, hechtete förmlich auf die Vorlaufstraße, doch von dem Besucher war nichts mehr zu sehen. Zum Glück stand da Horowitz, der Portier, und rauchte.

– Vor kurzem … ist … ein Bärtiger, keuchte der Kommissar, herausgekommen, fleckige Haut … Fruchtgummikrawatte … Haben Sie gesehen, wohin er … gegangen ist.

– Der Portier zeigte in Richtung Tuchlauben, und Groschen rannte.

– Sie haben meinem Neffen Adam versprochen, dass er Sie einmal begleiten darf, rief der Portier ihm hinterher. *Ja, richtig, auf diesen Knaben habe ich ganz vergessen. Später.*

– Er spricht nur von Ihnen! Sie sind sein Vorbild!

Am Hohen Markt waren Touristen, Fiaker, Männer in Geschäftsanzügen, aber kein Bärtiger. Groschen lief weiter, vorbei am Café Korb, vorbei an der Peterskirche, bis zur Pestsäule, da sah er ihn. Der Bärtige stand bei einem Marionettenspieler, der eine Puppe auf einem Miniklavier spielen ließ. Aus einem Lautsprecher kam Louis Armstrongs Stimme: What a wonderful world.

– Sie wollten mich sprechen? Groschen, mindestens um einen Kopf größer als der Bärtige, musste schreien.

Der Unbekannte zuckte zusammen und hob den Arm, als ob er einen Schlag abwehren wollte. Dann erkannte er den Beamten.

– Herr Kommissar? Sie sind meine Hoffnung. Er sprach mit brüchiger Stimme, und Groschen bereute sofort, diesem Menschen nachgerannt zu sein. Der Mann war leicht verrückt. Groschen kannte solche Menschen nur zu gut. Aber jetzt war es für einen Rückzieher zu spät. Da er vor Durst fast umkam, schlug er vor, zum Reinthaler zu gehen. Der Bärtige nickte.

Das traditionelle Gasthaus in der Dorotheergasse, eines der letzten in der Innenstadt, das noch keinem Starbucks, Vapiano oder McDonald's gewichen war, war gutbesucht. An den klobigen, mit karierten Tüchern bedeckten Tischen hockten Arbeiter in grauen Latzhosen neben smarten Steuerberatern und pockennarbigen Anwälten. Kaum ein Tourist verirrte sich hierher, die zogen das Hawelka oder die Trześniewski-Brötchen vis-à-vis vor.

Groschen und sein Begleiter bekamen einen Platz und studierten die Tagesempfehlungen auf den Schiefertafeln an den Wänden. Erst nachdem ein Kellner die Bestellung aufgenommen hatte – zwei Bier, was der Kellner als »Leobener Hopfenblütentee« notierte, ein gebackenes Kalbsbries für Groschen ... »lymphatisches System vom jungen Rindvieh« ... und eine Portion Würstel mit Saft ... »Touristenteller« ... für den Bärtigen –, kam das Gespräch in Gang.

– Zuerst einmal danke für Ihre Zeit. Der Bärtige klang gehetzt und hatte nun noch mehr rote Flecken im Gesicht. Also ... Wo beginne ich? Was? Er verschränkte die Arme, begann die ziegelroten Ellbogen zu reiben und sah am Kommissar vorbei. Mein Name ist Edwin Kalterer, und ich bin, nein, ich war Gemeindesekretär in Untergrutzenbach. Kennen Sie vielleicht, eine Autostunde nördlich von Wien, nahe der tschechischen Grenze? Was? Nein? Macht nichts. Jedenfalls ist das der Grund, weshalb ich Sie sprechen wollte. Ich kann nicht zum Postenkommandanten gehen und eine Anzeige erstatten. Nicht in Untergrutzenbach, die würden mich in eine geschlossene Anstalt stecken. In Untergrutzenbach, müssen Sie wissen, gibt es zwei Ortskaiser, B & B, Bürgermeister und Baumeister teilen sich alles auf. Man hat als normaler Bürger keine Vorstellung, wie es da zugeht. Was? Nepotismus, Korruption, Amtsmissbrauch, gefälschte Rechnungen. Und alle stecken unter einer Decke: Polizei, Ärzte, Juristen. Schlimmer als in Nordkorea ... Die Bs begreifen die Gemeinde als Selbstbedienungsladen. Aber ich konnte und wollte da nicht mitmachen. Kalterer blickte mit großen Augen Richtung Decke. Sie müssen wissen, ich bin kein guter Mensch, aber ich habe ein Gewissen. Was? ... Die Folge war die fristlose Kündigung. Man glaubte, mich los zu sein. Nicht mit mir! Ich bin vor das

Arbeitsgericht gezogen, hatte aber keine Chance. Alles abgesprochen. Man hat meine Klage unter den Tisch gekehrt, verzögert, verschlampt, zurückgewiesen. Gegen unsere Behörden hast du keine Chance. Was?

Der Kellner brachte zwei Bier, Groschen griff sofort nach seinem, hob es, um seinem Gegenüber stumm zuzuprosten, und nahm einen kräftigen Schluck. Ahhh! Das tat gut. Eigentlich war es nur das Bier, weshalb er diese Suada ertrug. War dieser Bärtige ein Verrückter? Oder ein neuer Kohlhaas? War an dem, was er da erzählte, tatsächlich etwas dran?

Kalterer hatte sich in Schwung geredet, sprach so schnell, dass sich seine Worte überschlugen, bis sie von einem »Was?«, das er ständig einfügte, gebremst wurden, um sofort weiterzurollen … »Was?« … vom neuen Rathaus, das man unnötigerweise gebaut hatte, obwohl das alte generalsaniert worden war. Von Landtagsabgeordneten, die keine Miete zahlen mussten, von Bäumen, die statt im Schulhof im Garten des Bürgermeisters gepflanzt worden waren, ausgebauten Dachmansarden, Schwimmbecken und der Unverschämtheit, wie man mit seinen Anfragen umgegangen sei. »Was?« Da hieß es dann, man hätte der Gemeinde geholfen zu sparen.

Der Kellner brachte die Speisen, und während Groschen ein weiteres Bier bestellte, hatte der Bärtige das seine noch nicht angerührt.

– Mittlerweile hat die Gemeinde hundert Millionen Schulden, aber man macht weiter, ungeniert. Was? Fünf Prozent der Auftragssumme gehen schwarz an den Bürgermeister, dafür gibt der seinen Kumpanen die Summe des Bestbieters bekannt. Öffentliche Ausschreibungen sind Farcen, weil ohnehin feststeht, wer den Auftrag bekommt. Was? Da werden Gemeinderatsbeschlüsse einfach ignoriert.

– Aber, Groschen ließ sich das Kalbsbries auf der Zunge zergehen, was ist mit externen Prüfern? Mit dem Rechnungshof …

Der Bärtige lachte:

– Überall dasselbe: Rote Gemeinden werden von roten Prüfern kontrolliert, schwarze von schwarzen, blaue von blauen – und jetzt, da alle zum LIMES übergelaufen sind … da geht man mit den Prüfern drei Tage lang ins Gasthaus und fertig. Was? Da werden keine Konten überprüft, keine Auftragsvergaben … nichts! Meine Anfragen wurden abgeschmettert. Die Euro-Umstellung hat uns das Genick gebrochen. Untergrutzenbach hatte fünfzig Millionen Schilling Schulden, und auf einmal war das ein einstelliger Millionenbetrag. Mit der Euro-Umstellung fielen alle Hemmungen. Was? Kanalbau, öffentliche Gebäude, neue Straßen, ein Tennisplatz – plötzlich wurde investiert. Alle paar Jahre wurde das Rathaus neu gestrichen, und zufällig hatte die Villa des Bürgermeisters immer dieselbe Farbe. Was? Die Baufirma hat ihm einen Fischteich gebaut, ein Klubhaus für seinen Golfplatz samt Zufahrtsstraße. Und keiner traut sich, was zu sagen … Jeder denkt, ist nicht mein Geld, zahlt der Steuerzahler, geht mich nichts an … Einmal hat es ein junger Verkehrspolizist gewagt, den alkoholisierten Bürgermeister aufzuhalten. Was, glauben Sie, ist geschehen? Der Polizist wurde versetzt.

– Tja, schmatzte Groschen, das ist alles nicht gut, aber was wollen Sie eigentlich von mir?

– Darauf komme ich gerade. Kalterer begann, freudlos seine im Gulaschsaft liegenden Würstel zu essen und am Bier zu nippen. Mir hat man auch das eine oder andere Kuvert angeboten, ich habe abgelehnt, immer. Zum Glück. Ich konnte doch nicht zusehen, wie die Gemeinde vor die Hunde geht. Was? Also habe ich Eingaben gemacht. Die haben zwar nichts gebracht, geärgert haben sie sie aber schon. Man hat begonnen, mir zu drohen, erst indirekt, dann unverblümt. Irgendwann haben die nächtlichen Anrufe begonnen. Was? Man hat gesagt, ich soll Ruhe geben, jetzt, ich hätte keine Ahnung, wen man alles kenne, ich hätte eine Frau und Kinder … wenn ich weitermache, würde ich sehen, wohin das führe … ich stünde das nicht durch, solle mich besser umbringen, aber ich habe mich nicht abhalten lassen, und ich habe weitergemacht.

– Frau und Kinder? Groschen war erstaunt. Er hatte sein Gegenüber für einen Querulanten oder Psychopathen gehalten, aber nicht für einen Familienvater.

– Zum Glück halten die zu mir. Ich bin jetzt seit einem halben Jahr arbeitslos und ohne Aussicht. Mit einundfünfzig und meiner Qualifikation. Was? Im öffentlichen Dienst würde ich jedes Gehaltsschema sprengen. Dazu der Herzinfarkt. Daher bin ich auch nicht ganz bei mir. Wegen der Medikamente.

– Sie wollen hoffentlich nicht bei der Polizei anheuern?

– Das wäre eine Möglichkeit. Was? Auf Kalterers Lippen formte sich erstmals der Ansatz eines Lächelns. Nein, keine Angst, das ist nicht der Grund, warum ich Sie sprechen wollte. Leider. Er machte eine Pause und sah Groschen erstmals, seit sie sich gegenübersaßen, direkt ins Gesicht: Ich habe einen Fehler begangen, ich habe mit meinen Aufzeichnungen geprahlt. Seit die wissen, dass ich Buch geführt habe über ihre unsauberen Geschäfte, sind sie nervös geworden.

– Man hat Ihnen gedroht?

– Es gibt Anzeichen. Einmal hat sich bei meinem Auto ein Rad gelockert. Unser Hund wurde vergiftet – ein Wahnsinn für meine Kinder; ein paar Tage später eine Stinkbombe in der Wohnung, Hakenkreuze an der Tür.

– Wenn das stimmt, sollten Sie zur Presse gehen, Herr Kält…

– Kalterer! Die nehmen mich nicht ernst, haben Angst.

– Was erwarten Sie sich von mir? Polizeischutz?

– Ich weiß nicht, ob ich Ihnen trauen kann … Ich will, falls mir etwas zustößt, dass jemand Bescheid weiß.

– Für Korruption und Amtsmissbrauch bin ich nicht zuständig, aber wenn Sie mir Ihre Unterlagen kopieren …

– Ich habe Ihnen etwas mitgebracht. Der Bärtige legte eine

fingerdicke Klarsichtmappe auf den Tisch und schob sie Richtung Kommissar. Das sind nur Auszüge, aber ich rate Ihnen nicht, damit zur Staatsanwaltschaft zu gehen. Was? Man wird Sie abkanzeln, da gibt es Weisungen von ganz oben. Außerdem sind das nur die kleinen Fälle, aktuell geht es um etwas sehr viel Größeres, um … nun, das erzähle ich Ihnen, sobald die Zeit reif dafür ist.

Während Groschen die Mappe aufschlug und ein Protokoll studierte, es ging um den Umbau des Kindergartens, entschuldigte sich Kalterer, er müsse dorthin, wo selbst der Kaiser zu Fuß hinginge – ja, so drückte er sich aus. *Hat so oft »Was« gesagt, dass er jetzt Wasser lassen muss.* Groschen studierte die kopierten Anbote von Baufirmen, die Abschriften der Gemeinderatssitzungen, die so gut wie alle Aufträge an die Baufirma Hauenstein erteilten. Er wurde nicht schlau aus all den Zahlen und Tabellen, sah aber, dass die Baufirma Hauenstein auch mit der Schulrenovierung, der Errichtung eines Spielplatzes, der Gestaltung eines Kreisverkehrs und vielem anderen beauftragt worden war.

Als der Bärtige nach fünfzehn Minuten nicht zurück war, verlangte Groschen die Rechnung. Der Kellner meinte lapidar, die sei bereits erledigt. *Was?* Da wurde dem Kommissar erklärt, sein Tischgenosse hätte sie beglichen. *Und er hat sich aus dem Staub gemacht? Seltsamer Mensch. Ein Was-Was-Was, Wasserer, Waserl, Wasenmacher …* Er wusste nicht recht, was davon zu halten war. Ein Psychopath? Oder ein ehrlicher, naiver Charakter, der an der Schlechtigkeit der Welt zerbrochen ist?

Das Lokal war jetzt fast leer, der Kommissar trank noch einen Espresso und einen Grappa, beides auf Kosten des Hauses, und genoss die wohlige Stimmung, die ihn den Toten in der Strozzigasse vergessen ließ.

POMANTSCHKA MASCHANZKER

Sie erreichten den Gefängnishof. Die grauen Mauern waren von Schuhsohlen bis in Kniehöhe geschwärzt. Malte hatte das Gefühl, das alles schon gesehen zu haben: die vergitterten Zellenfenster mit den zahllosen Pendelfäden und Klopapierstreifen, die wie tibetanische Gebetsfahnen im Wind tänzelten, Mauern, Stacheldraht und ein über den gesamten Hof gespanntes Netz. Wegen der Tauben? Nein, um zu verhindern, dass Drohnen landeten, Waffen, Drogen oder Feilen hereingeworfen wurden. Außerdem gab es einen Turm mit abgedunkelten Sichtschutzscheiben.

Was er dann sah, drückte seine Stimmung. Glatzköpfe mit tätowierten Gesichtern. Die Nazis.

– Lassen die jetzt jeden rein, zischte ein kleiner, drahtiger Kerl in seine Richtung.

Die anderen, Mensch gewordene Pitbulls, würdigten ihn keines Blickes. Dann gab es die Georgier, Willis, wie Persenbeug sie genannt hatte, aufgepumpte Leibwächterfiguren mit Bürstenhaarschnitt. Drei Schwarzafrikaner spielten Fußball, ein paar Asiaten rauchten, und einer zog unbeirrt seine Joggingrunden. *So mussten sich die Christen im Kolosseum gefühlt haben, wenn die Raubtiere hereingelassen wurden.*

Malte hielt Ausschau nach Persenbeug, dem Einzigen, den er kannte, sah ihn wie einen Snob herumspazieren.

Dutzende Augenpaare gafften den Neuling an. Dinger wandte seinen Kopf zur Seite und inspizierte die Wand, als wäre er ein Baumeister, der einen Wasserschaden begutachtete. Was dieser Gefängnishof erzählte, war fürchterlich, er redete von Brutalität und dem Recht des Stärkeren, von Alphatieren und Gewalt. *Lass dich nicht runterziehen, bleib positiv, setz ein freundliches Gesicht auf.* So ging er langsam herum, immer darauf bedacht, niemandem zu nahe zu kommen, niemanden anzusehen. *Zwei Tage muss ich aushalten. Eine Erfahrung. Kein Grund, um zu verzweifeln. Wenn ich das im Dingers erzähle, werden wir darüber lachen. Alle Bobos meiner Cloud werden Kieferstarre bekommen. Dann gibt es einen Sing Sing Gin mit Goldstaub, Schokoladengitter und … vielleicht einem Schafsaug?* Da gab ihm jemand einen Stoß, sodass er vier, fünf schnelle Schritte vorwärts machen musste, fast hinfiel, sich fing und direkt vor den Georgiern zu stehen kam.

Nun stand Malte unmittelbar vor diesen Gorillas, die ihn mit ihren Blicken fast zerrissen. Er lächelte verlegen und murmelte:

– Hallo. Nichts für ungut. Schönes Wetter heute.

Ein mächtiger Kerl im schwarzen Hugo-Boss-Anzug verschränkte die Arme und blaffte ihn an:

– Was los? Es war der finsterste Gesichtsausdruck, den Dinger je gesehen hatte.

– Wieso? Ich … Peace! Malte hatte das dringende Verlangen, sich in Luft aufzulösen. *Eine spontane Selbstentzündung käme jetzt gelegen.* Der Georgier trat nahe heran und sah ihm mit einem vernichtenden Blick, einem Blick, der fruchtbare Erde in Ödland verwandelte, in die Augen.

– Peace?

– Friede! Pax. Auf Russisch Mir! Dinger schossen unpassende Gedanken durch den Kopf. Er versuchte, sich an irgendeinem festzukrallen, doch es gelang ihm nicht.

– Wenn mich du noch einmal anglotzt so, sagte der Gorilla mit überraschend freundlicher Stimme, reiß ich blöden Kopf dir ab und schieb in kleinen Hintern dir. Verstanden?

Natürlich. Ich will doch nicht als mein eigener Analstöpsel enden. Malte warf einen flehentlichen Blick zu den Wärtern, die beim Eingang standen, ihn aber nicht beachteten. *Die In-*

sassen haben sich untereinander verträglich und rücksichts-
voll zu benehmen. Hausordnung § 3 Absatz 1. Und Persenbeug?
Stolziert weiter herum wie ein Lord auf seinem Landsitz, hört
und merkt nichts. Soll ich um Hilfe rufen?

Malte standen Schweißtropfen auf der Stirn.

– Entschuldigung, nichts für ungut … Er machte kleine
Schritte rückwärts und rechnete damit, dass die Willis jeden
Moment explodieren würden. *Kein gutes Feeling.* Nichts geschah, nur das Schweigen war so raumgreifend, dass es ihn
fast erdrückte.

Als er fünf, sechs Meter Abstand gewonnen hatte, immer noch lächelnd, immer noch rückwärts gehend, stolperte
er und saß plötzlich auf dem Boden. Gelächter. Jemand hatte
ihm ein Bein gestellt. Es war dieser Bursche mit dem SS-Tat-
too auf der Stirn – dichte Augenbrauen, starker Bartwuchs,
wache, intelligente Augen, kultiviert wirkender Mund – und
dennoch die Ausstrahlung einer Ratte.

– Emanuel! Der Skinhead reichte ihm die Hand und zog
ihn hoch. Genau in dem Moment, als Malte dabei war, wieder auf den Beinen zu stehen, gab die Hand kurz nach, fing ihn
aber auf, bevor er auf dem Boden saß. *Sehr lustig, Spaßvogel.*

– Da hast du dir schöne Freunde ausgesucht, sagte die
Ratte. Gleich die Richtigen. Mit den Kanaken legt sich hier
keiner an.

– Wieso? Ich hab nichts getan. Wir haben Bekanntschaft
geschlossen.

– So? Bekanntschaft geschlossen? Die betrachten das als
Provokation. Du bist tot, mein Freund. Tot.

– Aber? Das sind zivilisierte Wesen, man kann über alles
reden.

– Glaubst du, die Schließer schützen dich? SS-Emanuel
blickte zu den Beamten und grinste. Lauter nette Menschen,
die alles liegen und stehen lassen, um ihr Leben zu riskieren,
wenn einer Hilfe braucht. Weißt du, was so ein B-Beamter

verdient? Die gehen mit tausendsechshundert netto im Monat heim, mit Überstunden vielleicht zweitausend. Vertragsbedienstete mit kaputten Ehen. Dafür wissen sie zum Jahresanfang, ob sie zu Weihnachten Dienst haben oder nicht. Jetzt kannst du dir ausrechnen, wie viel es braucht, damit einer wegsieht, wenn die Willis aus deinem Arsch Gulasch machen. Auf die Wachteln würde ich mich nicht verlassen. Wenn sie schlechte Laune haben, ziehen sie dir mit den Zellenschlüsseln eins über, bis das Blut spritzt.

– Aber wir sind in Österreich … Maltes Hoden waren auf Erbsengröße geschrumpft, zumindest fühlten sie sich so an. Er hatte Angst, nackte, kalte Angst. Es war wie eine Zeitreise zurück in den Schulhof, hier galten Bildung, sozialer Status, Wortgewandtheit nichts, hier zählte einzig und allein die körperliche Stärke.

– Wenn du überleben willst, brauchst du Schutz. SS-Emanuel, er war einen Kopf kleiner als Malte, legte ihm den Arm um die Schulter. Verstehst du, in der Realität der multikulturellen Gesellschaft brauchst du Brüder, die dir helfen, sonst treten dir die Kanaken in den Hintern, bis dir die Scheiße beim Maul rausläuft.

– Das bedeutet? *Soll ich eurer WhatsApp-Gruppe beitreten?*

– Hier ist kein Hostel, in dem man Cherry Blossom Tonic trinkt, sondern ein soziales Experiment. Deine Hautfarbe ist deine Uniform. Du bist einer von uns, Bruder. White Power! Hier gibt es achtzig Prozent Kanaken. Verstehst du? Wir sind ein Spiegel der Gesellschaft, wenn noch mehr Orientalen ins Land kommen …

– Aber … die neue Regierung will doch alle Grenzen schließen. Malte konnte sich an Pläne erinnern, die Gefangenen auszulagern. Die neue Regierung hat von Gefängnissen in Moldawien oder Rumänien gesprochen. Nicht, dass ich das gut fände, aber …

– Psst. Emanuel hatte einen Finger auf die Lippen gelegt. Du willst dir keine Glatze scheren und dir kein Hakenkreuz auf die Stirn tätowieren lassen? Hier drinnen brauchst du Verbündete. Oder glaubst du, jemand hilft dir, wenn einer mit deinem Schädel gegen die Wand rennt? Entweder du bezahlst, oder du hast Freunde.

– Bezahlen?

– Siehst du die Zelle mit dem blauen Handtuch? Die Ratte deutete Richtung zweiten Stock. Da lebt der Fall Hietzing … hast du bestimmt gelesen? … Soll seine Frau erschlagen haben … Frauenmörder kommen gleich nach den Päderasten, wenn sich der nicht Bodyguards bezahlen würde, hätte er hier kein gutes Leben … wahrscheinlich gar kein Leben …

Päderast? Malte war erstaunt, was der Nazi für Wörter kannte. Einer, der die Judenvernichtung guthieß und in seiner Freizeit Flüchtlinge verprügelte, aber sein Mund und seine Sprache waren kultiviert. *Und an welcher Stelle rangieren Schwarzfahrer?*

– Du glaubst, wir sind Dumpfbirnen, und mit uns willst du nichts zu tun haben? Aber wir sind nicht nur die Einzigen, die gegen die Verdrängung unserer Rasse kämpfen, die letzten Patrioten, die Letzten, die Widerstand leisten gegen den Triumph der ethisch fragmentierten Gesellschaft, wir sind auch die Einzigen, die dich hier beschützen können. Oder bist du Jude?

– Nein. Jude? Dinger dachte an seinen jüdisch klingenden Namen und an seinen beschnittenen Penis, aber nicht aus religiösen, sondern aus medizinischen Gründen. Phimose. *Komisch, das ist heute schon der Zweite, der mich für einen Juden hält.*

– Komm, ich stell dich den Evangelisten vor. Die Hand von SS-Emanuel lag immer noch auf Maltes Schulter, was diesem peinlich war, mussten ihn doch nun alle für einen Nazi halten, einen, der am 20. April Führers Geburtstag feierte, über Sonnwendfeuer sprang, zu Hause Hakenkreuzfahnen aufhängte und zu Rudolf Hess' Todestag ein Asylantenheim abfackelte.

– Also hier haben wir Gottfried …

– Kannst Goofy sagen. Der großgewachsene Skin sprach so langsam wie Ozzy Osbourne auf Valium.

– Der mit Stacheldraht am Hals ist Wire.

– Das ist Earl, und der Dicke da heißt Faxe.

– Goofy, Wire, Earl, Faxe, *lauter urdeutsche Namen*, Malte reichte jedem Glatzkopf die Hand.

– Und ich bin der SS-Emanuel, wegen dem da, deutete sich sein Tutor an die Stirn. Gemeinsam sind wir die fünf Evangelisten.

– Mein Name ist Malte.

– Malte?

– Erfinder der Malteser Kugeln. Nein, ist norddeutsch, keltisch. Er konnte nicht fassen, wie tief er gesunken war. Malte Dinger, der politisch interessiert und gelegentlich auch engagiert gewesen war, sich stets für die Öko-Parteien starkgemacht hatte, für soziale Gerechtigkeit, Flüchtlinge, den Wald, die Rettung der Wale, Mülltrennung, Fair Trade, Frauenrechte, nichts so sehr verabscheute wie Rassisten und Nationalisten. Wie konnte es sein, dass derselbe Malte Dinger hier stand und sich mit Nazis unterhielt? Glatzköpfe, die er nie und nimmer ins Dingers lassen würde.

– Zigarette? Emanuel hielt ihm eine Schachtel West hin, doch Malte hob die Hand.

– Vergesst mich. Ich bin nur bis Montag hier, will meine Ruhe haben. Versteht mich richtig, ich habe nichts gegen euch, *erste Lüge*, ich bin sogar der Meinung, dass ihr mit vielem recht habt, *zweite Lüge*, irgendwann muss Schluss sein mit den Türken, ich meine diese ganzen Schleiereulen, *was erzählst du da?*, Gemeindewohnungen für Ausländer, kein Kreuz mehr in den Klassenzimmern, die ganze politische Korrektheit, was zu weit geht, geht zu weit, Zwangsheirat, *schämst du dich nicht?*, und auch der schöne Adolf, ich bin mit den Gräuelgeschichten aufgewachsen, aber es war sicher nicht alles schlecht, was er gemacht hat, *spinnst du jetzt komplett?* *Komm vielleicht noch mit der Autobahn, dem Urlaubsanspruch, der Vollbeschäftigung,* aber ich bin hier nur zwei Tage und will … Versteht mich richtig, Ihr seid mir sehr sympathisch, aber …

– Habt ihr gehört, Kinder, sagte Emanuel, er will nichts mit uns zu tun haben. Wir sind ihm nicht gut genug. Er hält sich für was Besseres. Emanuels kultivierter Mund hatte ein zynisches Rattengrinsen aufgesetzt.

– Das habe ich nicht gesagt. Ich …

– Du bist ein Bobo, ein Linker, einer, der für die Rechte der Asylanten und für die Gleichberechtigung der Weiber eintritt, dem es egal ist, dass dadurch die Familien zerbrechen, nur noch Kanaken Kinder kriegen, so lange, bis die nordischen Menschen ausgestorben sind. Einer, der die neue Völkerwanderung verteidigt.

– Nein! Wie kommst du darauf? Das ist nicht wahr.

– Beweise es.

– Wie denn?

– Als Erstes rasierst du dir die Haare ab.

Sonst noch was? Macht eure Boygroup ohne mich.

– Natürlich. Es ist nur, ich habe draußen ein Lokal, ich weiß nicht, ob das geschäftsfördernd ist. Alle werden denken, ich bekomme eine Chemo, und bald bleiben die Gäste weg, weil niemand an Krebs anstreifen will.

– Wenn ich etwas nicht leiden kann, Goofy trat auf ihn zu, drängte ihn zurück zur Wand, dann sind das Schnösel. Er sprach immer noch im Schneckentempo. Glaubst du, deine Scheiße riecht nach Zimt und Zucker? Die Wörter kamen langsam herausgekrochen.

– Das habe ich nicht gesagt. *Du Freak! In der Bibel steht nirgendwo, dass man sich mit Halbaffen solidarisieren muss.* Ihr lasst mich einfach in Ruhe, und ich bin nicht gegen euch. Draußen kann ich euch helfen, ich habe Freunde …

– Das hättest du wohl gern. So läuft's hier aber nicht. Goofy rammte ihm grinsend und viel schneller als er sprach den Ellbogen in den Magen, woraufhin ein Schmerz in Maltes Bauch explodierte, er sich krümmte und nach Luft schnappte. *He! Verdammt. Was ist denn das für eine Argumentation?*

Er wusste selbst nicht, wie er es mit den stechenden Schmerzen zurück in die Zelle geschafft hatte. *Der hat mir das Zwerchfell gebrochen. Vielleicht ein Milzriss? Oder eine innere Blutung? Ich werde abkratzen, und Elvira weiß nicht einmal, wo ich bin.* Persenbeug sah ihn durchdringend an:

– Da ist dir ja ein feines Kunststück gelungen. Sich in einer Stunde sowohl mit den Willis als auch mit den Nazis anzulegen … reife Leistung.

– Die können mir nichts tun. Morgen, *wenn ich dann noch lebe*, verzichte ich auf den Hofgang … und am Montag bin ich draußen.

– Die Hoffnung stirbt zuletzt, sagte der Lobbyist, nahm ein Bündel Wäsche und verschwand damit in der Toilette. Kurz darauf waren der Wasserhahn und plantschende Geräusche zu vernehmen.

– Weißt du, warum der Georgier noch sitzt? Persenbeug begann, feuchte Wäsche aufzuhängen. Der hat, wie man hier sagt, eine Strafe nachrennen. War in einer Vier-Mann-Zelle mit einem Tatschkerl-Kerl, einem Kinderschänder. Als der Willi davon Wind bekommen hat, ist er, Frechheit siegt, zu dem Typ hingegangen und hat gesagt: »Ich bin dein Richter und verurteile dich zum Tode.« Dann hat er ihn seelenruhig erwürgt. Einfach so. Die Zellengenossen haben zugesehen. Weißt du, wie das ist, erwürgt zu werden? Der blaue Kopf, die zappelnden Arme, Beine, die herausquellenden Augen … Dinger spürte, wie er erstarrte, ein von schrecklicher Logik bestimmter Gedanke drängte sich in seinen Kopf: Sterben. Er könnte hier sterben. Einfach so, weil einer ausrastete, ein Verbrecher zu viel Testosteron hatte oder auf Entzug war, ihm das Essen nicht geschmeckt hatte oder das Wetter nicht passte. Keiner der Wärter würde ihn beschützen, B-Beamte, schlecht bezahlt …

– Aber, das ist … warum?

– Davon erfährst du draußen nichts. Den Leuten dort sind wir egal, die wohnen in Hietzing oder Döbling, in Perchtoldsdorf oder Klosterneuburg, die wollen nicht, dass etwas von hier drinnen bis zu ihnen schwappt.

– Wird schon so sein.

– Einen Schnaps?

– Was?

– Pomantschka. Selbstgebraut. Dein Vorgänger hat mir gezeigt, wie das geht. Einfach Obst und Brot in einem Plastiksack luftdicht verschließen, und nach drei, vier Wochen kommt die Maische in die Kaffeemaschine. Manche konstruieren auch ein Destilliergerät mit Dosen und Schlauch. Persenbeug holte eine halbvolle Eineinhalb-Liter-Petflasche hervor, goss etwas von der braunen Flüssigkeit in zwei Gläser und reichte ihm eines davon. Dinger war perplex. *Na ja, vielleicht wird das doch ein Happy Weekend?*

– Die Herausforderung besteht darin, die Maische so zu verstecken, dass sie bei einer Zellenvisite nicht gefunden wird.

– Im Spülkasten der Toilette?

– Da sehen die Wachteln zuerst nach.

– Unter der Schmutzwäsche? In der Matratze?

– Prost.

– Das kann man trinken? Oder wird man davon für drei Wochen blind?

– Besser der Spatz in der Hand als …

– Nun denn. Auf die Freiheit. Na sdorowje! Malte roch ein an verfaulte Äpfel gemahnendes Aroma und leerte das Zeug in sich hinein. *Wow, wenn ich davon mehr trinke, muss man mich morgen mit der Bergeschere aus dem Bett schneiden.* Es brannte, schmeckte scheußlich, aber er spürte, wie sich ein warmes Gefühl in ihm auszubreiten begann, den Schmerz im Bauch vertrieb. *Sollte man in den Getränkehandel aufnehmen, das Zeug. Dingers Häfenwasser, gibt sicher einen Markt dafür …*

– Nur a Geld, nur a Geld, sang Persenbeug, is das Schönste auf der Welt, wenn mas a net fressen kann, umso leichter bring mas an. Hendln, Antn, Gansln, Fisch lass ma rennen übern Tisch, an Champagner nu dazua, und dann drahn ma bis in d Fruha.

Malte schüttelte den Kopf.

– Hör auf. Bei dem Gesang verdirbt die Weinproduktion von einem ganzen Jahr. Ich kann es immer noch nicht fassen …

– Mach nicht so ein Gesicht, goss Persenbeug von dem Gebräu nach und nippte mit schnellen, vogelartigen Schlucken an seinem Glas. Kennst du den Witz mit dem Mann, der in eine leere Bar kommt?

Malte schüttelte den Kopf.

– Ganz hinten sitzt ein kleiner Mann, der wie besessen schreibt. Ich bin Johannes Mario Simmel, sagt das Männlein. Wie? Der Gast geht zurück zum Tresen und fragt den Wirt, was das zu bedeuten hat. Simmel? Ist doch tot? Ja, sagt der Wirt, schauen Sie, wie ich die Bar übernommen habe, fand ich im Keller eine Flasche samt Flaschengeist, der mir einen Wunsch gewährte. Nein? Glauben Sie nicht? Der Wirt holt die Flasche, der Geist erscheint und gewährt nun auch dem Gast einen Wunsch. Gut, sagt der, ich wünsche mir zwanzig Millionen in kleinen Scheinen. Wusch! Plötzlich sind da zwanzig Schweine mit Zitronen im Mund. He, ich habe um zwanzig Millionen in kleinen Scheinen gebeten und nicht um zwanzig Zitronen in Schweinen. Sehen Sie, sagt der Wirt, jetzt wissen Sie, wie ich zu dem Männlein komme. Oder meinen Sie, ich hätte mir einen dreißig Zentimeter großen Simmel gewünscht?

– Blöd. Malte spürte, wie sich seine Laune besserte. Ich habe dich falsch eingeschätzt, Ybbserl, du bist in Ordnung. Draußen musst du mal ins Dingers kommen. Auf einen Gardener Choice, der ist mit gegrilltem Paprika, Zucchini, Honig und Tomatenstaub. Er lachte, um gleich im nächsten Moment zu verstummen.

– Na, was ist denn, du schaust ja aus wie hingerotzt – so schlecht ist der Pomantschka nicht. Vielleicht kein Gin, aber …

– Ich habe an meine Frau gedacht. Elvira … Sie weiß gar nicht, wo ich bin.

– Was ich nicht weiß, macht mich nicht heiß.

– Die haben mich verhaftet, eingenäht – wegen nichts. Und Elvira hat keine Ahnung. Vielleicht spürt sie es. Wir haben eine enge Verbindung. Wir lieben uns.

– Liebe? Persenbeug rollte mit den Augen. Liebe ist ein großes Wort. Vielleicht eine Illusion, um die Gesellschaft aufrechtzuerhalten, um die Reproduktion zu gewährleisten? Eine Erfindung von mittelalterlichen Mönchen? So wie sie in ihren klösterlichen Schreibstuben die griechischen Philosophen erfunden haben, haben sie sich auch die Liebe ausgedacht. Hast du dir einmal überlegt, warum bei Platon kein Ouzo vorkommt? Kein Souvlaki, Tsatsiki, Raki, nicht einmal ein Olivenhain? Und warum die alle so wohlklingende Namen haben? Aristoteles? Sokrates? Epikur? Pythagoras? Heraklit? Und wie heißen die Griechen heute? Gastritis, Jetztpakis, Apropopolous … Weil die griechische Philosophie von mittelalterlichen Mönchen geschrieben worden ist! Und die Liebe? Alles, was ich sehe, ist Egomanie. Die Erde besteht seit dreizehn Milliarden Jahren, seit acht Milliarden Jahren gibt es Leben, und der Mensch, den es erst seit zwei Millionen Jahren gibt, bildet sich ein, seine die Reproduktion begleitenden Gefühle wären von Bedeutung.

– Ich liebe meine Zuckerschnecke wirklich. Ohne sie bin

ich ein halber Mensch. Sie verstehen das nicht, aber ich würde alles für sie tun – wie auch sie für mich alles tun würde.

– Hoffen wir, dass das niemals bewiesen werden muss.

– Sie!

– Würde es helfen, wenn du telefonieren könntest?

– Darf ich nicht. Sie haben gesehen, wie ich den Elfer-Zettel …

– Vielleicht kann dir der alte Godehard helfen. Persenbeug goss Schnaps nach, trank, diesmal ohne abzusetzen, und ging Richtung Toilette.

– Hast du am Häusl eine Telefonzelle versteckt?

– Trottel. Es gibt nur einen Ort, wo nicht gefilzt wird. Der Lobbyist zeigte auf seinen Bauch und verschwand im Klo. Was Malte nicht sah, aber erahnen konnte: Persenbeug drückte sich ein mit einem Kondom umwickeltes Mobiltelefon aus dem Dickdarm, spülte das Kondom hinunter, wusch sich die Hände, aktivierte das Gerät, kam zurück und überreichte es, zufrieden wie ein Zauberer, der soeben ein Kaninchen aus dem Zylinder gezogen hatte.

– Nobel geht die Welt zugrunde.

– Das ist … So was möchte ich auch mal kacken. Malte war sprachlos. *Ein Wunder! Jackpot!* Jetzt wird alles gut. Ich rufe Elvira an, und die holt mich hier raus. Ihr Vater ist Freimaurer, Meister vom Stuhl … *Warum passt das zu dem Handy?* … Der kennt in seinem Verein bestimmt den einen oder anderen Richter, irgendwie … Wie ist ihre Nummer? Fünf, vier, acht, zwei … nein, vier, acht …

– Bau keine Scheiße. Beeil dich.

Als Malte noch überlegte, war ein klickendes Geräusch zu hören. Gleichzeitig wurde die Tür aufgerissen, vier Beamte in voller Montur (Schlagstock, Helm, Schutzweste) standen im Raum und brüllten:

– Zellenvisite!

Super Timing.

– Das gibt es nicht, schüttelte Persenbeug den Kopf. Ein Unglück kommt selten allein. Der gute Schnaps.

– Lass ihm eine Messe lesen, sagte einer der Uniformierten.

– Ich habe es gewusst, diese Bemerkung Persenbeugs galt Malte, du bist ein Wamser, ein Spitzel.

– Nein! Das ist nicht wahr. Sagen Sie dem Herrn, dass das nicht stimmt.

Aber die Beamten hatten anderes zu tun. Sofort sahen sie die Plastikflasche mit dem Pomantschka und das Handy in Maltes Hand.

– Schwerer Verstoß gegen die Hausordnung. Sehr schwerer Verstoß. Das können wir nicht ignorieren. Göttlinger, ja, auch er war dabei, hatte seine Arme verschränkt, seufzte und schüttelte den Kopf.

– Aber ich … bin unschuldig, ich …

– Spitzel, Laus, Ratte, primitive Konstitution, zischte Persenbeug.

– Ruhe! Ihr kommt beide auf die Alm.

Zur Heidi und dem Ziegenpeter?

VIRIBUS UTERUS

Kein Edelweiß und kein Enzian. Die Alm war die Korrektionszelle – eine Mischung aus Rattenkäfig und pathologischem
Institut. Ein verfliester Raum von zweifelhafter Sauberkeit;
am schwarzen Estrich eine dünne, mit Kunststoff überzogene
Matratze. Darauf lagen eine Decke und ein Polster (beide
reißfest), daneben standen eine Plastikschüssel (Schekel) und
ein Trinkbecher samt Krug. Toilette? Eine Wanne aus Nirosta-
stahl zum Hinhocken, *wie früher in Italien*, damit der Arretierte
keine Klomuschel zertreten konnte. Außerdem spannte sich
ein Drahtnetz durch den Raum, sodass man nicht einmal zum
vergitterten Fenster kam. Diese Zelle war ein richtiges, den
Ausdruck verdiente es, Loch. *Welch perfider Zyniker kommt
auf die Idee, einen solchen Locus horribilis Alm zu nennen?*

Kaum waren die Uniformierten draußen, sank Malte auf
die Matratze. Er kämpfte gegen das Gefühl der Panik, starrte
auf die weißen Fliesen, die immer näher zu kommen schienen. Je länger er sie ansah, desto mehr gerieten sie aus der
Form, veränderten die Winkel, verzerrten sich. Sie kamen
auf ihn zu, umschlossen ihn, drehten sich. Stefan Zweig hätte darin Schachfelder gesehen, aber für Malte waren sie bös-
artige Quadrate, die »du bist verloren« zischten. Die Wachteln mussten doch wissen, dass er weder für den Schnaps noch
für das Handy verantwortlich sein konnte. Die mussten wissen, dass er unschuldig war. Aber nein, die wussten nichts. Er
war ihnen gleichgültig.

Nachdem die Zelle in ihn eingesickert war, er begriffen
hatte, dass dieser Raum nun seine Heimat war, entdeckte er in
der oberen Ecke ein Auge, das ihn zu studieren schien – eine

kleine Kamera. Glaubst du wirklich, schien sie zu flüstern, dass du hier jemals wieder rauskommst? Glaubst du noch an dein Leben? Bist du nicht Proband in einem unmenschlichen Experiment?

Malte wollte brüllen, gegen die Wand treten, auf den Boden kacken. Schließlich sprang er auf, schnitt Grimassen.

– Huhu! Einem spontanen Drang folgend, entblößte er sein Hinterteil und zeigte es Richtung Kamera. *Haha. Macht jemand einen Screenshot?*

– Pfrrrr, seine Lippen vibrierten. Ihr Scheißkübel könnt mich mal. Am Arsch lecken könnt ihr mich. Verlor er den Verstand? Hatte er Fieber? Er schleuderte die Decke Richtung Kamera, sie war schwer, und die Kamera bot keinen Halt, also fiel sie auch beim dritten, vierten Versuch herunter. Mit einem Sessel oder Hocker hätte er sie über der Kamera fixieren oder dieses Auge kaputtschlagen können. »Du bist verloren!« Wütend warf er sich auf die Matratze und zeigte einen ausgestreckten Mittelfinger Richtung Linse. *Arschlöcher! Idioten!* Niemand reagierte, die Fliesen kreisten ihn ein.

– Glaubst du wirklich, zischte die Kamera, du hast eine Chance?

Er musste eine Weile gedöst haben, als ihn etwas kitzelte. Ein Lichtstrahl traf ihn im Gesicht, verschwand, kam zurück. Ein Blinken? Versuchte ihm ein Häftling etwas mitzuteilen? Kommunikation! Mit irgendjemand reden, erzählen, wie man sich fühlte, versichern, dass man ein Mensch war, lebte … Malte, des Morsealphabets unkundig, konnte nichts entziffern.

– Siehst du, surrte die Kamera, du bist verloren, ausgeliefert.

Wie lange war er nun in dieser Zelle? Zwanzig Minuten? Zwei Stunden? Wenn das Leben einmal durcheinandergerät, läuft die Zeit anders, nämlich überhaupt nicht mehr, sie geht Umwege, macht Pausen oder hockt sich einfach hin und streikt. Eines jedenfalls war sicher, die Begehung hatte ohne ihn stattgefunden, der Schanigarten war verloren. Da spürte er ein Vibrieren an der Hüfte und hoffte, es wäre ein Handy, aber nichts, nur nervöses Zittern in der Leiste. Was hätte er nicht alles für einen Blick ins Internet gegeben! *Surfen!* Schon zwei, drei Sätze auf seiner Facebookseite würden ihm Hunderte Likes und Wows bringen. »Sitze unschuldig im Gefängnis. Urlaubsgrüße aus der JVA Josefstadt« oder »Als Schwarzfahrer eingelocht, mit dem Lobbyisten Persenbeug einen gehoben, jetzt in der Korrektionszelle, die hier Alm heißt.« Bestimmt würden ihm seine tausendzweihundertsiebenundzwanzig Facebook-Freunde Ratschläge schicken, ihn auffordern, sich nicht unterkriegen zu lassen, ihm Herzen und Smileys schicken. Und das Dingers? Er war gewohnt, alle paar Stunden nachzusehen, ob es auf den diversen Portalen Kommentare gab, Leute sein Comptoir empfahlen oder kritisierten. Wurde das Lokal als Fünf-Sterne-Geheimtipp empfohlen? Oder machten sich Nörgler darüber her, verunglimpften es als Nepp? Und sein Mail-Account? Wahrscheinlich hatte er viertausend Nachrichten, aber ihm war der Zugriff verwehrt, er war abgenabelt, lebendig begraben, tot. Jemand hatte die Reset-Taste gedrückt.

Malte stand auf. Sein Körper war ihm fremd. Dennoch schritt er die Zelle ab, vier mal zwei Meter. Er ging die Strecke hin und zurück und wieder hin und wieder zurück. Dann setzte er einen Fuß vor den anderen und maß die Zelle ab: acht Fuß breit und siebzehn lang. Und wieder hin, zurück, und hin, und zurück. Irgendwann war es genug, er blieb stehen, klopfte auf die Fliesen. Nichts, kein Ausgang, kein Hohlraum mit einer Botschaft. Jetzt wusste er, wie sich ein Fisch im Aquarium fühlte, ein Weißbrot im Toaster. JVA Josefstadt. Hier hatte die letzte Hinrichtung Österreichs stattgefunden: Am 24. März 1950 war der Frauenmörder Johann Trnka gehängt worden. Dinger kannte das Datum, weil es der Geburtstag seiner Mutter war. Ob dieser Johann Trnka in dieselbe Deckenlampe gestarrt hatte, die wie eine Sonne der Ausgestoßenen hier ein hässliches, gelbes Licht verbreitete?

Und all die anderen? Während der NS-Zeit gab es hier Tausende Exekutionen – und irgendwie waren die Geister dieser Ermordeten lebendig. Widerstandskämpfer, Kommunisten, Sozialisten, Priester, Opfer von Denunziationen, Sinti, Roma, Zeugen Jehovas ... sie alle spukten hier herum, weil sie keinen Seelenfrieden finden konnten. Und alle warnten sie, die neue Regierung nicht zu unterschätzen. Von der Wiedereinführung der Todesstrafe war die Rede, von Umerziehungslagern, nationaler Größe, Stolz und Ehre ... Aber nein, dem Durchschnittsmenschen ging es heute besser, gab es doch Steuererleichterungen, Familienförderung, weniger Arbeitslose, höhere Zinsen, billigere Zigaretten ... Ein Geschäftsmann wie Malte konnte davon nur profitieren. LIMES gab den Leuten Selbstbewusstsein, Stolz. Die Werte des christlichen Abendlandes wurden wieder großgeschrieben.

Da ging die Tür auf, und es erschienen zwei Fazis mit Plastikhauben und Handschuhen aus durchsichtiger Folie. *Seuchenteppich habt ihr keinen mitgebracht?* Emanuel und Goofy! *Die Freaks!* Wortlos griffen sie nach Maltes Plastikschekel und füllten ihn mit Gulaschsuppe. Malte, froh um jedes menschliche Wesen, hatte viele freundliche Wörter im Kopf, aber keines kam über seine Lippen. Goofy holte mit der Hand zum Schlag aus, sodass Dinger zusammenzuckte, dabei gab er ihm nur zwei Scheiben Brot und grinste. Der Plastikkrug wurde mit Wasser gefüllt. Emanuel lachte diabolisch, als er Malte die Schüssel gab. »Na, auch schon einmal bessere Tage gesehen.« Es war, als würde die SS auf Emanuels Stirn blinken. Und darunter? Da bildete sich ein großer weißer Speicheltropfen an den nun gar nicht kultivierten Lippen, der langsam, wie eine Spinne, die sich wo hinunterlässt, in die Gulaschsuppe glitt. *Spinne am Abend, erquickend und labend.*

– Mahlzeit. Lass es dir schmecken. Er überreichte ihm das Gericht, die braune Sauce, auf dessen Oberfläche ein weißer Schaumtupfen schwamm.

– Danke. Sehr freundlich. Malte nahm die Schüssel, lächelte, verbeugte sich »danke« murmelnd, sagte etwas wie, dass ein Gulasch scharf sein und brennen müsse, dreimal am besten, und schüttete dann … *abgefuckter Skin, spuck einem anderen in die Suppe* … ihren Inhalt Richtung Glatzkopf. *Touchdown!* Ein Schwall Gulasch klatschte auf den Boden. *White Power!* Die Ratte konnte sich wegdrehen, sodass sie nur ein paar Spritzer abbekam, brüllte aber etwas von renitentem Arschloch, unverbesserlichem Querulanten und humorloser Warze. Sofort, als hätten sie draußen gewartet, stürmten vier Beamte in die Zelle und … nein, sie prügelten ihn nicht, fixierten ihn aber so lange am Boden, bis ein herbeigerufener Arzt, *wo kam der so schnell her? Rutschte beinah auf dem Gulasch aus,* ihm eine Beruhigungsspritze setzen konnte. *Tilt!*

STIMMEN HÖREN

Als Malte wieder zu sich kam, wusste er nicht, wie lange er weggedämmert war. In seinem Kopf waren die Geräusche aneinanderschlagender Billardkugeln. Klock. Klock. Er hatte geträumt, mit einem Mädchen zu schlafen – die Landpomeranze aus der U-Bahn, und in ihrem Koffer waren Handys, aus denen verzerrte Stimmen »das Universum hat dir die Gunst entzogen, du hast ausgeschissen« krächzten. Wegen dieser Kleinen hatte er einen Termin verpasst, irgendwas mit Parkplätzen. Sein Anzug war voller Spermaflecken, und er wusste nicht, wie er das Elvira beibringen sollte.

Da war er aufgewacht, sah in einer verpixelten Welt, dass sich die Dämmerung hereingeschlichen hatte, und spürte eine Schwere im Kopf, als wäre sein ganzer nur aus zwei Billardkugeln bestehender Denkapparat mit Schlamm gefüllt. Klock. Zuerst glaubte er, in seinem Bett zu liegen, mit Carvin in die Schule gehen zu müssen. Einen Moment lang wollte er ihn mit einem Dino-Keks überraschen. Da sah er den mit grünlicher Flüssigkeit gefüllten Plastikschekel, die verflieste Wand, einen großen Spritzer Gulaschsuppe, die dunkelgrünen Gitterstäbe, die jetzt schwarz und bedrohlich waren, das engmaschige Drahtgeflecht. Langsam begriff er, wo er sich befand, *im Penthouse*, jetzt wusste er wieder, dass er nicht geträumt hatte, sich noch immer auf der Alm befand. Klock. Klock.

Da seine Kehle brannte, trank er Wasser und biss von einer Scheibe Brot ab. Woody Allen fiel ihm ein. Der hatte in einer Gangsterfilmparodie einen Revolver aus Brot geknetet. Nein, es war Seife, die während des Fluchtversuchs im Regen zu schäumen anfing. Das Brot schmeckte. Malte schloss die

Augen und versuchte sich vorzustellen, es sei Kuchen. Nun kostete er von der Flüssigkeit im Schekel. An der Oberfläche war eine Haut, die er mit dem Plastiklöffel durchstach, dann führte er etwas an den Mund: Erbsensuppe. Kalt. Salz fehlte, aber man durfte nicht unbescheiden sein. Das Gericht erinnerte an Schulausspeisung und Ferienlager, an Skikurse und längst vergangene Zeiten, in denen die Welt noch heil gewesen war.

Wenig später, als er die Reste zusammenkratzte, spürte er den Drang, sich zu entleeren. Gerade als er mit heruntergelassener Hose über der Nirosta-Pfanne hockte, ging die Tür auf, und es erschien der Kabarettist Niavarani, um einen Witz zu erzählen. Nein, es war der Arzt mit dem Zuckerwattehaar.

– Da will ich gar nicht stören, vermied er es, Malte in die Augen zu sehen. Wie ich feststelle, der Doktor sprach mit sanfter Stimme, ist alles in bester Ordnung. Wir sind, wie man sieht, gestürzt. Irgendwelche gesundheitlichen Probleme? Nein! Die Verdauung funktioniert, Fieber haben wir auch nicht. Wunderbar! Zuletzt hat sich hier drinnen nämlich einer umgebracht, aber das tangiert uns nicht.

– Sie. Ich muss …

– Darum störe ich nicht länger. Wollte nur meine Honneurs machen. Und schon war der Arzt wieder draußen, die Tür ging zu, und das Klacken eines Hebels war zu hören.

Der Rest des Tages, Malte wusste nicht, welcher, *Samstag? Sonntag?* war wie kalter, abgestandener Kaffee. Die Sekunden, Minuten und Stunden krochen unmerklich dahin – fast schwerelos. Klock. Klock. Draußen gingen die Leute ihren Geschäften nach, bastelten an Karrieren, verdienten Geld und gaben es gleich wieder aus. Draußen fand das statt, was sich Leben nannte. Und hier drinnen? In dieser von allem abgekapselten Blase, in diesem Fegefeuer des Wartens, wo die Minuten wie Schnecken durch den Raum krochen? Dinger hatte ein Lied von Hubert von Goisern auf den Lippen: »Heast as nit, wia die Zeit vergeht. Die Jungen san alt wordn, und die Altn san g'storbn ...« Als ob man das Vergehen der Zeit hören könnte, allenfalls sehen – zumindest im Spiegel. Aber in der Zelle war keiner. Man müsste bei Amnesty International das Recht einklagen, sich in den Spiegel schauen zu dürfen.

Malte wusste auch so, er sah entsetzlich aus. Bestimmt hatte er blaue Flecken im Gesicht und tiefe Ringe unter den Augen. Sein einziger Spiegel war der Geruch, das Aceton unter den Achseln und die Hefe an den Füßen. *Nicht gerade frischer Flieder!* Außerdem spürte er seine Handgelenke und ein Stechen in der Brust – da waren Polizisten draufgekniet.

Als das letzte Tageslicht ermattete, hallten Schreie durch den Hof. In allen möglichen Sprachen riefen sich die Häftlinge etwas zu. *Das ist verboten. Unerlaubte Absprachen.* Mindestens zwei Stunden dauerte dieses Gebrüll. Danach wurde es still, nur das Trippeln der Ratten und Funkgeräte-Knacksen war zu hören. Das gelbe Scheinwerferlicht pulsierte. Malte fiel in einen unruhigen Schlaf. Es kribbelte unter seiner Haut, schoss durch seine Adern, pochte im Kopf: Ungerechtigkeit! Klock! Klock! Einmal schreckte er hoch, weil ihn gellende, durch Mark und Bein gehende Schreie weckten. Todesschreie. Hundegebell hallte durch die Gänge, und die Geister der Exekutierten trieben ihr Unwesen. An Schlaf war nicht zu denken. Malte starrte in die Notbeleuchtung und hörte Stimmen in den Wänden. Sie redeten von Elvira und der weißen Bruderschaft, von Persenbeug und neuen Gin-Kreationen. War das der Wahnsinn? Der Lochkoller? Almrausch?

Er stand auf, lief herum wie der Panther im gleichnamigen Rilke-Gedicht, sah die Welt nur noch als Stäbe, *und hinter tausend Stäben keine Welt*, dazu die Stimmen aus den Fliesen. »Schau uns an! Komm näher. Berühre uns ...« Er fuhr die Linien entlang, spielte mit sich selbst Vier gewinnt. Und irgendwann ... »greif uns an« ... fiel ihm etwas auf, die Fugen einer unteren Fliese schienen irgendwie ... Tatsächlich konnte man sie drücken, fast kneten. Fensterkitt? Er bearbeitete die Stelle, und siehe da, sie gab nach. Ein Fluchtweg?

Malte gelang es, die Fliese zu lockern und von der Wand zu nehmen. Dahinter war aber kein Tunnel, sondern nur das gitterförmige Skelett des getrockneten Fliesenklebers. Dann entdeckte er doch etwas, einen kleinen Datenstick. Wie kam der hierher? Eine moderne Schatzkarte? Was für Informationen mochten darauf sein? Malte studierte das daumengroße Ding und schob es, zum Glück hatte es Zäpfchenform, an den einzig sicheren Ort seines Körpers. Der kleine Faden würde helfen, es bei Bedarf wieder hervorzuholen.

ERSTE HILFE

Mit der Morgendämmerung kamen Kaffee, zwei Scheiben Brot, Butter und Erdbeermarmelade. Der Fazi, diesmal keiner von den Nazis, schenkte ihm eine Zigarette, die in Malte leichten Schwindel auslöste. Dann geschah stundenlang, tagelang, jahrelang nichts. Er war auf Standby. Vom Hof drangen Stimmen, Gelächter, aber das war nicht von dieser Welt. Wenn er wenigstens Schach spielen könnte wie der Dr. B. in Stefan Zweigs berühmter Novelle, aber er hatte nur Carvin, Elvira und den Getränkehandel. Vielleicht sollte er die Zeit nutzen, neue Drinks zu kreieren? Pink Gin, Ghin Ghin, Ginger Rogers, Ginderella … Oder Liegestütze? Ein Zirkeltraining? Er brauchte etwas, das seinem Leben hier drinnen einen Sinn gab, aber er schaffte es nicht einmal, sich Elviras Brüste in Erinnerung zu rufen. Ihren Geruch.

Alles, was er hatte, war der Blues, der ständige, den Mond anheulende, eintönige Blues.

Irgendwann ging die Tür auf, und ein Vollzugsbeamter bedeutete ihm mitzukommen.

– Habt ihr eingesehen, dass ihr das nicht machen könnt? Ich bin vielleicht ein bedeutungsloser Mensch, hilflos, aber man kann mir nicht einfach etwas in die Schuhe schieben. Wir leben in einer Demokratie. Ich habe Rechte. Interessieren Sie sich für Fußball? Tennis?

Der Schließer schwieg, brachte Malte in die sogenannte Vernehmungszelle – einen kleinen, durch eine Plexiglasscheibe geteilten Raum. Auf der anderen Seite wartete ein gebräunter junger Mann in einem silbergrauen Anzug. Ochsenblutfarbene Budapester, eine Ledertasche, grünes Stecktuch, goldene Uhr – Patek Philippe. *Ein Schnösel! Aber ein Mensch! Einer, der zuhören muss.*

– Ich heiße Horst Eichel und bin Ihr Verfahrenshelfer oder Pflichtverteidiger. Ich werde Sie bei der Haftprüfung vertreten.

Na bitte, ein Rechtsgelehrter! Oder nur ein Praktikant?

– Was ist heute für ein Tag?

– Montag! Aber warum … Der Verfahrenshelfer wusste nicht, ob die Frage ernst gemeint war.

– Hm, Montag also. Ich bin seit Freitag in Einzelhaft. Hören Sie, Malte setzte sich auf den Eisenrohrstuhl und sah dem Juristen ins Gesicht, *gezupfte Augenbrauen, Ansatz zum Doppelkinn, Ende zwanzig, noch mit letzten Pubertätspickeln, den Typ kenne ich, Sportwagenfahrer, einer, der, würde ich brennen, nicht einmal auf mich pisst, weil er Angst um seinen Anzug hat,* ich muss so schnell wie möglich hier raus. Ich bin unschuldig.

– Nun, die Faktenlage spricht gegen uns, Herr … Horst Eichel blickte auf ein Blatt Papier … Dinger. Wir haben hier Widerstand gegen die Staatsgewalt. Wir haben, wie ich sehe, einem Polizisten einen Zahn ausgeschlagen, ihm den Arm gebrochen, und außerdem haben wir eine gefährliche Drohung ausgesprochen. Nicht schlecht. Der Jurist lächelte, was seine makellos weißen Zähne und etwas zu viel Zahnfleisch zum Vorschein brachte.

– Was? Das mit dem Zahn stimmt, Notwehr. Aber wann soll ich ihm den Arm gebrochen haben? Und was für eine gefährliche Drohung? Malte schüttelte den Kopf und machte ein Gesicht, als ob gerade Außerirdische landeten. Hören Sie, das war eine Verkettung unglücklicher Umstände.

– Die Gegenseite hat die Aussage des Polizisten.

– Ein biederer Mann mit Polizeiphantasie.

– Dagegen kommen wir nicht an. Der Richter wird vielleicht die U-Haft verlängern. Am besten, wir bekennen uns schuldig und gestehen alles ein.

– Was sollen wir? … Was soll ich gestehen? Erstens habe ich dem Polizisten nicht den Arm gebrochen, und zweitens halte ich es hier keinen Tag mehr aus.

– Soweit ich weiß, wurde noch niemandem das Strafmaß herabgesetzt, nur weil er Heimweh hat. Eichel lächelte, zeigte ganze Felder seines Zahnfleischs.

– Aber … was Recht ist, muss Recht bleiben.

– Recht? Der Anwalt rollte mit den Augen. Eines muss Ihnen klar sein, Herr … äh, Dinger, selbst eindeutige Tatsachen sind vor Gericht Verhandlungssache.

– Ich werde hier bedroht. Hier gibt es Freaks! Verbrecher!

– Was haben Sie erwartet? Sängerknaben? Sind Sie psychisch labil?

– Warum fragen Sie?

– Unsere Kanzlei ist auf Scheidungsfälle spezialisiert, solche Verfahrenshilfen werden uns zugeteilt, wir machen das nur aus Loyalität gegenüber der Anwaltskammer, aber ich gebe Ihnen einen Rat, verhalten Sie sich unauffällig und werden Sie vor Gericht auf keinen Fall ausfällig. Wenn Sie den Rat attackieren oder sich mit dem hohen Gericht anlegen, macht das System Sie fertig. Dann kommen Sie hier nie heraus.

– Warum sollte ich das tun? Malte hob den Blick und sah seinen Pflichtverteidiger treuherzig an. *Zu viel Zahnfleisch, trostlose, tote Augen.*

– Ich kenne genügend Fälle, die wie Michael Kohlhaas anmuten, Leute, die nichts getan haben, aber nie wieder rauskommen, im Maßnahmenvollzug enden, niedergespritzt werden …

– Ist das legal?

– Geht leichter, als Sie denken. Eichel lächelte wie ein Erwachsener, der einem Kind etwas erklärte. Und seit wir die neue Regierung haben …

– Warum erzählen Sie mir das?

– Ich muss Sie auf die Haftprüfung vorbereiten. Manche

verlieren die Nerven, benehmen sich daneben und … Aber Sie scheinen vernünftig. Machen Sie sich keine Sorgen, Herr … Dinger. Sie sind unbescholten, nur ein kleiner Eintrag …

– Ein lächerlicher Vorfall, Blitzkrieg, mein Hund hatte damals …

– Interessiert mich nicht! Wir haben, wie ich sehe, ein Kind … Geht es zur Schule?

– Carvin hat gerade mit der ersten Klasse angefangen.

– Wunderbar. Sie betreiben einen Getränkehandel? Alkoholika?

– Und das Dingers. Ein Comptoir, worin es Gin und Prosecco …

– Das kenne ich!

Natürlich kennst du es, solche Schnösel wie du lieben das Dingers, ernähren sich von Sushi und Fingerfood, verbringen ihre Wochenenden in Kitzbühel, Ischgl oder am Arlberg … Und doch bist du meine einzige Hoffnung.

– Nun gut. Eichel murmelte etwas in sein Zahnfleisch, zog einen Montblanc-Füller hervor und machte sich Notizen. Sie sind verheiratet und leben mit Frau und Kind in einem gemeinsamen Haushalt?

– Natürlich! Das heißt, Elvira ist in ihrer alten Wohnung gemeldet. Wegen dem Parkpickerl. Sie wissen ja, in Wien bekommt man nur in dem Bezirk, in dem man polizeilich gemeldet ist, einen Jahresparkschein.

– Das ist schlecht. Ein gemeinsamer Haushalt wäre günstiger. Trotzdem, würde ich sagen, besteht keine Fluchtgefahr … Wenn der Richter nicht völlig verstockt ist, lässt er Sie nach Hause.

– Und wenn nicht?

– Darüber sollten wir uns nicht den Kopf zerbrechen.

– Wenn nicht?

– Nach sechs Wochen wäre eine zweite Haftprüfung. Außerdem würden wir versuchen, ehestmöglich einen Verhandlungstermin zu bekommen. Wenn Sie sich schuldig bekennen, stehen die Chancen gut, mit einer Bedingten davonzukommen.

Sechs Wochen? Malte war kurz davor, die Besinnung zu verlieren. *Schuldig bekennen? Kann ich das? Ein Leben lang mit einem Makel herumrennen.*

– Wann wäre die Verhandlung?

– Jetzt warten wir einmal die Haftprüfung ab. Ich bin mir sicher, es wird alles gutgehen.

– Natürlich wird es das, trotzdem hätte ich gerne gewusst, wann die Verhandlung wäre.

– Vielleicht in vier, sechs Monaten.

– Ich müsste vier, sechs Monate in Haft bleiben?

– Vielleicht länger. *Unmengen Zahnfleisch.* Aber die Zeit vergeht schneller, als Sie denken.

So? Hast du eine Ahnung, was hier los ist? Du frisst draußen ein T-Bone-Steak, trinkst einen Châteauneuf-du-Pape, paffst eine Monte Christo und fickst eine blonde Anwaltsgehilfin, während mir die Psychopathen hier drinnen den Arsch aufreißen.

– In vier Monaten ist mein Getränkehandel ruiniert. Alles, was ich mir aufgebaut habe. *Na ja, ruiniert ist übertrieben, wenn Elvira einspringt und mir Jules nicht abspringt … * In meinem Geschäft sind vier Monate eine Ewigkeit.

– Das Gericht wird es berücksichtigen. Der Montblanc-Füller schrieb kleine Zahlen, kringelte sie ein, zeichnete Pfeile. *Übersprungshandlung!* Es macht allerdings keinen guten Eindruck, dass Sie in der Korrektionszelle untergebracht sind.

– Darüber wollte ich mit Ihnen reden. Ich habe nur einen mir angebotenen Schnaps getrunken. Pomantschker! *Verglichen mit dem dreißig Jahre alten, im Eichenfass ausgebauten Single-Malt, den du abends schlürfst, ein Drecksgesöff.* Quasi aus Höflichkeit. Ich wusste nicht, dass das verboten ist.

– Ich werde mit dem Stockchef sprechen. Und jetzt entschuldigen Sie mich, ich habe noch weitere ... Patienten. Eichel lächelte sein Zahnfleischlächeln. Wir sehen uns bei der Haftprüfung.

Malte nickte. Wenn alles gutging, war der Albtraum bald vorüber. Wenn nicht: vier bis sechs Monate Untersuchungshaft! Und dann vielleicht noch mehr ... Nein, das wird nicht sein, das kann nicht sein.

– He! Sie! Kommen Sie zurück! Sie müssen meine Frau verständigen! Malte trommelte gegen die Glasscheibe. Keine Reaktion, der Jurist war nicht mehr im Raum. Dinger wollte schreien, schüttelte den Kopf und sank zusammen. *Elvira! Die Haftprüfung! Danach ist diese Episode hoffentlich zu Ende.* Stiller Friede kam über ihn.

– Dann wollen wir mal. Der Justizwachebeamte nickte.

– Was war heute Nacht? Die Schreie. Ist einer abgestochen worden?

– Heute Nacht? Die Wachtel hob die Augenbrauen.

– Zur Primetime.

– Ach das. Ein paar Neger haben sich die Schädel eingeschlagen. Die Eingreiftruppe musste mit den Hunden ausrücken.

– Hunde?

– Weil wir sie sonst nicht auseinanderkriegen ... Ich habe dem großen Boss schon oft gesagt, dass es nicht gut ist, Schwarze mit Schwarzen zusammenzusperren oder Moslems mit Moslems. Die sind ja oft total verfeindet. Sunniten, Schiiten, Alewiten, Banditen ... Das ist wie früher mit den Jugos, aber woher hätten wir damals wissen sollen, dass Serben nicht mit Kroaten können ... und die nicht mit Bosniaken, Kosowaren, Mazedoniern, Albanern ...

Ja, woher?

DER FISCHOTTER

Lass die Sache ruhen, sagte sich der Kommissar. Doch sie ließ ihn nicht ruhen. Es war Donnerstag, der 12. September. Bereits am Sonntag hatten die Zeitungen Profilbilder des Toten aus der Strozzigasse veröffentlicht, doch die spärlich eingegangenen Hinweise waren allesamt unbrauchbar. Kein Wunder, das abgebildete Gesicht war aufgedunsen wie ein Kugelfisch. Noch immer hatte die Kriminalpolizei keine Ahnung, um wen es sich handelte. Ein Ausländer? Jemand, der auf Durchreise gewesen war? Der Tote passte zu keiner aktuellen Fahndung, wurde offenbar von niemandem vermisst.

Die Gerichtsmedizin hatte Scopolamin-Rückstände gefunden, ein Beruhigungsmittel mit halluzinogener Wirkung … könnte auch von K.-o.-Tropfen stammen, womit, wie Groschen gleich vermutet hatte, ein Sexunfall eher auszuschließen war. Die Wohnung in der Strozzigasse gehörte einem Unternehmen mit Sitz auf den Britischen Jungferninseln, wo es mehr Briefkastenfirmen als Tauben in Venedig gab. Die Anfragen waren unbeantwortet geblieben, und der Antrag einer Dienstreise zu den Virgin Islands würde dem Staatsanwalt nicht einmal ein Lächeln kosten. Auch die Reinigungskraft namens Iris *oder Irenäus* war keine Hilfe. Selbstsicher war diese Person im Vernehmungszimmer gesessen und hatte geraucht wie Serge Gainsbourg, da konnte Gordon noch so oft auf den Tisch hauen und »Fangen wir von vorne an. Was taten Sie in der Wohnung?« brüllen, es kam doch immer das gleiche stoische, von einem Achselzucken begleitete »Wie ich schon sagte …« heraus.

Der Kommissar hatte seinen Inspektor gebeten, taktvoll

vorzugehen. Mit den neuen Geschlechterdefinitionen kannte sich niemand aus. Plötzlich gab es Transsexuelle und Quersexuelle, Ladyboys, Hermaphroditen, Umoperierte und weiß Gott was. Aber alle wollten eine entsprechende Bezeichnung im Pass stehen haben. Bald würden sie eine eigene Toilette in Restaurants und eigene Umkleidekabinen in Schwimmbädern verlangen, würde es welche geben, die eine eingetragene Partnerschaft (*oder gleich eine Trauung?*) mit einem Roboter forderten, mit einer Aufblaspuppe, einer Luftmatratze oder einer Autobatterie.

– Verbrenn dir nicht die Finger, hatte Groschen gewarnt. Wenn du nicht aufpasst, hast du schneller eine Klage wegen Sexismus am Hals, als du er-sie-es sagen kannst. Der Kommissar hätte lieber Martin gehabt, der war feinfühliger als der impulsive Gordon. Aber Martin Zakravsky recherchierte im Darknet. Gordon Zwilling war fast explodiert, und mit jedem »Beruhig dich, Schatzi« war er noch aufbrausender geworden.

– Reiß dich zusammen, hatte der Kommissar gemahnt. Aber Gordon hatte gemeint:

– Weiß gar nicht, was Sie haben. Die Regierung räumt mit diesem Unfug ohnehin bald auf. Alles, was dann nicht mehr eindeutig Mann oder Frau ist, kommt weg.

– Kommt weg? Wie meinst du das?

– Ach nichts. Gordon wusste, der Kommissar war toleranter als er, kein Freund der neuen Regierung, weshalb man ihn damit besser in Ruhe ließ.

Tatsächlich hatte sich Groschen über LIMES wenig Gedanken gemacht. *Letztlich bleibt ja doch alles beim Alten. Zuerst wird großartig angekündigt und versprochen, aber dann? Wenn die Mörder auch so wären, ich hätte keine Arbeit.* Aber die Plakate mit den glücklichen Großfamilien waren sogar ihm aufgefallen – Werbungen, die unverhohlen zum Kinderkriegen aufriefen.

Der Kommissar sah aus wie John Travolta? Nein, eher wie

eine Mischung aus Don Camillo und Peppone, die aufgeworfene Nase über der langen Oberlippe glich Fernandel, während die lockigen Haare und das Doppelkinn von Gino Cervi stammten. Außerdem das Unterlippenbärtchen, an dem sein ganzes Gesicht zu hängen schien. Ununterbrochen zwirbelte er an dieser tiefergelegten Rotzbremse, wie man in Wien sagte. Ob dieses manische Bärtchendrehen an seinem leichten Autismus lag? Mal versenkte er sich in Alkohol, dann wieder in Computerspiele, Faulenzen oder Kochen. Und alles tat er intensiv. Am unleidlichsten aber war er, wenn er einem Fall so ratlos gegenüberstand wie dem aktuellen.

Da läutete das Telefon. Untergrutzenbach. Der Gemeindesekretär war bereits vergessen, und der Kommissar hätte auf die Schnelle nicht einmal gewusst, wo sich dessen Mappe befand. War sie beim Reinthaler geblieben? Aber am Telefon war gar nicht Edwin Kalterer, sondern Lotte, seine Frau, die ihn mit kurzen, abgehackten Sätzen wissen ließ, dass ihr Mann … seit vergangenem Freitag … vermisst werde. Sie wisse, dass er ihn, Groschen, … treffen wollte, aber seither … nicht zurückgekommen sei.

Es war eine verzweifelte Stimme, der man die unterdrückten Tränen anhörte. Der Kommissar ließ sich die Adresse geben und versprach, sie zu besuchen. Am Gang rannte ihm Martin in die Arme, der anstatt einer Begrüßung nur »Kroatien« sagte:

– Die Nippes stammen aus Kroatien. Das Kreuz aus Muscheln, der hölzerne Zigarettenbehälter, die Deckchen. Der Trödel wird an der ganzen Küste vertrieben. Außerdem habe ich im Darknet einiges herausgefunden …

– Später. Erzähl mir das in Ruhe, wenn ich zurück bin.

– Ein Paket mit Haaren ist auch gekommen … Wo gehen Sie denn hin?

– Untergrutzenbach.

– Untergru…? Martin blieb der Mund offen.

Groschen schlenderte zum Schwedenplatz, kaufte sich ein zweites Frühstück, Käsekrainer-Hotdog und Bier, fuhr eine Station mit der U4, um bei Wien-Mitte in die S-Bahn umzusteigen. Züge nach Untergrutzenbach gingen alle zwanzig Minuten.

Die Fahrt war angenehm, führte durch spärlich besiedelte Landstriche und Weingärten. Er sah Straßendörfer und Menschen in Gummistiefeln, Schürzen. Traktoren und Erntemaschinen preschten über die Straßen, in den abgemähten Feldern standen Rebhühner und verschreckte Rehe, Pyramiden aus Kürbissen, und am Horizont drehten rot blinkende Windräder, die man neuerdings überall hinpflanzte, ihre mächtigen Propeller. *Und da regt man sich über den Klimawandel auf, wenn gleichzeitig allerorts diese Ungetüme stehen, die dem Wetter den Wind aus den Segeln nehmen.*

Am Himmel über Untergrutzenbach kreisten Schwalben, die sich zum Aufbruch sammelten. Die Luft war erfrischend und würzig, eine Mischung aus Heu, verbranntem Gras und Grillwürsteln. Letzte Schwaden eines langen, unerträglich heißen Sommers. Nun war damit Schluss, nun war das Klima mild und angenehm. Groschen schlenderte an den Resten einer alten Stadtmauer entlang, die mit Wir-sind-das-Volk-Plakaten zugepflastert waren, und dachte, dass seine Frau vielleicht recht hatte. Ständig hielt sie ihm vor, er sei zu unpolitisch. Die neue Regierung … Bedenkliche Veränderungen wären da im Gang, demokratiepolitische Rückschritte … Man müsse, meinte seine Frau, sich dagegen wehren. Aber wie denn? Als Beamter konnte er schlecht gegen die Regierung demonstrieren, außerdem hielt er solche Kundgebungen für zwecklos. Was gingen ihn Flüchtlinge an? Oppositionelle? Minderheiten? Moslems? Was war an diesem LIMES so schlecht? *Wie sagte schon Oscar Wilde? Es gibt immer zwei Klassen von Menschen: die Gerechten und die Ungerechten. Die Einteilung wird immer von den Gerechten vorgenommen … Du* bist zu empathielos, hatte seine Frau gesagt, zu gleichgültig. Wann hat dich jemals etwas anderes als deine Arbeit interessiert? Vermutlich lag sie richtig, aber was wusste sie vom Kommissariat, von den Gesinnungen, die ihn umgaben?

Er kam zu einer Schrebergartensiedlung, in der gebräunte Menschen mit Gießkannen herumschlurften. Männer saßen in Gartenlauben oder hantierten an Kugelgrillern. *Seit die Autos so kompliziert geworden sind, haben sich die Männer aufs Grillen verlegt. Früher haben sie an Motoren geschraubt, Stoßstangen poliert und sind tagelang unter Fahrgestellen gelegen, heute beschäftigen sie sich mit Grillkohle und Gasflaschen, tragen Kochschürzen mit dämlichen Aufschriften – bald werde ich auch damit beginnen …* Alles hier entsprach dem beschaulichen Leben einer Kleinstadt. Auf einem Kinderspielplatz spielten kleine Türken, deren Kopftuch-Mütter auf Bänken saßen, tratschten. Ein Alter keifte etwas von Rückführung in die Heimat, doch man beachtete ihn nicht. Groschens Frau würde ihn zur Rede stellen. Aber er?

Der Kommissar kam zu einer Häuserzeile mit gepflegten Gärten, sah Porzellankugeln auf Stöcken, Zwerge, Traktorreifen, aus denen Dahlien und Heidekräuter quollen. Er überquerte einen Kreisverkehr und kam zu einem Plattenbau. *Die Bronx von Untergrutzenbach.* Hier wohnten die Kalterers. Im Treppenhaus überfiel ihn ein Geruch nach verfaultem Gemüse, kaltem Zigarettenrauch, Waschküche und Katzenklo. Er nahm den Lift und klopfte im fünften Stock an eine weiße Tür mit Marienkäferaufkleber. Sofort öffnete eine attraktive junge Frau … *attraktiv? Unverschämt gutaussehend!* … mit zurückgebundenem dunkelbraunem Haar, Dreadlocks, dunklen Augen, geschwungenen Wimpern und dichten Brauen. Die Zähne waren makellos weiß, das Gebiss etwas zu breit für den schmalen Mund.

– Mein Name ist Groschen, ich habe mit Ihrer Mutter telefoniert, sagte der Kommissar.

– Ich bin Lotte, Eds Frau. Sie lächelte. Der Altersunterschied hat uns nie gestört. Kommen Sie herein. Sie war barfuß, weiß lackierte Zehennägel, trug eine Trainingshose mit Streifen und ein graues Shirt. Schwer zu sagen, ob diese Kleider aus der Ramschkiste oder von einer Designer-Boutique stammten. Große Hände und eine zierliche Figur. Wer hätte gedacht, dass hier eine solche Schönheit wohnt?

– Wollen Sie etwas trinken? Groschen hatte Lust auf ein Bier, verneinte aber. Die Gastgeberin brachte eine Wasserkaraffe und zwei Gläser.

– Viel Zeit habe ich nicht, weil bald muss ich Sebastian und Clemens abholen. Kindergarten.

Etwas war Groschen beim Hereinkommen aufgefallen, etwas, über das er sich klar zu werden versuchte, etwas, das nichts mit den lackierten Zehennägeln und dem Gebiss dieser Lotte zu tun hatte, mehr mit der Atmosphäre der Wohnung, der Art, wie die Möbel gestellt waren. Alles war penibel aufgeräumt, selbst die Küche, in die er kurz geblickt hatte, wirkte unbenutzt. Das war es aber nicht. Die wenigen Schuhe im Vorzimmer, die Poster an den Wänden, das Wohnzimmer – alles wirkte seltsam unbelebt. Aber es war etwas anderes. Was nur? Der riesige Fernseher? Die modernen Küchengeräte? Oder dass diese Lotte überhaupt nicht zum Gemeindesekretär passte? Sie war der Typ Yogalehrerin, interessierte sich wahrscheinlich für Klimawandel und vegane Ernährung. Und dieser Ed, wie sie ihn nannte, mit seiner Kleinstadtwampe und dem spärlichen brotfarbenen Bart?

– Entschuldigen Sie, dass ich Ihnen nicht die Hand gegeben habe … Sie zeigte rissige, mit Bläschen übersäte Hände. Dyshidrose. *Eine Allergikerin!*

Vielleicht verwendet sie zu viele Putzmittel, dachte Groschen. Er war noch immer verwirrt …

– Haben Sie seit Freitag etwas von Ihrem Mann gehört?

– Nichts! Lotte schüttelte den Kopf.

– Denken Sie, ihm könnte etwas zugestoßen sein?

– Das würde mich nicht wundern. Seit er sich mit dem Bürgermeister und der Baumeisterfamilie angelegt hat …

– Mit der ganzen Familie?

– Der alte Hauenstein ist vor drei Jahren gestorben. Plötzlich! Jetzt werden die Geschäfte von den Schwiegersöhnen geführt, Meinrad und Xaver, die sich nicht ausstehen können … Offiziell gehört die Firma der Witwe, Esther, aber alle miteinander sind zerstritten. Seit ich hier lebe, habe ich viele Untergrutzenbacher kennengelernt, aber diese Familie! Sie lachte nervös.

– Haben Sie eine Vermisstenanzeige aufgegeben?

– Ich wollte erst mit Ihnen sprechen. Sie haben Ed getroffen?

– Ihr Mann hat mir von Korruption erzählt, davon, dass er das nicht mehr mitmachen könne. Haben Sie ihm nie zugeredet, etwas leiser zu treten?

– Glauben Sie, das hätte Sinn gehabt? Der Ed war … Er ist ein sturer Hund. Die junge Frau nahm einen Schluck Wasser und sah ihn an: Was werden Sie unternehmen?

– Ich kann mit meinen Kollegen sprechen, aber zuerst müssen Sie die Vermisstenanzeige … *wie sagt man da?* … erstatten.

– Glauben Sie, dass ihm … sie zögerte … dass etwas passiert ist?

– Ich glaube gar nichts. Ist so etwas schon vorgekommen? Groschen war fasziniert von der Atmosphäre dieser Wohnung und mehr noch von der Frau, hinter deren Sanftheit er ungeheure Energie vermutete.

– Nie! So etwas ist nie vorgekommen.

– Ist Ihr Mann der Typ, der manchmal über die Stränge schlägt? *Stränge?* Groschen fühlte sich so unwohl, dass ihm jedes zweite Wort, das er gebrauchte, unpassend erschien.

– Sie meinen, ob er zu Prostituierten geht? Ed? Unmöglich.

Seit seiner Herz-OP trinkt er kaum noch. Er hat feste Prinzi-
pien, außerdem ist er neuerdings sehr gläubig.

– Neuerdings?

– Seit einem halben Jahr liest er die Bibel, geht er in die
Kirche … Die Frau schien völlig gefasst. Keine Spur mehr von
Tränen oder hysterischem Zusammenbruch.

– Sie auch?

– Ich?

– Sind Sie auch gläubig?

– Nicht wie der Ed. Ich sage zwar nicht, die Kirche ist eine
Vereinigung von perversen Kinderschändern und gierigen
Kolonialisten, aber … sie rang sich ein Lächeln ab … ich sehe
nicht ein, was an diesem Männerverein gut sein soll.

– Als ich Ihren Mann getroffen habe, war er etwas fahrig,
aber im Großen und Ganzen … Nun, vielleicht klärt sich alles
auf. Denken Sie, er könnte, wie soll ich sagen …

– Sich etwas angetan haben? Selbstmord! Sprechen Sie
es ruhig aus. Niemals! Ed war, nein, er ist ein Kämpfer. Sein
Glaube würde das nicht zulassen. Außerdem hätte man dann
nicht … sie zögerte … seine Leiche längst gefunden?

– Vielleicht hatte er einen Unfall? *Vielleicht hat ihm jemand siedendes Wasser in den Darm gejagt wie dem Toten in
der Strozzigasse?*

– Dann hätte er alles unternommen, um mich zu benach-
richtigen.

– Vielleicht …

– Er lebt nicht mehr. Ich spüre das. Man hat ihn umgebracht, weil er bestimmten Herrschaften unangenehm geworden ist. Denken Sie nicht auch?

Groschen schwieg.

– Werden Sie den Bürgermeister verhören?

– Ich werde mit ihm sprechen. Mehr kann ich nicht tun. Der
Kommissar hatte ein unangenehmes Gefühl und war froh,
wieder hinauszukommen. Beim Abschied hob Lotte leicht die

mit Bläschen übersäte Hand. Jetzt fiel Groschen ein, was ihn die ganze Zeit irritiert hatte: Nirgendwo waren Fotos, kein Sebastian, kein Clemens, keine Ausflugs-, Geburtstags- oder Hochzeitsbilder, nichts. An ihrem Verhalten war etwas Merkwürdiges, er konnte nur nicht sagen, was.

Draußen hatte er das Gefühl einer Befreiung. Groschen ließ sich treiben. An einem Campingplatz blieb er stehen und stärkte sich mit einem Bier.

– Schön haben Sie es hier. Der Kommissar versuchte mit der Schankwirtin ins Gespräch zu kommen. *Was sollte in diesem Verschlag zwischen den Senf- und Ketchupeimern schön sein? Die Magenbitterfläschchen oder das große Glas mit Essiggurken? Die Küchenanrichten voller Zigaretten, Chips und Dosenfleisch? Das Che-Guevara-Poster?*

– Geht so, antwortete die Frau.

– Es heißt, die Gemeinde hat viel investiert.

– Hm. Die Dame, braun wie eine Kastanie, schlichtete Servietten und Pappteller, wischte mit einem Pinsel einen Aschenbecher sauber und lachte höhnisch.

– Hallenbad, Kindergarten, neues Rathaus, Golfplatz …

– Kapitalisten, knurrte die Kastanie. Jetzt wollen sie den Campingplatz wegreißen und einen Wohnblock herstellen. Ich soll im Erdgeschoß ein Lokal bekommen mit Gastgarten, aber das ist was anderes. Der Campingplatz ist eine Oase. Soll alles weg, der Minigolfplatz, die Fischweiher …

– Und der Badeteich?

– Wird zugeschüttet.

– Irgendwer verdient bestimmt daran.

– Darauf können Sie einen lassen. Jeder hält die Hand auf, wenn er kann. Keine Werte mehr, keine Moral, aber die Leute, denen man jahrelang das Hirn zugeschissen hat, jubeln. Unsereinem streicht man das Arbeitslosengeld. Wissen Sie, was ich einmal Rente kriege? Fünfhundert im Monat! Wie soll das gehen? Und dann liest man von Aufsichtsräten, die sich

Boni in Millionenhöhe ausbezahlen. Eine Schweinerei ist das. Kapiert nur keiner. Die meisten glauben, weil man es ihnen jahrelang eingetrichtert hat, die Ausländer seien schuld, die Muslime, das sind aber anständige Leute, ehrlicher als diese Kapitalistenbrut ... Früher gab es einmal Arbeiterbildungs-vereine, Bibliotheken, Sprachkurse, Esperanto. Und heute? Nur Fußball. Ich sollte den Mund halten, aber ich lasse mir das Wort nicht verbieten, ich habe nämlich Ideale, und ir-gendwann wird sie schon kommen, die Revolution. Viva! Sie zeigte die Faust. Groschen, der mit vielem gerechnet hatte, nicht aber mit einer verkappten Revolutionärin, fand die Alte recht sympathisch, eine politische Diskussion wollte er aber nicht führen.

– Kennen Sie den Kalterer?

– Wer kennt den nicht? Ist ein Guter, ein bisschen brrrbrr. Die Schankfrau drehte den Zeigefinger neben ihrer Schläfe.

Groschen setzte sich an einen Klapptisch und blickte in das grünlich schimmernde Wasser. Auf Betonsockeln waren La-ternen mit dem Aufdruck einer örtlichen Biermarke ... *keine Pferdepisse eines niederländischen Großkonzerns.* Er sah einen verrosteten Rechen, ein Kabel mit bunten Glühbirnen und be-mooste Surfbretter. Auf Baumstümpfen standen zu Blumen-beeten umfunktionierte Obstschüsseln. Alles hier hatte den Charme des Improvisierten, dahinter aber prangten große Schilder: Hauenstein Bau. Was wollte er hier? Einen abgän-gigen Gemeindesekretär finden? Ablenkung vom Strozzigas-senmord? Den ideologischen Grundkurs einer Schankfrau?

Der Kommissar trank sein Bier und ging durch eine neu angelegte Straße mit jungen Bäumen, deren Stämme mit Kalk bestrichen waren. Zerklüftete Wiesen voller Maulwurfs-hügel, und irgendwo im Hintergrund dröhnte ein Bagger, der Kies in einen Muldenkipper schaufelte. Stetes Brummen und Rattern waren zu hören.

Am neuen Rathaus prangte eine LIMES-Fahne. Groschen

erfuhr vom Portier, dass er den Bürgermeister im alten Rathaus fände.

– Der Verwaltungsapparat musste umziehen, aber der Bürgermeister hat sich geweigert, sein Büro aufzugeben. Er hat dort Sauna, Whirlpool, Badewanne, einen begehbaren Humidor …

Das alte Rathaus, ein protziger Renaissancebau, lag schräg vis-à-vis. Im Erdgeschoß waren ein Psychotherapeut und ein Bedarfsgeschäft für Fleischhauer untergebracht. Groschen ging durch die schwere Holztür und war beeindruckt von der breiten Marmortreppe und der Stuckdecke. Im ersten Stock hieß es, dass der Boss, so nannte man den Bürgermeister, gerade nicht zugegen sei. Wahrscheinlich war er in der Sparkasse, die er ja auch leitete. *Bürgermeister, Boss und Bankdirektor? Das riecht nach Ämterkumulierung.* In der Sparkasse – einem Palast mit Marmorsäulen, Atlanten und Karyatiden – wusste man auch nicht, wo der Gemeindevorstand war.

– Kein Problem, sagte der Angestellte, ich rufe ihn an.

Wie sich herausstellte, befand sich der Chef gerade zu einer Unterredung am Golfplatz.

– Sagen Sie ihm, ich kann ihn auch aufs Kommissariat vorladen!

Der Bankmensch flüsterte, die Stimme am anderen Ende wurde freundlicher.

– Natürlich, gern. Jederzeit.

Der Golfplatz lag etwas außerhalb. Da der Bankangestellte eine Unterschrift von seinem Direktor benötigte, bot er an, Groschen hinzubringen.

– Spielt Ihr Chef häufig Golf?

– Er ist süchtig. Sie stiegen in einen roten Opel Astra und waren in wenigen Minuten vor dem schmucken Golfgelände. Davor standen ein türkisfarbener Thunderbird, ein gelber Bugatti und ein grauer Aston Martin.

In der großen klimatisierten Halle kam ihnen der Bürgermeister entgegen. *Schlecht gefärbte Haare.*

– Acht über Par. Platzrekord! Er trug Golfschuhe, eine Pumphose, Stutzen, ein Jackett mit Weste aus englischem Tweed und eine karierte Kappe. Groschen hatte einen stiernackigen Franz-Josef-Strauß-Typ erwartet, aber das Gegenteil war der Fall. Dieser Carlo Faist war elegant, strahlte Aristokratisches aus. Sein Golfpartner, Groschen war es aufgefallen, hatte sich diskret davongemacht.

Der Bankdirektor/Bürgermeister unterzeichnete ungesehen alle Dokumente, ließ sich in einen voluminösen Couchstuhl fallen, bedeutete Groschen, es ihm gleichzutun, und bestellte mit nonchalanter Lässigkeit zwei Caipirinha.

– Platzrekord! Das muss gefeiert werden. Spielen Sie Golf? Sollten Sie. Es gibt keine bessere Schule für Disziplin, Konzentration, Selbstbeherrschung. Ich bin süchtig … So sieht also ein Wiener Kriminalpolizist aus? Er musterte Groschen, der sich in seinen ausgebeulten Jeans hier etwas deplatziert vorkam, lächelte und begann, die neuesten Errungenschaften von Untergrutzenbach aufzuzählen. Sportanlagen, Kinderbetreuungsplätze, eine Bowlingbahn, Kletterhalle … das alte Schloss wurde renoviert. Es gibt einen Gedenkstein für die Zwangsarbeiter, weil im Krieg war es ein Internierungslager … Sie sehen, wir stellen uns der Vergangenheit! Wir sind fortschrittlich! Der Mann sprach wie ein Sektenführer, der einem die Vorzüge seiner Gemeinschaft erklärte.

– Deswegen bin ich nicht hier. Groschen nahm einen Schluck von dem Getränk, das ihm ein schwarzer Kellner gebracht hatte, und fühlte sich für einen Augenblick wie auf Kuba, obwohl er noch nie dort gewesen war. Tatsächlich bot ihm der Bürgermeister eine Zigarre an. Dankend lehnte Groschen ab.

– Das Geheimnis ist der Rum. Der paffende Bürgermeister grinste. Schmeckt er Ihnen?

– Ja, aber ich bin nicht hier, um Rum zu trinken …

– Da Sie schon hier sind, müssen Sie die Vorzüge von Untergrutzenbach kennenlernen. Wir sind eine Mustergemeinde, wenn Sie einmal Urlaub machen wollen? Vielleicht mit Ihrer Frau? Kommen Sie zu mir. Ich kann Ihnen was vermitteln …

– Wollen Sie mich bestechen?

– Wie kommen Sie darauf? Also, was verschafft mir die Ehre?

– Es geht um das Verschwinden von Edwin Kalterer.

– Der auch? Carlo Faist machte ein verdutztes Gesicht.

– Wieso auch?

– Wie?

– Sie sagten »auch«? Ist noch jemand verschwunden?

– Nein. Da muss ich mich versprochen haben. Gibt es eine Vermisstenanzeige? Das sollte ich wissen … Also nicht. Und warum bemüht sich deshalb ein Wiener Kriminalkommissar nach Untergrutzenbach? Wegen einem abgängigen neurotischen Gemeindesekretär?

– Wie würden Sie Ihr Verhältnis zu Kalterer beschreiben?

– Hervorragend. Wir waren, ich glaube, ich darf das sagen, befreundet. Der Ed war ein fleißiger, zuverlässiger Mitarbeiter, bis … ja, der Bürgermeister stockte, bis ihn der Gitzi … der Wahn gepackt hat, alle hier wären korrupt. Das war seine fixe Idee. Er hat sich in einen Querulanten verwandelt, überall Schmiergelder vermutet und Betrug. Ich habe ihn gehalten, so lange es gegangen ist, aber als es nicht mehr möglich war, weil er sich benommen hat wie Rumpelstilzchen auf Speed … mussten wir ihn entlassen.

– Bevor er verschwunden ist, hat er Sie beschuldigt, ihm zu drohen.

– Na, sag ich doch, paranoid. Der Bürgermeister wirkte nicht im Geringsten nervös. Oder denken Sie, ich könnte mit seinem Verschwinden, das, wie ich mir gestatte festzuhalten, noch gar nicht offiziell ist, etwas zu tun haben? Der gute Ed hat nach seiner Entlassung Prozesse angestrengt, bei denen nichts herausgekommen ist. Er hat sich ruiniert. Wie oft habe ich ihm gesagt, Ed, lass es gut sein, so machst du dir nur Feinde, denk an deine Frau, die Kinder. Sei nicht dickköpfig … Warum sollte ich also? Sie denken dennoch, ich …

– Ich denke gar nichts. Ich höre mich um.

– Dann hören Sie, mein Lieber. Hören Sie. Und wenn Ihnen jemand von meinem Fischteich erzählt … Ich habe einen Fischteich mit natürlicher Population, Karpfen, Forellen, Huchen … Jedenfalls hat irgend so ein Vollhorst einen Fischotter ausgesetzt, der mir die Fische aus dem Teich frisst und sie dann ans Ufer legt, der frisst ja nur die Köpfe, gerade, dass er sich nicht auf die Bäckchen beschränkt …

– Und Sie denken, diesen Fischotter verdanken Sie Kalterer?

– Nein, das waren Tierschutzaktivisten, Spinner, die für die Rettung dieser Wassermarder eintreten. Aber es kann sein, dass sie jemand angestiftet hat.

– Der Kalterer?

– Reinschauen kann man in niemanden … Der Bürgermeister trank aus und erhob sich. Kann ich Sie in die Stadt mitnehmen?

– Ich will noch mit Familie Hauenstein sprechen.

– Dann kommen Sie. Ich bringe Sie hin. Der Bürgermeister zeigte dem Schwarzen, dass er die Drinks auf seine Rechnung setzen solle, und ging mit Groschen zu dem türkisfarbenen Thunderbird, dessen Motor wie eine Raubkatze schnurrte. Am Armaturenbrett ein gelber Magnet: schwarze Füllfeder und Hammer im Ring aus Ziegelsteinen – LIMES.

– Wissen Sie, was mich am meisten freut? Der Bürgermeister hatte Groschens Blick bemerkt und tippte mit dem Finger auf den Button. Dass es mit Europa vorbei ist! Wir brauchen Brüssel nicht. Was wir brauchen, sind Nationalstaaten. Darum müssen wir die Grenzen dichtmachen, sonst haben wir hier bald nur noch Moslems und Afrikaner, die in jeder Freitagspredigt hören, dass die Ungläubigen schlimmer sind als Tiere, umgebracht gehören. Dschihad, Scharia ... Sogar hier bei uns hat man Erdoğan-Kritiker zum Schweigen gebracht. Der Staat, der »dem Paradies sehr nahe kommt«, hat sich zu einer Mischung aus Kalifat und Diktatur entwickelt. Wenn es nach denen ginge, würde Europa eine zweite Türkei werden ... Wollen Sie das? Ich nicht. Der Islam gehört zu Österreich? Aber wie viel Österreich gehört denn zum Islam? Nicht mit uns! Nicht mit dem LIMES! Endlich wird etwas für das Volk getan! Aufhebung der Geschwindigkeitsbeschränkung, des Rauchverbots, der Helm- und Gurtenpflicht! Die Regierung weiß, womit sie sich beliebt macht. Hier in Untergrutzenbach sind alle dafür. Alle! Nächste Woche findet eine Taufe statt. Das müssen Sie erleben, da kommen Tausende, um das Glaubensbekenntnis abzulegen. David Byrne hat dagegen protestiert, dass LIMES die Talking-Heads-Version von »Take Me to the River« verwendet, aber was soll er machen? Auch der wird es noch kapieren.

Das Anwesen der Hauensteins war ein kleiner Palast mit gepflegtem Rasen und Steinlöwen. Waschbetonsäulen und ein absurd verschnörkeltes Schmiedeeisengitter bildeten einen hohen Zaun. Groschen wollte gerade die Klingel drücken, als mehrere Personen an der Haustür erschienen. Der Kommissar hörte aufgebrachte Stimmen. Da war von Gold, einem Geliebten und Autos die Rede. Eine junge Frauenstimme kreischte, eine alte war empört. Wenn hier jemand Gold genommen hätte, dann ... Andere versuchten zu kalmieren, doch es half nichts – wie Säbelklingen prallten die Stimmen aufeinander. Plötzlich verstummten alle, und ein gellender Schrei war zu hören:

– Siiiiie! Was machen Sie da?

Groschen war entdeckt. Eine Frau mit Piratenkopftuch kam auf ihn zugerannt und blickte ihn empört an:

– Was stehen Sie hier herum? Gibt es etwas?

– Groschen, Kriminalkommissar aus Wien, ich habe ein paar Fragen.

– Aus Wien? Hat Sie jemand herbestellt? Meine Mutter? Mutter! Warum machst du das? Kriminalpolizei! Die junge Frau schien durcheinander.

– Nein, ich … was?

– Es geht um den ehemaligen Gemeindesekretär Kalterer.

– Ach so, ein Seufzer der Erleichterung war zu hören.

– Was haben wir mit dem zu schaffen? Die Frau, sie mochte um die vierzig sein, ein sommersprossiges Mondgesicht, sah recht jugendlich aus, was durch den Sweater mit dem Aufdruck einer Universität, eine obszön enge Hose und Sneakers noch verstärkt wurde, drückte eine Klingel. Das Schmiedeeisentor öffnete sich, und der Kommissar wurde eingelassen.

– Berenice Pamperl. Die Piratin reichte Groschen die Hand und führte ihn zu der Gruppe am Haustor. Das ist mein Mann Xaver. *Eine gutmütige Kartoffel mit großem Mund, wachen Augen und großporiger Haut. Kariertes Hemd, Arbeitshose, klobige Schuhe.* Meine Mutter Esther. *Ein gealterter Klaus Kinski.* Meine Schwester Katalin, *hübsch, aber eisig! Prinz-Eisenherz-Frisur mit akkurat geschnittenen Stirnfransen,* und ihr Mann Meinrad Ofaire, *Anzug, Stecktuch, auf Hochglanz polierte Schuhe und die Ausstrahlung eines russischen Grafen, der gerade ein paar Leibeigene gehäutet hat: Augenringe, schmale Lippen, eine ausgesprochen negative Ausstrahlung.* Eigentlich heißen sie Hofer, aber Ofaire klingt besser … *Geschöpfe wie inzuchtgeschädigte Landadelige.* Die Angesprochenen nickten mit dem Kopf und sahen den Eindringling feindselig an.

– Wie gesagt, begann Groschen etwas verlegen, was mit seiner proletarischen Herkunft und der Missachtung, die ihm hier entgegenschlug, zusammenhing. Wie gesagt, bin ich wegen Edwin Kalterer, der möglicherweise vermisst wird, hier, weil ich dachte … Der Kommissar benahm sich wie ein blutiger Anfänger.

Esther Hauenstein machte einen derangierten Eindruck. Doch der ungebetene Gast hatte etwas in ihr geweckt, das ihren Blick arrogant und kalt werden ließ – Standesbewusstsein. Meinrad und Katalin, er mit einer diabolischen Aura, sie mit ihrer glatt glänzenden Playmobilmännchen-Frisur, so schwarz wie ein in Teer getränkter Helm, mächtigen Milchdrüsen, hatten die Ausstrahlung von Börsenspekulanten, die eben dabei waren, halb Afrika zu ruinieren.

– Als Zoologen tappen wir ratlos um das Wappentier. Xaver Pamperl, mit Abstand der Sympathischste, Wohlstandsbauch, Pockennarben an den Wangen, aber gesunde Gesichtsfarbe, blickte desinteressiert, auch Berenice, die Kopftuch-Lady mit dem Uni-Sweater, zweifellos das schwarze Schaf in dieser Sippe, hatte kein Interesse an einer Konversation mit Groschen.

– Wie gesagt, Edwin Kalterer, es hat den Anschein, er ist abgängig …

– Und Sie glauben, er hält sich hier versteckt? Meinrads Stimme klang herablassend. Ich bin mir sicher, meine Schwiegermutter ist erfreut, wenn Sie das Anwesen auf den Kopf stellen. Esther, wo bewahrst du deine abgelegten Gemeindesekretäre auf?

– Vielleicht sollte er mit dir anfangen. Seine Schwiegermutter, eine resolute, zugleich aparte Person mit einem von Tausenden Gesichtsmasken, Antifaltencremen und etwas Botox gestrafften Gesicht, schaute ihn böse an.

– Das wird nicht notwendig sein. Vorerst zumindest … Groschen setzte diesen kleinen Nadelstich, doch blieb er ohne Reaktion … Ich habe ihn letzte Woche getroffen, und …

– Er hat die Firma Hauenstein der Korruption bezichtigt! Katalin sprach noch kühler als ihr Mann. Dieser Gemeindesekretär hat mehr Anzeigen gegen Hauenstein eingereicht, als der amerikanische Präsident Twitter-Botschaften absondert. Anzeigen, die sich allesamt als völlig haltlos erwiesen haben. Ein pedantischer Wichtigtuer, an den wir nicht erinnert werden wollen.

– Mehr gibt es dazu nicht zu sagen, fügte Esther Hauenstein, die Baumeisterwitwe, hinzu. Wenn Sie weitere Fragen haben, Herr Broschen …

– Groschen!

– … dann wenden Sie sich an unsere Anwälte. Auf Wiedersehen.

– Wiedersehen. Groschen schlich hinaus wie ein geprügelter Hund, trank beim Campingplatz zwei Bier, die wenig halfen, hörte den Tiraden der Schankfrau über den Niedergang des Sozialismus zu und fuhr schließlich verstört nach Wien zurück. Er ging gleich nach Hause, wo er sich eine halbe Stunde lang duschte, aber selbst dann noch das Gefühl hatte, die Demütigungen der Familie Hauenstein klebten in seinen Poren. Lange schon war er nicht mehr so behandelt worden.

– Mit dir habe ich nicht gerechnet, sagte seine Frau. Hast du Hunger? Viel ist nicht da, aber ich kann dir etwas Fipronil abbraten.

– Was?

– Eier!

RABEN SINGEN NICHT

Gefräßige Stille. Die Tage waren in einer breiigen Gleichförmigkeit vergoren, die Zeit zu einer gallertartigen, wabernden Masse gestockt. Malte, noch immer in der Korrektionszelle, hatte sich in sein Inneres zurückgezogen. Außer den Mahlzeiten und dem einstündigen Hofgang, den er allein absolvieren musste, gab es keine Abwechslung. Sein Denken war von einem Wort blockiert: Haftprüfung. Er würde einem Richter vorgeführt werden, dem er beweisen musste, dass er keine Gefahr darstellte. Haftprüfung! Er versuchte, an etwas Schönes zu denken, daran, dass auf dem Datenstick, den er im Enddarm trug, eine Schatzkarte gespeichert war, an Carvin, seine Saurier, an Wiesen, Wald, Elviras Vulva, aber alles blieb unscharf, ständig tauchte dieses Wort auf, dieser Zensurbalken: Haftprüfung.

Von den Fazis, die ihm Mahlzeiten brachten, nicht mehr die Nazis, sondern fahle Gefängnisexistenzen, Vollzugsleichen, wusste er, dass es auf der Alm kein Telefonieren gab. Was war mit seiner Frau? Ahnte Elvira, wo er sich befand? Bestimmt war sie bereits in sämtlichen Krankenhäusern gewesen, vielleicht in der Leichenhalle. Wie erklärte sie sich sein plötzliches Verschwinden? Glaubte sie, er wäre abgehauen, hätte ein Doppelleben geführt, eine Freundin? Oder dachte sie, Außerirdische, der russische Geheimdienst, die Mafia hätten ihn entführt? Nein, unmöglich. Arme Zuckerschnecke, sie musste mindestens so durcheinander sein wie er. Und Carvin? Konnte seine Frau vor ihm den Schein wahren? Oder brach sie zusammen, überforderte sie das Kind mit ihrer Verzweiflung, ihren Ängsten?

Einmal sprach er beim Hofgang mit Hietzing, dem Frauenmörder vom zweiten Stock, der vehement seine Unschuld
beteuerte und von Ermittlungsfehlern sprach. Ein anderes
Mal durfte er mit einem Türken, der auch im Keller einsaß,
den Hofgang machen. Auch der konnte seine Lage nicht verstehen.

Weder die Beamten noch die Fazis waren imstande, Malte
zu sagen, wie lange er im Keller bleiben musste. Nur eines
war sicher: Niemand hatte Elvira informiert. Möglicherweise
hatte sie eine Vermisstenanzeige aufgegeben. Haftprüfung!
Malte redete mit den Fliesen und der Kamera, mit der Decke
und dem Schekel.

– Glaubt ihr, ich komme bald heraus? Denkt ihr, ich …

Irgendwann erschienen zwei Beamte. Der eine jung,
schlank; seine Kollegin dagegen, gut durchblutete rote Backen, ein Gesäß so groß wie Schleswig-Holstein, kam bereits
beim Gehen außer Atem.

– Puhh, hier stinkt es? Haben Sie gefurzt?

– Nein.

– Dann wird wohl eine Kuh gestorben sein.

– Ich muss telefonieren.

– Sie haben nichts zu wollen.

– Aber ich …

– Darauf ist niemand neugierig. Haftprüfung. Sie haben
Verhandlung.

– Endlich! Vor Überraschung blieb Malte die Luft weg.
Seine Stimmung schwankte zwischen Freude und Prüfungs-
stress. Die Handschellen aus Aluminium gaben ihm Halt, sie
waren warm und fest, vermittelten die Macht des Staates.

Während sie durch den nach Putzmitteln riechenden Ge-
fängnistrakt gingen, beachteten die Beamten Malte nicht. Die
Dicke keuchte, und der junge Bursche lamentierte:

– Fünf Stunden. Paruresis! Psychisch bedingter Harnver-
halt. Er sagt, er kann nicht, wenn ihm jemand zusieht. Fünf

Stunden habe ich mir seinen Piepmatz angeschaut, bei sechs Stunden gilt es als Verweigerung, und er bekommt eine Disziplinarstrafe, also sage ich, gut, ich drehe mich jetzt um, damit Sie Wasser lassen können …

– Diese Drogentests sind völlig unnötig, keuchte die Dicke.

– Der hat freilich nicht damit gerechnet, dass ich ihn im Spiegel sehe. Und weißt du, was er gemacht hat? Dieses Schwein!

– Ein Kondom mit Fremdurin im Arsch?

– Nein, er hat es über den Finger laufen lassen.

– Wollte er kosten?

– Der Finger war mit Aspirin präpariert, damit der Test ungültig wird.

– Na und?

– Verstehst du nicht? Der Test ist ungültig, und ich bekomme einen Vermerk. Wegen so einem Arschloch … Paruresis! Aber so lange musst du es verzwicken können.

Dinger wurde in das angrenzende Landesgericht gebracht. Wieder endlose Gänge, Amtstüren, Geruch nach Aktenstaub. Vor einer massiven Holztür hielten sie. Schleswig-Holstein wollte sich gerade auf eine Bank niederlassen, als Malte das Fenster am Ende des Ganges sah, die Beamten flehentlich anblickte. Er musste nicht sagen, was er wollte, sie wussten es auch so, seufzten und führten ihn ans Fenster, unvergittert, weshalb sie jeder einen seiner Oberarme packten, aber diskret wegsahen, als Maltes Augen die Welt da draußen einsogen: ein Himmel, blau wie leergewischt. Bäume, Vögel. SUVs und Sportautos, Menschen mit Sandwiches oder asiatischen Nudelgerichten in Pappbechern, Kinderwägen … Ja, es gab sie noch, die Welt. Malte versank darin, löste sich auf. Gefräßige Stille. Dann wurde er gestupst und gedreht, sah er erst wieder den Gang, dann Eichel, seinen Pflichtverteidiger. *Diesmal gänsekackegelbe Schuhe, silbern schimmernder Anzug, goldene Krawatte … hält sich wohl für einen tollen Hecht?*

Der Jurist reichte ihm die Hand, entblößte sein Zahnfleisch und sagte:

– Machen wir uns keine Sorgen, Herr … Dinger. Wir werden das schon schaffen. Aber ganz egal, was auch passiert, wir halten den Mund.

Malte wollte ihn fragen, wie er sich genau verhalten solle, aber da läutete Eichels Handy. Der Jurist machte eine abwehrende Handbewegung und trat zur Seite. Soweit es Malte mitbekam, ging es um das Wochenende, um Altaussee, eine Dame, die sich ein Dirndl kaufen wollte. Worte wie Erzherzog Johann, Jagdhütte und Saibling waren zu verstehen. Jedenfalls lachte dieser Eichelhäher vergnügt. Er schien in Gedanken ganz woanders, *draußen*, tänzelte herum und schickte Küsse durch den Äther. Kaum war er fertig, wurden sie aufgerufen.

Malte hatte sich diese Szene Hunderte Male im Kopf ausgemalt, nun war alles anders.

Der Gerichtssaal glich dem Klassenzimmer einer Abendschule. Da hingen ein Foto des Bundespräsidenten, ein Kruzifix, der Bundesadler und Bilder der Regierung. Fahnen mit dem LIMES-Logo. Die Richterin sah sympathisch aus, eine mollige Dame mit cognacfarbenen Dauerwellen – keine von der rechten, im Juridicum beheimateten Gaudeamus-Fraktion. Kein verkniffenes Gesicht, eher mütterlich mit der Ausstrahlung eines Teddybären. Sie sagte mit samtig warmer Stimme etwas von Strafsache gegen Malte Dinger, gemäß Paragraf soundso. *Beamtendeutsch.*

Malte hatte ein gutes Gefühl. Diese Richterin war kein Automat, sondern ein menschliches Wesen. Sie musste sehen, dass er ein freundlicher Mitbürger war, der nur aufgrund unglücklicher Umstände in eine missliche Lage geraten war. *Halte dich gerade, nicht die Hände verschränken, das wird als Abwehrhaltung ausgelegt, bemüh dich um ein offenes, freundliches Gesicht. Sende Sympathiewellen.*

Da räusperte sich eine junge Dame mit blonder Kurzhaarfrisur. *Hashtag Kampflesbe!* Die Richterin, *wahrscheinlich hält sie sich ans Protokoll,* erteilte dieser Staatsanwältin das Wort, die aufgeregt von schwerer Körperverletzung, Widerstand gegen die Staatsgewalt, renitentem Verhalten und hohem Aggressionspotenzial sprach. *Na, Schätzchen, vergessen, die Herzpulverl zu schlucken? Von so einer hysterischen Ziege geht keine Gefahr aus. So jemand wird vom Gericht nicht ernst genommen.* Sie erwähnte die Korrektionszelle und meinte, der Angeklagte müsse das volle Haftübel verspüren. *Haftübel? Die ist dümmer als ein Meter Feldweg.*

Nun kam Eichel dran, der sein ganzes Zahnfleischmassiv zeigte und siegessicher etwas von Vollzug redete, davon, dass der Angeklagte kein Vorleben habe, einen anständigen Beruf ausübe.

– Anständigen Beruf? Die Staatsanwältin lachte höhnisch. Getränkehändler! Alkoholdealer!

– Was nicht verboten ist. Eichel ließ sich nicht aus der Ruhe bringen. *Der macht das gut, der Schnösel. Spricht geradezu betörend, dass man gar nicht anders kann, als ihm zuzustimmen.* Mein Mandant hat das Haftübel bereits genug genossen, *genau!,* dieser Malte Dinger ist seiner Bürgerpflicht stets nachgekommen, zahlt pünktlich Steuern, ist verantwortungsvoller Ehemann, liebevoller Vater, so jemand stellt keine Gefahr dar.

– Und sein Lokal? Einmal wurde dort Kokain konfisziert.

– Bei einem Gast, platzte es aus Malte heraus. Soll ich jeden, der reinkommt, filzen? Außerdem kenne ich nicht einmal den Unterschied zwischen Kokain und Backpulver.

Eichel warf ihm einen strafenden Blick zu. *Was hat er denn? Gut, dieser Vergleich mit dem Backpulver ... musste das sein? Warum lächelt die Lesbe jetzt? ... Die zieht hier eine Show ab, obwohl völlig klar ist, wie die Sache ausgeht.*

– Ich habe hier einen Eintrag. Raufhandel.

– Lappalie. Längst verjährt, wiegelte Eichel ab.

– Da steht etwas von einem Hund mit Namen Blitzkrieg!

– Nicht verboten!

– Blitzkrieg? Die Richterin rümpfte die Nase.

– Und die gebrochene Hand des Polizisten?, keifte die Staatsanwältin. Ist das auch eine Lappalie?

– Wenn ich etwas sagen darf, sprang Dinger auf …

– Nein! Sie dürfen nicht. Eichel zog an seiner Hose, aber Malte, einmal stehend, fuhr fort:

– Von einer gebrochenen Hand weiß ich nichts. Ich wurde von dem Polizisten körperlich bedrängt, wollte mir Luft verschaffen und habe ihn möglicherweise unabsichtlich getroffen.

– Sie sagen, der Polizist hat Sie angegriffen?, fragte die Richterin mit ausdrucksloser Miene.

– Mein Mandant sagt gar nichts, verkündete Eichel und zischte Richtung Malte: Sie verschwenden hier nur unsere Zeit.

– Lassen Sie ihn doch, kam es aus der Staatsanwältin mit maliziöser Freundlichkeit.

– Angegriffen, ja, schon, nickte Dinger, dem eine heiße Röte ins Gesicht schoss.

Die Staatsanwältin lächelte zufrieden. Eichel griff sich an den Kopf, und Malte wusste, dass er etwas Falsches gesagt hatte, ahnte aber nicht, was. Um es wiedergutzumachen, erzählte er in knappen Worten die Geschichte vom gefundenen Handy über die Fahrscheinkontrolle bis zum Erscheinen der Polizei, flocht den Schulanfang Carvins ein, *ein Highlight*, kam auf die Saurier zu sprechen, sagte, dass sein Sohn, den er über alles liebte, den Freitag mit einem Bagger verglichen hätte, der das Wochenende angrub, bemühte sich, Fremdwörter wie Commitment und Diversity einzubauen, merkte, dass er sich heillos verrannte, *okay, jetzt flipp nicht aus*, spürte, wie sein Mund austrocknete, seine Knie zitterten, versuchte zu lächeln, verkündete, dass er eine Monatskarte besitze … *Golden Goal!* »Seit Anfang September! Vielleicht bin ich früher einmal schwarzgefahren, aber wenn man täglich sein Kind zur Schule bringen muss ...«

– Ruhe, ich habe genug gehört, hob die Richterin eine Hand, *kann sich wohl kein Hämmerchen leisten?*

– Aber Sie sollten, Frau Rat, wissen, dass ich ein friedliebender Mensch bin, ich würde nie mein Kind schlagen, auch sonst niemanden, ich habe sogar eine Petition gegen den Waffenbesitz ... Malte wollte das mit einer Geste unterstreichen, stieß mit den gefesselten Handschellen gegen den Tisch. *Was für ein Lärm!*

– Ruhe jetzt! Die Richterin zählte mehrere Paragrafen auf, sprach von Verleumdung eines Polizeibeamten, von schweren Verfehlungen und sprach sich im Namen des Volkes für eine Verlängerung der Untersuchungshaft bis zur Verhandlung aus.

Bingo! *Eine Ungerechtigkeit alttestamentarischen Ausmaßes. Völlig gaga?* Malte fiel die Kinnlade hinunter. Wie konnte diese gutmütig aussehende Frau, diese Mischung aus Köchin und Fernsehrichterin Barbara Salesch, anordnen, ihn weiter einzusperren? Das war nicht zu fassen. Er fiel in einen apathischen Zustand, spürte sich nicht mehr, konnte sich kaum bewegen, und hätte ihn der Vollzugsbeamte nicht leicht angeschoben, er wäre an seinem Platz versteinert.

Draußen vor dem Gerichtssaal klopfte ihm Eichel auf die Schulter:

– Ich habe gesagt, halten Sie den Mund. Aber keine Angst, das stehen wir durch. Es war halt ungünstig für uns, dass wir gerade in der Korrektionszelle sitzen, das hat der Gegenseite in die Hände gespielt.

– Ungünstig? Sie sind ein Stümper, *Stümper? Der kann nicht einmal Mutter Teresa verteidigen, wenn sie wegen Erregung öffentlichen Ärgernisses angeklagt ist.* Sie müssen etwas unternehmen, Rechtsmittel einlegen. Sie müssen! *Zahnfleisch allein reicht hier nicht.* Malte schrie, und die gerade vorbeigehende Richterin verzog den Mund und schüttelte den Kopf. Sie blieb einen Augenblick lang stehen und betrachtete ihn mitleidig.

– Schreien Sie nicht herum. Eichel legte sich den Zeigefinger auf die Lippen. Ich bin nicht Gott, ich erledige nur meine Arbeit. Aber ich habe auch Erfreuliches: Sie kommen zurück in Ihre alte Zelle, außerdem hat Ihnen die Richterin einen Anruf bewilligt, es besteht keine Verdunkelungsgefahr.

Malte reagierte nicht, ließ sich wie in Trance in das Gesperre führen.

Die Kasin (so wurden Justizwachebeamtinnen genannt, ihre Kinder hießen Quargel) mit dem Gesäß von der Größe Schleswig-Holsteins hatte ein Girl-from-Ipanema-Lächeln aufgesetzt, während der Schmalgepickte etwas von einem Häftling erzählte, der Putzmittel getrunken hatte. *Der quasselt wie bei einem Poetry Slam, diesem Paralympics für Dichter …*

– Wir haben da einen Kandidaten, erklärte die Kolossin. Frisst mit Brotteig ummantelte Rasierklingen und kommt dann grinsend zum Stockchef. Natürlich sollte er sofort in die Krankenstation gebracht und operiert werden, aber der ist schon so oft aufgeschnitten worden, dass er aussieht wie Frankensteins Dummy. Jetzt verabreicht ihm der Doktor Abführmittel. Empfehle ich Ihnen nicht.

Als er wieder in seine alte Zelle kam … War es wirklich seine Zelle? Er hatte Hemmungen, sie als solche zu bezeichnen … Jedenfalls lief der Fernseher. Persenbeug saß auf dem Stockbett und würdigte Malte keines Blickes. *Sieh mal an, immer noch am Leben? Hässlicher denn je – keine Säcke mehr unter den Augen, sondern Berghänge. Und die Nase gleicht einem Wasserhahn.* Am liebsten hätte Malte den Fernseher gepackt und Richtung Persenbeug geschleudert. Er war voller Wut, ein Schnellkochtopf kurz vorm Explodieren. Im Flimmerkasten lief ein Regionalkrimi mit der Kommissarin, die aussah wie ein alter Indianer, während ihr dicklicher Kollege die Schlagfertigkeit eines Gehirngelähmten besaß.

– Hat sich schon eine Terrororganisation zu diesem Schrott bekannt? Das sind ja Anschläge auf unsere Kultur! Kein Wunder, dass das Volk eine europafeindliche Regierung wählt.

– Warum so aggressiv? Aber es stimmt, wenn man fernsieht, sagte Persenbeug, als er den Apparat abschaltete, könnte man glauben, Österreich bestünde nur aus Mördern, Leichen, Trotteln. Dabei ist bereits nach dem Vorspann klar, wer der Täter ist. Immer der erste prominente Gastschauspieler.

– Ich muss bis zur Hauptverhandlung hierbleiben, seufzte Malte.

– Dann muss ich den Zimmer-frei-Zettel vom schwarzen Brett entfernen.

– Diese unterernährte Lesbe von Staatsanwalt hat gemeint, ich müsse das volle Haftübel verspüren, und die Richterin ist ihr gefolgt. Dabei dachte ich, die wäre nett.

– Der frühe Vogel fängt den Wurm. Mir will man fünf Meter anhängen.

– Fünf Meter?

– Gefängnisjargon, daran gewöhnst du dich. Fünf Jahre. Zu lebenslänglich sagt man Staatsfrack, Dauerwurst oder einen Runden.

– Die sind so ungerecht. Ich fasse es nicht.

– Bist nicht der Erste, dem Unrecht widerfährt. Kennst du das? Persenbeug hielt ein kleines Buch in Händen, warf es Malte zu.

– »Hiob« von Joseph Roth. »Dieses Leben eines alltäglichen Menschen ergreift uns, als schriebe einer von unserem Leben, unseren Sehnsüchten …«, las Malte den Text am Buchumschlag. Was soll ich damit?

– Lies es. Erinnert mich an dich.

– Später … Warum lässt man Sie nicht mit Fußfesseln hinaus? Sie sind prominent …

– Man glaubt, ich singe, wenn ich das Haftübel verspüre. Persenbeug schnalzte mit der Zunge. Aber darauf können sie lange warten. In der Ruhe liegt die Kraft.

– Warum sagen Sie denen nicht, was Sie hören wollen? Warum schützen Sie einen ehemaligen Minister?

– Weil ich nicht lebensmüde bin. Messer, Schere, Licht, ist für kleine Kinder nicht … Aber ich weiß nicht, ob man mir das abkauft.

– Was heißt das?

– Wäre ich der Erste, der das Gefängnis mit den Füßen voran verlässt?

– Sie glauben, hier kann Ihnen was passieren?

– Zumindest habe ich Kommissar Groschen, mit dem ich früher mal zu tun hatte, um einen Termin gebeten.

Da war die Arretierung der Tür zu hören, Göttlinger erschien und meinte:

– Dinger! Freuen wir sich. Der Stockchef, *traurige Augen*, verkündete, dass es so weit sei, Malte telefonieren dürfe. Er wurde zu einem Apparat auf dem Gang geführt und bekam einen Code, den er wählen müsse, damit der Anruf durchgeschaltet werde.

Er wählte die Nummernkombination und hörte das Signal. *Hoffentlich hat Elvira ihr Handy nicht verlegt.* Tuuut. *Vielleicht ist sie in der Badewanne? Warum liegen Frauen dauernd in der Badewanne? Oder sie ist unterwegs?* Tuuut.

– Ja? Elviras Stimme klang warm, vertraut und leicht gereizt. *Wie aus einer anderen Welt. So muss sich ein Toter fühlen, der noch einmal mit seiner Familie sprechen darf.*

– Elvira. Ich bin's.

– Malte? Du? … Und? Wie gefällt dir Istanbul?

– Istanbul? Wieso Istanbul?

– Bist du nicht in der Türkei?

– Was soll ich dort? Wie kommst du darauf?

– Weil mich Freunde angerufen haben, um zu fragen, ob das stimmt.

– Wer hat angerufen? Was soll stimmen?

– Sie haben eine Mail erhalten, du seist in Istanbul beraubt worden und würdest dringend Geld brauchen.

– Was? Das … Da stecken Betrüger dahinter. Solche Mails gibt es ständig.

– Dachte ich auch. Die angegebene Bankverbindung war von Western Union, da weiß man schon … Wo bist du wirklich? Was fällt dir ein? Warum hast du mich verlassen? War ich dir nicht gut genug? Du hast eine Jüngere? Kenne ich sie?

– Nein!

– Wie lange geht das schon? Was hab ich falsch gemacht?

– Ich habe keine andere.

– Dann einen Freund? Du bist jetzt schwul?

– Elvira!

– Sei ehrlich!

– Wirklich nicht!

– Wie kannst du so gemein sein. Letzten Freitag hat die Schule angerufen, dass Carvin abzuholen ist. Das arme Kind war ganz verstört im Hort. Allein mit dem Betreuer. Und warum? Weil sein Vater abgetaucht ist! Du hättest wenigstens … Weißt du, wie peinlich mir das war?

– Elvira! Das ist nicht wahr.

– Holst du ihn heute ab? Wirst du das Geschäft aufsperren? Ständig rufen Leute an … Jules weiß nicht, was er machen soll … Warum hast du mich sitzenlassen? Man hörte den Rotz in ihrer Nase, wahrscheinlich hatte sie Tränen in den Augen.

– Elvira, ich bin im Gefängnis.

– Heb dir deine Scherze für wen anderen auf. Das ist nicht lustig.

– Es ist kein Scherz. Elvira! Zuckerschnecke! Man hat mich beim Schwarzfahren erwischt. Du hast vergessen, mir die

Monatskarte zurückzugeben, ich hatte eine Auseinandersetzung mit einem Polizisten …

– Was? … Was hast du gemacht?

– Nichts weiter, eine kleine Rangelei.

– Du verarschst mich. Jetzt wäre ich fast reingefallen. Wo bist du? Was hast du eine Woche lang gemacht? Sag nicht, einen Ziager (so bezeichnet man in Wien eine nächtliche Lokalrunde).

– Elvira! Ich schwöre beim Leben Carvins, ich sitze in der Justizanstalt Josefstadt.

– Du hast jemanden getroffen, der dort arbeitet? Eine Verwaltungsbeamtin? Psychologin? Erst gestern war eine im Fernsehen, Tabea Butterweck, den Namen habe ich mir gemerkt, hübsche Person, es ging um Verschärfung im Vollzug. Heißt das so? Vollzug? Du bist jedenfalls ein kompletter Sepp, wenn du glaubst …

– Elvira! Ich bin verhaftet worden, es ist schrecklich … Ich sitze in einer Zelle mit Ybbs-Persenbeug! Davor war ich im Loch, in einer sogenannten Korrektionszelle. Wenn du mich fragst, wie es mir geht, und ich sage beschissen, ist das ein glatter Euphemismus. Ich bin nahe am Zusammenbruch.

– Das soll ich glauben?

– Es stimmt!

– Eine bessere Ausrede ist dir nicht eingefallen?

– Schau auf die Nummer am Display! … Und? Glaubst du mir jetzt? Er konnte förmlich spüren, dass die Gedanken durch Elviras Kopf rasten wie Sternschnuppen zu den Persiden. Die Erwähnung von Persenbeug und die seltsame Nummer hatten etwas ausgelöst.

– Scheiße!

– Sagt man nicht, trifft es aber ziemlich gut. *Endlich ist es in ihrer Software angekommen.* Man hat mich einer Untersuchungsrichterin vorgeführt, und die hat verfügt, dass ich bis zur Verhandlung hierbleiben muss.

– Was für eine Verhandlung?

– Die sagen, ich habe einem Polizisten den Arm gebrochen.

– Malte!

– Aber das stimmt nicht. Ich habe ihm nur einen Zahn ausgeschlagen.

– Nur?

– Unabsichtlich.

– Dann bin ich also mit einem Schläger verheiratet, mit einem brutalen Kerl, der seine Emotionen nicht unter Kontrolle hat, und so jemand ist der Vater meines Kindes.

– Elvira! So war das nicht.

– Mach dir keine Sorgen. Ich werde sofort … *endlich schien sie den Ernst der Lage zu begreifen* … mit meinem Vater telefonieren, vielleicht weiß einer seiner Brüder … *natürlich, Freimaurer, Schürzenverein* … einen guten Anwalt. Das kann doch nicht sein, dass die dich wegen einem Fahrschein, der zwei Euro fünfzig kostet, einsperren. Ich rufe dich sofort zurück.

– Du kannst mich nicht zurückrufen!

– Wieso nicht? Du hast doch auch … Sie klang verwirrt.

– In der Zelle gibt es kein Telefon.

– Wann kann ich dich besuchen? Ich finde das heraus.

– Vielleicht ist es besser, wenn du mich nicht besuchst. Nimm auf keinen Fall Carvin mit. Sag ihm, ich wäre verreist … oder … Na, dir fällt schon etwas ein.

– Und was ist mit dem Geschäft? Im Dingers ist Jules, aber deine Kunden?

– Mach dir keine Sorgen, sag, ich hatte einen Unfall. Stimmt ja … irgendwie …

Da klopfte ihm Göttlinger auf die Schulter, sagte »Beeilen wir sich« und tippte mit dem Zeigefinger auf seine Armbanduhr – eine T-Touch von Tissot. *Wenn er noch lang herumdrückt, zeigt sie ihm Höhenmeter und Luftfeuchtigkeit an.*

– Ich muss jetzt Schluss machen. *Hausordnung § 12 Absatz 4: Die Dauer der Telefongespräche liegt, sofern keine an-*

derslautenden Anordnungen ergangen sind, im Ermessen des Aufsicht führenden Strafvollzugsbediensteten.

– Ich hab dich lieb. Mach dir keine Sorgen, das wird wieder. Wir kriegen das hin.

– Hoffentlich. Ich liebe dich. *Keine Sorgen? Wie soll ich mir keine Sorgen machen? Aber zumindest habe ich eine Familie. Die kann mir keiner nehmen. Menschen, die mich nicht vergessen, denen ich etwas bedeute, die alles tun, um mich hier rauszuboxen.*

Als er zurück in die Zelle kam, war sie leer. Kein Persenbeug. Zuerst dachte Malte, der Rabenschnabel würde auf der Toilette sitzen, als aber auf seine Rufe keine Reaktion kam, hatte er die Idee, Persenbeug könnte sich die Pulsader aufgeschnitten haben, also sprang er zur Klotür und riss sie auf: nichts! Der Vogel war ausgeflogen.

Malte nahm das Buch, das er ihm gegeben hatte, und begann zu lesen: Vor vielen Jahren lebte in Zuchnow ein Mann namens Mendel Singer. Er war fromm, gottesfürchtig und gewöhnlich, ein alltäglicher Jude … Unbedeutend wie sein Wesen war sein blasses Gesicht … Singer schien wenig Zeit zu haben und lauter dringende Ziele … Sein Schlaf war traumlos. Sein Gewissen war keusch. Er brauchte nichts zu bereuen, und nichts gab es, was er begehrt hätte. Er liebte sein Weib und ergötzte sich an ihrem Fleische … Dreißig Jahre war er alt … *Was soll das mit mir zu tun haben? Gut, Mendel Singer hört sich an wie Malte Dinger.*

Nach einer Stunde kam der Lobbyist zurück, stapfte wortlos durch die Zelle und warf sich auf sein Bett. Wenig später stand er wieder auf, trat ans Zellenfenster und starrte in den Hof. Seine Schultern hingen herab, und er machte einen geknickten Eindruck.

– Sie wollen mir nicht helfen, stieß der Lobbyist hervor. Niemand. Sie sagen, ich bilde mir das ein.

– Wer denn?

– Ach, du bist auch da. Persenbeug schien seinen Mithäftling ganz vergessen zu haben. Die Polizei! Ich habe Kommissar Groschen getroffen, um ihm zu sagen, dass, falls mir etwas zustößt, es nicht mit rechten Dingen zugegangen ist.

– Was soll Ihnen denn zustoßen?

– Das hat der Kommissar auch gefragt. Man könnte mich zum Beispiel erhängt auffinden … Aber ich habe keinerlei Bedürfnis, mich ins Jenseits zu befördern, schon gar nicht mit einem Strick.

– Wer soll so etwas machen?

– Hat der Kommissar auch gefragt. Es gibt Leute, die fürchten, dass ich singe.

– Aber die können Ihnen hier nichts tun!

– Hier gibt es Mörder, die für ein paar Stangen Zigaretten jedem ein Messer in die Nieren rammen.

– Warum beantragen Sie dann keine Einzelhaft?

– Wozu? Ich habe dem Kommissar gesagt, dass ich bei einem Anwalt eine Mappe mit Aufzeichnungen deponiert habe. Wenn mir etwas zustoßen sollte, müssen sich gewisse Herrschaften warm anziehen.

– Wie hat der Bulle reagiert?

– Ach, dieser Groschen ist ein seltsamer, verstockter Mensch. Man weiß nie recht, was er denkt. Ich glaube, er hat damit gerechnet, dass ich singe.

DER NIBELUNGENSCHATZ

Montag der 16. September. Zehn Tage nach Maltes Verhaftung, zehn Tage nach der Auffindung der Leiche in der Strozzigasse, zehn Tage, in denen der Sommer beschlossen hatte, kein Sommer mehr zu sein, den Herbst hereinließ.

Lachen hallte durch das Kommissariat. Inspektor Martin Zakravsky gluckste vor Vergnügen:

– Hört euch das an! Im Darknet gibt es eine Gruppe, die sich Zeigzeugen nennt, Zeigzeugen! … Keine Holocaust-Überlebenden, sondern Exhibitionisten, die ihre Zeiger öffentlich zur Schau stellen. Ratet, was die planen? Eine Gala am Opernball!

– Herrscht da nicht Frackzwang? Gordon Zwilling rollte mit den Augen.

– Mitternachtseinlage de luxe.

– Was soll daran komisch sein? Groschen sah ihn mürrisch an.

– Ich stelle mir die feinen Pinkel mit ihren tonnenschweren Weibern in den Logen vor, Champagner schlürfend, und auf einmal stehen da zehn, zwölf Exhibitionisten, die die Hosen runterlassen und der schockierten Menge ihre phallische Phalanx zeigen. Ich mach mich an, wenn ich daran denke, dass der ORF diese Offenbarung überträgt, der langhalsigen Moderatorin bei so viel Gepimmel das Blut in den Kopf schießt wie durch eine Gartenschlauchdüse und ihrem schwulen Kollegen die Zunge bis in die Kniekehlen hängt. Den Muttis daheim im Fernsehsessel dreht es vor lauter Scham die Haare auf, und die Sektgläser fallen ihnen aus den Händen.

– Sag das bloß nicht dem Staatsanwalt, sonst müssen wir

dort Exhibitionisten fangen. Groschen dachte an seine Frau, die so gerne auf den Opernball ginge.

Da kam Julia Schäfer und meldete eine junge Frau, die zum Kommissar wolle.

– Was ist mit Ihnen los? Fasching? Groschen war irritiert vom Aufzug seiner Bürohilfskraft. Heute trug sie kein Lena-Hoschek-Kleid, auch kein Teil von H & M und keine Lederjacke vom Flohmarkt, sondern einen dunklen Anzug mit weißem Hemd und roter Krawatte – außerdem eine Pullmannkappe gleicher Farbe. *Bereitet sie sich auf die Firmung vor?*

– Ich bin jetzt Bursche!

– Bursche? Geschlechtsumwandlung? *Ist sie diesem Irenäus auf den Leim gegangen?*

– Burschenschaft Hysteria! Eine Gruppe junger Frauen, die für die Wiedererrichtung des Matriarchats eintritt. Julia salutierte.

– Gott sei Dank!

– Was?

– Ich hatte Schlimmeres befürchtet. Eine Burschenschaft aus Frauen? *Ist das nicht ein Widerspruch in sich?* Für so etwas geben Sie sich her? Aber dieser Aufzug geht nicht. Wir sind hier ein Amt! *Reicht es nicht, dass man mich mit dem Binnen-I quält? Gleichberechtigung und Quote schön und gut, aber Wiedereinführung des Matriarchats?*

– Ich kann mir nicht vorstellen, dass das der neuen Regierung gefällt. Oder wollen Sie wegen so etwas die Entlassung riskieren? Mir persönlich wäre es egal, aber Sie kennen den Döblinger …

Die Schäfer zog eine Schnute und dampfte ab. *Burschenschaft Hysteria? Kein antisemitisches Liedgut, sondern Kastrationsgesänge? Die sollten sich mit den Zeigzeugen zusammentun …* Der Kommissar warf einen Blick in den Gang und war überrascht. Berenice Pamperl, Greenpeace-Sweater, gelbes

Kopftuch, saß neben einer illegalen Prostituierten und einem Rechtsanwalt. *Das schwarze Schaf.* Ihr rundes Gesicht mit der kleinen Nase hatte etwas Eulenhaftes. Als sie Groschen sah, sprang sie auf und reichte ihm die Hand.

– Entschuldigen Sie bitte das Verhalten meiner Familie letzten Freitag, aber …

– Donnerstag, ich war am Donnerstag in Untergrutzenbach, unterbrach sie Groschen. *Diesen Empfang vergesse ich bestimmt nicht.*

– Jedenfalls war es ein ungünstiger Zeitpunkt.

So kann man Arroganz und Unhöflichkeit auch rechtfertigen.

– Meine Familie ist schrecklich. Nach außen Glanz, Freundlichkeit und Großbürgertum, aber innen total verrottet. Katalin und Meinrad mit ihrem Trachten-Faible, er säuft wie Charles Bukowski, hält sich aber für einen Philosophen, und sie ist eine Nymphomanin. Xaver, mein holder Gemahl, ist ein Komplexler, na und Mutter …

– Was wissen Sie über den Verbleib von Edwin Kalterer? Groschen bat die Piratin in sein Büro, ließ sie Platz nehmen und gestattete ihr zu rauchen. An der Unbeholfenheit, wie sie die Zigarette anzündete und sofort zu husten anfing, merkte er, sie war das nicht gewohnt.

– Zu Kalterer habe ich nichts zu sagen, aber zu dem Toten. Sie holte eine Zeitungsseite hervor und zeigte auf das Bild der Strozzigassenleiche. Bevor Sie zu uns kommen, was irgendwann unweigerlich …

– Wer ist das?

– Der Geliebte meiner Mutter.

– Der Geliebte Ihrer Mutter? Esther Hauenstein? Groschen fiel die Kinnlade herunter. *Der alte Kinski hatte einen Lover? Ausgerechnet den?*

– Er nannte sich Branko, aber sein wirklicher Name war Nedeljko Zemic.

– Nedjel… Liebhaber? Ihre Mutter ist doch …

– Zweiundsiebzig. Anfangs hat sie alles abgestritten, aber wir haben sie erwischt, in flagranti. Den da, sie zeigte auf das Foto, nackt mit einem blauen Viagra-Ständer. Papa ist vor drei Jahren gestorben, und niemand verlangt, dass Mutter ein Nonnen-Gelübde ablegt, aber dieser Branko war ein Witwentröster. Hugo-Boss-Anzüge, Mercedes S-Klasse, Rolex. Oh, sie sah die Zeitungsseite an, du schleimiges Grinsen auf zwei Beinen. Wissen Sie, was er gesagt hat, als wir sie erwischt haben? … Na, da werden wir den Fräulein Töchtern auch einmal ins Schlafzimmer blicken. Der hat das lässig weggesteckt, während Mutter hysterisch herumgekreischt, sich eingesperrt und zwei Wochen nicht mit uns geredet hat. Später haben wir Pornos, Viagra und Marihuana gefunden. Dabei war Mutter früher prüde wie eine Äbtissin. Haben wir einmal gescherzt, schau Mutter, wäre das kein Mann für dich, war sie pikiert: Nein, so etwas kommt für sie nicht mehr in Frage, so ein Mannsbild, grauslich … Und dann das, ein Branko! Einer, der Mutter dazu bringt, sich zu bekiffen, Pornos anzusehen! Ich würde es ihr gönnen. Aber der da, sie hielt das Bild hoch, spuckte es fast an … Branko war ein Gauner! Das Zugpferd einer Organisation, die in ganz Europa operiert. Nicht einmal schön, nicht einmal jung.

Na ja. Der hat bestimmt einmal besser ausgesehen.

– Eleganz? Charme, Charisma? Fehlanzeige! Offiziell betrieb er ein Antiquitätengeschäft, Import-Export von Duftkerzen und Heilwasser, aber praktisch brauchte er dauernd Geld. Mutter hat zwei Ferienhäuser auf Lanzarote verkauft, drei Reihenhäuser auf Mallorca, ihren Schmuck, Antiquitäten. Bisschen viel für ein paar sexuelle Abenteuer … Der hat sie ausgenommen wie eine Weihnachtsgans. Und plötzlich war er weg, vom Erdboden verschluckt. Wir dachten, er sei abgetaucht, das Gold würde ihm genügen. Gell, Berenice betrachtete das Bild, du Hund!

– Welches Gold?

– Vierzig Kilo. Die Piratin hatte ihren Blick noch immer auf das Zeitungsfoto gerichtet. Oh, du hinterhältiger Betrüger! ... Vater hat es nach meiner Geburt im Keller vergraben – für Notfälle. Wir mussten Mutter immer den Wert in Euro ausrechnen. Eineinhalb Mille. Irgendwann hat sie Xaver gebeten nachzusehen, ob es noch da ist. Der Komplexler ist also in den Keller und hat die Stelle freigekratzt. Nachher war er sich nicht sicher, was er gesehen hat. Das Gold? Oder einen Ziegelstein? Zwei Tage später jedenfalls war es weg, das Gold. Mutter hat getobt, gedroht, sie holt die Polizei, sie bringt uns alle ins Gefängnis ... Wir waren solche Anfälle gewohnt. Aber das Gold? Vierzig Kilo trägt man nicht in der Hosentasche raus. Verstehen Sie, jemand hat den Nibelungenschatz, so haben wir dazu gesagt, geraubt. Branko! Mutter hat herumgebrüllt, wie wir ihr so etwas zutrauen können, Branko weiß davon doch nichts ... Oh, du Schmieriger, sie tippte mit dem Zeigefinger auf das Bild ... Die meisten denken, Reiche haben ein sorgenfreies Leben, aber das stimmt nicht. Meine Laktoseintoleranz und Weizenallergie sind Reaktionen auf Mutter. Ständig hat sie mich und Katalin gegeneinander ausgespielt. Mal haben die Pamperls eine Verleumdungsklage zugestellt bekommen, mal die Ofaires. Mal war ich ihre allerbeste Lieblingstochter und die Katalin ein geldgieriges Monster, dann war es wieder umgekehrt. Mal hieß es, der Xaver stiehlt ihren Wein, dann wieder, die Katalin ist eine Nymphomanin, die sich auf alles stürzt, was bei drei nicht auf den Bäumen ist ... Mutter liebt es, Leuten einen Nagel in den Allerwertesten zu drehen, um dann zuzusehen, wie sie sich vor Schmerzen winden. Aber das Gold? Bestimmt haben Mutter und der da, jetzt klopfte sie mit der Faust auf Brankos Bild, es geholt.

– Und deshalb wollten Sie Ihre Mutter entmündigen lassen?

– Besachwalten, gar nicht so einfach, da müsste sie sich schon nackt auf den Hauptplatz stellen und Geldscheine verteilen. Woher wissen Sie davon?

– Ich wusste es nicht. Ich dachte, wenn sie dabei ist, Ihre Erbschaft zu verschenken …

– Sie hat sich erkundigt, wie viel das Haus wert ist. Die ganze Firma hätte sie verkauft, wenn sie gekonnt hätte, nur um Branko zu gefallen. Branko hier, Branko da.

– Sein Tod kommt Ihnen also gar nicht ungelegen?

– Ungelegen? Wieder sprach sie mehr zum Zeitungsbild als zu Groschen. Im Gegenteil! Angefangen hat es mit Mutters bester Freundin, Erdmuthe Haibach …

– Erdmuthe?

– Eine betuchte Witwe, Geld wie Heu, die den Branko in Marbella aufgagabelt hat. Und plötzlich tauchte dieser Gigolo in Untergrutzenbach auf. Meine Mutter hat gelästert, die Haibach wird sich hoffentlich nichts einbilden. Die Erdmuthe schaut doch aus wie ein von Rennautos überrollter Bernie Ecclestone … Es kam zum Zickenkrieg, der erst endete, als Mutter der Haibach den Branko ausgespannt hatte. Wir konnten das nicht glauben. Mutter? Unsere prüde alte Dame? Irgendwann haben uns Leute angesprochen, man hätte sie gesehen, Händchen haltend … im Kaffeehaus, am Hauptplatz … Mutter, die die Untergrutzenbacher für kulturlose Bauerntölpel hält, zeigt sich mit diesem untersetzten Goldkettenträger, benimmt sich wie ein Turteltäubchen … Wir haben uns zunächst gefreut, schön, vielleicht wird sie jetzt verträglicher. Wir haben ihr gratuliert. Davon wollte sie nichts wissen, hat alles abgestritten.

– Ein Heiratsschwindler, murmelte Groschen.

– Das nicht. Branko hat sofort von seiner Frau und seinem Kind in Holland erzählt.

– In Holland?

– Damit sich keine seiner Eroberungen Hoffnungen auf die Ehe macht … Die Erdmuthe sah nicht nur so aus, sie war auch fast so reich wie Bernie Ecclestone, besaß Zinshäuser in Wien, Wohnungen in Marbella, Yachten … Und alles, was sie nicht zuvor ihren Kindern überschrieben hatte, ist jetzt weg. Nun lebt sie in einer Mietwohnung und muss mit ihrer Witwenrente auskommen ... Verrückt, oder? Das perfekte Verbrechen. Wissen Sie, warum? Weil es keines ist. Der Branko ist das Zugpferd einer Organisation, die Millionen abkassiert, die in Drogenhandel, Glücksspiel und Prostitution investiert werden. Berenice zündete sich eine weitere Zigarette an, hustete.

– Kaum zu glauben. Groschen fuhr mit einem Finger über die Schreibtischplatte.

– Keine schlechte Geschäftsidee. Mit der Liebessehnsucht alter Menschen lässt sich immer Profit machen. Mutter hat alles geleugnet, und wenn wir sie mit Tatsachen konfrontiert haben, hat sie sich in ihrem Zimmer eingesperrt. Bis wir sie in flagranti ...

– Und danach? Der Kommissar dachte an die aufgedunsene Leiche und hatte Mühe, darin einen Liebhaber zu sehen.

– Wir haben ihn nicht umgebracht, Herr Kommissar, sonst wäre ich jetzt nicht hier. Aber wir haben einen Privatdetektiv angeheuert, um diesen Branko zu durchleuchten ... ein Spezialist für Scheidungsfälle, hat herausgefunden, dass Zemic ständig seine Aufenthaltsorte wechselte. Handys mit unterdrückter Nummer ... dazu ehemalige Securitate-Leute, Veteranen aus dem Bosnienkrieg, Geheimdienstler – als der Detektiv das herausgefunden hatte, stieg er aus. Dem ist das zu heiß geworden.

– Woher wissen Sie ...? Der Kommissar hatte Mühe, all diese Informationen zu verarbeiten. *Die Strozzigassenleiche ... ein Gigolo, Geliebter der Baumeisterwitwe ... Mafia, Millionen ... Fehlt nur noch der Kalterer.*

– Branko hat Mutter eingeredet, wir wären nur auf ihr Vermögen aus. Uns hat er SMS geschickt: Eure Mutter ist enttäuscht. Sie will euch nie mehr sehen. ... Er wollte uns vernichten. Physisch! Psychisch! Nächtliche Drohanrufe,

Beschimpfungen im Internet, tote Vögel vor der Haustür, aufgerissene Müllsäcke, Hakenkreuze im Autolack … lauter Hinweise, mit denen man uns gezeigt hat, ihr seid dran. Einmal haben wir einen Mann beobachtet, der pralle Müllsäcke aus Mutters Haus trug und in einen Lieferwagen lud. Wahrscheinlich waren ihre Pelze drin.

– Haben Sie Ihre Mutter darauf angesprochen?

– Sie hat alles abgestritten, aber ihre Pelze wollte sie uns partout nicht zeigen.

– Ich danke Ihnen. Groschen erhob sich wie ein Arzt am Ende einer Untersuchung und reichte ihr die Hand.

– Mutter hat uns nie geliebt, die Piratin sprach einfach weiter. Nach unserer Geburt war sie überfordert, hat sich geweigert, uns die Windeln zu wechseln. Jetzt stand auch Berenice auf und blickte Groschen fragend an: Was werden Sie tun?

– Ich weiß es nicht. Ich muss nachdenken.

Die Piratin wollte sich gerade wieder setzen, als ihr Handy klingelte. Sie hielt es sich ans Ohr, sagte ein paarmal ja, natürlich, drückte eine Taste und sah Groschen betreten an:

– Das Krankenhaus. Xaver hatte einen Unfall. Ich muss sofort zu ihm. Er ist zwar ein Waschlappen, aber ich will nicht, dass ihm etwas zustößt. Sie stürmte hinaus und rannte beinahe Martin über den Haufen.

– Untergrutzenbach, war die einzige Erklärung, die der Inspektor von Groschen bekam.

– Die Buschen… Burschenschafterbroschüre. Martin brauchte einen Moment, bis er sich fing. Kein Impressum, aber die Leute im Labor haben Papier und Druckerschwärze dem Osten zugeordnet. Es geht um krude Theorien … ein großdeutsches Reich …

– Interessant, nun frage ich dich, was das mit einem Witwentröster zu tun hat?

Martin zog die Augenbrauen hoch, und der Kommissar erzählte ihm, was er soeben über die Strozzigassenleiche erfahren hatte. Als Groschen fertig war, klatschte der Inspektor in die Hände.

– Das macht die Pamperls und Ofaires zu Hauptverdächtigen. Die haben das Gold gemopst und damit diesem Branko eine Falle gestellt.

– Und warum die Folter?

– Rache!?

Groschen nahm das Zeitungsbild und sah: Von dem Kampf, den Berenice damit ausgetragen hatte, war es ganz zerfleddert.

WALK THE LINE

– Hofgang! Die Gefangenen wurden aus ihren Zellen geholt und mussten sich in einer Zweierreihe aufstellen. Malte stand hinter den Georgiern, allesamt in Militärhosen, weißen Socken, Plastiksandalen, nur der Chef trug einen schwarzen Anzug, dunkle Ray-Ban und Schlangenlederstiefel.

– Na, wie war es auf der Alm? Es war SS-Emanuel, der ihm ins Ohr flüsterte. Malte reagierte nicht, war wie ferngesteuert. Im Betongeviert drehte er seine Runden gleich einem Esel am Brunnen. Er musste gehen, den Boden unter den Füßen spüren, gehen, um nicht daran zu denken, dass er hier nicht rauskam, diesen Gestalten ausgeliefert war. Im engmaschigen, über den ganzen Hof gespannten Netz hing eine tote Taube. Malte sah zu Boden, bemühte sich, den Blicken der Willis nicht zu begegnen. Die lehnten an der Wand, rauchten und lachten. Oder fassten sie ihre Beute ins Visier?

– He, du Clown. Es heißt, wir haben Aufenthaltsverlängerung. SS-Emanuel schien einen Narren an Malte gefressen zu haben.

– Woher weißt du das?

– CNN-Sondersendung. Interessiert es dich, was das für Leute sind? Jetzt, da du Stammgast bist … Der dort drüben, Filz heißt er, war Supermarktfilialleiter, der Skinhead zeigte auf ein fettes Bürschchen mit teigigem Gesicht und ängstlichen Augen, hat die ertappten Ladendiebe zu sexuellen Handlungen genötigt. So einen fragen wir nicht, ob er unser Bruder werden will. Sollte sich ein paar Schränke bezahlen, damit ihn keiner anrührt … ist aber zu blöd … wird nicht lange überleben.

– Aber … das kann doch nicht …

– Kein Mädchenpensionat. Der dort hinten, Emanuel deutete auf einen, der mit selbstzufriedenem Ernst gymnastische Übungen machte, ein Psychopath, *schaut aus wie ein Penis, aber von einem Albino – wie Heino oder Julian Assange* …, hat seiner Mutter, einer Fleischhauerin, den Kopf abgeschnitten und ihn dann, garniert mit Maroni und Petersilie, im Schaufenster zwischen zwei Sauschädeln ausgestellt, angeblich, weil er überzeugt war, dass sie vom Teufel besessen ist. Jetzt schreibt er Briefe: Ach, Mama, komm mich doch besuchen … Müsste in eine Anstalt für abnorme Rechtsbrecher, aber wozu? Hier wird er irgendwann eine Treppe runterfallen, das kommt billiger. Der Typ da hinten, der Nazi massierte seine Nasenwurzel, ist der Autokratzer. Und der dort in der Ecke, sein Blick ging zu einem Türken mit Koteletten, die wie Drachenflügel geschnitten waren, ist Ghostrider, ein Motorradraser, der seine Helmkamerafilmchen ins Netz stellt. Hunderttausend Follower, die sich einen runterholen, wenn er mit zweihundertzwanzig Sachen durch die Stadt brettert. Unglücklicherweise ist ihm ein Passant, bevor er gestorben ist, hineingerannt … Wie gefällt dir dieses finstere Tal? So jemand wie du bringt Licht hinein.

– Schleich dich.

– Was ist? Bist du ein Querficker? Emanuel spuckte. Ein Fagottist? Du kannst es dir nicht leisten, ein Freundschaftsangebot auszuschlagen, Kreatur. Allein kannst du nicht einmal dein Loch im Arsch verteidigen – und das meine ich wörtlich. Der Glatzkopf sah zu den Georgiern und grinste. Man spürte, bei den Willis war die Freundlichkeit nur Fassade, dahinter hing pflückreif die Aggression. Weißt du, warum die hier sind? Weil sie in die Obersteiermark wollen. In Kanakistan gibt es Broschüren, in denen die Strafvollzugsanstalt Leoben als Luxusherberge angepriesen wird.

– Warum zischst du nicht ab?

– Du magst uns nicht? Habt ihr das gehört, Brüder, wandte sich SS-Emanuel nun an die anderen vier Evangelisten, alle in grauen Jogginghosen, schwarzen T-Shirts, ich biete ihm Schutz an, aber diesem Schätzchen sind wir nicht fein genug. Ich biete ihm Asyl in unserer Hood an, aber er … Warum? Weil er ein ignoranter Hedonist ist, Produkt des Individualismus, Ausgeburt der Dekadenz.

Malte drehte sich um und sah in das fette Gesicht von Faxe, dessen Arme mit Knasttätowierungen bedeckt waren. *Ausdruckslos wie ein Sack Kartoffeln.*

– Nicht fein genug? Dann lass dich abtreiben, Drecksau, zischte Goofy – allerdings im Tempo einer aus dem Winterschlaf erwachten Schnecke. Earl spuckte aus.

– Haben wir Probleme?, flötete Wire.

– Nichts, ich will nur in Ruhe gelassen werden.

– So? Du glaubst, es ist unmoralisch, sich mit uns einzulassen? Aber Moral ist etwas für die Reichen. Weißt du, was meine Moral ist? Das hier. Emanuel ballte eine Faust und reckte sie hoch. Weißt du, warum ich hier bin?

Du Spinner hast wahrscheinlich einen Dönerstand in die Luft gejagt? Oder ein paar Asylanten abgemurkst …

– Landfriedensbruch! Schau, er entblößte seinen Bauch und zeigte eine lange Narbe, die vom Bauchnabel zum Rücken lief: Messer. Oder das hier, er zog den Ausschnitt seines Leibchens bis über die Schulter: zertrümmertes Schlüsselbein. Und ich werde dir noch etwas zeigen, er entblößte seinen Rücken. Ein verwirrendes Tattoo-Sammelsurium war da zu sehen. Als Malte genauer schaute, erkannte er zwischen den Schlangen und Totenköpfen einen Fußball, das Rapid-Wappen und den Adler von Lazio Rom – Irriducibili.

– Fußball?

– Familie! Religion. Wenn wir uns ausmachen, hundert gegen hundert, dann ist das so. Es geht ums Adrenalin, den Kick. Da sind Juristen dabei, Mediziner, Polizisten … Jungs, die es satthaben, von alten reichen Säcken verarscht zu werden. Die glauben, wir sehen nicht, dass sie Österreich in Kanakanien verwandeln. Nur noch Türken, Afrikaner, Russen, Tschuschen … die Rache der Juden. Der Germane soll aussterben. Aber wir, die Unbedingten, werden das nicht zulassen …

Und in diesen Schwachsinn soll ich mich einloggen?

– Die Regierung spricht von nichts anderem als von illegaler Immigration? Geschlossene Grenzen, Abschiebungen, Migrationsstopp.

– Ja, diese Regierung ist nicht blöd. Die wird uns rausholen, weil sie merkt, dass sie die Aktivisten der ersten Stunde braucht. Straßenkampf!

Straßenkampf? Du meinst wohl Terror!

Malte hatte diesen Emanuel für den Intelligentesten gehalten, er mochte Anfang dreißig sein, und sein wacher Blick machte ihn beinahe sympathisch, wenn da nicht dieser Mund gewesen wäre, der ihn als das zeigte, was er war, eine Ratte, die elaborierten Blödsinn verzapfte. *Wie blöd muss man sein, sich SS auf die Stirn tätowieren zu lassen?*

– Wir sind die Schnittstelle, sagte Emanuel leise. Nicht alle sind so trüb wie … Er blickte zu Goofy. Influencer, Blogger, Youtuber, dazu die Regierung, die Identitären, Front National, AfD, die Lega … Die Menschen haben erkannt, dass wir uns in einem Kulturkampf befinden … Wir sind entdämonisiert, die lähmende Herrschaft der Mitte-rechts- und Mitte-links-Regierungen ist zu Ende. Die Leute haben endlich begriffen, dass der Islam die neue Pest ist.

– Aber die meisten wollen doch nur ungestört leben.

Plötzlich Schreie. Der Autokratzer war in die Aura des Ghostriders geraten, der ihn anbrüllte.

Alle schauten hin. Schimpfwörter hallten durch den Hof. Malte spürte, die Gefahr war anderswo, blickte zu den Willis, drehte sich um und sah, dass die Evangelisten einen Kreis gebildet hatten. Und er sah noch etwas: Während alle auf den Motorradraser blickten, wurde von den Glatzköpfen einer verprügelt. Der Supermarktfilialleiter! Filz krümmte sich vor Schmerzen, ging in die Knie, sank zu Boden, hielt die Arme schützend über den Kopf. Warum griff niemand ein? *Was ist mit den Wachteln? Stehen da wie Pfosten.* Keiner achtete darauf. Nur Malte sah, wie sich Faxe daranmachte, mit Anlauf auf den am Boden liegenden Schädel des päderastischen Filialleiters zu springen. Gleich würde er das Knie anwinkeln und seine hundertzwanzig Kilo auf das Gehirn dieses Menschen krachen lassen.

Da stieg, direkt aus den Eingeweiden kommend, ein vulkanischer, alttestamentarischer Zorn in Malte hoch, bildete sich im Mund der Geschmack einer eingetretenen Klotür. Ohne es auch nur ansatzweise reflektiert zu haben, stürmte er auf Faxe zu und brachte diesen Koloss mit einem Stoß aus dem Gleichgewicht. Die Evangelisten schrien, der Fleischberg wankte, fiel.

Gleich darauf heulte eine Sirene, Wachebeamte stürmten mit Schlagstöcken den Hof und lösten den Tumult auf. Malte zog Filz vom Boden hoch, der ihn mit verweinten dummen Augen und einem noch blöderen Mund anstarrte.

– Danke, kam über seine blutverkrusteten Lippen.

– Das war ein Affront, zischte SS-Emanuel so aggressiv, als wären seine Wörter mit Nägeln und Glassplittern versetzt. *Ratte! Eine Kriegserklärung!* Ich habe versucht, es dir nett zu erklären, damit du es kapierst, aber du willst es nicht verstehen. Die nächste Woche überlebst du nicht.

– Wir machen dich fertig, zischte Earl. Faxe bedachte ihn mit dem bovinen Blick eines wiederkäuenden Büffels, der eine filigrane Eisenbahn-Draisine erblickt und beschlossen hat, sie zu rammen.

– Es tut mir leid. Filz' Kopf war gesenkt, er hatte Tränen in den Augen. Malte stieß ihn weg.

SCHLIMMSKY KORSAKOV

Untergrutzenbach. Am Himmel hing eine dicke Wolken-
decke, und Groschen hatte Glück, als er vom Bahnhof zum
Anwesen der Esther Hauenstein schlenderte, dass der Regen
nicht herunterkam. Es war Dienstag, der 17. September. Der
Kommissar war in diesen Fall hineingeraten wie ein Kind in
einen finsteren Wald, er hatte ergebnislos versucht, sich in
Branko und die Hauensteins hineinzuversetzen, eine Lich-
tung zu finden oder einen Weg, doch er sah nichts als Dickicht
und Gestrüpp. Seine Frau machte sich Sorgen über die politische Entwicklung, den Minister, der in einer Nacht-und-
Nebel-Aktion das Bundesamt für Verfassungsschutz und Ter-
rorismusbekämpfung übernommen und in »Amt des Glaubens« umbenannt hatte, aber Groschen hatte sie beruhigt.
Wir leben in Österreich, einem fortschrittlichen, wohlhaben-
den und aufgeklärten Staat. Dieser LIMES-Spuk wird bald
vorüber sein … Außerdem, so schlecht ist das gar nicht. Seine
Frau hatte ihm dennoch geraten, zur Politik zu schweigen, besonders im Kommissariat, aber das tat er sowieso. Bald, sagte
sie, würde es Denunziationen geben, würden sich Leute, die
sich seit langem kannten, gegenseitig anschwärzen. *In Österreich? Niemals!*

Angekommen beim Hexenhaus, drückte er den kleinen,
im Waschbetonsockel eingelassenen Klingelknopf. Überra-
schenderweise kam ihm im selben Augenblick Berenice entgegen – schwarzer Sweater mit der Aufschrift »Harlem« und
ein weißes Kopftuch.

– Es gibt Hinweise auf Manipulation, kreischte sie. Das
war ein Anschlag, eine letzte Warnung. Die wollen das Gold.

– Wer?

– Die Mafia! Zum Glück ist Xaver nur leicht verletzt. Er hätte tot sein können. Sie hielt Groschen das Tor auf, ging selbst hinaus, flüsterte noch:

– Passen Sie mit Mutter auf, die ist manipulativ. Sie hört nur, was sie hören will … selektive Schwerhörigkeit. Dann stieg sie in einen roten Mini und brauste davon. Ihre Mutter, *der alte Kinski,* wartete an der Tür: graues Kostüm mit einer grünen Trachten-Strickweste samt Hirschhornknöpfen. Ihr Haar war frisch blondiert, sie hatte Lippenstift sowie etwas Rouge aufgelegt und machte einen aparten Eindruck. *Landadel.*

– Sie müssen meine Chrysanthemen loben, Herr Kommissar. Sie zeigte zu einem Blumenbeet.

– Sehr schön. Dabei wusste er gar nicht, welche der Blumen und Sträucher sie meinte, Chrysanthemen, Lupinien, Dahlien, Magnolien, Forsythien kannte er alle nur dem Namen nach. *Strauchwerk!* Außerdem spukte ihm das Wort »Mafia« im Kopf herum. *Welche Mafia? Die Witwentröster? Warum sollten die einen Anschlag auf Berenices Mann verüben?*

– Und die Malven! Ich liebe Malven. Sie sehen fragil aus und sind doch so fest – fast wie Porzellan. Finden Sie nicht? Esther Hauensteins Stimme klang jugendlich. Für einen Moment sah Groschen keine Alte mit faltigem Gesicht, sondern eine Frau, der Besitz und Haltung Attraktivität verliehen. Außerdem roch sie keineswegs nach drittem Gebiss, Haftcreme und Inkontinenz, sondern nach Businessklasse und Chanel N° 5.

– Auch dieses Gewächs hier liebe ich, Datura stramonium … Man kann Tee daraus machen … Esther zeigte auf kleine trompetenförmige Blüten und bat ihn ins Haus.

Das Anwesen besaß gediegene Türen und Fensterrahmen aus tropischem Hartholz. Moderne Möbel, Bauhausstil. Weiße Flächen an den Wänden zeugten von Bildern, die dort einmal gehangen waren. Jetzt waren da nur noch Geweihe samt ausgebleichten Tierschädeln, auf denen in altdeutscher Schrift das Datum ihres Abschusses stand: Mürzzuschlag 1995, Breznik 1998, St. Oswald 1999 …

– Was trinken Sie? Wolfberger Crémant d'Alsace? Ein Schaumwein aus dem Elsass. Mein Mann hat ihn geliebt. Ohne eine Antwort abzuwarten, reichte sie dem Kommissar eine Champagnerschale und bat, nein, befahl ihm, sich auf die weiße Designercouch zu setzen. Darüber hing das Foto einer Fabrik. Verwaltungsgebäude, Silotürme, Muldenkipper, Gabelstapler, Kieshaufen. »Firma Hauenstein. Untergrutzenbach 1982« stand darunter.

– Seit damals haben wir uns verzehnfacht, sagte die Alte. Betriebsstandorte in Indien, Kuweit, Algerien, China, im Iran …

– Wann ist Ihr Mann gestorben?

– Jochen? Im August waren es drei Jahre. Fragen Sie mich nicht, ob ich ihn geliebt habe. Sie nippte an ihrem Sprudel und machte eine abfällige Geste. Ein Maurer! Solche Hände. Kompromisslos, sonst hätte er es nicht so weit gebracht. Von sich selbst verlangte er Perfektion, aber er ließ auch sonst niemandem etwas durchgehen … Sie zeigte auf ein gerahmtes Foto, auf dem ein kantiger Mann im Nadelstreif zu sehen war. Lange Nase, buschige Augenbrauen, schütteres Haar, das Lächeln eines Provinzpotentaten. *Das war also der Patron.*

– Ein Parvenü! Er ist in ärmlichen Verhältnissen aufgewachsen, geriet als Kind in eine Erntemaschine, die ihm die Schädeldecke vom Kopf gehoben hat. Deshalb war er leicht verrückt, aber genial. Alles, was er anfasste, wurde zu … Sie zögerte, das Wort »Gold« auszusprechen. Jochen brauchte ein hübsches Mädchen zum Herzeigen, vor den Wienerinnen hatte er Angst, die Mädchen aus den Untergrutzenbacher Bürgerkreisen waren ihm unheimlich, also hat er mich genommen, ein einfaches Bauernmensch.

Ein einfaches Bauernmensch? Mit ihrem blondierten Pagenkopf, den dünnen Lippen und den stechend grauen Augen sieht sie eher aus wie eine Politikerin auf Jagdausflug.

– Wir haben uns emporgearbeitet. Soll mir niemand erzählen, er brauche Sozialhilfe. Wenn jemand fleißig ist und keine Arbeit scheut …

– Sie wissen, weshalb ich hier bin?

– Wegen dem Gemeindesekretär? Diesem Individuum namens Kalt… Kalterer. Ein Querulant!

– Nicht wegen dem … Es heißt, Sie hatten einen Geliebten.

Sie machte erst das Gesicht eines Teenagers, den man beim Pornoschauen erwischt hat, fing sich dann und lächelte:

– Branko. Ist das verboten?

– Sie wissen, wir haben seine Leiche gefunden.

– Der arme Branko. *Kein Ausbruch, keine dramatische Geste.*

– Sie hatten ein … Groschen zögerte, das Wort auszusprechen.

– Verhältnis? Ich habe ihn geliebt! Branko war der Erste, der mich verstanden hat, der Erste, der sich um mich gekümmert hat, Branko … Was hatten wir Spaß! Für Jochen gab es nur die Firma, Dienstreisen, Expansionspläne … Und wenn wir einmal ausgegangen sind, dann zu einem Konzert der Pamhagener Frauen oder ins Bierzelt zu den Hinterpfeifdudler Euterzuzlern. Dagegen Branko! Ausfahrten im Cabrio, Champagner, Haschisch, Nachtlokale, Kokain … Sie geriet ins Schwärmen. Mit Branko konnte ich all das tun, was ich mich nie getraut hätte. Nackt im Wiener Hochstrahlbrunnen baden, eine Tortenschlacht beim Demel … Branko, das war Leben, mein Leben! Halten Sie mich nicht für dumm oder egoistisch, Herr Broschen …

– Groschen!

– … aber wofür lebt man? Für die Kinder? Lächerlich. Um Gott zu gefallen? Daran glaube ich nicht … Ich kann mich immer noch nicht daran gewöhnen, dass ich Branko niemals wiedersehen werde.

– Ihre Tochter meint, er hätte Sie ausgenutzt.

– Katalin? Nein, Bernie! Das ist typisch. Meine Tochter ist eine Ziege. Lassen Sie sich durch ihr Äußeres nicht täuschen. Nur weil sie mit Piratentüchern und Adidas-Jacken rumläuft, heißt das nicht, dass sie keine neidische Schlange ist, spießig und frustriert, weil sie keine Kinder haben kann. Sie und ihr Mann, dieser Pamperl. Eine hirnlose Kartoffel. Die haben Branko alles Mögliche vorgeworfen … dass er sie überwachen lässt … Wozu sollte man die Pamperls überwachen? Um zu wissen, wann sie in der Nase bohren?

– Berenice sagt, Branko hätte Sie ausgenutzt, Sie hätten ihm Schmuck und Pelze geschenkt, Wohnungen …

– Wir waren Geschäftspartner. Branko wollte einen Handel für Pilgerwasser aus Medjugorje aufziehen. Sie glauben ja nicht, wie viele Menschen ihre Hoffnung darauf setzen: Krebs-Patienten, Schwangere mit schwerstbehinderten Föten, Diabetiker, Herzkranke, Leute, bei denen die Chemotherapie nicht wirkt … Die geben ihren letzten Groschen dafür her. Heiliges Wasser! Wissen Sie, Wasser speichert Information. Und Branko hatte Zertifikate. Die heilende Wirkung ist bewiesen … wenn man daran glaubt.

– Und dann sind Sie zu den Salzburger Festspielen gefahren oder nach München? Groschen war aufgebracht. Wenn es etwas gab, das sein stoisches Gemüt erschütterte, dann war es das Ausnutzen leichtgläubiger Menschen.

– Mailand, Côte d'Azur, Bayreuth. Wir sind im »Ring« gesessen und haben uns halbtot gelacht. Ich wusste nicht, dass Wagner derart witzig ist, aber wenn der junge Siegfried beim Anblick Wotans, der sein Großvater ist, singt: Nur alte Männer stellen sich mir in den Weg, ist das saukomisch. Oder wenn er, der furchtlose Drachentöter, die schlafende Brunhilde sieht und feststellt, dass das kein Mann ist, und plötzlich Angst bekommt. Was singt er dann? Mutter! Ach, Mutter! Wir haben uns zerbröselt. Mit Branko war ich jung. Wissen Sie, mir war Geld nie wichtig, aber ihn hat es erregt.

– Und das Gold?

– Welches Gold?

– Der Nibelungenschatz. *Wenn schon Wagner.* Berenice hat etwas von vierzig Kilo Gold gesagt, die Sie im Keller hatten.

Esther sah den Kommissar für den Bruchteil einer Sekunde erschrocken an. Er konnte spüren, wie es in ihrem Gehirn arbeitete.

– Eine Erfindung. Das Gold habe ich mir ausgedacht. Alte Leute brauchen etwas, damit sie interessant sind, etwas, das sie für Erben attraktiv macht.

– Macht sie das nicht eher zu einem Zwerg? Wie heißt der bei Wagner? Alberich? Oder zu einem Drachen? Fafner?

– Wenn es das Gold gegeben hätte, hätte Xaver es gestohlen … oder Meinrad. Vielleicht haben die den armen Branko umgebracht, weil sie an einen Goldschatz geglaubt haben, der nie existiert hat … fast wie bei Wagner … Sie sprach sehr beherrscht, aber Groschen merkte das Brodeln dahinter.

– Haben Sie schon eine Spur? Sie schenkte ihm und sich selbst Elsässer nach.

– Ich bin dabei, mir ein Bild zu machen.

– Und wie steht es mit Ihnen, Herr Kommissar? Haben Sie Kinder? Sie legte ihre Hand kurz auf sein Knie, was dem Ganzen die Atmosphäre eines Kaffeehaustratsches gab. Nein? Seien Sie froh. Da investiert man Geld und Liebe und Zeit und Nerven … wofür? Was ist der Dank? Respektlose Egoisten, die sich gegen die Mutter verschwören, nur auf die Erbschaft aus sind. Katalin ist auch nicht besser. Die und ihr Mann haben Angst, dass sie zu kurz kommen. Haben Sie ihn gesehen, Meinrad? Der hat eine so negative Ausstrahlung, dass alle Blumen verwelken, sobald er in ihrer Nähe ist. Ich verstehe nicht, wie man den heiraten kann.

– Er leitet die Baufirma?

– Ich verstehe viele Menschen, meine Töchter aber bleiben mir ein Rätsel. Alle glauben, es sei selbstverständlich, dass Eltern ihre Kinder abgöttisch liebten. Sie redete, ohne zu stocken, ab und zu mit einem Lächeln und einem offenen Ausdruck im Gesicht, manchmal mit ihrer Hand auf seinem Knie, aber dennoch war Groschen niemals einem so kaltherzigen Menschen begegnet wie dieser Esther Hauenstein. Er hätte nicht sagen können, woran das lag. An den dünnen Lippen, den grauen Augen oder dem langen, von Falten zerschnittenen Hals, der ihn an aufeinandergelegte Toastbrotscheiben erinnerte? Sie hatte eine herablassende Art, die mit jeder Geste verriet, sie hielt sich für etwas Besseres, für die Sonnenkönigin von Untergrutzenbach.

– Waren Ihre Töchter eifersüchtig auf Branko?

– Gehasst haben sie ihn! Kinder sehen es nie gern, wenn Eltern eine neue Beziehung eingehen … Sie ertragen es nicht, wenn man sich wieder verliebt … Sex hat … Sie begann, sich die Schläfe zu massieren, murmelte etwas von Wetterumschwung und Migräne. Dann besann sie sich und blickte den Kommissar treuherzig an:

– Weiß man schon, wo Branko beerdigt wird?

– Es heißt, er hat eine Frau in Holland. Wollen Sie hinfahren?

– Gott bewahre! Ich kann Friedhöfe nicht ausstehen. Und seine Frau? Er hat von ihr erzählt … sie begann zu kichern … soll Beckenknochen wie Baggerschaufeln haben, kein so appetitliches Hinterteil wie ich.

Plötzlich kam Lärm aus der Küche. *Da hat wohl jemand den Ausdruck »appetitliches Hinterteil« in die falsche Kehle bekommen.* Esther zuckte zusammen und schrie: »Jasmiiiin! Was ist da los?« Es war ein cholerisches Schreien, das einen Bruchteil ihrer wahren Persönlichkeit entblößte. Etwas Vulgäres, Gemeines blitzte da hervor. Kurz darauf erschien ein außergewöhnlich hübsches Mädchen mit großen Augen, Schmollmund und glattem, kastanienbraunem Haar. Sie hatte eine Schürze um, auf der stand: »Het leven is geen zoete krentenbol.«

– Jasmin? Was haben Sie angestellt?

– Ein Regalbrett ist verrutscht, aber es waren nur Töpfe darauf. Nichts passiert. Die Hübsche rang sich ein Lächeln ab und verschwand wieder.

– Arbeitet das Mädchen immer hier?

– Es ist schwer, verlässliches Personal zu finden. Die wollen nur kassieren, stehlen oder arbeiten mit Diebsbanden zusammen …

– Wie lange haben Sie das Mädchen schon?

– Ein Jahr und ein paar Monate. Sie hilft aus, erledigt Einkäufe … Ich koche lieber selbst. Aber seit ich Krebs habe …

– Das tut mir leid.

– Schilddrüse! Ich fürchte mich vor dem Tod, Herr Kommissar, und vor allem, was damit zusammenhängt. Wieder landete die Hand auf ihm, diesmal auf seinem Oberschenkel … Darum bin ich auch nicht unglücklich, wenn Branko im Ausland begraben wird. Nachdem Jochen gestorben war, Herzinfarkt, ein schöner Tod, musste ich das Haus wochenlang lüften, um den Geruch hinauszubekommen. Wissen Sie, Jochen hatte Mundgeruch, aber nach seinem Tod war es so, als ob sich das Haus in seinen Mund verwandelt hätte, als ob dieses säuerliche Kanalisationsaroma immer schon sein Ende angekündigt hätte.

– Ihre Tochter meinte, Branko wäre in einer mafiösen Verbindung gewesen.

– Was soll man dazu sagen? Die Alte schüttelte den Kopf. Bernie hatte immer Phantasie. Für sie ist jeder Mann im Anzug ein Spion und jeder Südländer ein Mafiaboss … Branko war dabei, einen Handel für Heilwasser aufzuziehen. Während meine Töchter, diese unfähigen Kreaturen … Wissen Sie, wie lange es gedauert hat, die beiden zur Matura zu bringen? Nachhilfestunden! Einladungen an Lehrer! ... Jeder Schulabschluss hat eine mittelgroße Eigentumswohnung gekostet ... Nicht, dass ich ihnen einen Mord zutrauen würde, aber wenn Sie in sich gehen, Herr Kommissar, und sich fragen, wer von Brankos Tod am meisten profitiert ... Wollen Sie Spritzwein?

– Danke. Ich habe Ihre Zeit bereits genug beansprucht, Frau Hauenstein. Groschen betrachtete die beiden Lüster an der Decke, die ihm wie gefrorene Hämorrhoiden vorkamen, trank sein Glas leer, erhob sich und sah noch einmal das Foto der Fabrik. *1982? Damals hat man gegen Atomkraftwerke demonstriert, haben Kiwis, Zucchini und Atari-Heimcomputer die Haushalte erobert, und im Fernsehen waren Hans-Joachim Kulenkampff und Dieter Thomas Heck. Damals war diese Esther eine junge Frau.*

– Sie finden allein hinaus? Die Hauenstein sah ihn offenherzig an, aber bevor der Kommissar antworten konnte, fügte sie hinzu: Wie ist er eigentlich gestorben? Und als Groschen nicht antwortete, so, als wüsste er nicht, von wem die Rede war: Branko!

– Man hat ihn umgebracht.

– Das weiß ich, aber wie?

– Wird aus ermittlungstechnischen Gründen geheim gehalten.

– Mir dürfen Sie es auch nicht sagen? Sie lächelte wie ein kleines Mädchen.

Groschen zögerte, schüttelte den Kopf und ging zur Tür, wo ihm ein gigantischer, nach Zigarrenqualm riechender Blumenstrauß entgegenkam

– Ah, der Kommissar? Na, wie laufen die Ermittlungen. Es war der Bürgermeister. *Wie war der reingekommen?* Glauben Sie, der Kalterer hat sich hier versteckt?

Kalterer? Wieso? Jetzt geht es um etwas anderes ... um Mord!

– Der Kalterer war ein frustrierter Mensch, der uneingeladen auf Empfängen aufgetaucht ist. Ein Querulant, der sich nicht helfen ließ. Der Bürgermeister nahm die Zigarre aus dem Mund. Mich wundert, dass Sie einen solchen Aufwand betreiben.

Groschen verließ das Anwesen, sah den geparkten Thunderbird, die Golfausrüstung am Rücksitz und spazierte zum Campingplatz.

An der Allee mit den kalkbestrichenen Platanen hörte er das tiefe Brummen eines Sportwagens. Ein schokoladenbraunes Cabrio fuhr neben ihm her.

– Entschuldigung, brüllte der Mann am Steuer, ich suche die Villa Hauenstein. Ein gutaussehender Mensch, braungebrannt mit kurzen grauen Haaren, Bartstoppeln. Maßanzug, goldgefasste Sonnenbrille und Lederhandschuhe. Ein Strauß roter Rosen lag auf dem Beifahrersitz. Na, der alte Kinski geht es aber flott an, dachte Groschen. *Der eine Gigolo ist noch nicht unter der Erde, da taucht bereits der nächste auf.* Der Kommissar erklärte den Weg und blickte, als das Gefährt davonbrauste, auf die Nummerntafel: »Schwein 1«. Der Künstler? Emil Schwein, der alles Mögliche mit Schokoladenglasur überzog? Keine richtige Schokolade, sondern Plastik. Goldene Autos, Häuser, silberne Computer, volle Bücherregale, ebenfalls vergoldet, wurden wie von einem göttlichen Konditor mit Schokoglasur übergossen. Jedes einzelne dieser Objekte kostete ein Vermögen, Schwein, nachdem er einige Plagiatsklagen gegen Jeff Koons gewonnen hatte, war einer der angesagtesten Künstler. *Und der umschwänzelt die Hauenstein …? Braucht er Geld?*

Beim Campingplatz bestellte Groschen ein Bier. Die Schankfrau hatte ein blaues Auge, geschwollene Lippen, und ihre Hand war bandagiert.

– Ist etwas passiert?

– Nur ein Betrunkener, sagte sie mit schwerer Zunge.

– Und der hat auch das Che-Guevara-Poster abgerissen?

– Ach, die Zeit vom Comandante ist vorbei. Sie seufzte. Seit sich die Bankmanager Millionenboni auszahlen, weil sie wissen, der vertrottelte Steuerzahler rettet jedes marode Geldinstitut, seit man den Leuten die Lüge von der Staatsverschuldung eintrichtert und alle bei den Ärmsten sparen wollen, seit Großkonzerne und Finanzwelt der Bevölkerung den Krieg erklärt haben, ist die Idee von einer gerechten und lebenswerten Welt etwas für die Mottenkiste. Plötzlich heißt es, wir können uns Griechenland, Portugal oder die Flüchtlinge nicht mehr leisten, und alle stimmen zu, dass man Krankenhäuser schließt, Renten halbiert, Arbeitslosengeld streicht …

– Und deshalb hängen Sie ein Plakat der Regierung auf? Groschen zeigte auf ein Wir-sind-das-Volk-Poster.

– Was soll ich tun? Die Schankwirtin zeigte den Fuck-Finger Richtung Plakat.

Die meisten Wohnwägen waren bereits eingewintert. Auf einer Bank saßen Angler und starrten in den Teich. Groschen hatte noch keinen Schluck getrunken und das Gespräch mit der Hauenstein noch nicht verdaut, als ein Polizist auf ihn zustürzte und sich beschwerte, dass der berühmte Wiener Kommissar noch nicht auf der Polizeistation gewesen war. Er drückte Groschens Hand so fest, dass der Kommissar wünschte, er würde loslassen, bevor seine Knochen brachen.

– Da hört sich alles auf! Gehört sich das? Sie sind ein Schlimmsky Korsakov, mein Lieber. Der Polizist sprach, als ob sie beste Freunde wären, allerdings mit überraschend dünner, fast weiblicher Stimme: Da ist endlich mal was los, es gibt Ermittlungen! Da ist es doch das Mindeste, die örtliche Polizei einzubinden. Nicht? Da darf man doch als Postenkommandant verlangen, dass man intrigiert wird, ja, so sagte er, intrigiert. Stattdessen sitzen Sie hier, an diesem … Das ist kein Ort für Sie!

Wie sich herausstellte, hatte Lotte Kalterer immer noch

keine Vermisstenanzeige erstattet. Der Polizist, Regenass war sein Name, besaß einen durchtrainierten Körper, den Teint eines Bauarbeiters und lichtes sandfarbenes Haar, das sich von der Kopfhaut kaum unterschied. Er trug ein kleines Regierungslogo am Revers – Füllfeder und Hammer auf gelbem Grund. Nur das dünne Stimmchen passte nicht dazu. Groschen fragte ihn über Untergrutzenbach, seine Bewohner aus und ob es stimme, dass es da und dort Absprachen und Schmiergeld gab.

– Wissen Sie, wir hier am Land …

– War es bekannt, dass die Hauenstein dem Charme eines Gigolos erlegen war?

– Wissen Sie, wir hier am Land … da weiß jeder alles, manche haben getuschelt, aber wenn jemand so viel Geld hat. Wissen Sie, wir hier am Land denken da anders als die Leute in der Stadt. Dieser Branko, auch ein Schlimmsky Korsakov, war ja keine Schönheit, klein und bullig, aber gutgekleidet, liebte Mercedes S-Klasse …, freundlich … Ich habe ihn lang nicht mehr gesehen.

– Sie lesen keine Zeitung?

– Nur den Sport – und seit Rapid verliert, auch den nur selten.

Groschen lehnte es ab, sich von dem Polizisten zum Bahnhof begleiten zu lassen – zu unangenehm war diese Eunuchenstimme. Wirre Gedanken gingen ihm durch den Kopf. Mafia, Wagner, der Nibelungenschatz, Kalterer … Es war, als spielte sich auch in seinem Kopf eine kleine Oper ab, von der er nur noch nicht wusste, wer die Bösen und wer die Guten waren. Im Zug erhielt er einen Anruf von Martin. Die Verbindung war schlecht, aber er konnte verstehen, dass man in der Strozzigasse Fingerabdrücke gefunden hatte, von? »Das erraten Sie nie!« Edwin Kalterer! Deshalb ist er abgetaucht.

Kalterer? Fingerabdrücke in der Strozzigasse? Warum sollte der Gemeindesekretär den Papagallo ermordet haben?

Nun war die Verwirrung endgültig. War dieser Kalterer nicht wie ein überkorrekter und wahrheitsliebender Mensch erschienen? Alles Tarnung? Verstellung? Und warum war er dann im Kommissariat gewesen?

Groschen bat Martin, den Postenkommandanten von Untergrutzenbach, diesen Regenass, anzurufen, um ihn zu bitten, Lotte Kalterer zu überprüfen.

– Jemand soll ihre Kontobewegungen ausheben, ihre Telefonverbindungen kontrollieren … Und wundere dich nicht, wenn der Polizist dich Schlimmsky Korsakov nennt.

TWENTY-FIVE MINUTES TO GO

Elvira saß auf der anderen Seite der Plexiglasscheibe und hielt den grauen Telefonhörer wie ein ekelerregendes Ding. Sie hatte sich, was sie selten tat, geschminkt, sodass ihr zerknautschtes Gesicht noch mehr auffiel. Trotz der Lidstriche sah man die Röte in den Augen. Wundgeweint, geplatzte Adern. Das schwarze Haar war zusammengebunden, und sie trug eine geblümte Bluse, wahrscheinlich, weil sie lebensfroh aussehen wollte. Das war gründlich missglückt, entsetzlich sah sie aus.

Auch Malte hätte sich rasieren sollen. Das ausgewaschene Hemd, das ihm der Stockchef aus dem Fundus überlassen hatte, war viel zu groß. Bestimmt hatte er Augenringe und eine ungesunde Gesichtsfarbe, wenn man ihn aber in dünne Scheiben geschnitten, ihn leergepumpt und ausgequetscht hätte, wäre nichts anderes zu finden gewesen als seine Liebe zu ihr, Elvira, und Carvin. In jeder seiner Körperzellen musste es stehen. Ja, er liebte sie trotz der Fältchen um den Mund, dem leichten Doppelkinn, den zu kurzen Fingern mit den abgebissenen Nägeln und der rissigen Haut. Am liebsten hätte er sie umarmt und gesagt, »mach dir keine Sorgen, Schnecke, wir stehen das durch, alles wird gut«, aber erstens war die Scheibe zwischen ihnen, und zweitens war er sich da selbst nicht sicher.

– Mein Vater besorgt einen Anwalt. Elviras Stimme klang brüchig, oder lag es an der Telefonleitung? Er hat mit Richtern in seiner Loge gesprochen, die es nicht für unwahrscheinlich halten, *doppelte Verneinung*, dich vor der Verhandlung herausboxen zu können.

Malte wusste nicht, was er sagen sollte. *Vor der Verhandlung ist vielleicht zu spät.* Er gab ihr Anweisungen für den Getränkehandel, für Jules und das Dingers, wollte wissen, wie Carvin seine Abwesenheit aufnahm.

– Er hat jetzt einen unsichtbaren Freund, ein Krokodil, das Schopenhauer heißt.

– Vermisst er mich?

– Ich habe gesagt, du bist verreist.

– Na ja, das stimmt ja auch … irgendwie. *Mich hat eine Rakete in eine andere Umlaufbahn geschossen.*

– Er will Fußball spielen und fragt jeden Tag, wann du zurückkommst und ihm Lasagne machst.

– Wenn ich einmal tot bin, wird sich unser Tyrannosaurus Rex zumindest erinnern, dass sein Vater ein passabler Lasagnekoch gewesen ist.

– Die Groschen hat angerufen, um zu fragen, wann es Austern gibt.

– Die Austern haben sich herumgesprochen. Dabei wollte niemand glauben, dass es für Austern aus der Bretagne ein Publikum gibt, jetzt reißen sie sich darum … Mitte Oktober kommt die Lieferung … Du solltest in Quimper anrufen … Aber wer ist die Groschen? Der Name kommt mir bekannt vor …

– Du wirst dich nicht erinnern. Sie war öfter im Dingers. Ihr Mann ist ein hohes Tier bei der Kriminalpolizei … Jedenfalls habe ich ihr von deinem Fall erzählt. Sie will nichts versprechen, wird aber mit ihrem Mann reden. Vielleicht kann der den Polizisten dazu bewegen, die Anzeige fallenzulassen. Oder er spricht mit dem Staatsanwalt, damit der eine Enthaftung beantragt.

– Mach dir keine Hoffnungen. Bevor ich hier vorzeitig herauskomme, schließen die Araber mit den Juden Frieden.

– Frau Groschen zögerte, aber dann habe ich sie gefragt, warum sie glaubt, dass ihr Mann Polizist geworden ist. Ich kenne sie, sie will die Welt besser machen, sammelt für Flüchtlinge, ist entsetzt über die neue Regierung ... Hast du von den Umbenennungen der Ministerien gehört? Ministerium für Liebe, Ministerium für Glück ... Das Finanzministerium heißt jetzt Ministerium für Wohlstand ... wie in Orwells »1984«! Die kopieren das ungeniert ... Und wenn du nicht bald wieder draußen bist, gibt es heuer keine Austern.

– Pass auf, dass man dich nicht wegen Bestechung anzeigt.

Elvira machte ein ertapptes Gesicht. Als sie von Carvin erzählte, schwang ein Hauch von Selbstmitleid mit. Niemand half ihr, und die Nachbarn sahen sie komisch an.

– Der Schanigarten ist für sieben Jahre genehmigt.

– Obwohl ich nicht bei der Begehung war?

– Das habe ich vergessen ... Die haben angerufen und den Termin abgesagt – dich konnten sie ja nicht erreichen.

– Na bitte. Die Regierung tat etwas für Kleinunternehmer! Bürokratieabbau!

Da trötete eine Sirene. Die halbe Stunde war um, und beide hatten das Gefühl, mit dem Gespräch noch gar nicht richtig begonnen zu haben. Elvira legte eine Hand mit weggespreizten Fingern auf die Plexiglasscheibe. Malte tat dasselbe.

PELZIGES

Montag, der 23. September. Die Regierung hatte eine Galerie geschlossen, in der die Bilder eines oppositionellen Künstlers (kein Emil Schwein) hingen. Der erwartete Protest blieb aus. Niemand hatte sich beschwert, ein paar internationale Zeitungen schrieben von Zensur und kunstfeindlichen Maßnahmen, aber in Österreich selbst gab es nur Zustimmung. Was sollte an diesen Bildern Kunst sein? Mit Kot beworfene Porträts der Regierungsmitglieder. Mit Freiheit der Kunst hatte das doch nichts zu tun. Im Kommissariat dachte man genauso, und manche freuten sich darauf, mit dem Künstler genauso zu verfahren wie er mit den Porträts.

Falt Groschen saß über der Mappe, die ihm Kalterer gegeben hatte – sie war nicht beim Reinthaler geblieben –, und versuchte, sich auf die Zahlenkolonnen einen Reim zu machen. Noch weniger als diese Summen und Tabellen verstand er, warum der Gemeindesekretär bei ihm gewesen war, wenn er zuvor den Branko zu Tode gefoltert hatte? Mörder suchen oft den Kontakt zur Polizei, um etwas über den Stand der Ermittlungen zu erfahren. Aber für so verwegen schätzte er diesen Kalterer nicht ein. *Und die Fingerabdrücke? Vielleicht hatte er vom Nibelungenschatz gehört? Aber warum war er dann ins Kommissariat gekommen?*

Da meldete Julia Schäfer, heute wieder normal angezogen, einen Anruf aus Kroatien.

– Stellen Sie durch. Groschen hob ab und hörte eine rauchige, gebrochen Deutsch sprechende Stimme:

– Sie Kommissar? Wir können Ihnen erzählen über Branko einiges. Müssen aber Sie kommen hierher.

– Wohin?

– Sind in Split wir zu Hause, schöne Stadt. Sehen Sie das Meer.

– Split? In Kroatien? Ich … wann? Da war die Verbindung unterbrochen. Groschen wartete vergeblich auf einen neuerlichen Anruf, vertiefte sich wieder in die Akten. Er stolperte über einen gewissen Y und dachte an Persenbeug. Was sollte der Lobbyist mit Wasserleitungen zu tun haben? Von ungeheuren Betonröhren war die Rede, Rohrelemente für Tausende Kilometer. Wollten die einen Abwasserkanal nach Afrika bauen? Ging es um Entwicklungshilfegelder?

Als Groschen grübelte, was das bedeutete, wurde ihm Katalin gemeldet. Sie war ein völlig anderer Typ als ihre Schwester Berenice. Schwarz gefärbtes Haar wie Uma Thurman in »Pulp Fiction«, aber ein geradezu diametrales Outfit: Dirndlkleid mit weitem Ausschnitt, sodass die zusammengepressten Laktosespender an das Hinterteil eines Kleinwüchsigen erinnerten, Stöckelschuhe, Lippenstift – eine Mischung aus Hüttenwirtin, Landadel und (wegen ihrer eisigen Ausstrahlung) Pfefferminzbonbon. Sie hatte einen kleinen Rucksack mit dem Logo von Fjallraven Kanken, den sie auf Groschens Schreibtisch stellte.

– Eine alte Frau auszuplündern, der Zärtlichkeit fehlt, ist eine Impertinenz, finden Sie nicht, Herr Kommissar? Dieser Branko wusste genau, bei wem er welche Knöpfe drücken muss. Und Mutter hat es Spaß gemacht, uns gegeneinander auszuspielen. Sie müssen wissen, Esther Hauenstein hat sich immer für etwas Besseres gehalten. Dabei war ihr Vater ein gewöhnlicher Bauer. Sie hatte acht Geschwister, war die Jüngste, das Nesthäkchen. Einmal musste sie mit einer Blinddarmentzündung ins Spital. Direkt von der Schule. Und obwohl ihre Eltern nicht vermögend waren, hat sie sich Erste Klasse legen lassen und darauf bestanden, vom Primar persönlich operiert zu werden. Als Zwölfjährige! So war sie. Eingebildet, größenwahnsinnig. Und das hat dieser Branko erkannt. Er hat sie und Erdmuthe Haibach, *Klaus Kinski und Bernie Ecclestone*, gegeneinander ausgespielt. Die beiden Alten haben sich mit kleinen Aufmerksamkeiten gegenseitig übertroffen. Autos, Wohnungen, Häuser.

– Ihre Mutter hat gesagt, das wären Geschäftsbeteiligungen gewesen.

– Pilgerwasser?! Sie war blind vor Liebe für dieses … sie zögerte … Individuum. Da musste man etwas unternehmen. Musste man.

Groschen sah sie gespannt an.

– Nichts ist für eine Tochter schlimmer, als zu sehen, wie die eigene Mutter betrogen wird. Außer vielleicht, wenn sie auch noch darauf reinfällt.

– Und glücklich ist dabei?

– Glücklich? Ich konnte nicht zulassen, dass dieser Branko unsere Familie devastiert. Der Nibelungenschatz war weg, und meine Mutter hatte Meinrad verdächtigt – Xaver übrigens auch.

– Ich fürchte, ich verstehe nicht. Groschen sah in das Fjallraven-Kanken-Logo und überlegte, ob der rote Klecks da in der Mitte einen zwinkernden Fuchs oder einen Frauenkopf mit Zopf darstellen sollte.

Da betrat Staatsanwalt Döblinger das Büro. Katalin, den massiven Menschen mit der Meckifrisur nicht beachtend, fuhr fort:

– Ist es ein Verbrechen, wenn man sich verteidigt, indem man so einen Aggressor aus dem Weg räumt? Ist es das?

– Was wollen Sie damit sagen?

– Ich lege ein Geständnis ab. Jawohl! Ich, Katalin Ofaire, habe Branko ausgeschaltet.

Groschen sah sie verblüfft an. Wie sollte diese zierliche Frau einen bulligen Kroaten überwältigt haben? *Eine Wichtigtuerin, die bestenfalls ihre Stirnfransen hinbekommt … Wenn*

Branko sich mit dem Gold absetzen wollte, war es die Mafia, aber wie kamen Kalterers Fingerabdrücke in die Strozzigasse? Wenn er das Gold nicht hatte, waren es vielleicht Xaver oder Meinrad. Oder es gab, wie Esther sagte, gar kein Gold? Aber diese Katalin?

Doch bevor er weitere Fragen stellen konnte, hatte Döblinger, in diesen Dingen immer vorpreschend, schon zwei Beamte rufen lassen, die die Hauenstein-Tochter festnehmen und ins Untersuchungsgefängnis überstellen sollten, was Uma Thurman freudig erregt zur Kenntnis nahm. In ihrem Rucksack sei bereits das Nötigste. Groschen wollte die Befragung fortsetzen, hatte aber keine Chance.

Ein Geständnis glich normalerweise einer Geburt. Meist musste gepresst und gedrückt werden, gab es Verzögerungen, Wehen, manchmal blieb plötzlich alles stecken, oft brauchte man Zangen oder eine Saugglocke, Wehenverstärker oder einen Kaiserschnitt, aber das hier …? Das war eine Fehlgeburt!

– Na bitte, Fall erledigt. Döblinger zwinkerte nervös, rieb sich die Hände und strahlte über sein feistes Gesicht.

– Schön für Sie, brummte Groschen. *Das macht sich sicher gut für die Wahl zum Staatsanwalt des Jahres …*

– Und wenn Sie wieder einmal von einem Kamerateam zur Mitarbeit aufgefordert werden …

– Arsch-TV?

– Der Polizei ist sehr an ihrem Image gelegen, Herr Gruppeninspektor Groschen. Für Sie ist das nicht wichtig, weil Sie hoffnungslos antiquiert sind, aber heutzutage geht es um Auftritte in den sozialen Medien: Instagram, Facebook, Twitter, WhatsApp … So erreichen wir die Bevölkerung. Die Regierung will, dass wir für das Volk da sind.

– Und ich dachte, es ginge darum, Verbrecher dingfest zu machen.

– In welcher Zeit leben Sie? Döblinger schüttelte den Kopf und ging.

Ja, gute Frage, in welcher Zeit lebe ich? Im Zeitalter der sozialen Medien, einer Epoche der Absurditäten: Die einen lassen sich künstliche Jungfernhäutchen implantieren, andere das Arschloch bleichen. Europa zerfällt, die Nationalstaaten kehren zurück, unsere Regierung überlegt, die Verfassung außer Kraft zu setzen ... aber alle stecken ihre Nasen nur ins Smartphone, spielen Warcraft, Tetris, Need for Speed oder Solitär ... Die Menschheit ist komplett durchgedreht. Wenn das so weitergeht, wird man auch das Bier bald nur noch virtuell trinken. Groschen trat ans Fenster und sah auf das Baustellengerüst. Seit die Illegalen ausgewiesen wurden, stand die Arbeit still. Auf der Straße waren nur gutgekleidete, durchtrainierte junge Menschen. Die meisten in grauen Anzügen und mit Tablets. Die neue Generation! War das die Zukunft?

Martin kam zur Tür herein und grinste.

– Du hast etwas herausbekommen?

– Ich habe die Firma Hauenstein überprüft, weil ich mich gefragt habe, wie es diesem Jochen gelungen ist, ein solches Imperium zu erschaffen.

– Und?

– Zuerst hat man sich auf Fertigbeton und Abflussrohre aus Asbestzement spezialisiert, später ist das Baugeschäft hinzugekommen. In den letzten Jahren gab es keinen öffentlichen Auftrag, der nicht auf die Firma Hauenstein zugeschnitten gewesen wäre. Heute ist das ein Konstrukt aus Off-shore-Unternehmen und Tochtergesellschaften. Ein internationales Firmengeflecht, das immense steuerliche Vorteile bringt und kaum zu kontrollieren ist. Gewinn wird immer nur in Ländern gemacht, in denen man keine Steuern zahlt.

– Auf den Jungferninseln?

– Sie denken an die Wohnung in der Strozzigasse? Da gibt es keine Neuigkeiten ... Der alte Hauenstein hatte einen unternehmerischen Instinkt und die Fähigkeit, seine Führungs-

kräfte gut auszuwählen, nur eines hatte er nicht vorhergese-
hen ... seinen Herzinfarkt. Die Besitzverhältnisse der Firma
sind vertrackt, die Familie ist zerstritten. Es gibt jede Menge
laufender Prozesse.

– Und was wissen wir über den Bürgermeister?

– Als Sparkassendirektor hat Carlo Faist der Hauenstein
Kredite zugeschoben. Als Bürgermeister scheint er beliebt zu
sein.

– Nur bei einem nicht, bei Kalterer. *Und die Wirtin am
Campingplatz mag ihn auch nicht.*

DIE NATUR DER DINGE

Sie löffelten Gulasch aus dem Schekel und tunkten den Saft mit einer Semmel auf.

– Halleluja. Persenbeug ließ sich zu Beifallskundgebungen hinreißen, sprach von Haubenküche und einem Feuerwerk für die Geschmacksknospen. Für Malte war das knorpelige, mit Muskelfasern und Gallertstreifen durchzogene Fleisch eher Hundefutter, ein Gericht, das ihn an umami denken ließ, den fünften Geschmack der Japaner, den ihm ein Gast im Dingers einmal mit gestampften Maikäfern erklärt hatte – so wie Campari früher Blattläuse enthielt ... oder ein Geschmacksverstärker, Maggi, Glutamat, nur dass in diesem »Gulasch« weder Maikäfer, Blattläuse oder Maggi zu finden waren, allenfalls Glutamat.

Da ging die Tür auf, erschien der traurige Orang-Utan Göttlinger und meinte, ein Anwalt wünsche, Malte zu sprechen.

– Eicher? *Der Versager mit dem vielen Zahnfleisch.*

– Nein, es ist Kressbach. Freuen wir sich. Der Stockchef ... *auf diesem Menschen liegt ein Schatten ...* sagte das mit unverhohlener Bewunderung.

– Kressbach? Echt?

– Ja, da scheint sich jemand Ihre vorzeitige Entlassung einiges kosten zu lassen.

Justus Kressbach, Sprössling einer Juristendynastie, war ein Staranwalt Wiens. Bekannt, weil er die spektakulärsten Fälle übernommen hatte, in In-Lokalen verkehrte, Prominente vertrat – und selbst vor TV-Kameras ständig Wörter verdrehte, Tuten Gag statt Guten Tag sagte oder Schwiener Nitzel, Cosadole statt Coladose ... Schiefe Großgasse statt

Große Schiffgasse, gezuzte Bene statt geputzte Zähne … Ein gedrungener Mensch mit Glatze, gezwirbeltem Schnurrbart und Bierbauch, dem man den ehemaligen Kampfsportler kaum noch ansah. Nur an seinem Händedruck, durch die Öffnung in der Plexiglasscheibe der Extrazelle, merkte Malte, dass Kressbach noch ins Fitnessstudio ging. Der Anwalt glich einem alten, verfetteten Kampfhund. Auch der graue Anzug, die metallisch grüne Krawatte und die maßgeschneiderten Budapester konnten sein rüpelhaftes Auftreten nicht verbergen. Ebenso wenig die manikürten Fingernägel und der Hauch teuren Parfüms. Trotz seiner bürgerlichen Herkunft haftete ihm das Milieu an, mit dem er beruflich zu tun hatte.

Anwälte gehören zu einer eigenen Hominidengattung. Wie ist es Elvira nur gelungen, diesen Kapazunder zu bekommen? Durch die Connections ihres Vaters? Jedenfalls wird jetzt alles gut, werde ich nicht zu einem neuen Hiob …

– Setzen Sie sich, Herr Dinger. Ich bin zwar hier, damit Sie nicht mehr lange sitzen müssen … Kressbach lachte über sein Witzchen.

Kaum saßen sie, schob ihm der Anwalt ein paar Zigarettenpackungen durch die Öffnung:

– Damit Sie was zum Tauschen haben … Soweit ich sehe, sind Sie Opfer einer wichterlichen Rillkür. Haftübel?, wenn ich das schon lese. Ohne Tatsachensubstrat! Eine reine Ermessensentscheidung. Theoretisch ist es nur eine Frage der Zeit, bis wir den Antrag auf nochmalige Haftprüfung durchkriegen. Praktisch wird das nicht vor der Verhandlung sein. Wir sollten uns also eventunnel gleich darauf konzentrieren. Man kann nachhelfen, damit der Termin vorgezogen wird.

– Nachhelfen?

– Eine kleine Schmierung. Geld allein macht nicht unglücklich. Kressbach machte eine Drehbewegung mit der Hand. Gegen die Aussage des Polizisten kommen wir nicht an. Wir könnten ihn zu einer Änderung seiner Aussage bewegen, aber ich weiß nicht, ob wir uns das leisten können? Eventunnel …

– Wir? Was? Wie? Malte hatte das Gefühl, in seinem Magen wären Springfedern, dabei war da drinnen nur das Gulasch.

– Meine gersönlichen Pefühle haben damit nichts zu tun, aber wir könnten den Zolipisten ins Comptoire einladen und ihm andeuten, dass seine Anwesenheit dort sehr erwünscht ist.

– Damit ich mir den blöden Hund dann jeden Tag ansehen muss?

– Es läuft auf eines raus: cui bono? Wenn Sie sich lieber die hummen Dunde im Gefängnis ansehen? Kressbach sprach so schnell und flüssig wie ein Quizmaster, dem die Sendezeit davonlief. Wahrscheinlich jagte der Anwalt von Termin zu Termin.

– Ich will vor allem eines, so schnell wie möglich raus. Das ist eine Überlebensfrage. Aber wie soll das gehen?

– Ich werde zuerst mit Ihrer Frau sprechen und ihn dann einladen.

– Wen?

– Den Zolipisten! Wir werden eventunnel etwas Champagner trinken und Pastrami essen, Roquefort, und wenn es ihm gefällt … Es darf natürlich nicht bekannt werden, sonst wird er downgegradet, also entlassen, was für unsere Sache nicht hilfreich wäre.

– Dann ist da noch etwas, Malte rang um Worte. Ich habe einen, nennen wir es einmal Konflikt mit Nazis … Die haben es auf mich abgesehen … Dabei habe ich einem Mithäftling den Kopf gerettet …

– Das ist schlecht für die Akazien. Kressbach kratzte sich an der Nase. Aber machen Sie sich keine Sorgen, ich rede mit dem Stockchef, damit der dafür sorgt, dass Sie denen aus dem Weg gegangen werden.

– Der Stockchef hört auf Sie?

– Nein, aber er hört auf sein Konto. Kostet eine Kleinigkeit, aber das können Sie sich leisten.

Abends war die Stimmung gereizt – schwer zu sagen, was der Auslöser war. Jedenfalls fielen Klopapierrollen, brennende Handtücher, volle Kaffeefilter und Klobürsten aus den vergitterten Fenstern, hallten teils verzweifelte, teils aggressive Schreie durch den Hof. Einige Häftlinge drehten ihre Radio- oder Fernsehgeräte auf volle Lautstärkte, andere klopften mit Schreibtischladen oder anderen Dingen gegen die Gitter, sodass eine dicke, alles einhüllende Lärmdecke entstand, die erst verschwand, als eine Formation Uniformierter samt Hundestaffel Aufstellung nahm, eine Lautsprecherstimme Ruhe forderte, mit dem Keller drohte.

Der Morgen darauf war ruhig. Eine klare, kalte Herbststimmung lag in der Luft, selbst in der Zelle. Malte ging seine Einkaufsliste durch. Untersuchungshäftlinge durften wöchentlich um hundertzweiundsiebzig Euro einkaufen, in Ausnahmefällen (Toilettenartikel, Geräte) konnte der Betrag auch überschritten werden. Malte hatte zehn Packungen Zigaretten (Gauloises rot zu je 5,60) angekreuzt. Die waren hier drinnen so etwas wie die inoffizielle Währung. Außerdem: Rasiergel (3,50), Jacobs Monarch (500 g, 5,90), Cremeroulade (300 g, 1,70), Auer Tortenecken (2,90), Erdbeerkonfitüre (700 g, 1,90), *Warum schreiben die Konfitüre und nicht Marmelade?*, Striezel (400 g, 1,90), Rama (500 g, 1,90), drei Packungen Vollmilch (1 l, 1,30), Polnische (250 g, 3,90), fünf Dosen Thunfisch in Öl (185 g, 1,50), Majonaise, *seltsame Schreibung* (275 g, 1,90), Vollkornbrot (500 g, 1,70), Knoblauch (200 g, 1,40), Tomaten (1 kg, 2,60), Karotten (1 kg, 1,80) plus zwei Gurken (2,90), *ich habe nicht vor, hier Vitaminmangel zu bekommen*, BIC-Rasierer (10 Stk., 2,90), Zahnbürste (1,90), Blend-a-Med-Pro-Expert-Zahnpaste (75 ml, 2,20), Zucker (1 kg, 1,40) … Er rechnete, kam auf hundert, hundertzehn. *Geht sich noch ein Glas Nutella aus? Besser nicht! Palmöl ist krebserregend! Und Chips? Gibt es nur mit Paprika, keine mit grobem Meersalz oder Cider Vinegar. Nein, denk an die Transfette!*

– Vergiss das Häuslpapier nicht. Du bist damit dran, krächzte Persenbeug.

– Muss man hier das Klopapier kaufen? Tatsächlich, da stand es. Artikel 231 von 278 angebotenen: WC-Papier (10 Rollen, 2,30). Gut, das ist leistbar. Was noch? Pfirsiche in Dosen, um Schnaps zu brennen? Sicher nicht! Tischlampe LED? 24,90 Euro sind etwas viel ... BIC-Feuerzeug (1,50), Tauchsieder, keine Garantie (15,90) ...

Da ging die Tür auf, draußen stand ein Häftling, den Malte noch nie gesehen hatte.

– Aufstand!

– Was?

– Wir haben den Trakt unter Kontrolle. Kommt heraus!

– Wenn die Katze aus dem Haus ist ... Persenbeug zuckte mit den Achseln.

Malte ging vorsichtig in den Gang hinaus und sah, wie andere Zellen aufgesperrt wurden. Brandgeruch. Jemand hatte eine Matratze angezündet. *Was soll das?* In der Warte sah er die zwei diensthabenden Beamten, Göttlinger und sein Adlatus, gefesselt und geknebelt. Ihre Orang-Utan-Augen waren hilfesuchend und voll ranzigem Zorn. *Man darf den Gefangenen nicht trauen, niemals mit ihnen fraternisieren.*

– Ich habe damit nichts zu tun, sagte Malte.

– MhmmmMhmmMhm, kam vom geknebelten Göttlinger zurück.

Dinger wusste, was der Beamte sagen wollte, dachte aber nicht daran, ihn zu befreien, legte stattdessen einen Finger an die Lippen:

– Euch passiert nichts. Auf einem Tisch standen ein angebissenes Wurstbrot, Käse, hartgekochte Eier, zwei Flaschen

Bier. Man hatte sie beim Frühstück überrascht. Dahinter hingen eine Dart-Scheibe und ein LIMES-Plakat.

In den Gängen herrschte eine aggressive Stimmung. Die Häftlinge wussten mit ihrer Freiheit nichts Besseres anzufangen, als Möbel zu zerschlagen, um sich mit Latten, Brettern oder Eisenrohren zu bewaffnen. Damit hämmerten sie gegen die Türen und Wände. Einer riss die Monitore aus ihrer Verkabelung und warf sie auf den Boden.

– MhhmmhmMhh, protestierte Göttlinger.

Ein anderer zertrümmerte die Kameras an der Decke, während der Nächste das Telefon zerschmetterte. *Barbaren!* Schreie hallten durch die Gänge. Andere warfen brennende Leintücher in den Hof.

– Na, du Geburt? Genießt du es? SS-Emanuel grinste.

– Was ist los? Malte spürte, wie ihm das Herz in die Hose rutschte, sein Puls auf hundertachtzig ging, nur sein Gehirn funktionierte weiter, als würde nichts Beängstigendes ablaufen. *Das ist also der Moment, an dem man merkt, dass alles zu Ende ist.* Er dachte an Kressbachs Versprechen und daran, dass ihm der Stockchef jetzt nicht helfen konnte. Die Nazis würden den Tumult nutzen, um sich zu rächen. Er sah sich bereits mit eingeschlagenem Kopf in einer Ecke liegen, so war wahrscheinlich auch das höhnische Grinsen zu verstehen. Nur nichts anmerken lassen. *Konzentriere dich darauf, deinen Arsch zu retten. Du musst überleben, für Carvin und Elvira.*

– Siehst du das, du Freak, wir haben den Trakt unter Kontrolle.

Scheiße! Lächle! Überlebe!

Da lief ein junger Kerl an ihnen vorbei und brüllte:

– Ich brauche mein Methadon. Mein Methadon! Dann blieb er stehen und flüsterte:

– Die Außerirdischen kommen. Sie werden uns alle holen. Kleine grüne Männchen, die uns zum Frühstück verputzen. Grüne Männchen aus einer anderen Dimension …

– Aus dem Gesperre kommt ihr nicht raus. Malte verschränkte die Arme. Was soll das bringen? Zehn Tage Loch für alle … Du bist intelligent, Emanuel, du hast es nicht notwendig, dich auf dieses geistige Niveau von Steckrüben zu begeben.

– Komm, ich zeig dir was. Der Glatzkopf legte den Arm um seine Schulter und drängte ihn vorwärts.

– Was denn? Malte befürchtete das Schlimmste, war überzeugt, man würde ihm das Hirn aus dem Schädel prügeln. Emanuel führte ihn zu einer Zelle, stieß die Tür auf und lachte:

– Willkommen in der Hölle.

Was Malte sah, ließ ihm das Blut gefrieren, und im Kopf gab es einen kalten Stich. *Lächle! Überlebe!* In der Zelle kauerte der wimmernde Supermarktfilialleiter, dieser Filz, in einer großen Lache Blut. Earl prügelte auf ihn ein. Daneben lag der Muttermörder. Die Kehle war aufgeschlitzt, tief genug, dass Luftröhre und Speiseröhre wie zwei weißgraue Kabel heraushingen. *Demolierte Hardware, Totalabsturz, keine Reset-Taste. Jetzt sieht er seine Mama wieder.*

Malte kämpfte gegen einen Brechreiz an und verlor beinahe.

– Du kannst von Glück reden, dass wir zuerst auf diese Einhörner gestoßen sind.

– Warum? Hört auf. *Ihr Freaks!* Ohne zu denken griff Malte in Earls Arm, der sich gerade über Filz erhoben hatte. Wollt ihr ihn zu Brei schlagen? *Was machst du? Bist du verrückt?*

– Glaubst du, wir wissen nicht, dass dein Kressbach den Stockchef geschmiert hat, damit man dich von uns absentiert. Das wirft Fragen auf und kein gutes Licht auf uns.

– Das … das hat sich mein Anwalt ausgedacht. Das galt Emanuel, ein nachfolgendes »Bitte« ging Richtung Earl, der tatsächlich innehielt.

– Und warum? Hat er etwas im Urin gespürt? Emanuel griff nach Maltes Hals und begann ihn leicht zu würgen. Ich werde dir was sagen, sich in anderer Leute Angelegenheiten einzumischen geht gar nicht, aber jemanden zu verpfeifen … Du kannst von Glück sprechen, dass du mir sympathisch bist. Obwohl du als Bobo gebrandet bist, empfinde ich … vielleicht, weil du einen Shop für Gin hast und ich nicht erst seit dem Brexit ein Aficionado der Briten bin.

Dann fahr nach London und stell dich auf den Speakers' Corner.

– Guinness, Fish and Chips, Gin, Bands wie Brutal Attack, English Rose, Skrewdriver …

Ein Volk, dessen kulturelle Leistung sich auf die Erfindung der Popmusik und des Fußballs beschränkt, das in der Kulinarik noch nicht einmal zur Wurst vorgedrungen ist – ganz Großbritannien befindet sich im präwurstuellen Zeitalter, im tiefsten Sausage-Mittelalter.

– Was habt ihr vor? Glaubt ihr wirklich, ihr kommt damit durch?

– Die werden uns rauslassen. Emanuel verzog seinen Rattenmund zu einem Lächeln. Wir haben Geiseln!

– Den Filz? Diesen päderastischen Fettsack?

Filz blickte ihn mit offenem Mund und treuherzigen Hundeaugen an.

– Den doch nicht.

– Die Wachteln?

– Komm, ich zeig dir noch etwas. Der kleine Nazi, nun wieder den Arm um Maltes Schulter, drängte zum Fitnessraum und stieß die Tür auf. Drinnen saßen inmitten von Hanteln und Sportmatten die beiden Seelsorger, der katholische, ein massiver Sanguiniker mit dichtem Bart und roten Backen, sowie der evangelische, ein dünnes Männchen mit Neurodermitis. Beide wirkten eher gelangweilt als verängstigt. Goofy war bei ihnen und sagte unendlich langsam:

– Alles roger in Kambodscha.

– Und für die Bibelbrunzer wird man euch freilassen? *War-*

um nicht gleich ein Crowdfunding: Kauft hirnbefreite Nazis frei?

– Wir haben noch etwas Besseres. Ich zeige dir, wo es Bonanza spielt. Emanuel öffnete die Tür zum Duschraum. Malte erstarrte. Er, der seit Kindertagen nicht mehr geweint hatte, spürte Tränen in den Augen. Am Boden neben einem Duschgel (wiesenkräuterfrischer Kräuterwiesenduft) lag die bewusstlose Psychologin, die ihm eine stabile Persönlichkeit attestiert hatte. Tabea Butterweck! Jetzt sah sie nicht mehr aus wie die junge Paula Wessely, jetzt war dieses schöne Gewächs zertreten, ihr aschblondes Haar zerwühlt, was vor allem an dem fetten Körper lag, der sich gerade an ihr verging. Faxe! *Keine Negativmitteilungen in der Kommunikation verwenden, mit Ich-Botschaften arbeiten und der ganze Psychokram – jetzt war er wertlos.* Malte wollte hinstürzen, aber Emanuel, Earl und Wire hielten ihn zurück.

– Willst du, dass man dich gleich an den Gedärmen aufhängt, Puschi?

Da schien die Psychologin zu sich zu kommen, hustete, selbst jetzt war ihre Kopfhaltung elegant, sie sah den über ihr liegenden Faxe, hatte wohl ein paar beängstigende Rorschachtestbilder im Kopf, *vielleicht den Hashtag MeToo?*, wollte die Ärmchen heben, schreien – ein dünnes Krächzen kam hervor, dann übergab sie sich.

Faxe keuchte wie ein Eber in einer Besamungsanstalt. An seinem bis zum Kinn reichenden Klobrillenbart hingen Schweißtropfen. Seine Koteletten sträubten sich, und auch die tätowierten Schlangen und Drachen vibrierten. Das Publikum schien ihn nicht zu stören, aber irgendetwas missfiel ihm. Er ließ kurz von seinem Opfer ab, drehte die mit Kotze verschmierte Psychologin in Bauchlage und begann, sich an ihrer Hintertür zu schaffen zu machen. *Ein Popo wie eine Marille, culo albicocca, wie der Neapolitaner sagt. Safer Sex geht anders.*

– Sport im Zweiten, lachte Emanuel und fasste Malte fester, der sich losreißen wollte.

Als Tabea Butterweck wie gepfählt aufschrie, lächelte Faxe gönnerhaft. Die Psychologin spuckte und begann sich neuerlich zu übergeben. Da packte sie der tätowierte Glatzkopf am Hals und begann zu drehen und zu würgen. Dazu, das unerotischste Geräusch des ganzen Universums, ein schmatzendes Ploppen – wie es entsteht, wenn ein feuchter Finger aus einem Flaschenhals gezogen wird. Malte konnte nicht glauben, was er sah, denn bald hatte diese Tabea einen Kopf so rot wie ein geschwollener Penis, Schaum vor dem Mund, hervortretende Augäpfel, ihre Arme zuckten spastisch, während sie der Dicke von hinten penibel penetrierte. Das war die Inquisition! Der Hexenhammer!

Malte, *verlier nicht die Besinnung,* fiel ein Satz von Nietzsche ein: Wenn du lange in einen Abgrund blickst, blickt der Abgrund auch in dich hinein. Das Ploppen war nun so gehäuft, wie wenn eine Pfadfindergruppe mit Flaschenhälsen spielte.

Irgendwo in der Ferne war ein Handyklingelton zu vernehmen: »Ein Jäger aus Kurpfalz, der reitet durch den grünen Wald und schießt sein Wild daher …« Aber Malte war viel zu verwirrt, um klar zu denken. Der bringt die um, dachte er. Der bringt die einfach um. *Und die kahlgeschorenen Primaten klatschen. Evangelisten? Höllenhunde! Und diese Troglodyten wollen die Elite der weißen Rasse sein?*

– Na, ist unser Faxe nicht wie Nadia Comăneci auf dem Schwebebalken? … Wenn du von dieser Olympiade wem erzählst, spalte ich dir die Augäpfel, bohr ich dir ein zweites Arschloch und schieb ein Turngerät hinein! Schon hatte Emanuel Maltes Kopf gepackt und hielt ihm einen Dosendeckel vors Gesicht. Aber wem sollst du noch was erzählen? Ich wollte, dass du das siehst, bevor du dran bist.

Was sagt der? Lächle! Verlier nicht die Besinnung! Überlebe!

Plötzlich Schmerzen. Aber es war etwas anderes, nicht der Deckel einer Bohnendose, etwas Beißendes setzte sich auf seine Schleimhäute, vernebelte sein Gesichtsfeld. Knarrend knatternde Lautsprecherstimmen waren zu hören.

– Hinlegen! Hinlegen! Hände über den Kopf!

Gleich darauf war alles so voller Qualm und Rauch, dass er nichts mehr sah. Tränengas!

– Die Schlacht beginnt!

Hunde bellten, Gepolter, Gekreisch und das dumpfe Geräusch von Schlagstöcken, die Fleisch trafen. Schreie.

– Au! Wo ist der Sani? Sanitäter!

Malte kauerte sich auf den Boden und schützte seinen Kopf. Er hatte das Gefühl, eine Hundertschaft würde über ihn hinweg marschieren. Es dauerte nicht lang, da wurde sein Geist wie ein Fernseher ausgeschaltet.

Als er wieder zu sich kam, lag er im Hof – zusammengefaltet wie ein Origami und mit einem Umami-Geschmack im Mund. Überlebt! Er sah fünfzig, sechzig Mitgefangene. Die meisten hatten geschwollene Gesichter, blaue Augen, ein paar humpelten oder lachten zahnlos. Filz lag neben ihm, sah ihn mit großen, liebevollen Augen an.

– Was ist? Malte wollte ihn anschreien, aber nur ein Krächzen kam hervor.

– Danke.

– Wofür?

– Dass Sie mir das Leben gerettet haben. Zum zweiten Mal.

– Wenn du dich dankbar zeigen willst, lass dich nicht mehr mit mir sehen, du Sau. Man flüstert schon, ich hätte einen Schatten. Malte wandte sich ab, und Filz fühlte sich von dieser Beleidigung geschmeichelt.

– Bei Ihrem sinnlosen Aufstand ist es zu einem schweren Zwischenfall gekommen, war eine metallische Lautsprecherstimme zu hören, und da rede ich nicht von gefesselten Vollzugsbeamten oder verstörten Seelsorgern, und ich rede auch nicht vom brutalen Mord an einem Fleischhacker, dem man die Kehle durchgeschnitten hat, sondern ich spreche von einer toten Psychologin. Tabea Butterweck … hat erst vor zwei Monaten bei uns angefangen, und ihr herzliches Wesen brachte viel Sonnenschein in diese trostlosen Mauern, niemand war so großzügig, so freundlich, so mitfühlend … bis sie für ihre Nächstenliebe, ihre Offenherzigkeit und den Glauben an das Gute im Menschen den höchsten Preis bezahlen musste, den ein Mensch bezahlen kann. Sie wurde von Bestien brutal vergewaltigt und erwürgt! Aber das … diese gemeine, feige, barbarische Tat wird gesühnt werden, das verspreche ich euch. Wenn der oder die Täter glauben, das Wasser aus der Dusche hätte die DNA-Spuren verwischt, haben sie sich getäuscht. Und falls nicht, werden hier alle des Mordes angeklagt. Alle! Wir beginnen alphabetisch bei Achmatow. Er begann zehn Namen aufzuzählen, aber Malte hörte gar nicht richtig zu. Seine Augen brannten. Er nahm verschwommen wahr, wie Uniformierte kamen und die Aufgerufenen hochrissen. Wie aus großer Entfernung hörte er die Namen, auch seiner war dabei. Man riss ihn hoch.

– Wieso werde ich bestraft? Ich habe nichts getan, schon gar nicht der Psychologin. Sein Herz pochte, und die Lungenflügel stachen, als wäre er ein achtstöckiges Treppenhaus hinaufgerannt. Die Beamten schleiften ihn vorbei an den Spalier stehenden Gefangenen. Er sah die Georgier, Persenbeug, der unbeteiligt an einer Wand lehnte … *seine Augen liegen so tief, dass es aussieht, als wären sie ein Teil der Wand, nur die Nase ragt hervor* … und dann SS-Emanuel, Goofy, das schmierige Grinsen von Faxe. In Dingers Hirn ging es zu wie an einer indischen Kreuzung, Tausende Fahrzeuge schossen vorbei, verzahnten sich, kreuzten, nahmen ganze Ströme auf, dann scherte eines aus, touchierte, kippte um:

– Der da war es. Der da!, rief Malte und nickte Richtung

Faxe. *Das war nicht geplant, rutschte ohne Genehmigung aus ihm heraus. Unfall!*

– Haben sie dir ins Hirn gepfeffert?

– Ich an deiner Stelle würde aufpassen, kam von den Evangelisten. Nur Faxe sagte nichts außer:

– Auf dich freue ich mich, Puschi.

Sofort änderte sich die Haltung der Beamten. Faxe wurde abgeführt, während man die anderen in ihre Zellen brachte, wo Persenbeug den Kopf schüttelte und »mutig, mutig« murmelte.

– Mutig, aber dumm.

TUN WIR SO, ALS OB ES REGNET

Mittwoch, der 25. September 2024. Draußen war ein Herbsttag, wie es ihn nur in Wien gibt. Einer jener Tage, an denen der Sommer noch einmal zurückkehrte, die Blätter an den Bäumen vor Freude erröteten, warmer Wind ein Lächeln in Gesichter zauberte.

Die Alleen am Donaukanal glänzten golden, Büsche trieben nochmals aus, und selbst die Wiesen waren saftig grün – bis sie von den ungeheuren Mengen ausgeschiedener Oktoberfestbiere in Grund und Boden gepisst wurden; ein Brauch, der auch vor Wien nicht haltmachte, die Stadt mit Lederhosen und Dirndlträgerinnen überflutete. Überall Plakate: Besuchen Sie das Oktoberfest in Gänserndorf! Bierzeltfest in Pottingbrunn! Wiesn in Mistelbach! Schon Ende September sah man kernige, eingetrachtete Menschen – stramme Waden und hochgeschnürte Brüste. Neuerdings grinsten auch Bierkrüge stemmende Politiker von den Plakaten. Wir sind das Volk! LIMES!

– Wieso haben Sie mich nicht gewarnt? Sie haben den Braten doch gerochen. Stellen Sie sich vor, die Presse hätte davon Wind bekommen? Nicht auszudenken! *Das hätte kein günstiges Licht auf den Staatsanwalt des Jahres geworfen.* Döblinger schäumte wie frisch gezapftes Bier, war aber gleichzeitig bemüht, vor Meinrad Ofaire Haltung zu bewahren. Katalin kam als Mörderin nicht länger in Betracht. Es hatte sich herausgestellt, dass sie zur Tatzeit mit ihrem Mann auf der Rebhuhnjagd in Ungarn und somit weit weg von der Strozzigasse gewesen war. Meinrad, sarkastischer denn je, wollte zwar nicht verraten, weshalb man die Spitzen der Baufirma Hauenstein dazu eingeladen hatte, ließ sich aber herauslocken, dass internationale Gäste anwesend waren: Griechen, Serben und Araber, die beim Rebhuhn-Gemetzel besonderen Spaß gehabt hatten.

– Mir war sofort klar, dass Ihre Frau mit der Sache nichts zu tun haben kann, aber meine voreiligen Mitarbeiter … Döblinger blickte herablassend zu Groschen, reichte Meinrad Ofaire die Hand und verschwand.

– Und Katalin hat bei dieser Jagd viel geflirtet?

Meinrad fiel auf die provokante Frage des Kommissars keine Antwort ein. Mit herablassendem Tonfall zitierte er Hegel und Kant, konnte aber nicht verstehen, was seine Frau veranlasst hatte, einen Mord zu gestehen, von dem sie nicht einmal wusste, wie er geschehen war.

– Das ist ja das Eigenartige, brummte Groschen. Das wusste sie nämlich.

– Seltsam, meine Frau ist seltsam, genau wie ihre Mutter. Meinrad schüttelte den Kopf, machte ein säuerliches Gesicht und wischte an seinem Smartphone herum. Er trug Schuhe aus Velourleder, ein Kord-Sakko, und an seinem Handgelenk baumelte eine goldene Nautilus von Patek Philippe, eine Uhr, die Groschen nur als billige Replik kannte – diese hier war echt.

– Nichts als Flausen, sagte er sarkastisch. Segeln langweilt sie, dabei besitzen wir eine Yacht in Nizza. Wissen Sie, was die dort Hafengebühr verlangen? Mehr als Ihren Monatslohn! Meinrads Augen waren schmale Schlitze im kantigen Gesicht, und Groschen dachte, dass auch er mit diesem von negativer Aura umwölkten Menschen nicht gern allein auf einem Segelboot wäre. Selten war ihm ein so unsympathischer Mensch begegnet. *Wenn der in den Wald geht, fallen die Eichhörnchen tot von den Bäumen.* Er hatte etwas Diabolisches, etwas, das in Groschen ein beklemmendes Gefühl auslöste.

– Lass uns nach Tansania fliegen, habe ich ihr vorgeschlagen. Oder in die Karibik? Lass uns in Sils Maria Nietzsche lesen oder Kant in Königsberg … Aber nein, Katalin zieht es vor, ihre Zeit im Gefängnis zu verbringen. Das findet sie abenteuerlich. Da gleicht sie ihrer Schwester, die mit Greenpeace auf dem Japanischen Meer gewesen ist, um Walfänger zu stoppen … Greenpeace, dieser pseudomoralische Abenteuerspielplatz …

Er sprach weiter, zitierte die halbe Philosophiegeschichte von Augustinus bis Wittgenstein, und Groschen war es, als wäre er von diesen Worten gelähmt. Schließlich ließ sich dieser Mensch aber doch den Weg zum Untersuchungsgefängnis erklären, um seine Katalin in Empfang zu nehmen. *Ein eigenartig humorloser Kerl. Gegen den ist Vlad Țepeș ein Spaßmacher. Und hat er nicht beim Gehen leicht gehinkt? Aber ein Mörder? Wollte Katalin ihn schützen? Schwer vorstellbar, dass die zwei sich liebten. Fast alle Paare gehen sich irgendwann auf die Nerven, verwandeln ihre Beziehung in einen Hort der Frustration. Aber diese beiden? Er definiert sich über Statussymbole und Spruchweisheiten von Philosophen, sie über Seitensprünge. Ein Hofer, der sich Ofaire nennt? So stellt man sich den Teufel vor.*

Kaum war Meinrad bei der Tür draußen, war Döblinger zurück und tobte.

Groschen verbiss es sich, ihn darauf hinzuweisen, dass er selbst, Döblinger, es gewesen war, der die Inhaftierung Katalins veranlasst hatte.

– Und, was wollen Sie jetzt tun? Wir brauchen Ergebnisse, Groschen. Ergebnisse! Die Regierung legt Wert auf Statistik! Österreich soll das sicherste Land der Welt werden! Verstehen Sie, das ist es doch, wofür LIMES steht, ein Schutzwall gegen illegale Einwanderung und Verbrechen. Wir haben das Recht, unsere Existenz zu schützen. Wir haben das Recht, in Sicherheit zu leben … Das Ministerium der Freude kann es sich nicht leisten, einen Mordfall unaufgeklärt zu lassen. Erst vor zwei Stunden hat mich der Minister angerufen ... Am besten, Sie fliegen heute noch nach Split.

– Was soll ich dort? Diese Nachspeise mit Bananen essen?

– Stellen Sie sich nicht blöder, als Sie sind. Wir haben den Anruf zurückverfolgen können, er kam aus einem Lokal namens Corto Maltese mitten in der Altstadt.

– Kurzer Malteser? Soll ich Malteser Kugeln mitnehmen?

– Lassen Sie die Scherze. Döblinger lächelte gequält. Solange wir über diesen Branko nichts wissen, müssen wir jeder Spur nachgehen.

– Nedeljko Zemic.

– Ein Tschusch, aber der Fall brennt. Die Presse hat bereits angedeutet, wie er gestorben ist.

– Woher wissen die das?

Der Staatsanwalt sah Groschen an wie einen Zwölfjährigen, der an einer einfachen Addition gescheitert ist. Tatsächlich hatten alle Recherchen ergeben, dass Nedeljko Zemic nie existiert hatte. Es gab ihn auf keinem Meldeamt, er kam in keinem Strafregister vor, und er hatte anscheinend auch nie ein Telefon, einen Fernseher oder sonst etwas auf diesen Namen angemeldet. Nicht einmal in Passagierlisten von Fluggesellschaften tauchte er auf. Seine Frau in Holland, die mit dem Baggerschaufel-Becken, war unerreichbar. Wie also sollte man seinen wirklichen Namen, so Nedeljko Zemic ein Deckname war, herausfinden?

– Der Minister verlangt Ergebnisse, Groschen. Und ich auch. Die neue Regierung will zeigen, dass sie die Verbrechensbekämpfung ernst nimmt. Wir können es uns nicht leisten, dass einer im Büro hockt und auf eine Eingebung wartet. Leute wie Sie passen da nicht mehr ins Bild. Der neue Mensch ist gutgekleidet, jung und voller Tatendrang. *Ja, ich weiß, der neue Mensch trägt den LIMES auch in seinem Herzen.* Vielleicht besorgen Sie sich bessere Kleidung. Eine zerrissene Jeans macht keinen Eindruck, und die schmuddelige Jacke, mit der Sie herumlaufen …

Was? Seit wann? Groschen blickte zum Staatsanwalt, der einen braunen Trachtenanzug trug, unter seinem rosa Hemd spannte sich der Bauch, und über der Krawatte türmten sich Kinnröllchen. Dazu die angegraute Meckifrisur. *Von so einer Figur soll ich mir vorschreiben lassen, wie ich mich anzuziehen habe?*

Eine Stunde später war Groschen am Flughafen und sah sich einer Invasion von Rollkoffern ausgesetzt. Er hasste es zu fliegen. Das Gedränge, die Leibesvisitationen, Demütigungen … dazu die unverschämten Zuschläge der Airlines, die knapp davor waren, selbst für den Piloten extra zu kassieren.

In einer kleinen Buchhandlung wollte er Lektüre kaufen, aber das Angebot reichte nur vom tausendsten Smörrebröd-krimi über Beziehungskistenromane bis zum neuesten Stephen-King-Aufguss. Nichts, wofür sich Groschen interessierte. Also eine Zeitung? Die meisten seiner Kollegen lasen die *Kronen Zeitung* oder Gratisblätter. Schon der *Kurier* galt als intellektuelle Überforderung. Nur Martin brachte hin und wieder die *Presse* oder den *Standard* mit, musste sich dafür aber Spitznamen wie Professor oder Nobelpreisträger gefallen lassen. Der Kommissar hatte keine Lust auf Nachrichten oder Elogen auf den LIMES, entschied sich für zwei *Geo*-Hefte. Beim Bezahlen klopfte ihm jemand auf die Schulter.

– Auf Wiedersehen, Herr Kommissar. Es war ein kleiner Mann mit grauem Hut und Regenmantel. Groschen erkannte Schlomo Herschel, der in der Nähe des Innenministeriums, jetzt Ministerium für Freude, ein kleines koscheres Restaurant namens Mea Shearim betrieb, wo der Kommissar manchmal Falafel aß.

– Auf Wiedersehen? Wieso? Ich fliege nur nach Split, komme bald …

– Ich wandere aus.

– Sie? Nein. Und das Mea Shearim?

– Geschlossen!

– Ehrlich? Ihre Kichererbsenbällchen im Fladenbrot werde ich vermissen. Aber wohin gehen Sie? Nach Australien oder in die Karibik? Kann ich verstehen, der lange Winter in Österreich …

– Nicht wegen dem Wetter, sondern wegen dem Klima, dem politischen.

– Im Ernst? Warum?

– Ach, bei Wörtern wie Säuberungsaktion oder Volksgesundheit schrillen bei mir sämtliche Alarmglocken. Wer wie ich aus einer Familie kommt, die das alles schon erlebt hat, wartet nicht. Auf Wiedersehen. Der kleine Mann drückte ihm die Hand, die beinahe glühte, wischte sich mit dem Ärmel Tränen aus den Augen und ging zu seinem Gate.

Auswandern? Der übertreibt. Gut, der LIMES polemisiert gegen Moslems und Südländer, gegen Afrikaner und Linke, es kam zu Umfärbungen in Ämtern und im öffentlichen Rundfunk, aber bis auf ein paar Terrorverdächtige ist bisher niemand behelligt worden. Kein Grund zur Panik. Schon gar nicht für Juden, erst unlängst war der Minister für Freude in Israel, um das gute Einvernehmen zu betonen …

Als er zu seinem Gate kam, waren die meisten Passagiere schon abgefertigt. Sie standen wie eine Viehherde vorm Schlachthof im sogenannten Finger und warteten geduldig, den Platz im Flugzeug einnehmen zu dürfen. Groschen, der als einer der Letzten kam, glaubte erst, er hätte Glück, sah es doch so aus, als wäre im vollbesetzten Flieger just in seiner Sitzreihe ein Platz frei geblieben. Dann machte er eine unerfreuliche Entdeckung, neben der dicken Mutter am Fenster saß ein blonder Zweijähriger, der seinen neuen Sitznachbarn sofort mit einem grellen Schrei begrüßte.

– Benedikt!, herrschte ihn die junge Frau an – in einer

Lautstärke, dass Groschen fast das Trommelfell platzte. Der blonde Knabe machte ein süßes Kindergesicht und brabbelte etwas wie Tatatata.

– Nicht den Gurt öffnen! Benedikt! Lass den Klapptisch oben!

Benedikt? Wie der deutsche Papst?

– Lass den Herrn in Ruhe! Nicht das Bordmagazin zerreißen! Benedikt! Sitzen bleiben! Groschen kam sich vor wie in einem amerikanischen Armeecamp. Die anderen Passagiere lächelten mitleidig.

Herrgott, lass mich diesen Flug überstehen.

– Benedikt! Benedikt, was fällt dir ein? Sitzen bleiben! Nicht das Fläschchen ausschütten!

Das Stoßgebet wurde erhört. Kurz nach dem Start schliefen Mutter und Sohn ein. *Gott sei Dank, sonst hätte ich die Fluglinie verklagt.*

Der Flughafen von Split schien nur aus roten und weißen Quadraten zu bestehen. Die Stadt selbst war heiter wie ein warmer Frühlingstag, zumindest an der Esplanade. Herausgeputzte Häuser mit Galerien und Lokalen, Eisgeschäften, Boutiquen und Straßen wie aus Marmor. Dahinter graue Wohntürme aus der Ostblockzeit. Für die Tito-Partisanen mochten diese Wohnsilos luxuriös gewesen sein, heute wirkten sie trostlos.

Gegen Mittag saß Groschen im Corto Maltese und aß Brudet, eine Spezialität mit Fisch, die ihm ein Mädchen im Hello-Kitty-Shirt empfohlen hatte. Er aß ohne Appetit, betrachtete die mit Comics tapezierten Wände. Auf kleinen Ablagen stapelten sich Comicbücher, überall Tim-und-Struppi-Figuren, Asterix, Clever und Smart, Donald Duck, Alfred E. Neumann und natürlich Corto Maltese, der elegisch schlaksige Kapitän. Auf einer Tafel prangte der Spruch: »Diet comes from die.« Groschen hatte keine Ahnung, wie er hier den Anrufer finden sollte, war in dem Lokal doch außer der Kellnerin nur ein bärtiger Koch. Der Kommissar rief seine Frau an, um ihr seine Ankunft in Split zu melden. Außerdem erzählte er von der plärrenden Mutter.

– Irgendwas muss mit Frauen nach der Geburt passieren, das sie in Brüllmonster verwandelt. Irgendwann übernehmen die Kinder das Kommando, und aus hübschen, lebensfrohen, jungen Frauen werden hysterisch keifende Mütter.

– Das verstehst du nicht, meinte seine Frau. Und warum? Weil du ein Egoist bist. Statt dich zu freuen, neben einem süßen Kleinkind zu sitzen …

– Habe ich … *Benedikt?*

– … stößt du dich an der armen Frau. Du bist eben nicht emphatisch, zu keinem Mitgefühl fähig, denkst nur an deine Arbeit …

Was? Ich? Ein Streit wegen nichts? Das ist typisch … Er drückte den Verbindungsknopf, aber die gute Laune war dahin. Seine Frau hatte natürlich recht. *Wie immer!* In zwanzig Jahren Polizeidienst waren ihm Sachen zu Gesicht gekommen, die er besser nicht gesehen hätte, Fälle, über die man mit niemandem sprechen konnte, schon gar nicht mit der eigenen Frau. Gut, es gab einen psychologischen Hilfsdienst, der aber von niemandem in Anspruch genommen wurde, weil sich so etwas viel zu schnell herumsprach. Es stimmte, er war abgestumpft, aber wie sonst sollte er mit all den Leichen und Morden fertigwerden? Wie sonst all das Leid der Angehörigen verkraften? Doch deshalb war er nicht nach Split gekommen. Nur, wie konnte er diesen mysteriösen Informanten treffen?

Tatsächlich war Groschen noch nicht mit dem Essen fertig, als ein grauhaariger, stark nach Zigarettenrauch riechender Mann neben ihm saß. Gutgekleidet, teure Uhr, keine Nautilus, aber eine Submariner von Rolex.

– Habe ich gewusst, Sie kommen. Sie Kommissar aus Österreich.

– Woher?

– Riecht man. Der Mann, der sich Edi nannte, deutete auf die Nase. Österreich riecht nach Doppelmoral, Weihrauch und kleinen Herzen. Wir Balkanmenschen waren immer auf der falschen Seite, aber kochen können wir. Nächstes Mal Sie müssen essen Sarma oder Tripper oder Brüderlichkeit und Einigkeit – zum Niederknien! Wein auch nicht übel ist, Plavac.

– Deshalb bin ich nicht hier.

– Richtig. Tun wir also so, als ob es regnet ... Ist ein rumänisches Sprichwort. Edi bestellte einen doppelten Espresso und zündete sich eine Zigarette an. Haben Sie Liebe für Literatur?

– Nun, ich ...

– Müssen Sie, wenn Sie schon sind hier, lesen Ivo Andrić, »Die Brücke über die Drina«.

– Man hat mich mit Kommissar Maigret verglichen, aber das ist nicht das Thema. *Außerdem gleiche ich mehr John Travolta, zumindest seiner korpulenten Variante.*

Edi lachte und zeigte mit dem Finger auf Groschen.

– Sehr gut! ... Sie glauben, wir haben Branko auf Gewissen, weil er sich mit Gold absetzen wollte? Aber das Nonsens, hätte Branko nie getan. Warum? Weil hat er verdient genug. War der Beste. Die Damen haben geliebt Branko. War er unschlagbar. Seit Viagra Weltmeister. Edi schnippte mit drei Fingern vor seinem Mund und schnalzte mit der Zunge. Hat alles gevögelt, was bei drei nicht in Schutzraum war. Hätten wir ihn umgebracht, können Sie sein sicher, würde ich hier nicht sitzen. Hätten wir ihn umgebracht, dann nicht mit heißem Wasser im Arsch.

– Woher wissen Sie?

– Haben wir Informanten. Wissen Sie, wie wir Verräter strafen? Hände in Schlagschere und ab.

– Was wollen Sie?

– Wissen Sie, wie der russische Dichter Turgenjew geschafft hat, dass gekommen sind zu seinen Lesungen Leuten? … Hat er auf Plakate schreiben lassen: Im Anschluss an Vortrag wird der Dichter verprügelt! Edi lachte. Sind gekommen alle!

– Branko war kein Dichter, und Ihre Organisation ist prosaischer.

– Wollen wir, Edi zündete sich am Stummel der alten eine neue Zigarette an, dass Sie finden Mörder und ihm etwas ausrichten: Gold gehört uns. Wollen wir nicht lesen müssen Messe für ihn, was wird sein, wenn wir ihn finden. Wir nix sind Verbrecher in Law oder Mafia und begehen auch nix Mord. Sind wir spezialisiert auf Witwen. Nema problema.

– Heiratsschwindler?

– Nix. Haben Sie gelesen Dürrenmatt? … Sind arme Frauen, die immer gelebt in Schatten von Karriere für Mann, die gelebt haben für Kinder und Familie, betrogen sind worden … immer dasselbe. Darum wir uns kümmern. Und bei Geschenken wir nicht blöd und sagen nein.

– Geschenke? Wohnungen, Yachten, Autos? *Wie hatte Berenice gesagt? Das perfekte Verbrechen, weil es keines ist.*

– Sind sehr reich manche Damen. Freuen sich, wenn können machen Freude.

– Und was machen Sie mit all dem Geld?

– Investieren.

– In Bibliotheken? Wohl eher in Glücksspiel und Prostitution.

– Das ist nicht unmoralischer als Aktienfonds. Sollen wir sein, wie man sagt in Wien, Zinsgeier?

– Und Drogen?

– Schauen Sie, Kommissar – Edi lächelte so schmierig, wie auch Branko gelächelt haben musste –, wenn Leute wollen richten sich zugrunde, sie finden Weg in Untergang. Manchmal saubere Droge besser als Klebstoff oder schlechter Alkohol. Gute Drogen machen kaputt niemanden. Kommt auf Dosis an. In Silicon Valley nehmen Leute LSD für Leistung. Meine Droge ist Literatur: Cervantes, Dostojewski, Tolstoi – hat man herumgetragen wie Heiligen, ihm geküsst Finger.

– Sie wollen also, wenn ich Sie richtig verstehe, dass ich den Mörder fasse und der Ihnen dann das Gold gibt, von dem nicht einmal sicher ist, ob es existiert.

– Das es gibt. Glauben mir. Alles andere Nonsens.

– Warum sollten Sie ein Anrecht auf das Gold haben?

– Warum schreiben heute Schriftsteller nicht mehr wie früher? Nur noch elegante Prosa, von der nichts bleibt hängen? Weil sind Bastler, gehen in Baumärkte.

– Ich habe Sie gefragt …

– Warum uns Gold zusteht, ich weiß … wegen Branko. Wollen Sie hören seine Geschichte? Waren drei Brüder aus Republik Moldau, Gagausien.

– Ist das Bessarabien?

– Andere Name für Moldau. Hier Transnistrien, da Gagausien. Edi zeichnete mit tabakgelben Fingern auf die Serviette. Haben zwei Brüder gearbeitet für einen Künstler, Emil Schwein, vielleicht kennen. Haben zwanzig Jahre lang gemacht Plastiküberzug, was ausschaut wie Schokolade – mit hochgiftigen Chemikalien. Irgendwann hat erster Bruder bekommen wildes Fleisch in Mund, Krebs, später ist ihm abgefault Kiefer … Am Schluss konnte man, wenn er abnahm Kappe vor Kinn, hineinsehen bis in Gedärme. Schlimme Sache. Kostete Behandlung viele hunderttausend Euro. Und was hat gemacht großes Künstler Emil Schwein, der verdient Millionen? Hat geholfen? Bezahlt Krankenhaus? Nix. Geklagt er hat die Brüder, weil sie sollen haben kaputtgemacht ein Auto. Lächerlich! Emil Schwein ist wie seine Name, eine Ferkel … Lebte kranker Bruder von Notstandshilfe. Kurz bevor gestorben, ist geworden umgebracht, er geholt hat seine Frau von Republik Moldau nach Esterreich, damit die bekommt Witwenrente, vierhundert Euro, womit sie muss versuchen, zwei Kinder großzuziehen. Die neue Regierung in Esterreich streichen ihr das Geld. Ist gerecht? Dritter Bruder, der nie für Schwein gearbeitet, war Branko. *Moldawier? Ich dachte, ein Kroate? Darum konnten wir nichts über ihn in Erfahrung bringen.* Deshalb wollen wir Gold, für Erziehung seiner Neffen. Weil wir sonst böse. War jemand da aus Esterreich, der hat geglaubt, wir hätten Gold.

– Wer war da?

– Kleiner Mann. Jetzt ist kürzer er um einen Finger. Wissen Sie … Schlagschere. Das Problem haben wir gelöst. Braucht er kaufen nix mehr Souvenir.

– Wer?

– Hat erinnert an Stifter Adalbert. Einer, bei dem die Woche siebenmal hat Freitag.

– Wie heißt er?

– Weiß ich Namen? Nein. Finden Sie auf Promenade. Wieder zündete sich Edi mit dem Stummel seiner bis zur Schrift heruntergebrannten Zigarette die nächste an, legte ein paar Münzen auf den Tisch und ging.

– He! Ich … Wir sind nicht fertig. Aber Edi drehte sich nicht mehr um.

Groschen war perplex, zahlte und schlenderte Richtung Promenade. Vorbei an einem Fischmarkt – Menschen mit Plastikschürzen an blutigen Tischen. Styroportassen voll mit Sardinen, Muscheln, einem halben Schwertfisch.

Wer aus Österreich war hier gewesen? Meinrad hatte er morgens im Kommissariat gesehen. Xaver hatte einen Unfall … Und was bedeutete es, wenn die Woche sieben Freitage hatte?

Der Kommissar spazierte die Hauptstraße entlang, kaufte bei Victoria's Secret ein Negligee für seine Frau, zwei Häuserblocks weiter ein Eis für sich. Er ging an vollen Tischen mit rauchenden und Kaffee trinkenden Menschen vorbei, hörte Wörter wie »Travanica« oder »Godvina dobrejenja«. Die rauchten hier alle, als ob sie es bei Keith Richards gelernt hätten. Dahinter war die älteste noch bewohnte Römerstadt Europas, der Diokletianpalast, davor die Esplanade mit Palmen, Marmorbänken und dem vollkommen ruhig daliegenden Meer samt quecksilbrig glänzender Oberfläche. Die Frauen sprachen mit rauchigen Stimmen, waren aber elegant. Auch die Männer. Diese Menschen hatten nichts mit den schnauzbärtigen, schlechtgekleideten Tschuschen zu tun, die in den siebziger Jahren als Gastarbeiter Mitteleuropa überflutet hatten. Nur an den blauen Bussen, den Wohnblocks und den starken Zigaretten haftete noch die Kommunistenzeit.

Groschen versuchte, die Informationen zu ordnen. *Drei Brüder? Moldawier? Mafia? Eine Woche mit sieben Freitagen? Warum war sich dieser Edi eigentlich so sicher, dass er nicht verhaftet werde?* Da sah der Kommissar ein Gesicht, das ihm bekannt vorkam. Sandfarbene Locken, kleine Statur. Es dauerte eine Weile, bis sein Hirn die richtige Karteikarte fand: Edwin Kalterer! Der Bart war ab, doch er erkannte ihn an der roten Haut und der Retro-Krawatte – *plattgewalzte Fruchtgummis.* Als der ehemalige Gemeindesekretär den Polizeibeamten erblickte, stutzte er einen Moment, wohl, weil er nicht glauben konnte, wer ihm hier begegnete, hatte bestimmt zwei, drei »Was« im Kopf, dann sprang er auf und lief davon. *Was?* Groschen ließ sein Eis fallen, sah, wie das Nocciola-Vanille auf den Boden ploppte, und setzte an, dem Untergrutzenbacher hinterherzuhetzen. Nach ein paar Metern hatte er dann aber keine Lust mehr, *der Brudet!*, und blieb stehen.

Kalterer konnte das Gold nicht haben, sonst wäre er nicht hier. Fürchtete er die Mafia und war gekommen, sich zu entschuldigen? Nein, hätte er Branko umgebracht, wäre er nicht so blöd, sich anschließend dafür zu entschuldigen. Vielleicht glaubt er, die Witwentröster besitzen das Gold? Dann hätten die sich nicht bei Groschen gemeldet … Wenn er aber das Gold hatte und teilen wollte? Vielleicht sollte er ihm doch nachlaufen? Nein, es war zu spät, Kalterer nur noch ein Punkt am Ende der Esplanade. Wahrscheinlich rannte er Richtung Markt oder zum Peristyl, hoffte unterzutauchen, unter Wörtern wie »oprosti«, »ne govorim hrvatski«, »hvala« … zu verschwinden. Groschen könnte zur örtlichen Polizei gehen und um Hilfe bitten, aber bis dort die bürokratischen Hürden beseitigt waren, war Kalterer längst auf und davon. Sollte er die Hotels und Pensionen abklappern, in Bars und Restaurants das Bild des Gesuchten herumreichen? Für solche Mühen der Ebene war er sich zu schade, setzte sich in ein Café, trank zwei Bier und dachte nach.

Gerne wäre er in Split geblieben, hätte er die kroatischen Spezialitäten gekostet, aber für diese Genüsse fehlte ihm die Zeit. Sein Instinkt sagte ihm, die Lösung des Falles lag in Österreich.

Noch während des Rückflugs war Groschen so sehr damit beschäftigt, die einzelnen Personen dieses Dramas zu verstehen, dass ihm die Turbulenzen gar nicht auffielen. Obwohl er Esther und ihre Kinder um das Gold platzierte, mit Kalterer und Branko herumfuhr, kam er auf keinen grünen Zweig. Es war wie eine Gleichung mit zu vielen Unbekannten, und egal, wie er es auch anstellte, immer blieb ein unergründlicher Rest übrig.

OHNE SCHULD

Ein Duft von Old-Spice-Aftershave erfüllte das penibel auf-
geräumte Büro. In den Regalen lagen dilettantisch gebastelte
Destilliergeräte, zu Stichwerkzeugen umfunktionierte Löffel, Zahnbürsten mit eingeschmolzenen Rasierklingen, zuge-
spitzte Schraubenzieher, Dosen mit Geheimfächern und andere konfiszierte Gegenstände.

– Warum haben Sie nicht eingegriffen? Sie haben gesehen,
wie sich Faxe an der Psychologin vergriffen hat. Der stellvertretende Leiter der Justizanstalt, Oberst Günther, ein hoch-
aufgeschossener Beamter, dessen Gesicht vom roten Ge-
stell einer großen runden Brille bestimmt wurde, faltete die
Hände und musterte Malte. Er hatte Kuchen und Kaffee auf
den Tisch gestellt, doch Dinger wollte nichts, hatte Bilder von
Tabea Butterweck im Kopf, von Faxe, wie er den milchweißen
Frauenkörper devastierte.

– Wie hätte ich denn eingreifen sollen? Malte zog mit Daumen und Zeigefinger seine Unterlippe in die Länge. Seine
Welt hatte sich zersetzt, er fühlte sich aufgelöst. Ich wurde,
während dieser Dicke sich, wie Sie sagen, vergriffen hat, von
Emanuel bedroht. Mit einem Dosendeckel!

– Mit einem Dosendeckel? Von Emanuel, diesem Knilch?

– Im Nachhinein ist es leicht, den Helden zu spielen. Er hat
gedroht, mir die Augen aufzuschlitzen …

– Mir ist unverständlich, was in diesen Glatzen vorgeht.
Wissen Sie, wie sie sich nennen? Die Unbedingten! Dabei
halte ich Emanuel für hochbegabt. Der wirft mit Fremdwörtern
um sich … Der IQ der anderen ist nur knapp über Körpertem-
peratur. Wären alle so, man müsste sämtliche Errungenschaf-

ten des offenen Vollzugs rückgängig machen, diese Spinner anketten. Das Gefängnis ist eine bizarre Einrichtung, aber für manche Kreaturen gibt es keine Alternative … Das sind Tiere ohne Seele, Moral, Intellekt … Oberst Günther lächelte. Und das sage ich, der ich immer für die Rechte der Inhaftierten eingetreten bin. Einmal hat hier ein Künstler einen Malkurs abgehalten, aber diese Erbsenhirne … Wissen Sie, was die gemalt haben? Hakenkreuze! Judensterne! Wie der Meese. Wollen Sie Alkohol? Ist nicht erlaubt, aber ausnahmsweise … Malte machte ein skeptisches Gesicht, doch der Oberst lockerte seine rote Krawatte und zauberte ein Glas samt einer Flasche Shackleton hervor – ein nach dem Polarforscher benannter Whisky. Werden Sie Ihre Aussage über diese außerordentlichen Vorkommnisse vor Gericht bestätigen?

– Dann bin ich tot. Malte schenkte sich ein, nahm einen Schluck und spürte ein warmes Kitzeln bis hinunter in den Magen.

– Es geht um Gerechtigkeit, um das Richtige … Ich kann Sie ins Zeugenschutzprogramm nehmen, sagte Günther. Vorerst aber nahm er nur ein Stück Gugelhupf und biss hinein. Saftig, hat meine Frau gemacht … Wollen Sie nicht doch ein Stück? Meine Frau kann alles außer Schwedisch, sagt sie immer. Malte schüttelte den Kopf. Der Oberst sprach mit vollem Mund.

– Schlägereien sind mir zuwider, aber Tote … Glauben Sie, ich habe es leicht? Selbstverletzer, Leute, die Besteck schlucken, Insassen, die Haft räume mit Kot beschmieren … Wollen Sie sehen, womit man mich beglückt? Günther öffnete die Schreibtischlade und zog ein Foto heraus, das eine braune Brezel zeigte. So etwas schickt man mir. Wissen Sie, was das ist? Scheiße! Für Ihre besonderen Verdienste, stand auf dem beigelegten Kärtchen. Nett, gell? Oder die kulturellen Differenzen. Malte trank und war mit den Gedanken ganz woanders, während der Oberst ungebremst fortfuhr:

– Einmal wurde ein Grieche von zwei Persern fast totge-
prügelt. Später stellte sich heraus, dass sein Name Kyriakos
auf Farsi so viel wie Möse und Schwanz bedeutet, *Fut und
Beidl* … Kyriakos ist die griechische Version von Conchita
Wurst … Es gab einmal einen griechischen Fußballer dieses
Namens, und bei einem Spiel gegen den Iran hat der persische
Kommentator, immer wenn Kyriakos am Ball war, Hmphmm
gemacht: Hmphmm klärt auf der Linie, Hmphmm führt den
Freistoß aus, Hmphmm flankt … Und hier hat man so einen
Hmphmm fast umgebracht … wegen seinem Namen.

– Hmphmm kam nun auch von Malte, doch Günther
sprach unverdrossen weiter.

– Wir haben im Strafvollzug einen Höchstwert an Kran-
kenständen. Niemand macht das gerne …

– Hmphmm. *Bin ich hier, um mir seine Klagen anzuhören?*

– Natürlich. Der Oberst nahm die Flasche, goss Whisky in
seinen Kaffee, schenkte Malte nach … Die meisten sind verträglich. Ich habe Ihren Fall studiert, Herr Dinger. Sie sind bei
uns wegen einer Lappalie.

– Schwarzfahren! Und jetzt muss ich um mein Leben fürchten. Malte seufzte, nahm den nächsten Schluck und fühlte sich
etwas besser.

– Interessieren Sie sich für Kunst? Gerade läuft die Ausstellung »Der Darm der Callas«. Sehr empfehlenswert.

– Wenn man draußen ist.

– Ja, natürlich … Jedenfalls … die Diva hat, um abzunehmen, einen Bandwurm geschluckt, und ein finnischer Künstler hat den riesengroß nachgebaut … Im Zeugenschutzprogramm wären Sie unauffindbar wie ein Bandwurm. Übersie-
delung nach Osttirol oder in die Obersteiermark … anderer
Name … neue Identität …

– Herr Oberst, Sie wissen so gut wie ich, dass Sie mich,
meine Familie, mein Geschäft nicht schützen können. Schon
dass ich den Täter verraten habe, war ein Fehler.

– Sie haben das Richtige gemacht.

– Wenn ich aussage, ist das wie ein Abführmittel für den Bandwurm, dann habe ich ausgesungen, bin ich ein Kyriakos für alle Nazis.

– Wenn Sie Ihre Aussage nicht bestätigen, kann ich wenig für Sie tun. Ein paar Kuchenbrösel schossen aus dem mit falschen Zähnen angefüllten Mund, die der Oberst einfach vom Tisch fegte. Ich bin ein großer Fan von Emil Schwein. Kennen Sie seinen Schokolade-Ferrari?

– Ich bin auch bald ein Schwein, aber im Schlachthaus. *Die Nazis veranstalten ein Barbecue mit mir, und ich liege auf dem Rost.*

– Wir sollten Brom ins Essen mischen, zur Herabsetzung des Triebes. Günther trommelte mit den Fingern auf den Schreibtisch. Ich wollte Künstler werden, aber … Können Sie sich vorstellen, dass ich einmal mit bunten Hosen herumgelaufen bin und mich für die Revolution begeistert habe? Che Guevara und Ulrike Meinhof. Ich glaubte an Gerechtigkeit, Demokratie, mündige Bürger, das Naturrecht …

– Brom? Ist das alles? Sollen mich die Nazis abschlachten wie den Fleischhacker? Der hätte auch geschützt werden müssen, Herr Oberst. Wenn ich nicht eingeschritten wäre, hätte man dem Supermarktfilialleiter, Filz heißt er, den Schädel eingetreten. Brom wird mich nicht schützen.

– Jetzt regen Sie sich nicht auf, sagte Günther. Sie sind mir ein schöner Held. Er legte das halbe Gugelhupfstück auf den Teller, streckte die Arme und verschränkte sie dann, nachdem er ein Gähnen unterdrückt hatte, hinterm Kopf. Sie haben Rückgrat, in Ihrem Hirn sind noch nicht alle Neuronen durchgeschmort. Sie sind einer der wenigen hier, mit denen man reden kann …

– Wollen Sie, dass man mich vom Boden kratzt und in einer Cornflakesschachtel beerdigt? *So wie Ihre Kuchenbrösel?* Ich bin vielleicht nicht prominent, aber mein Schwiegervater hat Beziehungen … oder glauben Sie, der Kressbach verteidigt mich, weil ich so ein schönes Lächeln habe?

– Gut. Sie haben ab sofort gesondert Hofgang. Ich werde dafür sorgen, dass keine Nazis mehr als Fazi arbeiten, duschen werden Sie allein, und über Ihre Aussage unterhalten wir uns später. In Ordnung? Sobald Sie draußen sind, zeige ich Ihnen meine Bilder.

– Das reicht?

– Vielleicht können wir über eine Ausstellung im Dingers reden? Günther nahm seine rotgestellte Brille ab und begann, die Gläser zu putzen. Ich versuche, Ihnen zu helfen, aber … die Regierung macht es mir nicht leicht, die hat kein Interesse an Gefangenenrechten, psychologischer Betreuung, Wiedereingliederung … Am liebsten hätten die Arbeitslager für Schwule, Haschraucher, Kriminelle … In Mörtersdorf wird ein ehemaliger Schlachthof als Gefängnis für die Politischen genutzt … Na ja, wir werden das nicht ändern. Wollen Sie in eine Einzelzelle?

– Ich denke nicht, dass ich Persenbeug fürchten muss.

– Der Ybbserl tut keiner Fliege was … Als der eigenliefert worden ist, wusste er nicht einmal, wie man eine Fleischschmalzdose öffnet … Günther lächelte … Der konnte kein Butterbrot schmieren, ohne sich zu verletzten. Der Oberst stand auf, klopfte Malte auf die Schulter und winkte dem Justizwachebeamten, damit der ihn zurück in seine Zelle brachte. Malte trank das Glas leer und sah den Oberst mit leeren Augen an.

– Danke, murmelte Günther. Sie haben uns sehr geholfen. Tatsächlich hatte der Mord in der Justizanstalt für einigen Wirbel gesorgt. Der Aufstand selbst wäre kaum eine Randnotiz gewesen, aber die ermordete Psychologin hatte für Aufregung gesorgt und all jene Hardliner auf den Plan gerufen, die seit Jahren einen strengeren Strafvollzug forderten, die Todesstrafe wiedereinführen oder die Gefangenen mit Eisenkugeln an den Füßen in einem Steinbruch arbeiten lassen wollten. Die Zeitungen waren voll mit rührseligen Geschichten, sogar die Katze der Tabea Butterweck wurde auf den Titelseiten gebracht.

Auf dem Weg zurück in seine Zelle sah Malte Gedichte des Zettelpoeten und ein paar Obdachlose, *ranziger Geruch nach Käse und Pisse*, die in eine Gemeinschaftsdusche geprügelt wurden.

– Nicht auszuhalten der Gestank, murrte Adriano Celentano. Haben mir nicht verdient. Aber damit ist jetzt Schluss.

Einen von diesen bärtigen, vergammelten Männern mit verwirrtem, ängstlichem Blick kannte Malte, es war der Weltenende-Verkünder aus der U-Bahn. *Moses?* Er hatte immer noch seine Renaissance-Kappe auf und murmelte etwas von den Gerechten, die in den Himmel kämen, während die Unmäßigen samt ihren Sünden alle in die Hölle führen. Als er Malte sah, hielt er inne und sagte nur ein Wort, das Dinger nicht verstand:

– Ijob.

Im nächsten Moment kam ein alter Gefangener, eine typische Gefängnisexistenz, mehr Gitterstab als Mensch, auf Malte zu und flüsterte:

– Bleib hart. Du darfst den Wachteln nichts glauben, die fälschen Zeitungen und das Fernsehprogramm. Die Welt draußen existiert nicht mehr, da ist nur noch Steppe, alles atomar verseucht, aber uns verschweigt man das, weil wir die letzten Menschen sind. Auch die Besucher sind gefälscht, bezahlte Schauspieler, Hologramme … Der Häftling setzte ein debiles Grinsen auf, und Malte durchzuckte der ängstliche Gedanke, in der Phantasie dieses Wahnsinnigen könnte ein Funken Wahrheit stecken.

DARK AS A DUNGEON

Donnerstag, der 26. September.

– Was war los? Die Zeitungen schreiben nur mehr über euch.

– Euch? Du tust so, als ob ich dazugehörte. Malte versuchte, allen Charme und alle Liebenswürdigkeit auf Elvira zu konzentrieren. Doch es gelang ihm nicht. Alles an ihr erschien ihm schal und falsch, ja, schlimmer, der Anblick seiner Frau erregte Abneigung. Weil sie, hübsch wie sie war, einer anderen Welt angehörte? Einer Welt, die nicht mehr seine war? *Lippenstift, Lidstriche, aber abgekaute Fingernägel.* Weil sie ihm drastisch vor Augen führte, dass sein früheres Leben vorbei war? *Seit Carvin auf der Welt ist, hat sie eine kalte, zänkische Dominanz entwickelt. Ihre Figur ist immer noch nicht so wie vor der Geburt, obwohl sie ständig daran arbeitet, ihre Ich-bin-nicht-übergewichtig-nur-zu-klein-Sprüche klingen eher aggressiv als witzig. Sie ist schon lange nicht mehr die Frau, mit der ich ein Kind haben wollte. Vielleicht lag ja Persenbeug mit dem, was er über die Liebe gesagt hatte, richtig? ... Ist das die Frau, die ich liebe?* Lag es am Gefängnis, das nun fast drei Wochen lang in ihn eingesickert war? Oder waren es die zwei eingeschriebenen Briefe, von denen Elvira berichtete? Im ersten wurde Malte aufgefordert, als Schöffe an einer Gerichtsverhandlung teilzunehmen.

– Vielleicht an meiner eigenen?, rang ihm diese Nachricht ein Schmunzeln ab.

Der zweite Brief war weniger zum Lachen. Die Finanzbehörde, die sich jetzt Leitstelle des Ministeriums für Glück nannte, kündigte eine Betriebsprüfung an.

– Das hat noch gefehlt. *Wenn die draufkommen, dass die Hälfte schwarz läuft, kann ich zusperren. Aber anders geht es nicht, du kannst hier kein Lokal führen, ohne mindestens die Hälfte des Umsatzes an der Steuer vorbeizuschummeln.*

– Deine Mutter lässt dich grüßen. Sie klagt über Bauchschmerzen.

– Gute Nachrichten hast du keine?

– Gute Nachrichten? Wer kümmert sich um alles, schaut, dass alles läuft? Du hilfst mir nicht. Elvira blickte ihn mit leeren Augen an und tat, was alle Frauen an ihrer Stelle getan hätten, sie begann zu weinen.

– Ich bin eingesperrt!

– Ausrede! Sonst hilfst du auch nicht. Sie kämpfte mit den Tränen. Es gibt in unserer Beziehung keine Gerechtigkeit! Die Kindererziehung hängt nur an mir, das Putzen der Wohnung, Carvins Klavierunterricht … Ich fühle mich alleingelassen. Ach ja, der Polizist war da. Ein netter Mensch – mal abgesehen davon, dass er lifpelt.

– Nett? Hast du was mit ihm?

– Spinnst du? Aber es würde helfen … Elvira strich sich eine Haarsträhne aus dem Gesicht, lächelte und begann mit dem Finger über die schmale Tischplatte zu streichen.

Sie sprach von der Schule, davon, dass sich eine Elterngruppe gebildet hatte, die den Notendruck minimieren wolle.

– Zum Glück hat Carvin keine Probleme. Er ist sehr lieb. Gestern hat er gesagt, er sei ein »Lausergauner«, und ich solle nicht »nachtragerisch« sein … Übrigens, diesen Brief hat er für dich gemacht. Elvira holte ein gefaltetes Blatt Papier hervor, »Für Papa« stand darauf.

– Sie nehmen gerade Blätter durch. Seine Frau faltete das Blatt auf, »Agatsie« stand da in bunter Schrift. Darunter ein mit Tixo hingeklebter gelber Stängel mit nur noch einem kleinen Blatt an der Spitze. Alle anderen Blätter waren abgefallen, glitten aus dem Papier. *Sieht erbärmlich aus.* Jetzt fiel auch das letzte linsenförmige Blatt herunter, hing nur noch dieser trostlose Stängel am Papier. *Agatsie? Aphasie!*

– Gib ihm einen Kuss. Und lass sein unsichtbares Krokodil grüßen. Wie heißt es? Schopenhauer?

Elvira war längst weg, doch Malte dachte immer noch an ihren Blick, als er sie spaßeshalber nach einem Verhältnis mit dem Polizisten gefragt hatte. *Ficher ein fehr netter Menf.* Eine seltsame Veränderung in ihrem Benehmen war da vorgegangen. Verlegenheit. War auch ihre Liebe wie dieses Akazienblatt? Nur ein leerer Stängel? Brauchte sie Bestätigung? Ihr anfangs leidenschaftliches Liebesleben war mit den Jahren abgekühlt. Sie waren beide so sehr damit beschäftigt, die Dinge (und das Dingers) am Laufen zu halten, dass sie kaum noch unbeschwerte Stunden miteinander verbrachten. *Hashtag Vernunftehe.* Aber ein Verhältnis? Elvira? Jetzt, da seine Seite im gemeinsamen Bett immer leer und kalt blieb, sie sich allein fühlte? Natürlich nicht mit »diefem Poliziften«, aber mit jemand anderem? Mit jemandem, der das Universum-schickt-dich-in-den-Arsch-Handy abgelegt und die Fahrscheinkontrolleure, dieses blondierte Alkoholikerpärchen, gedungen hatte? *Und das Eichhörnchen war auch dressiert oder wie? Und die Nuss ferngesteuert?* Er versuchte, das Unmögliche zu denken: Elvira hatte einen Neuen. Unwahrscheinlich! Oder doch? So etwas kam vor. Nichtsahnende Ehepartner wurden entmündigt oder ermordet, weil sie einer neuen Beziehung im Weg standen. Aber Elvira? War ihm in letzter Zeit ein anderes Verhalten an ihr aufgefallen? Tagsüber traf sie häufig Freundinnen, es war möglich … *Hör auf, du wirst paranoid! Typischer Gefängniskoller. Mach dich nicht verrückt! Du bist nicht Hiob!*

Er hatte das Buch zwischenzeitlich vergessen, dann wiedergefunden, weitergelesen, und jetzt steckte er mittendrin, konnte aber keine Parallelen sehen. Gut, auch ihn durchzog der Kummer wie ein kalter Wind, auch sein Schicksal hatte sich gesammelt, um ihn dann heimtückisch zu überfluten, auch er überlegte, warum er so gestraft wurde … Finanzprüfung! … und fand keine Verfehlung, auch seine Tage waren wie ein trüber Brei, aber er hatte nichts Ernstes zu beklagen. Elvira hatte ihm Kressbach besorgt! Einen Anwalt, der im Handumdrehen die Unschuld eines Massenmörders beweisen konnte, selbst Mohammed Atta oder Anders Behring Breivik freibekommen hätte. Kein Zweifel, in ein paar Tagen war Malte gerettet. Mit diesem Hiob hatte er nichts gemein. Er nicht.

SPRITZWEINKONGO

– Jetzt reicht es. Ich will wissen, was mit dem Gold ist. Groschen hatte alle zusammenrufen lassen, die ganze Familie Hauenstein, diese Ansammlung von Verrotteten. Esther mit einer weißen Bluse, deren Applizierungen an eine Generalsuniform aus dem 18. Jahrhundert erinnerten. Katalin und Meinrad in Tracht, sie mit zusammengepresstem Busen, er mit einem so übellaunigen Gesicht, dass die Milch im Kühlschrank sauer wurde. Berenice im obligaten Sweater, grau mit einer Diddl-Maus, und einem roten Piratentuch, Xaver mit Gipsarm im Facharbeiteroutfit. Die Hautevolee von Untergrutzenbach.

Groschen war mit seiner Geduld am Ende. Dieser Fall war ein Gang durch einen Hühnerstall, bei dem man ständig an Drähten hängen blieb und etwas Feuchtes auf den Kopf bekam. Er war sich sicher, hier wurde ihm eine Komödie vorgespielt. Diese Hühner waren Gänse, die Eier ungelegt, doch der Gestank war derselbe. Aber die Hauensteins ließen sich nicht aus der Ruhe bringen, saßen geflügelig (aber ungefügig) auf dem weißen Designersofa und starrten unbeteiligt in die Luft. Nur Esther nippte am Wein.

– Will jemand? Weißburgunder vom Neumeister, ein Spontanvergärer.

– Spontanvergärer? Groschen war neugierig.

– Da es kurz nach Mittag ist, kann ich mir einen Sundowner genehmigen. Xaver nickte.

– Während die meisten Winzer Neuseeländer Hefe zusetzen, die Weine nach Kiwis schmecken, nimmt der Neumeister natürliche Hefe.

Groschen begutachtete die Flasche, las etwas von hellem Strohgelb, feiner, frischer Apfelfrucht, Birnen, Haselnüssen und Bananen. *Der reinste Obstsalat.*

– Also? Was ist mit dem Nibelungenschatz?

– Ich habe bereits gesagt, dieses Gold hat es nie gegeben.

– Und wonach hast du mich suchen lassen? Xaver sah seine Schwiegermutter herausfordernd an.

– Ich weiß nicht, wovon du sprichst.

– Hören Sie das?, Herr Kommissar. Typisch! So ist sie immer. Berenice suchte Bestätigung bei ihrer Schwester und ihrem Schwager, doch das Trachtenpärchen schien gelangweilt. Meinrad drehte an seiner Armbanduhr, Katalin rümpfte die Nase.

– Jetzt weiß ich, warum Brautpaare Kriegerdenkmäler besuchen, murmelte Xaver, um der Veteranen des Matrimoniums zu gedenken, der Helden der Schlacht gegen die Schwiegermutter. Hals und Beinbruch! Wisst ihr, woher das kommt? Von Baruch, dem Segen – Baruch deinem Genick, Baruch deinen Gebeinen, was das Volk missverstanden und in Hals- und Beinbruch umgedichtet hat. Xaver Pamperl grinste. Er war das Gegenteil von Meinrad: Man sah ihm an, dass er gerne aß und dem Alkohol nicht abgeneigt war, während sein Schwager das Leben hasste und einen dunklen Abgrund mit sich trug.

– Mutter will immer, dass …

– Sei ruhig, Berni. Wissen Sie, womit sich mein Fräulein Tochter beschäftigt? Mit Homöopathie!

– Davon verstehst du nichts.

– Weil es nicht zu verstehen ist. Ein Irrweg! Esther schüttelte den Kopf. Seit Samuel Gockelhahn …

– Hahnemann!

– … die hochpotenzierte Verdünnung von Chinin geschluckt hat, glauben ein paar Schwachköpfe wie meine Tochter, das auf Milchzucker verteilte Molekül eines Schweinearsches helfe gegen Diarrhö.

– Mach dich ruhig lustig. Magst du noch ein paar peinliche Anekdoten aus meiner Kindheit zum Besten geben?

– Bernie! Xaver legte seine Hand auf ihr Knie, doch sie streifte sie ab wie ein lästiges Insekt.

– Stimmt es etwa nicht? Homöopathie? Die alte Hauenstein zeigte ein höhnisches Klaus-Kinski-Grinsen. Kälberaugenextrakt gegen Fehlsichtigkeit, Froschbeine gegen Müdigkeit …

– Und gegen Schwindel! … Hast selbst du genommen.

– Bis mir bewusst geworden ist, was drinnen ist: das Verdauungssekret des Pottwals, eine indische Schlingpflanze und gefleckter Schierling. Diese Homöopathie ist so, wie wenn man mit zwei Bohnen achtzig Liter Kaffee brühen würde.

– Herrschaften! Ich habe Sie nicht hergebeten, um mir eine Debatte über Alternativmedizin anzuhören, weil eines ist gewiss, mit Globuli ist Branko nicht ermordet worden.

– Wie können Sie da so sicher sein? Auf Esthers Lippen lag etwas Schnippisches.

– Glaubst du, es ist angenehm, wenn die ganze Gemeinde über die eigene Mutter tratscht? Katalin sah Esther nicht an, als sie das sagte.

– Dieses Untergrutzenbach kann mich kreuzweise. Was werden diese Dorftrottel viel sagen?

– Vielleicht, dass die alte Närrin ihren Lebensabend mit einem geldgierigen Gigolo verpfuscht hat und die Firma Hauenstein den Bach hinuntergeht. Meinrad sprach mit unterdrückter Stimme und wischte an seinem Luxus-Smartphone herum. Ich verstehe nicht, was wir mit diesem Branko zu schaffen haben.

– Er war Mutters Geliebter, seufzte Katalin, und solange wir nicht zehn Nüsse aufzählen können, sind wir verdächtig.

Wieso zehn Nüsse? Das ist leicht: Haselnuss, Walnuss, Erdnuss, Cashew …

– Deshalb gehe ich aber nicht zur Polizei und lasse mich

als Mörderin einsperren. Xaver sah zu seiner Schwägerin und schüttelte den Kopf.

– Die Katalin hat das nur gemacht, weil sie Aufmerksamkeit braucht. Aufmerksamkeit, die ihr die Mutter nie gegeben hat.

– Oder ihr Mann! Esther strahlte, Meinrad lief rot an und lächelte verkniffen. Groschen war mit der Suche nach weiteren Nüssen beschäftigt. *Mit der Muskatnuss sind es fünf. Macadamia … was noch?*

– Außerdem geht die Firma keineswegs, wie du das nennst, den Bach hinunter. Die alte Hauenstein blickte zum Firmenbild von 1982, prostete ihm zu und nahm einen Schluck Spontanvergärer. Mit der neuen Regierung funktioniert die Wirtschaft. Habt ihr das Budget gesehen? Nulldefizit! Die Steuern werden gesenkt, der Verwaltungsapparat entschlackt. LIMES ist das Beste, was uns passieren konnte. Endlich fühlt man sich sicher, wird Leistung wieder honoriert. Endlich eine Regierung, die Humanität als das erkennt, was sie ist, etwas Primitives und Vulgäres.

Kokosnuss! Groschen fürchtete, die Runde könnte ihm komplett entgleiten, also klatschte er in die Hände und verkündete:

– Ich will den Keller sehen, den Raum, in dem der Nibelungenschatz gewesen ist.

– Eine Besichtigung? Gut, gehen wir. Esther ging voraus, und der ganze Tross folgte ihr. Sie stiegen diskutierend in den Keller, durchquerten Gänge mit Regalen … Unmengen an Keksen und Thunfischdosen, Mineralwasser, Gurkengläsern, Trockenfrüchten.

– Mutter hatte immer Angst vor dem Verhungern.

– Deine Mutter hat die Nachkriegsjahre miterlebt.

Sie kamen an eine Feuerschutztür. Dahinter war ein verfliester Raum, in dem sich absolut nichts befand.

Sind Pinienkerne Nüsse? Nein!

Früher stand hier der Ofen für die Zentralheizung, aber seit wir auf Solarenergie umgestellt haben …

– Aus Steuergründen!

– Würden Sie mir die Stelle zeigen, wo das Gold vergraben war? Groschen sah Xaver an, der zu einer Fliese trat, sich bückte und ungläubig aufschaute.

– Ich hätte schwören können, es wäre hier gewesen, aber der Bindfaden ist weg. Er klopfte ein paar Fliesen ab, konnte aber nichts entdecken.

– Na bitte, sagte Esther. Einbildung.

– Du hast das zubetonieren, verfliesen und verfugen lassen!

– Ihr habt eine blühende Phantasie. Esther lächelte.

– Was ich nicht verstehe, Meinrad sprach mit seiner unterdrückten Stimme, warum hast du mich beschuldigt, das Gold gestohlen zu haben, wenn es diesen Schatz niemals gegeben hat? Er sagte etwas von Entität, Sein und Schein sowie vom letzten Grund.

– Vielleicht, überging Esther diesen Einwurf, will der Herr Broschen alles aufgraben lassen?

– Pistazie, sagte der verwirrte Kommissar. *Damit sind es acht.* Ich meine, das wird vorerst nicht nötig sein. *Da war es wieder, dieses kleine Wörtchen »vorerst«.* Groschen bückte sich und besah die Fugen, konnte aber nichts erkennen … *vorerst.* So wie es aussah, hatte es den Nibelungenschatz tatsächlich nie gegeben. Das warf all seine Überlegungen über den Haufen. *Acht von zehn Nüssen, fehlen noch zwei.*

– Ich hätte Stein und Bein schwören können, dass ich hier gegraben habe. Gott sei Dank bin ich ein Atheist. Xaver konnte es nicht glauben. So wie es aussieht, ist hier seit einer Ewigkeit nichts verändert worden.

– Placebo. Wie bei den Globuli. Da ist ein Gedanke so dünn, dass er gar nicht da ist.

– Bei dieser Frau, flüsterte Xaver Richtung Groschen, muss

man auf die baldige Legalisierung der Sterbehilfe hoffen. Das ist eine Frau, die einem erst die Hand aufs Knie legt und einen dann wegen sexueller Belästigung anzeigt: Geben Sie sofort die Hand da weg, ich zähle bis tausend, sagte er mit verstellter Stimme und rollte mit den Augen.

– Und was ist mit dem abgesperrten Zimmer? Willst du das auch abstreiten? Berenice hatte ihre Arme verschränkt und machte ein herausforderndes Gesicht.

– Mutter hat ein Zimmer, das seit vierzig Jahren verschlossen ist, ergänzte Katalin.

– Eine Casa Mare, wie man in Rumänien sagt. Das geht niemanden etwas an. Aber wenn der Kommissar darauf besteht, zeige ich es ihm.

– Ich bitte darum. *Vielleicht fallen mir dort zwei Nüsse ein.*

– Rabentochter, zischte die Alte Richtung Berenice. Reicht es nicht, dass ihr den Kalterer gegen uns aufgebracht habt, was den Jochen ins Grab gebracht hat. Manche Kinder sind eine Prüfung.

– Kommen Sie.

Man ging die Kellerstiege hinauf ins Erdgeschoß, durchquerte ein Schlafzimmer, wo Esther einen Schlüssel aus einem Schrank holte, um damit eine unscheinbare Tapetentür aufzuschließen. Dahinter, von allen bestaunt, befand sich eine Art Antiquitätenlager – die sogenannte Casa Mare. Alte Puppen, Teddybären, Waschschüsseln aus dem vorvorigen Jahrhundert, alte Bilder, bestickte Pölster, Bettwäsche, zwei braun gewordene Beerdigungskränze, Bilder von Jochen Hauenstein. Staubpartikel tanzten in Lichtbalken. Berenice hustete.

– Na, zufrieden? Wissen Sie, Herr Broschen, ich habe zugesperrt, als diese da, sie deutete in Richtung ihrer Töchter, Kinder waren. Irgendwie habe ich das beibehalten. Wollen Sie sich umsehen? Da hinten hängt mein Brautkleid, und dieser Schrank da, ein klobiges Möbelstück mit Bauernmalerei, war meine Mitgift.

Groschen sah ein Hochzeitsbild – Esther und Jochen, beide jung –, alte Schuhe, Bücher, aber keine Nüsse, keinen Branko … Er schüttelte den Kopf, in dem nur ein Gedanke stand: Das ist alles eine Komödie. In seinem Bauch rumorte es, und er hatte nur noch einen Wunsch, dieses Haus so schnell wie möglich zu verlassen. *Hühnerstall!* Rätselnüsse, die nicht zu knacken sind.

Er verabschiedete sich und ging. Esther rief ihm etwas von spontanvergorenem Wein und Malven hinterher. Doch der Kommissar beachtete das nicht. Er wusste nicht, was er von all dem halten sollte. *Casa Mare? Nibelungenschatz?* Vor dem Haus begegnete ihm Jasmin. Mandel, fiel ihm beim Anblick dieses Mädchens ein. *Sind Mandeln Nüsse? Aber ja! Dann habe ich jetzt neun!* Er grüßte sie, und für einen Moment war es so, als wollte ihm das hübsche Mädchen etwas sagen. Leider kam es nicht dazu. Sie zu fragen, so viel wusste Groschen, wäre sinnlos.

Während er zu seinem Hauptquartier, dem Campingplatz, ging, setzte Nieselregen ein. Es fiel ihm gar nicht auf, dass die Wohnwägen verschlossen waren, niemand unter den aufgespannten Zeltplanen saß. Erst als er das Schild am Kiosk sah, potenzierte sich seine schlechte Laune: »Bin um 16 Uhr zurück« stand da in ungelenker Schrift. *Kein Bier! Keine politische Grundsatzdiskussion!*

Also machte er das, wovor er sich tagelang gedrückt hatte: Er ging zu Lotte Kalterer. Die Überprüfung ihrer Konten hatte keine Auffälligkeiten ergeben.

– Warum haben Sie keine Vermisstenanzeige aufgegeben?, fragte er sie an der Tür.

– Weil Ed nicht vermisst wird. Ihr volles Haar, eingedrehte Würste, war von einem breiten Stirnband umschlungen, außerdem trug sie eine freizügige Bluse und eine gebatikte Hose. *So sieht keine trauernde Witwe aus.*

– Hat er sich gemeldet?

– Nein. Heute war die Wohnung unaufgeräumter als beim letzten Mal, außerdem hing ein Hauch Marihuana in der Luft. Groschen verzog die Nase und machte ein vielsagendes Gesicht. *Treten die neuen Gesetze in Kraft, würde ich vorsichtiger sein.*

– Woher wissen Sie dann …

– Weibliche Intuition.

– Ich habe ihn in Split gesehen, ohne dass ich mit ihm reden konnte. Er führte nicht aus, warum es nicht dazu gekommen war. In Holland gibt es eine Frau, die angegeben hat, er sei bei ihr gewesen.

– In Holland?

Beckenknochen wie Baggerschaufeln!

– Es geht dabei um einen …

– Um den toten Geliebten der alten Hauenstein? Aber was macht Ed dort?

– Das möchte ich wissen. *Er ist dringend tatverdächtig, aber mir ist die Geschichte zu einfach. Dieser Kalterer ist nicht die zehnte Nuss, die ich suche.*

– Ich muss Ihnen was gestehen. Lotte legte ihre Hand aufs Herz und rollte mit den Augen. Ich bin schuld, ich habe Ed gegen die Gemeinde aufgehetzt.

– Sie? Warum?

– Sehen Sie sich um in Untergrutzenbach. Nennen Sie das eine fortschrittliche Gemeinde? Keine Nahversorgung, nur noch Einkaufszentren. Keine Bäckereien mehr, nur Aufbäckereien. Die Fleischhauer, Wirtshäuser, alle sperren zu, der Gemeinderat hat keinen Geschmack und kein Konzept.

– Das ist der Grund?

– Ich hasse kleine Verhältnisse, ich habe genug von Notwendigkeit und Sparsamkeit, ich wollte auch einmal … Ein ironisches Funkeln erhellte ihre Augen … Ich hatte ein Verhältnis mit dem Bürgermeister, weil ich dachte, ich könnte einmal Frau Bürgermeister werden, aber der Herr Faist hatte bald genug von mir. Vielleicht wollte ich Rache dafür, dass er mich kalt abserviert hat. Ich denke, Ed hat das mitbekommen, deshalb ist er abgetaucht. Zuerst hat er dem Gemeinderat und den Hauensteins das Leben zur Hölle gemacht, Korruption und Nepotismus angeprangert, aber irgendwann …

– Kannte er Branko?

– Branko?

– Den Geliebten der Hauenstein.

– Jeder in Untergrutzenbach wusste von ihm. Was werden Sie jetzt tun?

– Wir haben Edwins Fingerabdrücke bei Brankos Leiche gefunden. Der Staatsanwalt drängt, einen internationalen Haftbefehl gegen ihn zu erlassen. Ich wollte das hinauszögern, aber ich fürchte, Ihr Mann hat den Geliebten der Hauenstein umgebracht.

– Der Ed? Warum hätte er das tun sollen?

– Das versuche ich herauszufinden. War Ihr Mann in letzter Zeit irgendwie …

– Merkwürdig? Er hatte Herzprobleme … die fristenlose Kündigung, die Prozesse … Er war völlig außer sich … Wegen Kleinigkeiten ist er explodiert.

– Danke. Groschen reichte ihr die Hand, die von Lotte nicht genommen wurde. Sie zeigte ihm den Grund: rote Bläschen an den Fingern. Dyshidrose! Auf dem Rückweg war der Kommissar krampfhaft auf der Suche nach einer zehnten Nuss, doch sosehr er auch wühlte, es fiel ihm keine ein. Als er später seiner Frau von diesem Nuss-Änigma erzählte, kam es wie aus der Pistole geschossen:

– Pekannüsse, Paranüsse, Kastanien!

(K)EINE GUTENACHTGESCHICHTE

Montag, der 30. September.

– Und? Alles Friedrich? Kressbach, feuchte Lippen, wache Augen, und in der Glatze spiegelte sich das gelbe, fette Licht der Neonröhre, lächelte. Durch die Glasscheibe erschien er Malte wie ein Mensch aus einer anderen Welt. Einer von beiden war in einem Aquarium gefangen, und jeder dachte, es sei der andere.

Kressbachs Worte klangen unwirklich, und es dauerte, bis sie bei Malte ankamen, bis er ihre Tragweite erfasste. »Der Zolipist hat die Anzeige zurückgezogen. Er hat vielleicht nicht stukkatiert, aber er ist nicht dumm.« Malte wusste erst gar nicht, von welchem Zoli..., Polizisten die Rede war. Oberst Günther? Erst allmählich drangen Kressbachs Worte zu ihm durch, dämmerte ihm, es müsse sich um jenen Beamten handeln, dem er vor Jahrhunderten den Zahn ausgeschlagen und angeblich den Arm gebrochen hatte – der Polizift von feiner Feftnahme.

»Hat die Anzeige zurückgezogen« hallte in ihm nach, grub sich durch seine Gehirnwindungen, gelangte in verschiedene Zentren, bis er es endlich registrierte: Der Polizist hat die Anzeige zurückgezogen. *Das heißt, Elvira hat es geschafft. Dieses Teufelsweib! Dann steckt sie doch unter keiner Decke eines anderen.*

– Das heißt, ich darf nach Hause?

– Bingo! Kressbach nickte.

– Wann? Sofort?

– Noch nicht, aber es ist nur eine Formsache. Der Staatsanwalt muss die Enthaftung beantragen. Spätestens morgen.

Na, was sagen Sie? Wie stehen die Akazien? Eventunnel ein Kompliment? Es gibt nur einen Nachteil, ab morgen haben die Eisgeschäfte geschlossen, das Zanoni, der Eissalon am Bledenschwatz … Die Gelatisti gehen zurück nach Italien, das ist Marquis de Schade, aber darüber kommen Sie hinweg. Kressbach hatte ein breites Grinsen aufgesetzt und zeigte ihm die Faust mit emporgerecktem Daumen.

– Ich geh frei! Morgen bin ich zu Hause! Frische Luft! Mein eigenes Bett! In der Küche sitzen und Gin trinken! Malte küsste Persenbeug, der ihn verdattert ansah.
    – Unverhofft kommt oft. Schön für dich.
    – Ich kann es gar nicht glauben, aber der Polizist zieht seine Anschuldigung zurück, und damit besteht kein Haftgrund mehr. Ich geh frei! Frei! Eine Allerletzte-Schultag-Stimmung machte ihn zum Dauergrinser, er fühlte sich wie ein Zimmer ohne Decke, hätte am liebsten Luftsprünge gemacht. Freiheit! – ein Wort, das er sich seit Tagen nicht mehr zu denken getraut hatte.
    – Gratuliere. Darauf müssen wir einen trinken, sagte der Lobbyist. In seinem graugelben Gesicht standen Neid, Trauer über das eigene Schicksal und ehrliches Bemühen, sich zu freuen.
    – Selbstgebrannten? Damit wir wieder im Loch landen? Malte winkte ab. Bestimmt nicht! Noch einmal geh ich nicht auf die Alm.
    Persenbeug schwieg, aber Dinger sah ihm an, dass er in seiner eigenen Geschichte versunken war. Der Gedanke an Freiheit, Kinderlachen, Wirtshäuser, volle Apfelbäume, feuchte Wiesen oder einfach daran, die eigene Wohnung aufzuschließen, schien ihn zu verwirren. Malte fühlte das Schuldgefühl der Überlebenden. *Warum? Habe ich vielleicht Millionen auf Schwarzgeldkonten gebunkert? Er kann ja raus, wenn er will. Er muss nur ein paar Namen nennen …*

Persenbeug war zum Fenster getreten und hatte schweigend in den Himmel geblickt. Zum Glück war bald der Essenswagen (Kapsch) zu hören. Schlaksige Kerle mit langen Haaren unter den durchsichtigen Plastikhauben, *wahrscheinlich Drogendealer*, füllten die Schekel an.

– Was gibt es Leckeres?

– Kalbsbutterschnitzel mit Kartoffelpüree.

Was sich delikat anhörte, entpuppte sich als ordinäre faschierte Laibchen. *Fleischpflanzerl, Buletten, Frikadellen!*

– Kalbsbutterschnitzel? Malte schüttelte den Kopf.

– Wie beim Vanillerostbraten, erklärte Persenbeug, der so viel Vanille enthält wie eine Schischa-Bar Asthmatiker ... In Wirklichkeit ein Knoblauchrostbraten, weil der Knoblauch die Vanille der einfachen Leute ist. So ist die Wiener Küche – wie die Wiener selbst: verlogen, beschönigend und falsch. Die weltberühmte Sachertorte ist ein fader Schokokuchen, trockener als Friedhofserde. Der Wein entpuppt sich meist als Essig, bei dem es dir den Mund zusammenzieht. Der Grüne Veltliner ist nicht grün, der Frührote nicht rot. Das Risotto besteht aus harten Reiskörnern, die in einer fetten Sauce schwimmen. Das Schnitzel haben die Mailänder erfunden, die Würste die Frankfurter, den Apfelstrudel die Böhmen, das Gulasch die Ungarn ...

– Sie sehen ... du siehst nur das Schlechte, das Misslungene, die Fliege im Essen. Schmeckt übrigens nicht schlecht.

– Du hast gut reden. Du gehst frei! Persenbeug schmatzte, schaltete den Fernseher ein und drückte so lange herum, bis er Nachrichten fand: LIMES verkündete, dass an der Grenze ab sofort auf Illegale geschossen werden dürfe, da es schließlich um die Verteidigung unserer Wertegemeinschaft ging, um Demokratie, Freiheit, Laizismus. Ein Politikwissenschaftler zeigte sich begeistert – endlich komme es zu Veränderungen, der neue Regierungsstil sei bewundernswert und konsequent, das Budget ein Meilenstein, das Sicherheitspaket großartig, ein Aufbruch in eine neue Zeit, er schlage daher vor, die beiden Parteivorsitzenden künftig nur noch Meister zu nennen. Bilder von einer Taufe wurden gezeigt, Hunderte nackter Menschen, die das Glaubensbekenntnis auf die Bewegung ablegten – dazu »Take Me to the River« von den Talking Heads. Außerdem wurde über den Vereinswechsel eines Fußballers berichtet. Das Wetter blieb wechselhaft.

– Weißt du, worauf ich mich am meisten freue? Auf die Badewanne. Ich werde ein Schaumbad nehmen, Johnny Cash hören, mir mit Carvin eine Arte-Doku über das Paarungsverhalten der Flugsaurier reinzischen, vierundsechzig Stunden schlafen. Und dann wird es eine Fete geben! Austern, Champagner! Meine Frau soll eine Milky-Way-Torte machen, die hat achtzigtausend Kalorien, schmeckt aber unglaublich. *Elvira! Sex!* Wir hatten einmal im Dingers ein Fest unter dem Motto »Nutten, Dildo, Leberkäse«. Der Dresscode lautete Zuhälter- und Hurenoutfit. Als Überraschungsgast kam die Dildofee. Eine Tante, die Verkaufspartys für Tupperware, Thermomix und eben Dildos ausrichtete.

– Das lässt sich kombinieren. Persenbeug rang sich ein Lächeln ab. Aufschraubbare Dildos, in die man Smoothies füllt, oder wenn man sie in das Gefrierfach legt …

– Jedenfalls hat die Dame alles genauestens erklärt: Penisring, Doppeldildos, welche mit Noppen, Analstöpsel mit Gleitcreme, Dinge, von denen ich nicht einmal wusste, dass sie existieren. Von unserem Rotlicht-Outfit hat die sich nicht irritieren lassen. Die Dildofee! Kaum war sie fertig mit der Show, hat sie ihren Verkaufsstand aufgebaut. Mir ist der Leberkäse hochgekommen, aber es sind wirklich welche zu ihr hin. Frage ich meinen Kellner Jules: Hast du was gekauft? Ja, sagt er, Batterien! Malte lachte, sah zu Persenbeug, dessen trauriger Blick ihm bis in die Eingeweide fuhr.

Die Schekel waren leergeputzt, sie kamen auf den Tod zu sprechen. »Weil es nur drei Wahrheiten gibt, die man sonst noch akzeptieren kann: den Kontostand, Fußball und das Besteigen einer Frau!«

– Hast du Angst davor?

– Ah was, alles hat ein Ende, nur die Wurst hat zwei. Der Tod ist wie schlafen, aber besser, weil du nicht wegen einer vollen Blase aufstehen musst. Beim Sterben siehst du Schafe auf einer Wiese. Du läufst auf sie zu und willst sie streicheln, doch das geht nicht ...

Beide wollten, wenn es so weit sei, nicht eingeäschert werden. Auch die Bitte der Hinterbliebenen, von Blumenspenden abzusehen, um den Betrag einer sozialen Einrichtung zu spenden, fanden sie vertrottelt.

– Wenn ich tot bin, meinte Persenbeug, der mit den Worten »ich bin ein Multitaskingtalent, ich kann kacken und reden gleichzeitig« auf der Toilette verschwunden war, von wo aus er die Unterhaltung fortsetzte, wenn ich tot bin, soll auf meinem Grabstein stehen: Jetzt ist alles gut. Ich glaube nicht an die heilige katholische Kirche, sondern an ein Weiterleben nach dem Tod in anderer Form. Ich werde dann in einem Flugzeug sitzen und Baileys trinken.

Weiterleben in einer anderen Form? Und wenn man als IBAN wiederkehrt? Oder als Schokomuffin? Fahrradschlauchventil?

– Die einzige Theorie, die ich je erfunden habe, dozierte Persenbeug weiter, ist die des Diskurses. Jeder Gedanke enthält seine Folgen. Wenn man glaubt, die Juden seien eine Rasse, sind Getto und Holocaust die Konsequenz. Oder Geld. Sobald ich Geld als Wahrheit akzeptiere, ist es nur eine Frage der Zeit, bis Korruption und Betrug auftreten.

Na, du musst es ja wissen.

– Ich bin kein Philosoph, aber heißt das nicht Logik?

– Vielleicht. Persenbeug war immer noch auf der Toilette. Man hörte, wie er presste. *Hat er noch ein Handy in sich drin?* Es hängt mit der Quantentheorie zusammen.

– Was? Das Kacken?

– Meine Theorie! Wenn man etwas nicht glaubt, kann es auch nicht beobachtet werden, also existiert es nicht. *Da nützt alles Pressen nichts.* Die Diskurstheorie besagt, gewisse Annahmen bestimmen alles Weitere. Er betätigte die Spülung, wusch sich die Hände und kam in den Haftraum zurück.

– Glaubt man an Gott, wird man zum Hiob. Bei Tupperware und Thermomix kommt eine Dildofee, und beim Lobbyismus?

– Du verstehst gar nichts! Persenbeug schüttelte den Kopf. Du glaubst, ich sitze wegen Korruption, Schwarzkonten und Schmiergeldzahlungen?

– So war es überall zu lesen.

– Weißt du, worum es wirklich geht? Um Wasser! Und um den LIMES!

– Wenn du meinst. Malte ging zum Waschbecken im Toilettenraum, ließ sich vom Geruch nicht abhalten, wusch Schekel und Besteck, stellte beides ab, legte sich auf seine Matratze und spürte eine Müdigkeit in sich aufsteigen. Seine Augen fielen zu, und alles in ihm begann sich zu drehen. Zum ersten Mal seit Wochen fühlte er sich leicht und gut. Alle Last fiel von ihm ab. Bald war er frei!

Auch Frau Groschen sah die Nachrichten im Fernsehen. Da sprach ein Regierungssprecher von Ausnahmesituation und erforderlichen Maßnahmen. Es ging um Feinde der Zivilisation, die unter dem Vorwand der Globalisierung Europa in ein multikulturelles Chaos stürzen wollten, das nur den Spekulanten nütze. Klimaflüchtlinge und Wirtschaftsimmigranten, hieß es, würden Europa überrennen, weshalb eine Schließung der Grenzen unabdingbar sei …

Sie hatte die Handflächen zur Decke gestreckt und ihre Beine zu einem schier unentwirrbaren Knäuel verknotet. Ihr Atem hob den Bauch bis über das Schlüsselbein.

– Machst du Yoga?

Als Frau Groschen den Kommissar sah, begann sie sich zu entwirren und seufzte.

– Du beschäftigst dich zu viel mit Politik. Das sind alles Phrasen, sagte er.

– Und warum hat der Teppichhändler am Schwedenplatz sein Geschäft geschlossen? Er geht zurück nach Ägypten.

– Vielleicht heiratet seine Tochter, oder ein Familienangehöriger liegt im Sterben oder das Klima oder …

– Wegen der Politik! Weil es ihm hier zu heiß wird!

– Paranoid! Groschen dachte an Schlomo Herschel und hatte ein seltsames Gefühl. Auswandern? Die Leute übertreiben! Was hat sich geändert? Gut, der Ton ist rauer geworden, man beschmiert Moscheen, aber das ist lächerlich.

– Es gibt Gerüchte von Verhaftungen. Sie packte ihre Ferse und zog sie fast bis zum Schlüsselbein hoch, stand da wie ein Y und atmete tief ein.

– Man darf nicht alles glauben. Und solange es Journalisten wie den Arminius gibt, sehe ich die Demokratie nicht in Gefahr. Lex Arminius war der für seine peniblen Fragen bekannte Anchorman, ein unerbittlich zäher Interviewer, der die Regierungsmitglieder immer wieder bloßstellte, einer, der die fragwürdigen Seiten der LIMES-Bewegung offenlegte und ihr mutig entgegentrat.

– Du bist zu gutgläubig. Groschens Frau schüttelte den Kopf. Mittlerweile saß sie auf dem Boden und versuchte, mit ihren Knien die Schultern zu berühren. Du glaubst, es bleibt immer alles, wie es ist. Auch in unserer Beziehung! Du denkst, hin und wieder ein Höschen von Victoria's Secret ist genug! Frau Groschens Stimme war, soweit die Yoga-Übungen es zuließen, schnippisch. Du behandelst mich wie ein Auto, das man betanken und einmal im Jahr in die Werkstatt bringen muss, das sonst aber immer funktionieren soll. Doch auch ein Auto muss man pflegen.

– Ich fahre ja gar nicht.

– Umso schlimmer! Fährst du fremd? Betrügst du mich? Gefällt dir deine Sekretärin, diese … wie heißt sie? … Schäfer!

– Ich bitte dich. Der Kommissar war verlegen. Julia Schäfer ist nicht meine Sekretärin, sondern eine Bürohilfskraft … Weißt du, wo die mitmacht? Burschenschaft Hysteria! Eine Burschenschaft zur Wiedererrichtung des Matriarchats. Außerdem hat die ein Gesäß, auf das man ein Radio stellen kann.

– Vielleicht gefällt dir das? Und ich? Gefällt dir mein Hintern noch? Jetzt stand sie mit gespreizten Beinen da und bog den Rumpf nach vorne.

– Da passt höchstens ein Flachbildschirm hinauf.

– Du Sexist! Noch so ein Spruch – Kieferbruch … Und ich geh auch zu dieser Burschenschaft Hysteria.

Groschen wusste nichts zu sagen. Der Fall des toten Gigolos und des verschwundenen Gemeindesekretärs hatte ihn so sehr beansprucht, dass er sich zuletzt tatsächlich kaum um seine Frau gekümmert hatte. Ihre Wünsche, sie zum Bikram-Yoga zu begleiten, hatte er abgeschmettert. *Solange es kein Bier-Yoga gibt, ist das nichts für mich.* Es war ein Fall, der im Sand verlief. Kalterer war wie vom Erdboden verschluckt, die Hauensteins verhielten sich unauffällig, und ob Xavers Auto vor dem Unfall manipuliert worden war, konnte nicht festgestellt werden. Der Literaturaficionado Edi aus Split hatte sich nicht mehr gemeldet. Kalterers Fingerabdrücke in der Strozzigasse machten den Gemeindesekretär zum Hauptverdächtigen. Aber warum sein Besuch im Kommissariat und in Split? Groschen zermarterte sich den Kopf, ohne Antworten zu finden. Nichts passte zusammen.

– Nie lädst du mich zum Essen ein, nie willst du etwas unternehmen. Mein Leben an deiner Seite vergeht einfach. Vielleicht wäre es besser, wir trennen uns? Jetzt könnte ich noch jemand anderen finden. Vielleicht melde ich mich bei Tinder oder Parship an …

Der Gedanke an eine Trennung schlug ein wie der Blitz. Der Kommissar überlegte, was er ohne seine Frau anstellen würde. In eine kleine Wohnung ziehen? Das Junggesellenleben genießen? Unmengen Zigaretten rauchen? Im eigenen Müll ersticken? Nur von Bier und Fertignahrung leben? In einer Wohnung, die nach zu lange getragenen Socken riecht?

– Gut, lass uns etwas unternehmen. Was möchtest du tun?

– Du erfüllst mir einen Wunsch?

– Wenn es keine Paartherapie ist. Und keiner deiner neuen Yogatrends! Vielleicht eine Reise? Lass uns essen gehen.

– Du und dein ewiges Essen. Ich will zum Opernball.

– Was? Der ist doch erst im Februar?

– Ich muss mir ein Kleid und eine Frisur überlegen.

Dafür brauchst du fünf Monate?

– Und die Exhibitionisten?

– Welche Exhibitionisten?

– Ach nichts. *Opernball? Mit den Gestopften und Groß-kopferten? Mit dem greisen Baumeister, der sich mit seinen ein-geflogenen Stars wie ein betrunkener Bierkutscher benimmt?* Groschen dachte an die zähen Stunden, die er dort damit verbringen würde, in langweilige Gesichter zu blicken, die stumpfsinnig vor sich hin starrten oder sich betranken und ordinäre Witze machten.

– Außerdem brauche ich dann einen Frack! Groschen grübelte, was davon zu halten war. *Immer noch besser als Candle-light-Yoga, Pilates, Spinning oder wie das neumodische Zeug sonst heißt.*

DICKER DIENSTAG

1. Oktober. Als Malte wieder zu sich kam, hörte er ein Surren und Klicken. Er wusste, das Licht in der Zelle war eingeschaltet worden. Die Stimme des großen Chefs kam über den Lautsprecher:

– Einen wunderschönen guten Morgen, Herrschaften. Fertig machen.

Malte zögerte das Aufschlagen der Augen hinaus. Er wusste vage, was er geträumt hatte, eine Geschichte mit Fahrscheinkontrolle, Skinheads und einer für ihre Katze Leber schneidenden Tabea Butterweck. Aber am Ende kam er frei. Heute! Das Nächste, was er wahrnahm, war ein kotiger Geruch.

– He, Ybbserl, hast du einen abgedrückt? Keine Reaktion. He! Wie war die Nacht? … Hallo! Das war eine Frage! Hat wer anderer für dich geschlafen? Malte öffnete die Augen, rieb sich Schlafsand aus den Ecken und starrte auf das Drahtgitter über sich. Er hätte stundenlang so daliegen können, wusste aber, der Stockchef konnte es nicht leiden, wenn zum Schichtwechsel um halb sieben noch Häftlinge im Bett lagen. Also setzte er sich auf, klopfte gegen das Bettgestell und gickste:

– Ybbserl, was ist los? Aufstehen. Tagwache. *Neue Lage, null Tage.*

Im Augenwinkel bemerkte er etwas, drehte sich um und … Das Nächste, was er sah, ließ ihm den Atem stocken. Oder gehörte es zu seinem Traum? Persenbeug lag zusammengefaltet an der Tür, sein Kopf war blauviolett, der Mund stand offen, und an seinem gestreiften Seidenpyjama war im Schritt ein dunkler Fleck. Darunter eine kleine Lacke. *Ybbserl? Was ist mit dir, du Multitaskingtalent? Na los, sag eines deiner Sprich-*

wörter … Wo liegt der Hund begraben? Ist das des Pudels Kern? *Morgenstund hat Gold im Mund* … Malte sah braune Ränder an den Zähnen im offenen Mund, *kein Gold*, die vorstehende Hakennase, das kantige Gesicht, *hölzern*, zögerte einen Augenblick, stürzte hin, griff Persenbeug an die Stirn, *kalt!*, bemerkte die Schlinge um den Hals. Er rüttelte ihn, wollte Wasser holen … Ybbserl! … drückte den Haftalarmknopf.

– Was ist?, meldete sich die enervierte Stimme Göttlingers.

– Der Persenbeug, ein Notfall! Schnell! Einen Arzt! *Wahrscheinlich sitzt er schon im Flugzeug und schlürft Baileys.*

Sekunden später war das Schloss zu hören, die Tür ging einen Spalt auf, und der Beamte brummte etwas von albern und dass er nicht verarscht werden wolle.

– Vorsicht, schrie Malte, der Ybbserl hängt an der Tür. Ich muss ihn erst losbinden. Der schmale Stoffstreifen lief durch einen Griff an der Tür, war dann um den Hals verknotet, sodass es Malte nicht gelang, ihn loszubinden.

– Was ist?, kam von draußen. Ein Hänger? Der Persenbeug?

– Ich glaube, ich muss ihn abschneiden.

– Mach schon. Beeilung!

Malte holte ein Essbesteckmesser, aber dessen Klinge war so stumpf, dass er damit nichts ausrichtete.

– Eine Schere! Aber Persenbeugs Körper lag in der kleinen Nische zwischen Toilettentür und Wand so verspreizt, dass sich die Zellentür nur ein paar Zentimeter öffnen ließ. Schnell! Er hob Persenbeugs Kopf. Der Zellengenosse lag da wie eine unbenutzte Marionette. *Mund-zu-Mund-Beatmung? Schneller!*

– Ich schiebe den Schlagstock rein, brüllte der große Chef. Wenn Sie den aufschrauben, haben Sie einen Gurtenschneider … Warten Sie, wir schrauben ihn selber auf. Tatsächlich erschien die Gummiwurst im Spalt, doch als Malte danach griff, wurde sie fallen gelassen, fiel sie auf Persenbeugs Schulter, überschlug sich und rutschte in Ybbserls Pyjamaoberteil, sodass Malte … *Entschuldige, wenn ich deinen Dresscode durcheinanderbringe …* auf die Brust greifen musste, *kalt wie Hühnersalat,* bevor er den Schlagstock mit der gebogenen Klinge erwischte. Da zuckte der leblose Körper, und Malte stieß einen entsetzten Schrei aus, machte einen Satz zurück. Persenbeugs Kopf fiel zur Seite, starrte Malte mit kalten Augen an.

– Was ist los?, wurde gebrüllt.

– Alles in Ordnung. *Bis auf den Gestank, der ist überwältigend.* Dinger schnitt die Schlinge durch und zog den Siebzig-Kilo-Körper Richtung Innenraum, sodass sich die Zellentür öffnen ließ.

– Verdammte Scheiße, war das Erste, was Göttlinger einfiel. Und das kurz vor Schichtwechsel. Sein Fuß berührte den Toten, doch Persenbeug reagierte nicht. Ybbserls Kopf lag auf der Schulter, der Mund stand offen, und der ganze Körper war wie hingegossen. Am Boden eine Kotspur.

Der Stockchef machte das Gesicht eines Zöllners, der einen Koffer voller Kokain entdeckt hatte. Er ging zurück zu seiner Warte, telefonierte. Gleich darauf war er wieder da, eine Schnapsflasche in der Hand. Er goss etwas in Maltes Glas, trank selber aus der Flasche.

– Ahh! Das tut uns gut. Die Orang-Utan-Augen wirkten noch trauriger, der Schatten noch dunkler als sonst.

Kaum war Persenbeug in goldene Alufolie verpackt und von Beamten aus der Zelle geschafft, lief Trauer über Maltes Körper, seine Brust fühlte sich schwer an, dumpf der Kopf. *Armer Ybbserl. Jetzt kann er den Engeln seine Diskurstheorie erklären. Warum Alufolie? Wird die nicht bei Unfällen verwendet? Hat ausgesehen wie ein eingepacktes Brathuhn.*

So hatte Malte sich seinen letzten Tag hinter Gittern nicht vorgestellt. Dennoch wischte er den Boden, schrubbte die letzten Reste Persenbeugs heraus. Dann zog er sein Bett ab, faltete die Decke, den Polsterüberzug, das Leintuch und stellte die Schekel ineinander. *Klar zum Abmarsch. Neue Lage, null Tage.* Es gab noch ein paar Lebensmittel, die er nicht mitnehmen wollte. Etwas Kaffee, die ungeöffnete Cremeroulade, Erdbeerkonfitüre, eine angebrochene Packung Vollmilch – beim Fenster, Kühlschrank gab es keinen –, zwei Dosen Thunfisch … Die Sachen, die er hier getragen hatte, würde er in einen schwarzen Müllsack stopfen und entsorgen. Vorerst warf er sich aufs Bett und wartete. *Warum macht der Persenbeug so was? Crazy! Gestern hat er gesagt … Worum geht es? Wasser? Den LIMES? Warum heute? Ich werde zu seiner Beerdigung gehen. Was wollte er auf dem Grabstein stehen haben? Jetzt ist alles gut? Ybbserl? Warum tust du das?*

Malte wartete und wartete und wartete – zuerst traurig, dann hoffend, schließlich irritiert. *Warum kommt keiner?* Als draußen die Geräusche des Kapsch und der Fazi zu hören waren, die das Mittagessen austeilten, drückte er den roten Knopf.

– Was ist?, war die Stimme eines unfreundlichen Beamten zu hören.

– Habt ihr mich vergessen? Es hat geheißen, ich komme heute raus.

– So? Hat es das geheißen. Jetzt heißt es anders. Wir haben Anweisung, Sie hierzubehalten, bis der Kommissar mit Ihnen gesprochen hat.

– Muss das sein?

– Ist nicht auf meinem Mist gewachsen.

Bestimmt nur Routinefragen. Tatsächlich stellte Kommissar Groschen Fragen nach Maltes Verhältnis zu Persenbeug.

– Gab es Streit? Gingen Sie sich gegenseitig auf die Nerven? Der Kommissar beobachtete Dinger, bemerkte nichts Verräterisches. Kein Wegsehen oder nervöses Fingerdrehen. Trotzdem verkündete er fast beiläufig die Verlängerung der Untersuchungshaft.

– Nein! Das ist ein Witz? *Hierbleiben?* Malte schluckte, es war, als hätte man eine Glaskuppel über ihn gestülpt und giftiges Gas hineingepumpt. Die Verlängerung der Untersuchungshaft schnürte ihm die Kehle zu. Keine Zelle seines Körpers entging der Katastrophe.

– Leider kein Witz. Hätte Persenbeug sich selbst erhängt, wären Kratzspuren zu sehen. Ein Sterbender krallt so heftig seine Fingernägel in die Wand, dass selbst im Beton tiefe Spuren bleiben. Unvorstellbar, welche Kräfte da frei werden. Es ist unmöglich, dass ein Zellengenosse das nicht mitbekommt. Er sah Dinger fragend an.

– Es sei denn, man hat mir Schlafmittel ins Essen getan? Es gab Kalbsbutterschnitzel, und tatsächlich sind wir bald darauf eingeschlafen … Außerdem verstehe ich nicht … Die Verlängerung der Untersuchungshaft hallte in ihm nach wie eine mächtige Explosion. Dinger lag in Schutt und Asche.

– Die Obduktion hat Prellungen und Hämatome im Brustbereich festgestellt. Ein Erhängter hat einen blassen Kopf, Godehard Persenbeug aber, wie Sie sich erinnern, war blauviolett. *Ja, wie ein Penis.* Wenn sich einer aufhängt, verläuft die Strangulationsmarke im Genick wie ein umgekehrtes Vogel-V, bei Ihrem Zellengenossen verlief sie gerade. Groschen räusperte sich. Alles deutet darauf hin, dass man ihn erstickt hat, während jemand auf seiner Brust gesessen ist. Burking nennt man das im Fachjargon. *Burking? Klingt wie eine sexuelle Praktik oder wie die Ganzkörpervorhänge der Schleiereulen.* Die Auffindsituation wurde später arrangiert, um Selbstmord vorzutäuschen.

– Ich stehe unter Mordverdacht? Malte spürte eine Mischung aus Wut, Enttäuschung, Aggression. *Das ist nicht wahr, das kann nicht sein …*

– Ein technisches Problem. Verstehen Sie? Es ist unmöglich, den Toten in die Schlinge an der Tür zu hängen und danach die Zelle zu verlassen. Da Sie der Einzige im Raum waren und ich keineswegs an Geister glaube, komme ich nicht umhin … Groschen kam die Sache verdächtig vor, er hatte ein Gespür für Mörder, und sein Instinkt sagte, dass Malte zu so etwas nicht fähig war. Aber auch Instinkte konnten irren, der Sachverhalt war eindeutig, und Staatsanwalt Döblinger hatte nach Bekanntwerden des Obduktionsbefunds sofort eine Verlängerung der Untersuchungshaft veranlasst.

– Warum sollte ich ihn umbringen? Ich hätte heute nach Hause dürfen.

– Das weiß ich. Groschen zog an seinem Gürtel und spazierte unruhig durch die Zelle. Die Indizien sprechen gegen Sie, Herr Dinger. Nachts sind alle Zellen geschlossen. Der Mörder müsste auf den Stock kommen … Wie sollte das gehen?

– Ich kann nur sagen, ich war es nicht! Ich …

– Wollen Sie Ihr Gewissen erleichtern? Groschen hatte einen gutmütigen Blick, mehr Don Camillo denn Peppone, und Malte war tatsächlich kurz davor, irgendetwas zu gestehen, nur um diesem Kommissar eine Freude zu bereiten. Gleichzeitig wollte er weinen, sein von Tränen aufgeweichtes Gesicht an die Brust dieses voluminösen Kommissars drücken.

– Moment! Persenbeug hatte Angst, umgebracht zu werden. Tausend Gedanken sprangen durch Maltes Kopf, versuchten das Unlogische zu erklären. Das war … natürlich, es war Mord! Politischer Mord! Er hat bei einem Anwalt etwas deponiert. Das hat er Ihnen doch gesagt. Richtig? Ihren Namen hatte er erwähnt, Kommissar Groschen.

– Auch das wurde bereits überprüft. Der Anwalt weiß von nichts. Wahrscheinlich hat Persenbeug das rumposaunt, um sich sicherer zu fühlen.

– Vielleicht waren Sie beim falschen Anwalt?

– Es gibt in Wien nur einen Kressbach mit einer Anwaltskonzession.

– Kressbach? Persenbeug war bei Kressbach? Malte konnte

diese Information nicht einordnen. War das gut oder schlecht? Wusste dieser Wortverdreher etwas? Irgendeine Erklärung musste es doch geben.

– Ein ermordeter Lobbyist, vor dessen Aussage die halbe Republik zittert. Er hat gesagt, es gehe um Wasser und den LIMES ... jetzt, da die neue Regierung an der Macht ist ... Das kann kein Zufall sein ... Ich weiß nicht, ob Sie es mitbekommen haben, aber der LIMES hat alle Theaterdirektoren angewiesen, nur noch erbauliche Stücke zu zeigen, nichts Zersetzendes, keinen Thomas Bernhard, keinen Ionesco, Büchner ... nur Goethe, Schiller ... und das verkünden die ganz unverblümt. Ich bin mit Warnungen vor Bücherverbrennungen aufgewachsen. Mir hat man erzählt, die Freiheit der Kunst sei ein schützenswertes Gut! Und jetzt?

– Mhm, nickte Groschen. Er konnte sich erinnern, dass ihm seine Frau etwas über Schriftsteller und Theaterleute erzählt hatte, die sich nun in Stellung brachten. Künstler der LIMES-Bewegung, die einen Aufnahmestopp von Flüchtlingen gefordert hatten. Seine Frau war erbost. Wenn man die Asylproblematik lösen wolle, müsse man den Verkauf von Waffen in die Dritte Welt stoppen und ausbeuterische Konzerne verbieten. *Erstaunlich, wie schnell die Stimmung gekippt ist. Seit Jahren ist nur mehr die Rede von Vergewaltigungen und Terroranschlägen durch Asylbewerber, wird der Islam nur noch als fremde, nicht zu Europa gehörende Religion gesehen. Und wenn jemand abwägt, den Islam nicht mit al-Qaida, Boko Haram, Taliban, IS, Fatwas, Halsaufschlitzen, Dschihad und Freitagshinrichtungen gleichsetzen will, wird er mit »dann hätte der Islam nichts mehr mit dem Islam zu tun« überstimmt. Seit der LIMES an der Macht ist, gibt es kein Halten mehr: Burkaverbot, Schließungen von islamischen Kindergärten, Koranschulen ... Manche Geschäftsleute haben Schilder angebracht: Moslems werden nicht bedient!*

– Denen ist alles zuzutrauen. Malte hatte sich in Rage geredet. Mein Zellengenosse wurde ermordet! Wahrscheinlich auf Anordnung von höchster politischer Ebene. Warum er? Warum nicht ich? Damit man einen Schuldigen hat!

– Interessant, brummte Groschen, leider spricht die Beweislage viel weniger gegen den LIMES als gegen Sie.

– Dann komm ich wegen Mordes dran? *Hashtag Justizirrtum. Das ist ungerecht.* Maltes Stimme klang wie die eines Mädchens, dessen Lieblingspony gerade erschossen worden ist. *Mordanklage? Eine Naturkatastrophe. Anfangs lacht man, weil die Geschehnisse so absurd erscheinen, aber wenig später kommen Trauer, Verzweiflung, Schmerz.*

Kaum war der Kommissar draußen, trat Malte gegen die Wand. Aber er war weniger wütend denn erschlagen. *Mordanklage? Das darf nicht sein! Bin ich ein neuer Hiob? Lieber Gott, wie kannst du mir das antun? Warum ich? Rette mich, und ich schwöre, ich werde mein Leben in den Dienst der Religion stellen, werde alles unternehmen, um den Glauben zu mehren.* Er hatte, da er seit Jahrzehnten etwas aus der Übung war, keine Ahnung, wie man betete, machte Versprechungen, suchte nach schweren Sünden und Verfehlungen, ohne fündig zu werden … Aber es beruhigte ihn.

Doch nicht der liebe Gott erschien, sondern sein Diminutivum, der große Chef Göttlinger teilte ihm mit, dass er, Anordnung von oben, einen Anruf machen dürfe. Außerdem hatte er seine Kleiner-Trost-Schnapsflasche dabei, deren verbliebenen Inhalt Malte in einem Zug hinunterkippte.

Im Gang waren zwei Wärter mit Faxe beschäftigt. Sie klopften mit ihren Schlagstöcken auf den kahlen specknackigen Schädel.

– Ob sich der Eierkopf als Baseball eignet?

– Was sagst du jetzt, Dicker? Du wirst keine Psychologin mehr besteigen. Ein Wärter schlug ihm den Stock von unten in die Weichteile.

– Wichser! Hast du was gesagt? Höre ich Beschwerden?

Sollen deine Kronjuwelen Bekanntschaft mit dem Gurten-schneider machen? Eine Wachtel schraubte den Schlagstock auf, zeigte das an einen Dosenöffner gemahnende Messer und machte eine Bewegung Richtung Faxes Schoß.

– Wenn du das nächste Mal zu einer Frau kommst, kannst du sie bitten, einen Handstand zu machen, damit du ihn rein-hängen kannst, du Arschgeige.

Noch ein Schlag. *Aua. Wenn die so weitermachen, kann er seinen Calvin Klein nur noch für Kondensstreifen in der Hose nutzen.*

Als Elvira endlich abhob, klang ihre Stimme gehetzt.

– Bist du schon da?

– Nein. Ich … Als er ihr vom toten Persenbeug und der Mordanklage erzählte, stellte sich heraus, dass sie vom Schick-sal des Lobbyisten bereits in den Nachrichten gehört, aber es nicht mit ihm in Verbindung gebracht hatte. Sie war den gan-zen Tag mit dem Dekorieren der Wohnung beschäftigt gewe-sen, und nun, da sie erfuhr, dass er gar nicht heimkam, dass sie das Herzlich-willkommen-Schild – Carvin hatte sich sol-che Mühe gegeben –, die Milky-Way-Torte und all die ande-ren kleinen Überraschungen vergeblich organisiert hatte, be-kam sie einen so heftigen, von hysterischen Schreien durch-setzten Wutanfall, dass Malte auflegte.

Eine schimpfende Hysterikerin war jetzt so notwendig wie ein Lungenkarzinom. War er schuld, dass man ihn zu Persen-beug gelegt hatte? Oder gar an seinem Tod? *Mea culpa.* War es seine Schuld, dass sie vergessen hatte, ihm die Monatskarte zurückzugeben, *mea maxima culpa …*

In der Zelle war ihm nach Weinen zumute. Er dachte an Carvin – und nun musste Elvira ihm erklären, warum sein Vater noch immer nicht nach Hause kam. Und das war nicht einmal das Schlimmste. Wie die Dinge standen, würde sein Bild bald als Lobbyistenmörder in der Zeitung sein, Carvins Mitschüler würden davon Wind bekommen, ihn anstänkern und seinen Sohn mit einer Wahrheit konfrontieren, vor der ihn keine Dinos schützen konnten. *Mea maxima, maxima culpa.* Malte merkte, wie seine Augen sich mit Wasser füllten.

Er griff nach dem »Hiob« und las etwas von zwei kleinen verwehten Stäubchen, von Not und der Sünde der Gewohnheit, die alles verkümmern und verderben ließ.

DIE LEBER IST KEIN TROTTEL

Mittwoch, der 2. Oktober.

– Servas! How do you geht's da? Wir sind der Willi, aber kein Georgier, sondern der Tiger… Tigerwilli. Verstehst? Mit Wilfried Wettl stand ein gedrungener, kräftiger Mann in der Zelle.

– Dein neuer Untermieter. Er überreichte Malte eine Stange Zigaretten. Rauch! Einstandsgeschenk. Als Stamm…, Stammgast weiß man, was der Haus…, der Hausbrauch ist. Verstehst? Den Titel Stammgast musst du dir ersitzen. Das ist ein Ehren…, ein Ehrentitel.

Wettl stellte seine Schekel auf den leergeräumten Schreibtisch … *wo waren Persenbeugs Bücher?* … und warf die Deckenüberzüge auf das Bett. »The North Face« stand auf seiner Fleecejacke. Sein Gesicht war von guter Farbe, aber zerknittert, tiefe, zu Falten ausgewachsene Grübchen, außerdem hatte er ein Haarproblem, waren doch die grauen, fettig glänzenden Auswüchse stark dezimiert. Der Rest dieser gegen die übermächtige Glatze chancenlosen Keratin-Armee war am Hinterkopf zu einem Zopf formiert. Das Erste, was Malte auffiel, waren drei tätowierte Punkte am Handrücken.

– Ich verrat keinen, hielt der neue Zellengenosse, dem Dingers Blick nicht entgangen war, seine Hand in die Höhe. Dann ging er zur Eisentür und brüllte:

– Ihr könnts alle in den Arsch gehen, ihr geschissenen Arsch…, Arschlöcher. Er drehte sich zu Malte und grinste: Na, da rennt der Schmäh. Was ist los mit dir, bist ein Häusl? So sprach er, dieser Wilfried Wettl, ständig kamen »Scheiße«, »Arsch«, »Trottel« und »verstehst« vor.

– Ich hätte rauskommen sollen, stöhnte Dinger.

– Wissen wir. Wettl nickte gravitätisch. Wir wissen alles, auch, wer da vor uns genächtigt hat, der Persenbeug. War groß in den Medien. Der prominente Lobbyist ermordet? Aber wir sagen dir gleich, wenn du uns auch beuli machen willst, wirst punziert. Dann gehen wir konträr. Verstehst? Der Tigerwilli hat nicht vor, hier abzubankeln. Der Tigerwilli hat selber ein paar auf dem Kerb…, Kerbholz.

– Aber ich war es nicht. Ich hab …

– Interessiert niemanden. Schau, der Willi ist Stamm…, Stammgast. Man hat so viel erlebt, Buben, die man umdreht hat. Anderen hat man 's Hirn herausgeprügelt. Einen Bu…, Burschen haben jede Nacht sechs vergewaltigt, dem ist das Blut und die Scheiße gleichzeitig aus dem Arsch gelaufen. Drei Nächte hat er durchgehalten, dann hat er sich erhängt. Ein anderer hat von seinen Mit…, Mithäftlingen verlangt, dass sie sich einen Pfefferoni in den Hi…, Hintern schieben, bevor sie ihn essen. Lauter Wa…, Wahnsinnige … Ein anderer hat aus Ma…, Matratzenfüllungen und Scheiße einen Negerkral gebaut. Verstehst? Uns kann keiner mehr erschrecken. Nicht den Willi! Hast du zufällig an Po…, Pomantschka? Nicht, dass der Willi trinkt … Wir haben sogar einmal zehn Jahre lang keinen A…, Alkohol angerührt – die ersten! Ha! War gut, gell! Aber jetzt? Unsere Leber ist kein Trottel! Aufgewachsen ist man in einem Heim für Schwererziehbare, mehr aus grundsätzlicher Überlegung, weil uns die Schule nicht interessiert hat. Später sind wir ins Gewerbe eingestiegen, aber damit ist es vorbei. Konträr! Wer geht denn heute noch zu einer Käuflichen, wenn er es im I…, Internetz gratis haben kann? Apropos. Er hob seinen Fuß, klappte den Absatz des Stiefels zur Seite, fischte einen kleinen Taschencomputer heraus und legte einen Finger an die Lippen. Wenn du dich benimmst, darfst auch mal … *Ein Computer! Cool.* Eine Weile haben wir in Import-Export gemacht, Ko…, Koks aus A…, Amsterdam, gestreckt machst du damit ein Vermögen. Weißt du, wie viel Schnee in Wien konsumiert wird? Zweitausend Kilo per anno. Wir haben dieses Geschäftsfeld zufällig betreten.

Eigentlich wollten wir zum Grand Prix nach Monaco – wegen der Mu…, Muschis, aber ein Ha…, Hawara hat uns überzeugt, dass es in A…, Amsterdam schöner ist. Um die Reise zu finanzieren, haben wir Koks gekauft und im Zug versteckt. Leider ist an der Grenze schon der Hund gekommen … ein Jahr unbedingt. Und im Hä…, Häfen zeigen sie dir, wie es richtig geht. Verstehst? Jetzt ist der Willi amtsbekannt. Brauchen wir nur in die Nä…, Nähe von einem Gi…, Giftler kommen, hat uns bereits der Rotz am Krawattl. Bankraub ist vorbei, und die neuen Märkte? Internetzbetrug? Er hielt einen Zeigefinger an sein unteres Augenlid und zog es runter. Daneben war eine Träne tätowiert.

– Warum sind Sie jetzt hier, Herr Wettl. Malte bemühte sich um Distanz.

– Sag Tigerwilli, du Häusl! Warum wir hier sind? Weil man sich nicht zu beherrschen weiß.

– Aha?

– Sittlichkeit. Verstehst? Verstoß gegen die herrschende Moral! Hat aber Spaß gemacht.

– Was denn?

– Wir haben an Rotz anbrunzt.

– Was? Sie haben einen Rotz anuriniert? *Ein Perverser?* Malte versuchte auch sprachlich Abstand zu bewahren.

– Der versteht gar nichts. Ein Häusl! Was kann ein Rotz schon sein? Grün und schleimig?

– Spermienflüssigkeit?

– Spritzt du Erbsensuppe? Ein Kiberer, du Miss…, Missgeburt! Der gefüllte Trottel will uns perlustrieren, und da hat ihn der Willi einfach, während er die Pa…, Papiere angesehen hat, angewischerlt. Und weil er uns als ordinäres Dreckschwein beschimpft hat, hat ihm der Willi, was ein Ehrgefühl im Leib hat, noch eine anrauchen müssen. Verstehst? Wir haben so einen Schleim auf die Bu…, die Bullerei. Wettl begann in seiner Tasche zu kramen, holte ein paar *Playboy*- und *Penthouse*-Poster hervor und begann, sie aufzuhängen.

– Busenmädchen stören dich nicht, oder bist ein Bachener?

– Von mir aus. *Konträr!*, imitierte Malte seinen Zellengenossen, sah photoshopbearbeitete Schamlippen, zuckte mit den Achseln und hatte plötzlich große Lust, mit diesem Wettl ebendas zu machen, was er angeblich mit Persenbeug getan hatte. *Der schneit hier einfach herein und führt sich auf. Völlig unkultiviert. Dagegen war der Ybbserl Seelenbalsam. Mit dem konnte man diskutieren … Diskurstheorie … Säbeltanz … und jetzt dieser Häfenbruder, dieser Vollproll mit Vollklatsche. Aber einen Mord habe ich ja gut …*

– Lang bleibt der Willi diesmal nicht im Sanatorium.

– Aha?

– Jetzt, wo wir die Regierung haben, wird abgefahren mit den Mu…, den Muselmännern. Der LIMES schaut auf uns. Schluss mit Kinderbeihilfe und Notstandsgeld für Kü…, Kümmeltürken. Alles für unsere Leut, verstehst, weil wir sind der neue Mensch, von dem der LIMES immer spricht, die indigene Urbevölkerung!

Draußen kam der Herbst auf Touren und lieferte einen ersten Vorgeschmack auf die kommenden Monate: kahle Bäume, mehlsuppengrauer Himmel und ein kalter, unbarmherziger Wind. Heute war der Tag, an dem die Bäume ihre Blätter ließen. Nicht nur die Bäume – die Regierung hatte kritische Verlage geschlossen, die staatsfeindliches Gedankengut verbreiteten. Wie bei der Schließung der Galerien, mittlerweile waren es Dutzende, gab es auch diesmal keinerlei Proteste.

Groschen waren Verlage und Galerien ebenso egal wie die gouvernementalen Eingriffe in die Spielpläne. Kunst interessierte ihn nicht – im Gegensatz zu seiner Frau.

– Du wirst sehen, zuerst die Kunst und bald die Medien. Dann dauert es nicht mehr lange, und wir haben einen Überwachungsstaat.

Ach was, Straßen werden umbenannt und Denkmäler abgerissen, das ist alles. Ein leichter Rechtsruck … eine Pendelbewegung, die in ein paar Jahren wieder in die andere Richtung umschlagen wird. Wenn es Verfolgungen gäbe oder Konzentrationslager, wäre ich der Erste, der Verfolgten Schutz gewähren, Flugblätter verteilen, Flüchtlingsrouten organisieren würde …

Der Kommissar saß in seinem Büro und stierte vor sich hin. Die Plane an der Baustelle gegenüber wurde aufgebauscht und fiel wieder zusammen – so als ob das Gebäude atmete. Immer wieder las er den internationalen Haftbefehl. Für Döblinger konnte es nur einen Täter geben: Kalterer. Damit war der Fall abgeschlossen. Alle weiteren Ermittlungen wurden eingestellt.

Groschen war unzufrieden. Es ging ihm gegen den Strich, dass einem kleinen Gemeindesekretär die Verantwortung für einen ungeklärten Mord zugeschoben wurde, während die Hauensteins unbehelligt davonkamen. Seine Ermittlungen hatten eine verrottete Familie zutage gefördert. Meinrad und Katalin führten eine offene Beziehung; sie traf ihren Geliebten, einen jungen Anwalt namens Horst Eichel, in einer Jagdhütte, während sich der diabolische Zyniker Mätressen hielt … Die Firma war vollautomatisiert, die meisten Arbeitnehmer waren entlassen. Trotzdem bekam man Förderungen in Millionenhöhe, waren die Hauensteins doch beste Freunde (und Unterstützer) der Regierung. Der ganze Clan machte auf High Society: Charity-Gala-Dinner, Charity-Golfturniere, Charity-Konzerte … Die Schwestern galten als bedeutende Kunstsammlerinnen. In Illustrierten fanden sich Bilder von ihnen mit Daniel Richter, Jonathan Meese, Hermann Nitsch.

Groschen ekelte vor dieser Heuchelei. Dennoch ließ er es sich nicht nehmen, bei der Verabschiedung Persenbeugs dabei zu sein. Stammte doch der Lobbyist ausgerechnet aus Untergrutzenbach, und dort sollte seine Totenfeier stattfinden.

– Persenbeug? Ist so beliebt gewesen wie ein Hundstrümmerl, quietschte Regenass mit Eunuchenstimme. Andere Lobbyisten sind leutselig, aber Ybbserl? Der war lange im Ausland, Redenschreiber für die Vereinten Nationen, später in Brüssel. Irgendwann ist er zurückgekommen und wollte hier alles auf den Kopf stellen, fit machen für den Tourismus … Er hatte abenteuerliche Ideen: Baumwipfelweg, der Verpackungskünstler Christo hätte den Teich einhüllen sollen, ein von André Heller organisiertes Weltmusik-Konzert mit tibetanischen Kunstpfeifern, mongolischen Kunstfurzern und indianischen Vaginalkammbläserinnen, Opernfestspiele im Steinbruch … keine schlechten Gedanken, aber wissen Sie, wir hier am Land … Wenn da so ein Schlimmsky Korsakov auftaucht … Der Landpolizist trug eine Armbinde mit dem LIMES-Logo, aber Groschen vermied es, ihn darauf anzusprechen.

– Wie war Persenbeugs Verhältnis zum Bürgermeister und den Hauensteins?

– Die konnten sich nicht ausstehen. Der Ybbserl hat sich über uns Untergrutzenbacher nur lustig gemacht.

Die kleine Barockkirche war brechend voll. Groschen hatte in der letzten Reihe einen Platz gefunden. Sein Nachbar, anscheinend ein schwerer Trinker, fragte, ob es bei so einer Verabschiedung auch einen Leichenschmaus gäbe, weil die Einäscherung fände ja erst später und unter Ausschluss der Öffentlichkeit statt. Der Kommissar, ganz auf die Trauergemeinde konzentriert, beachtete das nicht. Er sah den Bürgermeister, der mit Lotte Kalterer tuschelte, außerdem die kastanienbraune Betreiberin des Campingplatzes, *zerschlagenes Gesicht*, Esther Hauenstein, Berenice und Xaver Pamperl, Katalin und Meinrad Ofaire, *hochmütiger Blick* … Ganz Untergrutzenbach schien anwesend zu sein, um Persenbeug die letzte Ehre zu erweisen. Nur einer fehlte, Malte Dinger, dem kein Ausgang bewilligt worden war. Neben dem Altar stand ein massiver Sarg, darauf ein Foto, das Persenbeug zeigte – lächelnd, selbstbewusst, ein Mann, dem die Welt offenstand.

Der Lobbyist war aus der Kirche ausgetreten. Der Pfarrer sprach von einem verlorengegangenen Schaf, das nun in die Herde zurückkehrte, weil der Hirte noch auf sein letztes Schäfchen achtete … In einer klaren Sprache mit sanften Hebungen und weit auslaufenden Tälern dozierte er über diese edle und suchende Seele.

– Weltklasse, murmelte die Alkoholfahne neben Groschen.

In der Predigt ging es um hehre Ideale und Persenbeugs Gefängniszeit, in der er angeblich, so der Pfarrer, zurück zu Gott gefunden habe.

Wenn man dem zuhört, könnte man glauben, dieser Persenbeug war ein Heiliger. Warum aber musste er sterben?

Der Kirchenmann sprach von der Auferstehung, ohne die das irdische Leben unseres Erlösers sinnlos gewesen wäre. Am dritten Tage kamen die Jünger und suchten Jesu Leiche, doch das Grab war leer. *Heute suchen wir zu Ostern Eier oder einen Sinn für unser Leben. Und wer hat alles versteckt? Der Osterhase!* Wer an die Auferstehung glaubt, kann nicht an der Welt verzweifeln, kann nicht verlorengehen …

Wie immer bei Beerdigungen überkam den Kommissar ein flaues Gefühl, weil er sich selbst im Sarg drin liegen sah, wie immer war er von den Gesängen und Gebeten tief gerührt. Nach der Messe drängten alle Richtung Ausgang. Für die meisten war nicht der Tod die Erlösung, sondern eine Zigarette oder ein Atemzug frischer Luft – in der Kirche standen Weihrauchschwaden. Niemand weinte, brach zusammen, schleuderte Flüche gegen das unbarmherzige Schicksal. Der Einzige, der das getan hätte, lag im Sarg. Alle anderen wirkten unbeteiligt wie die Besucher einer Landwirtschaftsmesse bei der Vorführung neuer Gemüsehobel.

Draußen betrachtete der Kommissar das Totenbildchen, das jedem Besucher ausgehändigt worden war. »Du hast den Lebensgarten verlassen, doch deine Blumen blühen weiter« stand auf der Rückseite. *Was für Blumen? Wo?* Da sah der Kommissar Lotte Kalterer, zwei Buben an der Hand, dem Bürgermeister etwas ins Ohr flüstern … Carlo Faist hatte eine Zigarre im Mund und kämpfte mit dem Feuerzeug gegen den Wind.

Groschen hatte sich von der Trauergemeinde entfernt, als ihm jemand auf die Schulter klopfte.

– Sie sind also der berühmte Kommissar aus Wien. Der Pfarrer machte ein freundliches, bovines Gesicht.

– Grüß Gott. Wenn Sie von mir wissen wollen, ob Persenbeug Selbstmord begangen hat oder nicht …

– Pst! Der Kirchenmann hob die Hände. Stören wir nicht die Totenruhe.

– Es heißt, er hat sich noch aus dem Gefängnis heraus für ein gigantisches Bauwerk interessiert. Irgendwas mit Wasser?

– Davon weiß ich nichts. Der Pfarrer lächelte gütig. Ich soll Ihnen das hier geben.

– Von wem haben Sie das? Groschen nahm das Briefkuvert und riss es auf.

– Ein Bub hat es mir gebracht.

Groschen las die handschriftlichen Zeilen und blickte den Pfarrer verdattert an.

Den Geistlichen interessierte der Inhalt des Briefes nicht. Er hatte heute noch vier Taufen und zwei Hochzeiten zu bestehen.

– Neuerdings kann ich mich der Gläubigen kaum noch erwehren. Nachdem wir jahrelang mit Austritten zu kämpfen hatten, gibt es nun Hunderte, Tausende, die zum Christentum konvertieren. Plötzlich wollen alle Moslems Christen werden. Die Wege des Herrn sind lang und unergründlich. LIMES sei Dank. Vor einem Jahr haben wir ernsthaft überlegt, wie wir

Formulierungen mit »unserem Herrn« und »seiner Herrlich-
keit« ins Neutrum bekommen, haben wir den Herrgott nur
noch als höchstes Wesen bezeichnet, damit sich keine Femi-
nistinnen daran stoßen, aber mit solchen Dämlichkeiten ist
jetzt Schluss. Der Pfarrer lächelte. Meist finden die Taufen der
Bewegung – die nennen ihre Beitrittszeremonie tatsächlich
so – und die der Kirche parallel statt.

VOM EINBRUCH DER NACHT

Mittwoch, der 9. Oktober.

– Hier hinkts nach Stund. Kressbach trug eine randlose Brille und verströmte ein herbes, von französischen Geruchsdesignern kreiertes Parfüm. *Sollte Firewall heißen, das Zeug.* Seine spitzen Lederschuhe, der Bauchansatz und die goldene Uhr verliehen ihm die Erotik eines Millionärs. Er ging in der Besprechungszelle auf und ab, diesmal fehlte die trennende Glasscheibe, holte wortlos einen Flachmann aus der Tasche und stellte ihn auf den Tisch. Nachdem Malte einen Schluck genommen hatte, gab ihm der Anwalt zwei Stangen Marlboro, räusperte sich und empfahl seinem Klienten, sich schuldig zu bekennen.

Wie bitte? Schuldig? Und meinen Skalp soll ich wo abliefern?

– Ein Geständnis würde strafmindernd wirken. Zeigen Sie Einsicht, dann können wir auf Notwehr plädieren: sieben Jahre! Nach fünf sind Sie draußen. Fünf Jahre gehen schnell vorüber. *Sagt wer?* Eventunnel können wir nach dreißig Monaten Fußfesseln beantragen ... sofern Sie sich schuldig bekennen ... ohne Schuldbekenntnis keine Einsicht und keine Strafminderung ... Kressbach strich sich über die gebräunte Glatze und zwirbelte an seinem Schnauzbart. Jetzt, da Sie sich eingelebt haben ... und im Vollzug ist es angenehmer als in Untersuchungshaft, da haben Sie ein Recht auf Arbeit ...

– Ich war es nicht! Malte nahm noch einen Schluck aus dem Flachmann und ertrug das Brennen in der Kehle. Er hatte glasige Augen und wiederholte: Ich war es nicht.

– Das lässt sich nicht beweisen. Es gibt tatfeste Handsachen, die dem widersprechen. Kressbach cruiste weiter durch den Raum. Und selbst wenn, kein Gericht ist an der Wahrheit interessiert.

– Kennen Sie Flaschenschiffe? Malte wurde lebhafter. Ich habe mir überlegt, wie die Täter das gemacht haben: mit Haken und Spezialwerkzeugen haben sie den toten Persenbeug zur Tür gezogen ... so wie man Flaschenschiffe macht. Da reicht ein kleiner Spalt ... Ich muss unbedingt noch einmal mit dem Kommissar reden. Bestimmt hat man mir ein Schlafmittel gegeben ...

Kressbach schüttelte den Kopf.

– Das wird nichts, Cowboy. Bei einer Verurteilung als Mörder, und es ist meine Pflicht als Anwalt, Ihnen zu sagen, dass die sehr scharweinlich ist, sitzen Sie fünfzehn Jahre. Fünfzehn! Bei guter Führung gehen Sie nach zwölf frei.

– Wenn ich den Persenbeug tatsächlich mit Burking umgebracht hätte, wieso sollte ich ihn dann an der Tür drapieren?

– Vielleicht weil Sie nicht wussten, dass die Gerichtsmedizin zwischen einem Erhängten und einem Erstickten unterscheiden kann? Kressbach sah ihm fest in die Augen, und Malte schüttelte den Kopf.

– Nein!

– Die Geschworenen werden das anders sehen ... zwölf Jahre, Dinger! Das ist gerlinde gesagt ein schisserl zum Beißen. Wenn Sie Pech haben, kommen höchstens die Nieren wieder raus. Auf jeden Fall sind Sie dann reif für das Naturhysterische Museum. Kressbach lockerte seine rote, metallisch glänzende Krawatte und flüsterte: Bekennen Sie sich schuldig.

– Haben Sie Kinder, Herr Kressbach? In fünf Jahren geht Carvin ins Gymnasium, in fünf Jahren kennt er mich nicht mehr, bin ich ein kahler, fetter Diabetiker mit schlechten Zähnen und Knasttätowierungen ... Sie müssen mich freikriegen. Sie sind doch eine Koryphäe.

– Konifere! Ich werde mein Möglichstes tun, versprach der Anwalt, allerdings weise ich Sie darauf hin, Prozesse sind Krieg, und wir ziehen ziemlich unbewaffnet in die Schlacht. Da Sie das Friedensangebot ablehnen, müssen wir uns dem Kampf stellen. Ich werde alle verfügbaren Geschütze auffahren. Vielleicht kommen wir noch einmal davon. Malte sah ihm an, dass er nicht daran glaubte.

In den Gängen der JVA waren junge Leute, allesamt in Handschellen. Demonstranten gegen die Regierung. Sie hatten gegen die Einschränkung der Bürgerrechte protestiert. Jetzt bekamen sie die Schlagstöcke zu spüren. Früher hätte Malte sich über so etwas empört, jetzt fehlte ihm dazu die Kraft.

Zurück in der Zelle, als er Wettl mit einem zum Tätowiergerät umfunktionierten Rasierer samt Asche und einem Fläschchen voller Urin hantieren sah, überfiel Malte die Melancholie mit voller Wucht. Fünf Jahre! Fünf Jahre, wenn ich mich für etwas schuldig bekenne, das ich nicht getan habe. Sonst fünfzehn – das ist wie die Aussicht auf die ewige Verdammnis.

Wettl sah ihn an, legte den Kopf zurück und rülpste:

– Draußen ist mehr Platz als drinnen. Dann, nach einer Kunstpause: Wir an deiner Stelle würden Pu…, Putzmittel trinken, bis wir die Sil…, Silberglöckerl läuten hören. Er wischte sich das Blut vom Oberschenkel. Oder schau, dass du in den Gu…, Gugelhupf kommst. Verstehst? Friss ein paar Ga…, Gabeln, ritz dich mit Rasierklingen, spritz dir Be…, Benzin ins Knie oder ramm dir einen Nagel in die Brust.

– Was soll das bringen?

– Du kannst reden. Im Spital freundest dich mit dem Primär an. Wettl nahm ein Fläschchen Aceton, das er sich in der Werkstatt besorgt hatte, roch daran und verdrehte die Augen.

– Primar heißt das.

– Konträr! Bei uns nicht. Freundest dich an mit dem Primär,

gewinnst sein Vertrauen, und schon gehst in die Blüh. Verstehst? Der Willi sieht bereits die Schla…, Schlagzeilen: Persenbeug-Mörder entsprungen! Bei Hä…, Häftlingen heißt es immer, sie sind entsprungen. Wir sind Goethes Rösser.

– Und dann? Als U-Boot leben? In Brasilien? Weißrussland? Ich bin unschuldig!

– Da bist du nicht der Erste. Schreib dem Bu…, Bundespräsidenten … oder dem Internationalen Gerichtshof in Den Haag. Wieder nahm er einen tiefen Zug vom Aceton, ließ die Dämpfe lange in der Lunge, atmete dann erleichtert aus. Oder der Regierung! Der LIMES braucht jetzt jeden Mann!

– Dein LIMES hat schon über die Todesstrafe nachgedacht.

– Aber nur für Aus…, Ausländer und Schwerverbrecher.

– Mich hält man für einen Mörder … Würdest du mir deinen Taschencomputer borgen?

– Kein Empfang. Die haben Störsender.

– Ins Internet muss ich nicht. Ich habe da … Er zeigte den Datenstick, den er seit Wochen in der Hose trug.

– Ah, verstehe, ein Brief von einer Frau?

– Genau.

– Nachts, aber nur unter der De…, Decke. Kostet eine Stange Zi…, Zigaretten.

– Aber das ist gratis? Malte nahm das Aceton, roch daran und spürte einen Schwindel, glaubte zu schweben, schloss die Augen, sah sich auf einer Waldlichtung, in einem Gastgarten und spürte, wie in seinem Kopf irgendwas kaputtging.

EINE LANDPARTIE

Der Fall Strozzigasse ist abgeschlossen, Kalterer, der Mörder, flüchtig – so einfach stellte sich die Sache für Döblinger dar. Er sah nicht ein, warum Groschen hier weiter ermitteln sollte. Wir haben seine Fingerabdrücke und ein Motiv, das Gold!

– Aber warum war er im Kommissariat? Warum in Split?

– Fokus, Groschen! Fokus! Kümmern Sie sich um die Frauenhaare. Heute ist wieder ein Paket gekommen, das neunte. Stellen Sie sich vor, was los ist, wenn es zu jedem eine Leiche gibt.

Vermutlich hatte der Staatsanwalt recht, aber irgendetwas ließ den Kommissar nicht los. Nichts passte zusammen – und damit meinte er nicht die Haar-Pakete. Doch Döblinger blieb beharrlich, hatte sich nicht einmal durch den Brief, den Groschen bei Persenbeugs Verabschiedung erhalten hatte, umstimmen lassen, der nur zwei handschriftliche Sätze enthielt:

»Es geht um unser Wasser. Sehen Sie sich die Hauensteins an!«

Wasser? Wieso Wasser? Und was war mit den Hauensteins?

– Schluss damit. Döblinger hob seinen Arm, eine feierliche Geste, und sagte etwas von Verantwortung und Staatsbürgerpflicht. Seit die LIMES die Zahl der Streifenpolizisten verdoppelt hatte, gab es doppelt so viele Anzeigen, die von den Gerichten bewältigt werden mussten, trotzdem schwärmte er:

– Manche Maßnahmen klingen übertrieben hart und inhuman, aber sie sind notwendig, um den Bürgerkrieg abzuwenden – denken Sie daran. Man kann kein Omelett machen, ohne Eier zu zerschlagen.

Bürgerkrieg? Wovon redet der? Groschen kannte die Schauermärchen von Moslems, die angeblich nur darauf warteten, Christen zu massakrieren, glaubte aber nicht daran. Die meisten Muslime wollten Frieden, Wohlstand und gelegentlich einen über den Durst trinken. Was hatte das mit seinem Fall zu tun? Er hing in der Luft. Vielleicht hatte den Branko eine seiner Liebschaften auf dem Gewissen? Eine Witwe, der der Gigolo zu teuer geworden war?

Am Gang wurde lautstark über die Fernsehnachrichten diskutiert, hatte doch Lex Arminius die beiden Meister wieder einmal gehörig ins Schleudern gebracht. Der Anchorman hatte der Regierung ein Naheverhältnis zu Großkonzernen und, wie absurd, zu islamischen Staaten nachgewiesen.

Da kam Julia Schäfer, heute in grauem Pullover und Jeans, und meldete eine junge Frau, die ihn sprechen wollte. Lotte Kalterer. Mit ihrem bunten Stirntuch um die Dreadlocks und den großen weißen Zähnen erinnerte sie an eine Verkäuferin von Biogemüse, gleichzeitig strahlte sie eine eindrucksvolle Schönheit aus, obwohl ihr Gesicht müde wirkte und sie, wahrscheinlich wegen der Hautkrankheit, Handschuhe trug.

Groschen bat sie, Platz zu nehmen. Lottes Blick wanderte durch das Büro, blieb am Lino-Ventura-Poster hängen und lächelte. Dann schlug sie erst das linke Bein über das rechte, um kurz darauf, wahrscheinlich war ihr die Position zu unbequem, das rechte Bein über das linke zu schlagen, was den Kommissar an die Höschen-Szene in »Basic Instinct« erinnerte. Er wartete, aber es dauerte, bis sich diese Reserve-Sharon-Stone entschloss, den Mund zu öffnen, um nicht ganz so lasziv wie die Schauspielerin im Film zu sagen:

– Edwin wusste von dem Gold.

– Ihr Mann gilt als verdächtig, das Gold wäre ein Motiv, aber …

– Ich habe die Scheidung eingereicht.

Dann ist das mit dem Bürgermeister etwas Ernstes?

– Wollen Sie gar nicht wissen, woher ich das weiß ... das mit dem Gold?

– Ich höre. Groschen ging zerstreut durchs Zimmer.

– Ed hat im Schlaf davon gesprochen, mehrmals. Aber nicht nur das, ich weiß auch, wo er sich versteckt hält.

– Ja?

– Auf der Rettenbachalm. Das ist oberhalb von Altaussee ... beim Loser. Da haben wir seit Jahren eine Hütte, ich bin mir sicher ...

– Martin, Groschen schrie in den Flur, kennst du die Rettenbachalm? Wir leiten eine Fahndung ein. Dann wandte er sich wieder an seine Besucherin:

– Sie begleiten uns?

– Auf keinen Fall! Die Kinder ... Außerdem möchte ich nicht ...

Wie eine Verräterin dastehen?

– Ich habe Ihnen einen Plan gemacht, auf dem alle Hütten eingezeichnet sind. Hier ist unsere. Ein Handschuhfinger zeigte auf ein Kreuz.

– Unsere? Groschen hatte noch eine Frage, die ihm nur schwer über die Lippen kam:

– Wie geht es Ihnen mit dem Bürgermeister?

Lotte Kalterer sah ihn mit unergründlichen Augen an und zuckte mit den Achseln.

Vier Stunden und eine rasante Autofahrt später hatten Martin Zakravsky, Gordon Zwilling und der Kommissar den Mittelpunkt Österreichs erreicht, das vom Dachsteinmassiv und bewaldeten Hügeln umkränzte Ausseerland. Häuser mit Holzbalkonen und verglasten Veranden, Menschen mit Steirerhüten, Lebkuchengesichtern, Dackelbeinen und Zirbenschnapsnasen. Dieser Landstrich mit seinen Wäldern, Seen und Gebirgsmassiven war so idyllisch, so zeitlos und perfekt, dass ihn sich japanische Nerds ausgedacht haben mussten, aber nein, hier war das Original: ein verzauberter Märchenwald. Der wunderbarste Ort Österreichs. Oder doch nur das nach außen gestülpte Gedärm Klaus Maria Brandauers, die Heimat der sieben Zwerge?

Jedenfalls regnete es so heftig, dass bereits der Weg vom Parkplatz bis zur Blaa-Alm genügte, um sie völlig zu durchnässen. Sie bestellten jeder ein Bier und blätterten in der Speisekarte.

Der Weg bis zur Rettenbachalm dauerte laut Kellnerin etwa eine Stunde, aber bei diesem Wetter? Es war dämmrig, und die Regentropfen trommelten gegen die Fenster.

– Vielleicht sollten wir hier übernachten und morgen den Zugriff machen?

Sie orderten Blunzengröstel, Grammelknödel mit Sauerkraut und Kaiserschmarren samt Zwetschkenröster. In der Mitte der überdimensionierten Zirbenholzstube thronte ein grüner Kachelofen. Überall standen Schnitzereien. Dazu die voluminösen Kellnerinnen im Dirndl – massive Balken, grob geschnitzt. Die Gemälde an den Wänden zeigten Kühe, Gehöfte und Wanderer im Stil von Egger-Lienz. Das war eine andere Welt als diejenige in Wien. Kernland der Nazi-Alpenfestung, nur, dass hier auch der Widerstand gegen das NS-Regime am größten gewesen war.

– Was wohl der Kalterer gerade treibt?

– Ob er hier das Gold vergraben hat?

– Die Geschichte wiederholt sich. Martin nahm einen Schluck Bier und wartete, bis sich die notwendige Spannung aufgebaut hatte. Dann führte er aus, dass man hier nach dem Krieg die Naziführer Kaltenbrunner und Eigruber gefasst hatte, außerdem gäbe es angeblich Gold im Toplitzsee, nach dem immer wieder getaucht werde.

– Glaubst du, eines Tages werden sich auch unsere LIMES-Meister hier verstecken? Gordon spielte mit einem Bierdeckel.

– Die Meister sind keine Nazis.

– Das habe ich auch nicht behauptet.

Sie wurden sich bewusst, dass sie noch nie über Politik gesprochen hatten, und daher nicht wussten, was die anderen dachten. Jetzt hätten sie gerne geredet, ihre Zweifel, Ängste und Hoffnungen formuliert, doch niemand traute sich. Was, wenn einer ein gutes Verhältnis zum LIMES hatte oder irgendwann einmal versucht war, die eigene Karriere durch eine kleine Denunziation zu beschleunigen?

– Die Geschichte wiederholt sich, brummte Groschen. Und doch ist jeder Fall neu. Glaubt ihr, der Kalterer hat den Witwentröster auf dem Gewissen?

– Sie nicht? Gordon war irritiert, aber Groschen antwortete nicht und stierte an die Holzdecke.

Als die Kellnerin das Essen brachte, bestellten sie drei Zimmer. Es gab nur zwei, also mussten sich die Inspektoren ein Doppelbett teilen. Bis es so weit war, tranken sie so viele Biere und Schnäpse, dass sie irgendwann zu singen und zu jodeln anfingen. Intime Dinge erzählten sie sich, unanständige Witze, alles Mögliche, nur nichts über Politik. Vor dem Einschlafen telefonierte der Kommissar noch mit seiner Frau, die ihm aufgeregt von der Verhaftung des Lex Arminius berichtete:

– Man hat auf seinem Computer Kinderpornografie gefunden! Ist das nicht eigenartig, dass das Zeug gerade jetzt auftaucht? Sie vermutete eine Intrige, aber Groschen war zu müde, um sich darüber den Kopf zu zerbrechen.

– Du hast selbst gesagt, solange Lex Arminius im Fernsehen ist, wird nichts passieren.

– Du wirst sehen, bald kommt der nächste Anchorman. Die Wahrscheinlichkeit, dass man wieder einen Perversen nimmt, ist nicht sehr hoch.

Am nächsten Tag hatte der Regen nachgelassen. Groschen war verkatert, »heute geschlossen wegen gestern« stand in seinem Kopf. Ein Blick in den Spiegel machte es nicht besser. John Travolta? Nein, er sah aus wie ein Uhu nach einem Waldbrand.

Mit dem Frühstück wurde es ein wenig besser. Gleich danach stapften sie durch den morastigen Weg und fanden bald die Hütte, die dem Kreuz auf Lottes Zettel entsprach. Es roch nach feuchtem Moos und Wald. Überall Kuhfladen und Maulwurfshügel, braune Tannennadeln und verrottete Zapfen. In dieser Landschaft, dachte Groschen, hatte sich seit Urzeiten nichts verändert. Nur die weggeworfenen Red-Bull-Dosen und verlorengegangenen Skihandschuhe waren neu.

– Denkt ihr, Kalterer ist gefährlich? Habt ihr eure Waffen mit?

Martin und Gordon klopften auf ihre Schulterholster, und Groschen sah das Nachtkästchen in Wien, worin seit ewigen Zeiten seine Dienstwaffe ruhte. Er trug sie nie, obwohl er bei den Schießübungen immer alles traf und sich seine Kollegen darüber lustig machten: »Keine Waffe? Wie wollen Sie sich verteidigen? Werfen Sie den Verbrechern Rossknödel an den Kopf?«

Sie schlichen sich an, postierten sich an der Hüttentür, vertrieben einen Feuersalamander, lauschten und dachten an Hinterhalt, Sprengfalle und Selbstschussapparate. *Ach was. Bald ist dieser Fall gelöst.* Laut brüllend stürmten sie die Hütte. Sie war leer.

Aber, kein Zweifel, bewohnt. Das Brot am Tisch war frisch. Auch das Fleischschmalz und die Weinflasche … der gleiche Weißburgunder vom Neumeister (Spontanvergärer), wie ihn die alte Hauenstein trank … *Zufall?* … zerwühltes Bett, ungewaschenes Geschirr …

Die Zeitung war keine zwei Tage alt. Groschen blätterte darin: Die Meister empfingen eine Delegation aus Russland –

alle strahlten. Der Minister für Wohlstand verkündete erfreuliche Daten. Erfolge der Polizei. Auf der Gesellschaftsseite: Eröffnung eines Emil-Schwein-Museums. Der Künstler mit Politikern. Gerade Emil Schwein, Exponent der Willkommenskultur, der sich einst bei der Aufnahme der Flüchtlinge hervorgetan hatte, war umgeschwenkt, sah im LIMES die Gewährleistung sicherer Grenzen, sprach von einem notwendigen Umdenken und von Wahrheiten, denen man sich mutig stellen müsse.

– Kalterer ist gewarnt worden. Aber wir kriegen ihn.

– Willst du ganz Altaussee befragen?

– Wir könnten nach Schuhabdrücken suchen.

– Du liest zu viele Detektivgeschichten. Der Regen hat alles weggeschwemmt.

– Dann …

– Nichts mehr. Aus, Maus, Opernhaus. Diesmal wiederholt sich die Geschichte nicht. Der Fall kommt zu den Akten. Irgendwann wird man Kalterer greifen, und dann sehen wir weiter. Groschen war darüber nicht glücklich, aber was sollte er machen. *Ermittlungen eingestellt.* Auf dem Rückweg zur Blaa-Alm begegneten sie Katalin und ihrem Geliebten, einem Massiv aus rosarotem Zahnfleisch: Horst Eichel. Die Schwarzhaarige mit der Playmobilmännchen-Frisur war nicht im Geringsten verlegen. In ihren Kreisen war der Seitensprung Zeichen des Wohlstands. Groschen sah sie an mit ihrer Knickerbocker, den roten Stutzen über strammen Waden, dem gelb-schwarz karierten Hemd, dem Rucksack mit dem Fuchs-Logo. Er überlegte, wie die im Bett sein mochte, und dachte, dass er auf diese Erfahrung verzichten konnte.

DIE STUNDE DER IDIOTEN

Montag, 14. Oktober.

Ein polares Tief lag über Mitteleuropa, und es war für die Jahreszeit unverhältnismäßig kalt. Zum ersten Mal, seit Malte hier war, gurgelte der Heizkörper, was in Verbindung mit Wettls abendlichen Wetzbewegungen ein erbärmliches Kammerstück ergab. Malte lag unter der Decke und steckte den Datenstick in den Computer. Zwei Dateien waren darauf, ein Textdokument in einem unbekannten Format und ein Film, der sich nicht öffnen ließ. Enttäuscht wartete er, bis Wettl seine autoromantische Freizeitbeschäftigung, *der Kerl stottert sogar dabei*, beendet hatte, dann gab er das Gerät zurück.

Die nächsten Tage war er wie gelähmt, konnte er an nichts anderes denken als an Persenbeug. Immer wieder sah er die Hakennase, die braunen Ränder an den Zähnen und die leeren Augen. Wie war es möglich, dass man den Lobbyisten umgebracht, seine Leiche an die Tür gehängt und dann die Zelle verlassen hatte? Nicht einmal der Fernseher, der rund um die Uhr sein Verblödungsprogramm verströmte, konnte Malte ablenken.

Bei den Skirennen war von Schwungansatz und aggressivem Schnee die Rede. Die Österreicher landeten im geschlagenen Feld und meinten nachher, sie seien »schwul gefahren«. Vor einem Jahr hätte eine derartige Formulierung noch für Empörung gesorgt. Heute? Nichts. Eine der ersten Maßnahmen der Regierung war die Abschaffung der Homo-Ehe gewesen. Von der Bevölkerung enthusiastisch begrüßt, waren alle gleichgeschlechtlichen Handlungen unter Strafe gestellt worden. Die Wiedereinführung der Prügelstrafe wurde diskutiert … als ein Akt der Menschenliebe.

Aber Persenbeug? Bestimmt gab es mächtige Herrschaften, die ein Geständnis fürchteten. Ein Auftragsmord? Konnte es sein, dass der Stockchef seine Hände im Spiel hatte? Der tote Lobbyist war das Erste, woran Malte nach dem Aufwachen dachte, und das Letzte, bevor er einschlief. Er hätte gerne an Carvin und seine Saurier gedacht, an glückliche Momente mit Elvira, die Dildofee im Dingers, an glückliche Tage, die von hellem Sonnenlicht durchflutet waren, aber immer stand Persenbeug im Weg.

Bei den Hofgängen war er, wie von Oberst Günther versprochen, allein. Die tote Taube hing immer noch im Netz, trübte jeden Blick zum Himmel. Dennoch bedeutete der Hof ein bisschen Freiheit. Manchmal unterhielt er sich mit dem Fall Hietzing im zweiten Stock, dann wieder erkundigte sich jemand aus der Isolationshaft nach Neuigkeiten, meist aber drehte er schweigend seine Runden.

Er dachte sich nichts, als ihn der Stockchef eines Tages aufforderte, mit den Türken zu duschen.

– Die sind so schamhaft, dass sie die Unterhose anbehalten. Kommen Sie, nachher ist das Wasser kalt.

Tatsächlich standen nur Türken – eine Sammelbezeichnung für alle Orientalen, denen die Abschiebung drohte – in der Reihe vor der Dusche. Alle waren stumm und hielten ein Handtuch, Eigentum der Justizanstalt Josefstadt, und ein Duschgel in der Hand. Während jeweils vier unter der Dusche standen, zogen sich die Nächsten bis auf die Unterhose aus, um sich gleich darauf unter das prasselnde Nass zu stellen. Malte, einer der Letzten in der Reihe, tat es ihnen gleich. Auch er ließ seine Unterhose an, sah einen Beamten hinter der Rauchglasscheibe in der kleinen Warte, stellte sich in den Wasserstrahl und begann sich einzuseifen. Er dachte an seine Dusche zu Hause, an warmen Regen, Sommer und Italien, an

Freibäder, Eis und Mädchen. Als er die Augen öffnete, hatte sich die Brause in einen Browser verwandelt, der nur Dinge bereithielt, die man lieber nicht teilen wollte. Da standen Emanuel, Earl, Wire und Goofy.

– Na, Puschi? Freust du dich? Earl nahm ihn in den Schwitzkasten. Emanuel zeigte ihm eine Niveadose, und Wire drückte ihm den Mund zu.

Malte spürte sein Herz rasen. Wie kamen die hier rein? Wo war der Beamte in der Warte? Er strampelte, wollte sich losreißen, doch vergebens.

– Wir werden dir zeigen, was es heißt, jemand zu verpfeifen. Goofy baute sich vor ihm auf, rieb an seinem Schritt. Bald wirst du Blut scheißen, Mädchen.

Malte blickte verängstigt zu Emanuel, der ihm immer als der Vernünftigste erschienen war.

– Weißt du, warum Goofy hier ist? Problem mit der Impulskontrolle. So ein gesteigerter Hormonspiegel, dass er geil wird, wenn er im Fernsehen die Sendung mit der Maus sieht. Goofy, Süßer, zeig ihm deinen Gottfried.

– Dir stech ich ein zweites Arschloch, flötete der Nazi in Zeitlupensprache.

– Ws wllt ihr vn mr?, presste Malte durch Wires Finger.

– Du kannst dich freuen, Körper, du bekommst jetzt gratis eine Gastroskopie und eine Darmspiegelung dazu. Danach wirst du auf einen Trip geschickt.

– Willst du noch etwas sagen? Wire löste seinen Griff, und Malte hustete und krächzte.

– Das … das werdet ihr bereuen. Emanuel, du bist vernünftig. Ihr werdet nicht so blöd sein, jetzt, da eine Regierung an der Macht ist, die in eurem Sinne agiert …

– Diese Regierung hat uns nur benutzt. Jetzt, da der LIMES an der Macht ist, braucht man uns nicht mehr. Emanuel machte eine wegwerfende Handbewegung.

– Ihr seht euch doch als Verteidiger des Abendlandes?

– Du quatschst zu viel. Goofy riss ihm die Hose herunter. Malte spürte einen kalten, mit Nivea eingecremten Finger im Arsch, sah, wie sich ein langer Schwanz vor ihm versteifte, spürte, wie er gegen sein Gesicht tippte. Mund auf! Du Opfer, ich sehe doch, du willst es auch, Pussy.

– Wenn du zubeißt, verlierst du deinen Kopf.

Malte spürte Panik. Ekel. Selbst wenn er hätte schreien wollen, wäre nichts aus seinem Mund gekommen. Schweiß stand ihm auf der Stirn, sein Herz raste, und doch waren die Gedanken erstaunlich klar. Er dachte an Tabea Butterweck, wie sie erwürgt wurde, sah sich selbst in einer Blutlache … Jetzt war alles aus … *und dabei hast du geglaubt, das Schlimmste schon erlebt zu haben, aber nein, es gibt noch immer eine Steigerung. Game over. Tilt.*

– Sofort stopp. Hört auf! Schluss!

Was? Alle blickten hoch und sahen … kleine Äuglein in einem teigigen Gesicht, ein Doppelkinn über einer massigen Statur, einen unnatürlich kleinen Mund … Na, das gibt's doch nicht … Filz! *Filzi!* Der verfette Bursche stand x-beinig und zitternd da und schrie alle Angst aus sich heraus:

– Wehe, ihr rührt ihn an. Wehe euch! *Ach Filzi! Filz!* Zum ersten Mal, seit Malte ihn kannte, empfand er etwas anderes als Apathie für ihn. Ein wohliger Schauer breitete sich auf seinem Rücken aus.

– Die Nazis lachten. Es war ein verkehrtes Lachen. Da rannte Filz schon Richtung Earl, rammte ihm den verfetteten Schädel in den Bauch, dass die Speckfalten an den Wangen nur so wackelten. Malte trat nach hinten wie ein Pferd, traf Goofy im Gemächt, schlug in Richtung Emanuel. Im nächsten Augenblick traf Filz ein hochgezogenes Knie am Kinn, Malte ging mit einem Tritt in die Magengrube zu Boden, jemand trat ihm in den Hintern. Kleine Explosionen Schmerz. Schreie. Wimmern. Dann ging eine Sirene los, trampelten Funktionsstiefel über den Boden, die Nazis rannten weg.

Malte und Filz landeten in der Dusche, der eine nackt, der andere angezogen, so saßen sie am nassen Boden. Vom Zerstäuber lief Wasser über ihre Köpfe.

– Danke. Das hätte ich dir niemals zugetraut. Malte blickte in ein mit Blutergüssen übersätes Gesicht.

– Ich mir auch nicht. Filz lächelte.

Du bist vielleicht das hässlichste Groupie der Welt, aber nützlich.

– Was ich nicht verstehe ... Dinger sprach leise ... diese Sachen im Supermarkt ... Es heißt, das waren Minderjährige ...

– Sag einmal, Filz strich sich das nasse Haar aus dem Gesicht und lächelte großherzig, glaubst du alles, was man dir erzählt?

– Womit kann ich helfen? Der stellvertretende Leiter der Justizanstalt, Oberst Günther, dieses Fossil der 68er-Bewegung, stöhnte vor Arbeitsüberlastung, dabei hatte er nicht viel mehr zu tun, als keine Ausstellung zu verpassen.

– Ich wäre beinahe vergewaltigt worden. Von den Nazis. Malte klang gehetzt, verzweifelt. Ihm war, als hätte er die Szene schon einmal erlebt, als wäre er hier schon einmal gesessen und hätte vom stellvertretenden Direktor gehört, dass eine Anzeige gefährlich sei, weil die Beschuldigten sich einen Mörder kaufen könnten. Zwei Stangen Zigaretten würden genügen. »Die Runden«, wie die Lebenslänglichen hießen, hätten nichts mehr zu verlieren. Gedankenverloren stocherte der Oberst mit dem Löffel in seiner Kaffeetasse und sagte mit gedämpfter Stimme:

– Vergewaltigt? In meinem Gefängnis? Gibt es nicht. Die Insassen kennen meine Regeln, es sind strenge Regeln, aber notwendig. Ein Gefängnis ist kein Museum. Durch seine große rotgeränderte Brille sah er Malte an, trank Kaffee, »Boss« stand auf der Tasse, und ergänzte:

– Wir haben Personalmangel. Seit die Zahl der Polizisten

verdoppelt worden ist, sind wir heillos überbelegt, aber die Regierung wird schon sehen, was sie davon hat. Haben Sie den LIMES gewählt? Ich nicht, aber sehen Sie, ich muss mich anpassen, wir alle müssen das … und es ist in Ordnung, man wird flexibel.

– Aber die Nazis, warf Malte ein, die Glatzen haben mich in der Dusche überfallen, und nur durch Zufall … durch das mutige Einschreiten eines Mitgefangenen …

– Ich habe mich nur kurz der Illusion hingegeben, dass die Menschen den Tieren überlegen sind.

– Herr Oberst, Sie haben mir versprochen, dass ich allein duschen darf.

– Mein lieber Dinger, das Gefängnis ist eine überlebte Institution. Hier manifestiert sich eine ungerechte Verteilung der Schuld. Außerdem ist das Gefängnis ein Symbol für Sicherheit, Rechtsstaatlichkeit, Ordnung, und meine Aufgabe ist es, der Bevölkerung das Gefühl von Geborgenheit zu vermitteln … Dabei wäre ich viel lieber Künstler … Ich habe für die Forderungen der Gefangenen immer ein offenes Ohr gehabt, wenn es nach mir ginge, gäbe es hier eine Gefangenenselbstverwaltung, Urlaub, Freigang … Leider kommt der Wind gerade aus einer anderen Richtung, die Regierung will Strafverschärfung … Kastration von Sexualstraftätern … Arbeitslager …

– Hören Sie mir zu? Maltes Stimme überschlug sich. Es hat nicht viel gefehlt, und ich läge jetzt mit geplatztem Dickdarm in der Sanitätsabteilung … oder in der Leichenhalle. Wenn Sie mich nicht beschützen … Er machte eine Pause, betrachtete die Drucke an den Wänden: Klimt, Schiele, Bacon. Daneben hingen Aphorismen von Hesse, Einstein und Bart Simpson. Außerdem Fotos von Gefangenengraffitis: »Alles ist vergänglich, sogar lebenslänglich.« »Ein Mann ohne Knast ist wie ein Baum ohne Ast.«

– Warum haben Sie nicht allein geduscht? Man hängt

auch keine Frida Kahlo neben einen Jackson Pollock. Günther schlug die Beine übereinander, beugte sich vor und sprach so leise, dass sich seine Lippen kaum bewegten: Was glauben Sie, womit wir es hier zu tun haben? Verbrecher! Menschen aus schwierigen Verhältnissen, ohne soziale Bindung, ohne Moral und Anstand. Arme Kerle, aber gefährlich.

– Sie haben versprochen, mich zu schützen. Sie sind doch ein intelligenter Mensch. Wollen Sie mich opfern?

– Was erwarten Sie? Die Leute hier sind in düsteren Zweckeinrichtungen untergebracht, zusammen mit Typen, denen man nachts lieber nicht begegnet. Wir wissen, es gibt Alkohol, Drogen, Handys ... Methamphetamin, auch als Crystal Meth bekannt, war im Zweiten Weltkrieg als Panzerschokolade beliebt, dämpft die Angst, den Hunger und den Schmerz. Zerstört den Charakter. Glauben Sie, wir können das verhindern? Wenn zu viel im Umlauf ist, wird es von den Gefangenen selbst konfisziert. Warum? Weil sonst der Preis verfällt. Ich erlebe täglich schreckliche Geschichten. Aber könnte ich hier arbeiten, wenn ich Mitleid hätte?

– Sie sollen mich vor diesen Tieren, deren Hirnstromkurve so flach ist wie das Burgenland, bewahren. Oder ...

– Sie vergreifen sich im Ton. Über das Burgenland lasse ich nichts kommen. Günther gluckste. Sehen Sie sich das an. Er überreichte Malte einen Brief, der fast nur aus Schimpfwörtern bestand. Solche Liebesbezeugungen erhalte ich ständig. Und dann das Personal ... Kennen Sie ein Kind, das davon träumt, Gefängniswärter zu werden? Nehmen wir Göttlinger, der Mann ist auf Ihrem Stock. Sind Ihnen seine Augen aufgefallen? Wie ein Orang-Utan im Käfig. Auf dem liegt ein Schatten Traurigkeit. Warum? Seine Frau hat ihm vorgeworfen, ihr gemeinsames Kind missbraucht zu haben. Daraufhin wollten nicht einmal seine Eltern etwas mit ihm zu tun haben ... Er hat alles abgestritten, bei der Gerichtsverhandlung ist nichts herausgekommen, und seine Frau ist mit dem Kind zurück in ihre Heimat gegangen. Ich bin von seiner Unschuld überzeugt, aber der Schatten bleibt.

– Ich bin verheiratet!

– Uns erwischt es alle mal. Aber jetzt erzählen Sie, was wollen Sie? Kaffee?

– Nein, danke. Malte schüttelte den Kopf und ging.

DER UNTERGANG DES ABENDLANDES

Montag, der 28. Oktober.

Elvira saß mit aufgedunsenem Gesicht und geradezu aufreizend schwarzem Haar auf der anderen Seite der Plexiglasscheibe, und Malte wurde bewusst, wie weit er sich von dieser Frau entfernt hatte. Knapp zwei Monate waren seit der Inhaftierung vergangen, aber die hatten gereicht, um zu zeigen, wie fremd sie einander waren. Zwei Monate ohne körperliche Berührung, ohne dem anderen etwas Zärtliches ins Ohr zu hauchen, ohne Sex. Waren es nur diese Beckenbewegungen, die ihre Beziehung zusammengehalten hatten? Er fragte sich, was sie verband, warum er diese Frau geheiratet hatte. War ihre Beziehung nicht eine einzige Lüge, düster wie das Wetter?

Nein. Sie ist der einzige Mensch, der zu dir hält, der dich vermisst, für dich kämpft, dich zweimal wöchentlich besucht. Aber waren diese Besuche Anlass zur Freude, Lichtblicke? Nein, meist wurde er mit Vorwürfen überhäuft, und selbst wenn sie sich bemühte, liebevoll zu sein, war da eine versteckte Aggression.

Sie sagte, dass sie zu ihren Eltern ziehen wolle, verzweifelt einen Job suche und sich um Carvin sorge, der in der Schule angefeindet werde. Ihr Sohn wäre nun Bettnässer geworden und hätte seltsame Ticks entwickelt, der Lehrerin wäre sein Verhalten aufgefallen, Verdacht auf ein leichtes Asperger-Syndrom, er brauche einen Vater. Malte schwieg. Was hätte er erwidern sollen? Dass er Asperger für einen Nazi-Arzt hielt, Carvin wie sein Name war, etwas Besonderes, keine falsche Schreibweise von Calvin.

Elvira erzählte von Freundinnen, die sich von ihren Part-

nern getrennt hatten, und Malte wusste, worauf sie hinaus-
wollte. Frauen trennten sich, wollten sich selbst verwirkli-
chen, sich nicht länger unterordnen. Schon ihre Mütter und
Großmütter hätten sich getrennt, wenn sie nachher nicht ver-
hungert wären. Die neuen Gesetze stärkten die Familie, aber
bis die wirksam waren, verließen Frauen ihre Männer …

Elvira schwor, dass sie ihn nie verlassen, auf ihn warten
wolle, doch in ihren Augen stand etwas anderes, der Zweifel.
Würde sie durchhalten?

– Was ist mit Kommissar Groschen? Kann der nichts für
dich tun?

– Der glaubt, ich hätte den Persenbeug erwürgt.

– Über Ihre Verhandlungssache darf nicht gesprochen wer-
den. Wie oft denn noch? Der Beamte griff Malte unter die
Schulter, zog ihn hoch und brachte ihn zurück in seine Zelle.
Elvira hob die Hand und blickte ihn traurig an.

– Vorschrift ist Vorschrift. Der Schließer redete von seinen Kindern, von Halloweenpartys und von einer Zeit, in der
Halloween noch Weltspartag geheißen hatte.

– Bei den Zinsen, die man jetzt bekommt, gruselt einen ein
Blick ins Sparbuch mehr als jedes Halloween.

Mittlerweile kannte Groschen die eintönige Landschaft zur
Genüge. Die Weinstöcke waren kahl, die Felder lagen brach,
die Straßen menschenleer. Trostlos.

– Ich wusste, die Sache würde Sie interessieren. Regenass
stand mit seinem Fahrrad vor dem Untergrutzenbacher Bahnhof und rauchte eine Zigarette. Kompromissloser Händedruck. Quietschstimme.

Wortlos setzten sie sich in Bewegung. Das Trottoir war so
schmal, dass sie nicht nebeneinander gehen konnten, außerdem fürchtete der Kommissar um seine Achillessehne, in der
er schon das Fahrradpedal stecken sah. Kurz vor der Hauenstein-Villa blieb der Landpolizist stehen und meinte:

– Die Alte wird sich freuen, Sie zu sehen.

– Wann war der Einbruch?

– Gestern.

– Was wurde gestohlen?

– Nichts. Zumindest behauptet das Frau Hauenstein. Ich glaube, sie hätte den Einbruch nicht einmal gemeldet. Es war ihr Mädchen, Jasmin Tunis. Regenass verdrehte die Augen. Seine Stimme kletterte zur höchsten Sprosse der Tonleiter empor.

Beim Anwesen der Hauenstein fielen dem Kommissar fast die Augen aus dem Kopf, stand doch da im Garten ein goldener, scheinbar mit dicker Schokolade überzogener Bagger. Kette, Schaufel und alles andere, was nicht glaciert war, schienen aus purem Gold zu sein. Was für eine unwirkliche, an Disneyland gemahnende Skulptur.

Sie klingelten, und kurz darauf erschien Klaus Kinski. Ihre gesteppte Daunenjacke glich einem Panzer. Dazu Gummistiefel und ein Filzhut. *Friedhofsoutfit.*

– Herr Broschen! Sind Sie so ein Kunstliebhaber, dass Sie extra anreisen, um meinen Schwein zu bewundern? Hat ein Vermögen gekostet. Na, was sagen Sie? Phantastisch, oder? Beachten Sie den Glanz der Schokolade. Und haben Sie gesehen, was in der Schaufel steht? Ein Schokoladenosterhase! Für solche Details liebe ich den Schwein.

– Hier wurde eingebrochen?

– Lächerlich. Vielleicht ein Obdachloser – viel Gesindel treibt sich hier herum. Gestohlen wurde nichts, und der Schwein ist unbeschädigt. Man merkte, sie hatte keine Lust zu reden, bat den Kommissar auch nicht ins Haus.

– Sie waren zu Hause?

– Ich war in Wien, im Theater in der Josefstadt.

– Was wird da gespielt?

– Ein Beziehungsstück, herrlich, da wird noch Theater gemacht wie im 19. Jahrhundert. Dieses Theater ist von der

Moderne völlig unbeleckt, ich liebe es. Außerdem senke ich dort den Altersschnitt.

– Wonach könnte der Täter gesucht haben?

– Das müssen Sie ihn selbst fragen. Sie war unruhig, und es war ihr anzusehen, dass sie sich nicht wohlfühlte.

– Ihr Mädchen hat den Einbrecher ertappt?

– Sie machte vormittags das Mittagessen – Rindsschnitzel mit Kürbisgemüse. Danach ist sie gegangen. So gegen zwei Uhr bin ich nach Wien gefahren, Friseurtermin. Jasmin kam abends zurück, weil sie was vergessen hatte.

– Um einundzwanzig Uhr zwanzig ging der Notruf ein, ergänzte Regenass.

– Wo ist das Mädchen?

– Ich habe ihr freigegeben. Die Aufregung.

– Kann ich mit ihr sprechen?

– Sie ist in ihrer Heimat. Tschechien. Sie kommt aus einem Dorf gleich hinter der Grenze.

– Und wissen Sie auch, wie es heißt?

– Nein, blaffte Esther.

– Novy oder Stari … Ich habe ihre Daten aufgenommen, Regenass versuchte auszuhelfen.

– Wollen Sie mir jetzt erzählen, für welches Bauprojekt Persenbeug Stimmung machen sollte? Etwas mit Wasser.

– Vielleicht ein Schwimmbad? Das kam von Meinrad Ofaire, der plötzlich in der Tür stand. Seine schlechte Aura breitete sich bis zum Kommissar aus. *Ist ihm schon ein Pferdefuß gewachsen?* Er sprach von der Negation des Faktischen, Risikogesellschaften und Idiosynkrasien. Seine Ausstrahlung war derart diabolisch, dass Groschen vorschlug, mit dem Dorfpolizisten auf ein Bier zu gehen, bloß um wegzukommen. Zu seinem Bedauern war der Campingplatz geschlossen.

– Die Pächterin ist weg, gickste Regenass. Ist besser so.

– Warum?

– Ach wissen Sie, wir hier am Land … Die hatte ständig

eine eigene Meinung zur Politik. Das war eine Anarchistin, eine, die die Ordnung stört.

– Wo ist sie jetzt?

– Weggezogen. Unter uns gesagt, Regenass zwinkerte, wir haben sie einkassiert.

Zurück in Wien, wurde Groschen bereits erwartet. Zwei Herren im Trenchcoat saßen in seinem Büro und baten ihn, Platz zu nehmen.

– Staatspolizei. Sie stellten sich vor, ohne aufzustehen oder dem Kommissar die Hand zu reichen. Der eine hatte eine große Beule auf der Stirn, der andere eine graue Hautfarbe wie verbrannter Pizzaboden.

– Schön für Sie, sagte der Kommissar. Was kann ich für Sie tun?

– Die Frage ist, was wir für Sie tun können. Die beiden sprachen mit samtweichen Stimmen, ihre Sätze verzahnten sich nahtlos ineinander.

– Kennen wir uns nicht?, sagte der Kommissar zu Pizzaboden. Waren Sie nicht Streifenpolizist in Ottakring?

– Das ist vorbei. Der Angesprochene lächelte verlegen.

– Sie haben hier eine bedeutende Aufgabe, die Sie bisher, das ist nicht das Problem, zufriedenstellend bewältigt haben, sagte Beule.

Was ist dann das Problem?

– Wir wissen natürlich, ergänzte Pizzaboden, dass nicht alle sofort den Wert unserer Bewegung erkannt haben. Manche zögern, sind noch nicht bereit für die große Wende, die bereits vollzogen ist. Sie zum Beispiel sind kein Parteimitglied.

– Mich hat Politik nie interessiert.

– Das ist kein Problem, aber sehen Sie, Herr Groschen, der LIMES ist ein Garant des Friedens und der Stabilität, weshalb es wichtig ist, dass seine Wahrheit von allen Gliedern des

Staates mitgetragen wird. Wir glauben daher, Sie sollten in sich forschen, ob Sie nicht dazugehören wollen.

– Teilhaben am gemeinsamen Ganzen, an der großen Familie.

– Ist das eine Drohung?

– Keineswegs. Man hat uns lediglich zugetragen, Sie würden Zweifel hegen.

– Zweifel? Ich? Wie kommen Sie darauf? Ich bin von Haus aus eher Einzelkämpfer, meine Frau sagt Eigenbrötler …

– Wir haben von sarkastischen Bemerkungen gehört. Darum sind wir hier, zu Ihrem Schutz.

– Was wollen Sie?

– Alles, worum wir Sie bitten, ist etwas Kooperation.

– Andernfalls betrachten wir Sie als Zyste. Beule strich über seine Geschwulst.

– Sie wissen ja, was mit unliebsamen Gewächsen passiert?

– Ich weiß nur, dass Ihre Partei Einwanderer als Neophyten bezeichnet und alles unternimmt, um zu verhindern, dass sie Wurzeln schlagen.

– Wie auch immer. Wir sind für Sie da, wenn Sie Hilfe brauchen. Die Trenchcoat-Männer erhoben sich. In der Tür drehte sich Beule noch einmal um, zog eine Papierrolle hervor und warf sie Groschen zu.

– Vielleicht hängen Sie das auf.

– Es ist nicht wichtig, aber es wäre eine schöne Geste.

Als die beiden das Büro verlassen hatten, war Groschen, als hätte er den Geruch einer Müllverbrennungsanlage in der Nase. Das Papier entpuppte sich als LIMES-Plakat. »Wir sind das Volk!« Der Kommissar zündete es an und sah zu, wie es erst braun, dann schwarz wurde und schließlich zerfiel.

PERFECT DAY

Freitag, der 29. November.

Was für ein Winter! Wie ein feiner Herr war er einge-
fahren, standesgemäß mit einem Pferdeschlitten, hatte die
Schimmel abgestellt, seinen weißen Mantel über alles gebrei-
tet, einmal aufgestampft und kalt gelacht. Seiher fielen un-
erhörte Schneemassen, der Verkehr war lahmgelegt. Arbeitslose wurden zum Schneeschaufeln zwangsverpflichtet. Jene,
die das vorher gemacht hatten, waren nicht mehr da. Außerdem hatte der feine Herr Winter mit einer eisigen Sprache
aus glatten Fahrbahnen, Eiszapfen und Schneeverwehungen
alle vertrieben. In den Spitälern gab es zu wenig Personal,
aber auch Verkäufer, Paketauslieferer und Pizzaboten wurden dringend gesucht. Lag es nur am Winter? Nein! Nachdem
diverse Moscheen beschmiert, mit Schweineblut geschändet
oder mit Hetzparolen besprüht worden waren, wurden sie
zum Schutz der Gläubigen, wie es hieß, alle – bis auf eine,
die Hamidiye-Moschee in der Columbusgasse – geschlossen. Minarette wurden gesprengt. Zum Schutz andersgläubi-
ger Mitbürger, verkündete der Meister auf liebenswerte Art.
Die Muslime konvertierten zum Christentum oder wander-
ten aus. Eine Mitnahme ihres Vermögens war ihnen nicht gestattet.

Plötzlich gab es Wohnungen zu Billigpreisen. Aller Widerstand war bei den tiefen Temperaturen erstarrt. Es gab Pro-
testnoten aus der Türkei, dem Iran und einigen arabischen
Ländern, aber die Bevölkerung bekam davon nichts mit. Der
Winter hatte alle fest im Griff.

Im Trakt vor dem Verhandlungssaal war ein vergittertes Fenster, durch das man Malte auf die mit Weihnachtsbeleuchtung geschmückte Alser Straße blicken ließ. Fette Schneeflocken fielen vom Himmel, und die Menschen quälten sich durch das Weiß. Die Geräusche waren gedämpft. Alles friedlich. Nur Schneepflüge ratterten blinkend durch die Straßen.

Da stürmte ein aufgebrachter Mann, der Malte verblüffend ähnlich sah, aus dem Gerichtsaal, rief:

– Bin ich tot? Sieht so ein Toter aus? Eine Schweinerei ist das, aber das lasse ich mir nicht bieten. Wir müssen in Berufung.

– Ich fürchte, sagte sein Rechtsbeistand, das wird nicht gehen. Sie sind für tot erklärt worden, und Tote kann ich nicht vertreten.

– Tot? Ich? Was meinen Sie, der Mann ging auf Malte zu, betrachtete ihn wie ein Spiegelbild, war irritiert, fing sich wieder:

– Sieht so ein Toter aus? Er zwickte sich in die Wange, zog daran. Ist das vielleicht tot. Oder das?

– Ich weiß nicht … nein, sagte Malte, den die Ähnlichkeit dieses Menschen mit sich selbst nicht minder verblüffte.

– Wofür hält man mich? Für Jesus in Emmaus? Eine Erscheinung? Nein! Ich lebe! Ich atme, ich denke, also bin ich. Aber weil man mich wegen eines Computerfehlers für tot erklärt hat, bin ich offiziell gestorben. Stellen Sie sich vor! Mietvertrag gekündigt, Reisepass und Führerschein ungültig … Und da ich keine Dokumente beibringen kann, die das Gegenteil beweisen, ändert sich daran auch nichts. Selbst mein persönliches Erscheinen vor Gericht konnte die Justiz nicht von meiner Existenz überzeugen. Zum Lachen, wenn es nicht so tragisch wäre.

– Staatenlos, identitätslos und damit illegal, sagte der Anwalt und zog den Mann von Malte weg.

– Unfassbar, schnaubte der Mann. Aber das wird euch leidtun. Das ist Mord! Fluchend stapfte er davon, und Malte verstand, was Horst Eichel vor mehr als zwei Monaten zu ihm gesagt hatte: Vor Gericht sind Wahrheiten keine Tatsachen.

Da kam Kressbach, hängte einen pelzbesetzten Wintermantel auf den Garderobenhaken und ging zu Dinger, der apathisch zwischen zwei Polizeibeamten saß.

– Sauwetter. Der Anwalt schüttelte ihm so kräftig die Hand, dass es in Maltes ganzem Körper vibrierte.

– Tatsächlich. Da will man gar nicht raus. Malte versuchte zu lächeln. Hatte er sich aufgegeben?

– Entspannen Sie sich, immer hocker vom Locker … Machen Sie sich keine Sorgen, auf Sorgen reagieren wir algerisch. Alles geregelt, wir haben einen Deal. Alles giert Hut.

Die Uniformierten wichen nicht von Maltes Seite. Der Gerichtssaal war ein Raum mit heller Holzvertäfelung, vier schmalen Fenstern und einer Glasdecke. Das helle Holz mit den türkisen Tischplatten aus Resopal erinnerte eher an einen Kindergarten denn an den altehrwürdigen Schwurgerichtssaal. In den Bankreihen saßen ein paar Gerichtskiebitze … Paragrafenfetischisten, Justizsexuelle … Elvira? Malte konnte sie nirgendwo entdecken. Dafür sah er vorne beim Richterpult eine Polizistin an einem Laptop sitzen. *Wahrscheinlich die Protokollschreiberin.* Kaum im Saal, war Dinger von Fotografen umringt. Instinktiv hielt er die Hände vors Gesicht. *Wie hat Kressbach gesagt? Ein Prozess ist Krieg.* Hinter dem Richterpult hing das Bild des österreichischen Bundesadlers. Bilder vom Meister und vom Meisterlein, eine Fahne mit dem LIMES-Logo.

Vom Richter war nichts zu sehen, dafür saß auf der gegenüberliegenden Seite, rechts vom Richterpult, ein feister Mensch mit rotem Kopf, Meckifrisur und neurotischen Gesichtszügen.

– Staatsanwalt Döblinger, murmelte Kressbach. Ein gerlinde gesagt häher Zund!

Nach einer Weile erschienen der Richter, Talar und Quastenkappe, und zwei Schöffen – eine junge Frau, Typ verhärmte Handarbeitslehrerin, sowie ein korpulenter Schnauzbart, wahrscheinlich Lagerarbeiter oder Koch. Der Richter hingegen hätte den Arzt in einer Werbung für Zahnseide geben können: glattes, weißes Haar, markantes Kinn, buschige Brauen. Mit anderen Worten, Malte sah sich Menschen gegenüber, die ihm unsympathisch waren.

– Die Verhandlung ist hiermit eröffnet. Es begann mit den üblichen Formalitäten: Heute wird nach Strafgesetzordnung soundso die mutmaßliche Ermordung des Godehard Persenbeug, gebürtig in …, wohnhaft blablabla … verhandelt. Angeklagt ist Malte Dinger, geboren am … und so weiter und so fort.

Auch der Staatsanwalt ließ einen Sermon ab und berief dann Valentin Göttlinger in den Zeugenstand. Der schnauzbärtige Stockchef mit dem traurigen Blick ließ sich über den Charakter des Toten aus:

– Ein herzensguter Mensch, nicht ohne Schwächen, aber im persönlichen Umgang vorbildlich. Wir können nichts Schlechtes sagen.

Kressbach wollte Einspruch erheben, sprach etwas von Orangensaftdezernat, meinte aber das Organstrafreferat, doch der Richter ließ weder das eine noch das andere gelten.

– Und wie hat sich Herr Dinger betragen?

– Gleich bei der Einweisung hat er massiv gegen die Sittlichkeit verstoßen. Göttlinger blickte ihn mit seinen kleinen Orang-Utan-Augen an. Später Disziplinarsachen, Absonderung.

Kressbach nickte, schüttelte den Kopf, wollte etwas erwidern, doch ihm fiel nichts ein. Die Schlacht hatte begonnen, und Maltes Feldherr reagierte nicht auf den ersten Angriff.

Als Nächstes kam Groschen an die Reihe. Der Kommissar sprach vom Obduktionsbericht und den Strangulationsmarken, davon, dass ein Selbstmord auszuschließen sei, man nach den vorliegenden Indizien eindeutig von Mord ausgehen müsse.

Malte fühlte sich wie hinter einer Rauchsäule. Alles war gedämpft und weit entfernt. Die Wörter drangen kaum bis zu ihm durch, und doch wuchs das Gefühl, gerade für tot erklärt zu werden. *Reiß dich zusammen. Wie hat Kressbach gesagt, es gibt einen Deal, alles wird gut. Wann lässt der General zum Gegenangriff blasen? Ist er feige? Will er sich ergeben?* Da war in Malte etwas erwacht. *Gegenwehr!* Plötzlich sprang er auf und plärrte:

– Das interessiert Sie doch gar nicht, das ist nur der Hebel, den Sie mir ansetzen.

– Psst, bedeutete ihm Kressbach. Sind Sie wahnsinnig? Denken Sie an Michael Hohlkaas. Das Recht zu zwingen hat noch nie etwas gebracht. Setzen Sie sich wieder, sonst setzt es was.

– Sie! Sie sind auch ein Teil dieses Systems! Sie waren doch der Anwalt Persenbeugs, oder etwa nicht? Kressbach lächelte verlegen, aber Malte brüllte:

– Glaubt ihr, ich sehe tatenlos zu, wie man mich unschuldig verurteilt? Ich war es nicht. Ich bin unschuldig. Ich habe Ybbserl nichts getan. Aber Sie wollen einem Kind den Vater nehmen, einer Frau den Mann, einem Lokal den Wirt. Dingers Stimme überschlug sich. Wenn ihr einen neuen Hiob braucht, sucht euch einen anderen. Ich habe nichts getan. Nichts! Was Recht ist, muss Recht bleiben. Ich ... *Pulver verschossen.*

– Reißen Sie sich zusammen, sonst bleiben Sie für immer drinnen. Der Richter setzte seinen Gegenangriff mit ruhiger Stimme. Wenn Sie sich nicht beruhigen, lasse ich Sie entmündigen und in eine Anstalt für abnorme Rechtsbrecher überstellen, dann versinken Sie im Maßnahmenvollzug. *Das war voll gegen die Flanke.*

– Und wenn ich mein Leben lang drinnen bleibe, brüllte

Malte, da gebe ich nicht nach. Niemals! *Attacke!* Da geht es ums Prinzip!

– Ein labiler Typ, versuchte Kressbach zu beschwichtigen, dazu die Aufregung.

– Sie sind auch ein Teil des Systems, Sie Freimaurer! *Verräter!* Und Sie auch! Und Sie sowieso, er zeigte auf die verstört dreinblickende Protokollschreiberin, die sich das Lachen verbeißen musste. Malte, was war nur in ihn gefahren, brüllte alle an, beschimpfte sie als Knilche, Büttel, Wendehälse.

– Das reicht, der Richter klopfte verärgert mit seinem Hämmerchen auf den Tisch. Wenn Sie so einer sind, lasse ich Sie des Saales verweisen.

– Ihr Verbrecher! Sperrt euch selber ein!

– Genug! Der Richter hämmerte wie wild gegen das Pult. Kressbach zog an Malte, der dem Anwalt auf die dicken Finger klopfte.

– Hinaus! Der Richter schüttelte den Kopf. Ich verweise Sie des Saals.

Auf Beinen, die sich wie Stelzen anfühlten, wurde er abgeführt. Draußen saß Lex Arminius, der auf seinen Prozess wartete. Der frühere Anchorman blickte traurig zu Boden, seine Lippen waren aufgeplatzt, die blauen Flecken um die Augen nur notdürftig überschminkt.

Für Malte ging es zurück ins Gesperre, wo er in seiner Zelle auf einen tanzenden Wettl traf. Sein Zellengenosse hatte die Musik (Lou Reed: »Perfect Day«) auf volle Lautstärke gedreht, hielt sich eine Taschenlampe an den Mund und kreiste mit der Hüfte wie einst John Travolta um Olivia Newton-John. Als er Malte sah, wusste er sofort, was los war.

– Na guuut. Hast den Urlaub verlängert bekommen. Den Staatsfrack? Wettl stellte die Musik leiser. Aber weißt du was, wenn wir draußen sind, drehen wir ein großes Ding. Bombensicher: eine Geiselnahme.

– Ich habe keine Hoffnung, hier jemals wieder rauszukommen. Der SS-Emanuel hat mich auf dem Kieker. Der wartet nur auf eine Gelegenheit.

– Der SS-Emanuel, ich sah ihm das sofort an, ist ein Konfident, ein Spitzel.

– Was? Woher weißt du das?

– Na hör einmal. So etwas riechen wir zehn Meter gegen den Wind.

Nach einer langen Pause fragte Malte:

– Denkst du manchmal an die Menschen, die du getötet hast?

– Ich hab mir immer gedacht: Pfiati Gott, du oilde Grot. Jetzt siehst du, wo der Bär in den Weizen scheißt. Wettl war guter Laune und sogar bereit, ihm nachts den Taschencomputer zu borgen.

– Wenn die vergessen, den Störsender einzuschalten, kommst du ins Internetz.

– Internet? Malte nahm das Aceton und schnüffelte so lang und intensiv, bis er fast in Ohnmacht fiel. Aber sosehr die giftigen Dämpfe auch seine Neuronen verklebten, ließ sich doch eines nicht vertreiben: die Gewissheit, dass es aus war. Das gefundene Handy hatte recht gehabt. Es war vorbei, das Universum hatte ihm die Gunst entzogen. Die Schlacht war verloren.

Das Internet funktionierte nicht. Malte hatte Lust, ein paar Meldungen auf Facebook abzusetzen, aber keine Chance. Also probierte er noch einmal den Datenstick, ging in den Datei-Manager, klickte auf ein Konvertierungsprogramm, und tatsächlich begann ein kleiner Film, der »Sieg der Bewegung« hieß. Es ging um den LIMES. Der Meister wurde gezeigt, wie er Kinder küsste, Brautpaare segnete und Menschen die Hand schüttelte. Strahlende Gesichter. Man sah, er war beseelt von seiner Berufung, Österreich wieder großartig zu machen. Europa! Der Meister sprach von seiner Vision, seinem Volk!

Und alle waren ergriffen, fasziniert. Gegen Ende der Veranstaltung, es musste sich um einen Parteitag handeln, war ein gigantisches Feuerwerk zu sehen, die Menschen hatten Tränen in den Augen. Auch Malte war bewegt, hatte das Verlangen, sofort in den LIMES einzutreten, dazuzugehören.

Als er noch vor lauter Freude jubelte, startete der zweite Teil des Films, der »Feinde des Glaubens« hieß. Da sah man betende Orientalen, verschleierte Frauen, Selbstmordattentäter mit Maschinengewehren vor arabischen Fahnen, Städtenamen und Zahlen von Anschlagsopfern. Statistiken zeigten das exponentielle Wachstum der islamischen Bevölkerung und wie lange es noch dauern würde, bis sie in Europa die Mehrheit erlangten. Innenstädte wurden gezeigt, in denen es nur noch Geschäfte für islamische Kleidung gab, Friseure und Schönheitssalons mit eigenen Räumen für verschleierte Frauen, Restaurants, die mit Halal-Gerichten und Alkoholverbot warben. Straßenszenen, bei denen Gebetsteppiche den Verkehr zum Erliegen brachten, Demonstrationen bärtiger Männer gegen Diskotheken und Musik im öffentlichen Raum, die »etwas für Schweine sei« … Eine Erzählerstimme erklärte, dass eine Völkerwanderung im Gang sei, die das Ziel habe, die indigene Bevölkerung Europas auszumerzen. Dahinter stecke ein Konglomerat aus Freimaurern, Finanzjuden und Schwulen.

– Was zischst du dir da rein?, fragte Wettl.

– Politkram, gab Malte zurück. Über den LIMES.

– Der wird uns bald rausholen, wirst sehen. Wettl seufzte zufrieden.

Was uns erwarte, sagte die Stimme, sei der Bürgerkrieg, den zu verhindern LIMES angetreten sei. Und damit begann der dritte Teil: »Wille des Volkes«. LIMES sei ein großangelegtes Friedensprojekt. Das Volk befinde sich im Überlebenskampf gegen einen hinterlistigen Gegner, der sich als Religion tarne, weswegen alle, wirklich alle Gegenmaßnahmen erlaubt seien – insbesondere jene, die es in islamischen Ländern längst schon gab: Überwachung, Umerziehungslager, die Todesstrafe.

– Die größte Schlacht, sagte der Meister, steht noch bevor. Fremde wollen uns unser Land wegnehmen. Sie sprechen nicht unsere Sprache, akzeptieren nicht unsere Kultur und respektieren nicht unsere Gesetze. Sie bedrohen unseren Wohlstand, unsere Familien, die Grenzen und den Wert der Arbeit.

– Was ich immer sage, stimmte Wettl zu, der sich nun wieder einem Pornoheft zuwandte.

– Auf der anderen Seite, so der Meister weiter, stehen Mächte, die offene Grenzen und neuartige Familienmodelle wollen, den Wert der Arbeit nicht schätzen. Mächte, die die Herrschaft ungreifbarer Bürokraten anstreben. Aber das lassen wir nicht zu. Österreich ist unsere Heimat, wir haben keine andere, daher werden wir bis zum Letzten um sie kämpfen. LIMES verkörpert das Volk. LIMES ist der Meister!

Und er macht schönes Wetter jeden Tag! Malte war fasziniert und angeekelt zugleich. Ein Teil von ihm fühlte sich zugehörig, sagte zu allem ja, ein anderer Teil dachte, dieses Filmchen sei übelste Propaganda. Jedenfalls entsprach dieser Datenstick nicht seinen Erwartungen, enthielt er doch weder einen Fluchtweg noch eine Schatzkarte. Gelangweilt klickte er auf das Textverarbeitungsprogramm, das sich nun ebenfalls öffnen ließ: Dossiers über Prominente, schwarze Listen. Dann war da die Rede von der Abschaffung des realen Geldes, von Überwachung, patriotischer Wirtschaftsförderung, Zuchtfarmen … Damit man kein Land der Altenpfleger würde, müssten die Senioren auf große Kreuzfahrt gehen, da würden sie dann bei Gelegenheit entsorgt. Umerziehungslager würden Erholungslager heißen und Euthanasie-Programme Erlösungen …

Plötzlich hakte in Malte etwas ein, zog ihn heraus aus seiner Lethargie. Mit einem Mal wurde ihm bewusst, dass dieser

LIMES nicht bloß eine politische Richtung verkörperte, sondern dabei war, eine Diktatur zu errichten, etwas, das man überwunden glaubte, das sich aber nun als fortschrittlich und menschenliebend präsentierte.

Zuchtfarmen? Entsorgung von Senioren? Das las sich wie bei George Orwell oder Aldous Huxley, hier war es aber real. In Dinger stieg Wut auf. Sein Hang zum Weltverbesserer meldete sich zurück. Er musste die Öffentlichkeit darüber informieren. Doch wie? Warum ausgerechnet er, ein wegen Mordes verurteilter Häftling?

SATTE FETTE

Dienstag, der 10. Dezember 2024.

Als Kressbach eine Woche später mit einem Kuvert erschien, war klar, dass aus dem Deal nichts geworden war.

– Verurteilung wegen Mordes. Eindeutig. Paragraf soundso. War nicht anders zu erwarten. *Volle Länge!* Das Strafmaß wird erst festgelegt, sagte der Anwalt. Ich rechne mit zwölf Metern, sofern das Gesetz der Strafverschärfung nicht vorzeitig in Kraft tritt.

Soll ich ihm vom Datenstick berichten? Wird er seine Karriere aufs Spiel setzen? Nein.

– Aber, sagte Kressbach, es gibt cum grano salis auch eine gute Nachricht, der Richter hat schließlich, und das haben Sie mir zu verdanken, darauf verzichtet, Sie in eine Anstalt für geistig abnorme Brechtsrächer, äh, Rechtsbrecher einzuweisen. Das Urteil spricht von vorsätzlicher Körperverletzung mit letalem Ausgang, nach der Arithmetik der Geschlechtsgelehrtheit sind Strafausmaß und erlittenes Leid … Kressbach strich sich über seine Glatze. Halten Sie mich nicht für zartherzig, aber ein Anwalt, der ins Leid seines Mandanten eilt, erweist ihm einen Zährendienst. Cui bono? So wie Sie sich benommen haben … eine hodenlose Frechheit … Ich muss Ihnen daher mitteilen, für eine eventunnele Berufung nicht mehr zur Verfügung zu stehen.

– Bravo. Sehr gut! Malte klatschte, lachte hysterisch und hatte die hervorquellenden Augen eines Wahnsinnigen. Der Anwalt fürchtete um seinen Verstand. Noch auf der Straße hallte dieses abgründig verstörende Lachen in Kressbach nach.

»Kommissar Groschen, Vorlaufstraße, 1010 Wien« stand in ungelenker Schrift auf der Ansichtskarte, die einen am Palmenstrand stehenden Gettoblaster zeigte. »Cayman Islands« stand darunter, auf der Briefmarke lachte Bob Marley. Drückte man den Gettoblaster, erklang »I Shot the Sheriff«.

Wahrscheinlich kam diese Provokation von einem Typ, den der Kommissar in den letzten zwanzig Jahren eingebuchtet hatte. Vielleicht von einem, der ihm durch die Lappen gegangen war. *I Shot the Sheriff?* Groschen dachte nur an einen, Ed Kalterer. Der Fall ließ ihm nach wie vor keine Ruhe. Sollte sich der Gemeindesekretär in der Karibik die Sonne auf den Bauch scheinen lassen, während er, Groschen, durch das welke Wien stapfen musste? *Was?* Wieder machte er sich auf den Weg nach Untergrutzenbach. *Wenn das so weitergeht, kann ich den Bau einer Seilbahn beantragen. Aber vielleicht ist es heute das letzte Mal?*

In der S-Bahn riss eine schwer atmende Frau das Fenster auf und fragte den Kommissar:

– Ziagts Ihna eh net zvui zuwe?

Was für eine Sprache? Suaheli? Südtirolerisch?

Natürlich zog es, aber Groschen war zu faul, das Abteil zu wechseln. »Ziagts Ihna eh net zvui zuwe?« hallte in ihm nach. Er starrte aus dem Fenster. Die Häuser sahen heute noch verlassener aus. Der Schnee war geschmolzen, aber jetzt war es wieder derart kalt, dass sogar die Hundstrümmerl mit einer dünnen Eisschicht überzogen waren.

Der Kommissar dachte an das Verhör – so es eines war. Eine unangenehme Begegnung, die er einen Monat lang verdrängt hatte. Die Männer von der Staatspolizei, Beule und Pizzaboden, hatten vom Wohl des Landes gesprochen, von Patriotismus, Volksgesundheit und davon, dass ihnen etwas zu Ohren gekommen sei, nichts Gravierendes, aber eben doch dieses, jenes und noch so allerhand. Man hatte ihm zu verstehen gegeben, dass er eine verantwortungsvolle Position bekleide und mehr Gemeinschaftsgefühl entwickeln müsse. Hinter LIMES stehe ein großer Gedanke, die Idee einer besseren Welt. »Wir sind das Volk.« Die Männer hatten sich amikal gegeben, was den Schrecken, der ihm später in die Glieder fuhr, nur verstärkt hatte. Fünf Wochen später wusste er nicht mehr, ob er sich Beules Bemerkung über die Hauensteins eingebildet oder ob der Staatspolizist tatsächlich gesagt hatte, dass dies eine verdienstvolle Familie sei, die man nicht behelligen dürfe. *Verdienstvoll? Eher voll die Großverdiener!* Außerdem fragte sich Groschen ständig, wer ihn denunziert hatte. Martin oder Gordon, mit denen er seit Jahren ein Team bildete? Döblinger? Der Portier? Oder Fräulein Schäfer? Er konnte niemandem trauen, schlief schlecht und fühlte sich verfolgt. Das ging eine Weile so, dann wollte seine Frau wissen, was los war.

Nachdem er ihr alles erzählt hatte, flippte sie aus. Schreikrämpfe wechselten sich mit Weinphasen ab, und als sie sich so weit beruhigt hatte, dass sie sprechen konnte, sagte sie Sätze wie:

– Wovon sollen wir leben, wenn man dich entlässt? Wir können ja nicht auswandern. Mit deinen Englisch-Kenntnissen kämen nur Deutschland, die Schweiz oder Liechtenstein in Frage, wohin der LIMES auch bald kommt … Dass man ihn entlassen würde, stand außer Frage. Aber vielleicht nicht sofort? Er musste ihr versprechen, ein LIMES-Plakat in seinem Büro aufzuhängen. »Da, wo jetzt Lino Ventura hängt!« Außerdem solle er nicht den Helden spielen. Es sei eine schwierige Zeit, die nicht ewig dauern könne. Es brächte nichts, sich mit irgendwem anzulegen, sondern es ging darum, standhaft zu bleiben – vor allem aber unbehelligt.

Ja, durchhalten, aber wie? Seine Frau hatte recht, es ging um die nackte Existenz. Oft genug hatte er erlebt, wie manche zusammenbrachen, alles verloren. War er nun dran? Überall, das wusste er, wurden Menschen entlassen und durch

LIMES-Leute ersetzt. Die Groschens hatten keine Rücklagen, das Arbeitslosengeld war drastisch gekürzt worden … Wovon sollten sie leben? Er hasste all die Karrieristen, die jetzt aus ihren Löchern krochen. All die Kröten, die nun im Chor quakten. Der Kommissar war kein Wendehals, aber auch kein Held, also beschloss er, sich ruhig zu verhalten.

In Untergrutzenbach war ihm erst recht kalt. Er schlenderte am verwaisten, mit Betreten-verboten-Schildern behängten Campingplatz vorbei, sah Plakate der Regierung, kam endlich zum Sozialbau und suchte an der Türklingel nach dem Namen Kalterer. Da das Haustor offen stand, betrat er den Flur. Der Lift war außer Betrieb, also musste er die fünf Stockwerke zu Fuß in Angriff nehmen. Atemlos kam er oben an. Was war hier los? Kein Marienaufkleber mehr, keine Türmatte, dafür ein ganzer Berg Werbematerial. LIMES schafft Arbeitsplätze, LIMES sorgt für Wohlstand, LIMES ist die Zukunft … Groschen klingelte. Keine Reaktion. Noch einmal. Nichts. Nach einer Weile erschien eine Nachbarin mit dicken, bandagierten Beinen, blickte Groschen skeptisch an:

– Zu wem wollen Sie? Ich rufe die Polizei.

– Ich bin die Polizei.

– Kommen Sie zu mir? Wegen Ferenc? Was hat er angestellt?

– Wer ist Ferenc?

– Mein Sohn, ein Rumtreiber, lässt sich ständig mit den Falschen ein …

– Ich will zu Frau Kalterer … zu Lotte, der Frau, die hier …

– Die Hascherin?

– Das weiß ich nicht, nur weil sie Dreadlocks hat …

– Ausgezogen! Lebt jetzt beim Bürgermeister. Die hat sich verbessert … Zumindest muss sie keine fünf Stockwerke …

– Beim Bürgermeister? Haben Sie die Adresse?

– Kennen Sie das alte Rathaus? Schräg vis-à-vis steht das

neue. Am Hügel dahinter sehen Sie ein bescheidenes Holzhaus, und das Protzige daneben ist die Bürgermeistervilla, nicht zu übersehen, quasi das Belvedere von Untergrutzenbach. Wenn Sie ihn treffen, den sauberen Herrn Faist, bestellen Sie ihm, dass der Aufzug hier nicht funktioniert. Das Stiegenhaus ist verdreckt, niemand wechselt die ausgebrannten Lampen … Schuld ist die Putzfirma, die nicht mehr kommt … waren Türken, Pakistanis … Die sind jetzt weg. Und was haben wir davon? Überall Zigarettenstummel, Bierflaschen …

– Danke. Der Kommissar deutete eine Verbeugung an, wandte sich den Treppen zu, drehte sich noch einmal um und sagte:

– Was ist mit der Campingplatzpächterin geschehen?

– Alle haben ihr gesagt, sie soll den Mund halten. Wer heute noch von Revolution spricht, stört die Ordnung.

– Wo ist sie hin? Hat man sie wirklich einkassiert?

– Das weiß ich nicht. Die Alte schloss die Tür, öffnete sie wieder und flötete mit süßer Stimme:

– Und schicken Sie mir den Ferenc heim.

– Was? Wen?

– Ferenc, meinen Sohn. Sie erkennen ihn sofort, er ist ein Zehenspitzengeher.

Der Frost hatte sich verzogen, plötzlich war es föhnig. Groschen ging den beschriebenen Weg und wunderte sich über die vielen Optiker, die es hier gab. Sogar im Stadtkern roch es nach feuchter Erde und verfaultem Obst. Auf den Häusern hingen LIMES-Fahnen.

Die Bürgermeistervilla war, da hatte die Alte recht, ein prächtiger Bau mit großen Glasfenstern und Solarzellen auf dem Dach. Jede Menge Türmchen, Erker und Schmiedeeisengitter – *Neuschwanstein für Arme*. In der offenen Doppelgarage standen der türkisfarbene Thunderbird, mehrere Isettas, ein Golfmobil und voluminöse Motorräder.

Groschen klingelte, nichts rührte sich. Noch einmal. Da begann es zu regnen. Er stieg über den Zaun, um in der Garage Schutz zu suchen. Kaum stand er bei einer der Isettas, bog ein Schatten um die Ecke, blickte in die Garage, zuckte.

– Kommissar? Haben Sie die Seite gewechselt? Sind Sie jetzt Einbrecher? Es war Lotte. Sie schob eine Scheibtruhe voller Blätter. Ihre Haarwülste waren unter einer gigantischen Reggae-Haube versteckt.

Die hat ihren Mann aber schnell abgeschrieben. Und wofür?

Groschen fühlte sich ertappt und stammelte.

– Ich wollte Ihnen eine Frage stellen … Er holte die Ansichtskarte hervor … Ist das die Schrift Ihres Mannes?

Lotte warf einen Blick darauf, drückte auf den I-Shot-the-Sheriff-Button, lächelte, als das Lied erklang, und meinte lapidar:

– Meines Exmannes! Kann sein. Wäre sein Humor. Und nachdem er Ihnen im Ausseerland entwischt ist …

Der Regen wurde stärker, Tropfen prasselten auf das Garagendach.

– Sie wissen es nicht?

– Schwer zu sagen. Sie blickte ihn mit einem Ausdruck des Bedauerns an.

– Glauben Sie, der Vater Ihrer Kinder könnte in der Karibik sein?

– Interessiert mich nicht. Sie zündete sich eine Zigarette an und stieß eine Rauchwolke aus. Ed hat uns verlassen. Davor war ihm die Aufdeckung irgendwelcher Hirngespinste wichtiger als seine Familie.

– Ich dachte, Sie hätten ihn animiert?

– Das habe ich versucht, mir einzureden. Lotte trat gegen einen Reifen der Isetta. Er hat uns vernachlässigt, uns in Gefahr gebracht … und alles wegen ein paar dubioser Geschäfte … Die einen nennen es Korruption, die anderen patriotische Wirtschaftsförderung … Der ach so gläubige Ed, dem seine Werte so wichtig waren, hat das Wichtigste vernachlässigt, seine Familie! Sie warf den Zigarettenstummel in den Laubhaufen, blickte zum Himmel und meinte, es klare wieder auf.

Groschen nickte und ging davon.

– Wenn Sie nächstes Mal einbrechen, melden Sie sich an, rief sie ihm nach, dann bin ich nicht da.

Hatte er gedacht, Lotte würde ihren Exmann entlasten? Bei ihrer allerersten Begegnung war ihm klar gewesen, dass diese Rastafari-Schönheit nicht zu dem Gemeindesekretär passte. Und zum Bürgermeister? Die Sache war vertrackt, und wie er sie auch drehte und wendete, er fand keine Antwort. Eines aber war klar: Der Mörder von Nedeljko Zemic lief noch immer frei herum.

Eine Sirene heulte auf, ein langer unangenehmer Ton, und Kirchenglocken setzten ein. High noon. Groschen überlegte, ob er den Landpolizisten Regenass aufsuchen sollte. Er war schon auf dem Weg zur Dienststelle, als ihm ein bekanntes Gesicht entgegenkam: Jasmin, das Mädchen der Hauenstein. Sie hatte ein geschwollenes Gesicht, ein blaues Auge und wirkte verstört.

Ob die Hauenstein sie schlägt? Weil sie den Einbruch der Polizei gemeldet hat?

Sie wollte sich an ihm vorbeistehlen, aber Groschen packte sie am Arm:

– Hiergeblieben.

Das Mädchen blickte ihn aus großen, stummen Augen an.

– Weißt du, wer ich bin? Groschen sah ihre schwarz lackierten Fingernägel.

– Der Polyp, äh, Polizist, presste sie hervor.

– Dann wirst du mir ein paar Fragen beantworten.

Sie schüttelte den Kopf.

– Was ist? Bist du stumm?

– Ich weiß nicht, ob das für Frau Hauenstein in Ordnung

ist. Sie rieb ihre Oberarme, sah aus, als ob sie sich wärmen wollte, dabei war es gar nicht kalt.

– Ich hätte dich für klüger eingeschätzt. Willst du eine Vorladung aufs Kommissariat?

– Ich weiß nicht, nein …

– Wie lange arbeitest du schon für die Hauenstein?

– Fast zwei Jahre.

– Und wie lange hattest du ein Verhältnis mit Nedeljko Zemic, genannt Branko?

– Ich? Woher …? Sie ähnelte einem Hasen, über dem ein Adler kreiste, einem Hasen, der sich in eine Grube presste und den Atem anhielt.

– Du warst nicht nur Brankos Geliebte, er hat dir auch versprochen, mit dir durchzubrennen. Das Gold der Hauenstein sollte die Basis sein.

– Das ist nicht wahr, zischte sie und sah ihn mit offenem Mund an.

– Und ich sage dir noch etwas. Das Gold hat die Villa nie verlassen, du und Branko, ihr habt es versteckt, aber dann ist seine Ermordung dazwischengekommen. Du hast einen Einbruch vorgetäuscht, um das Gold auf die Seite zu schaffen. Aber diesmal ist dir wer in die Quere gekommen, die Mafia! War es so?

– Nein! Jasmin schüttelte den Kopf.

– Wusste die Hauenstein von deinem Verhältnis zu Branko?

– Ich … Sie hatte Tränen in den Augen.

– Dann hätte Sie dich entlassen, stimmt's? Oder war das der Deal? Woher stammt das Gold? Aus unsauberen Geschäften? Du solltest reden, dann kommst du glimpflich aus der Sache raus.

– Nein. Ich kann nicht! Jasmin schüttelte den Kopf.

– Wie kann man so verstockt sein. So rede endlich, Menschenskind. Groschen rüttelte sie. Begreifst du nicht? Wenn du im Gefängnis landest, so ein hübsches Ding, verkaufst du deine Muschi für ein Glas Nutella ... Zieh dich aus! Die Jacke! Er sah ihr in die Augen, doch sie reagierte nicht. Da krempelte der Kommissar die Ärmel ihrer Bluse hoch und inspizierte die Unterarme.

– Also doch. Wie lange spritzt du schon? Hat Branko dich dazu gebracht?

Sie schwieg.

– Verstocktes Ding. Hier, falls du es dir anders überlegst. Er drückte ihr eine Visitenkarte in die Hand und ging. Die harte Tour war normalerweise nicht sein Stil, aber so hatte er zumindest herausgefunden, dass diese hübsche Jasmin Tunis Brankos Geliebte gewesen war. Aber auch diese Information konnte den Fall nicht retten. Solange Kalterer nicht gefasst war, gab es keine Hoffnung auf Aufklärung, blieben die Ermittlungen eingestellt. Kurz bevor er den Bahnhof erreichte, setzte der Regen wieder ein.

KRANKE ZEIT

Donnerstag, der 12. Dezember.

Wie hatte der obdachlose Moses ihn genannt? Ijob! Alles wurde immer schlimmer. Hatte er geglaubt, ganz unten angekommen zu sein, kam sogleich der nächste Tiefschlag. Das Strafausmaß wurde zugestellt. Zwölf Jahre? Nein, fünfundzwanzig! Die Regierung hatte die Strafen drastisch erhöht, und Malte musste froh sein, dass der Antrag auf Wiedereinführung der Todesstrafe noch nicht durch war.

Fünfundzwanzig Jahre! Eingesperrt? Es war hier so eng und wurde jeden Tag enger, die Mauern, schien es, wuchsen langsam zusammen, dass es einem die Luft zum Atmen nahm. Die fünfundzwanzig Jahre rollten auf ihn zu wie eine Bowlingkugel, um alle Kegel seines bisherigen Lebens umzustoßen. Strike! *Wie lange werde ich nicht mehr spüren, hören, fühlen, riechen. Fünfundzwanzig Jahre lang kein Kinderlachen, keine feuchte Waldluft, kein frisches Bier, keinen Supermarkt, kein Weihnachten mit Carvin ... nur Wettls Wetzen und wiesenkräuterfrischer Wiesenkräuterduft ... In fünfundzwanzig Jahren ändert sich die Welt. Und ich? In fünfundzwanzig Jahren wird es selbstfahrende Autos geben, nachwachsende Zähne und Gehirnimplantate, ist mein Leben vorbei. Ich werde Fett ansetzen, die Haare verlieren, krank werden. Aber ich habe immer noch eine Familie, Menschen, die auf mich warten, die mich lieben ... fünfundzwanzig Jahre, farblos wie Glashausgurken, fünfundzwanzig Jahre, in denen man Bekanntschaft mit der Leere in sich selber macht, mit dem Abgrund, der zurückblickt ...*

Seit der Verkündung des Strafmaßes war er nur mit

Schnäuzen und Husten beschäftigt, in einen fiebrigen Dämmerzustand gefallen. Alles Leben um ihn herum, Tigerwilli, die Geräusche der Essensausgabe, die Hofgänge im verschneiten Betongeviert – alles erschien ihm gefiltert. Vor dem Fenster tanzten Schneeflocken, aber selbst die Erinnerungen an Weihnachten, Skifahren oder Schneeballschlachten waren unwirklich. Und die Information am Datenstick? Unwichtig! Er war tot – genauso tot wie sein Doppelgänger im Gericht.

– Du musst das verstehen, ich kann so nicht weitermachen. Elvira saß mit verheulten Augen hinter der Glasscheibe. Sie sprach mit erstickter Stimme und beteuerte, wie sehr sie ihn immer noch liebe. In seinem verschleimten Kopf kam nur an, dass sie keinen Kredit bekam, das Dingers schließen musste. Sie konnte nicht ihr Leben fünfundzwanzig Jahre lang auf Eis legen, auch all ihre Freundinnen hätten ihr zu diesem Schritt geraten. Sogar ihre Eltern. Sie verließ ihn. Das war es, was sie sagen wollte. *Schlimm, schlimmer, Malte Dinger.* Sie konnte keine Beziehung führen, die aus halbstündigen Besuchen bestand.

– Aber Carvin? Malte weinte nicht, doch seine Stimme klang belegt. Ich habe ein Recht, meinen Sohn zu sehen. Er ist das Einzige, was mich am Leben hält.

– Carvin ist gar nicht von dir!

Schlimm, schlimmer, noch schlimmer, Malte Dinger.

– Das ist nicht wahr! Das ist ... *Ich habe nicht gehört, was ich eben gehört habe.*

– Hast du dich nie gewundert, woher er seine braunen Locken hat?

– Ich ...

– Ich hätte dir das nie gesagt, weil ich mich nur ein einziges Mal vergessen habe. Außerdem warst du ein guter Vater.

– Das erfindest du, damit du dich leichter trennen kannst.

– Du bist nicht Carvins Vater, und hast kein Recht, ihn zu sehen. Trotzdem, Malte, habe ich dich geliebt. Es war vielleicht ein Fehler, aber ich habe es getan. Du warst mein Wolpertinger ... Deinetwegen bin ich sogar mit dem Polizisten ins Bett gestiegen, damit er die Anzeige zurückzieht.

Mit dem lofen Zahn? Der Urfache aller Fchickfalffchläge?

– Das ist nicht wahr!

– Damit du freikommst! Der Heinz kümmert sich um uns. Wir brauchen jemanden, der uns beschützt. Oder glaubst du, ein verurteilter Mörder ...

Soso, ein Heinz also? Schlimm, schlimmer, Malte Dinger.

Die Bezeichnung Wolpertinger hatte ihn irritiert, das war früher sein Spitzname gewesen. Ein Wort aus einer längst vergangenen Zeit, einer Epoche, als er und Elvira wie zwei Planeten auf derselben Umlaufbahn liefen, gedacht hatten, ihr Universum sei etwas Besonderes, und ihre Sonne scheine ewig. Nun war sie verglüht, und die Planeten taumelten durchs Nichts. Wolpertinger? Nun passte die Bezeichnung wieder, war er tatsächlich ein bajuwarisches Fabelwesen ohne reale Existenz. Malte stand auf und ging, ohne sie noch einmal anzusehen. Er fühlte sich, als wäre er geradewegs in Wladimir Klitschkos Faust hineingerannt.

Ich habe es gewusst, sie gibt mich auf. Aber so schnell? Das Handy hatte recht gehabt, das Universum pfeift auf mich ... Auf dem Weg zurück zur Zelle rastete er aus, begann zu toben und auf den Beamten einzuprügeln. Vier aufgepumpte Männer der Sondereinheit und eine Beruhigungsspritze waren notwendig, um ihn außer Gefecht zu setzen. Er hätte das Gespräch mit einem Psychologen gebraucht, aber nicht nur weil die Stelle der Tabea Butterweck noch nicht nachbesetzt war, gab es dafür keine Chance – so etwas war in der Justizvollzugsanstalt nicht mehr vorgesehen. Dafür gab es etwas anderes, das Loch, die Alm, wo Malte trotz Verkühlung acht Tage abgelagert wurde, er sich wie der einsamste Mensch im ganzen Universum fühlte.

Was heißt allein sein? Du kannst mit einer Familie leben,

und trotzdem bist du allein, sogar beim Geschlechtsverkehr, allein mit deinem Fleisch, in deinem Fleisch.

Als er wieder in seine Zelle durfte, ja, jetzt war es wirklich seine Zelle, hatte ihn der Stockchef (»Vorschrift ist Vorschrift, wir können das nicht ändern«) zum Latrinenputzen eingeteilt. Es machte ihm nichts aus. *Schlimm, schlimmer, Malte Dinger.* Ein neuer Hiob, aber der konnte sich wenigstens bei seinem Gott beschweren. Dinger hatte nicht einmal den.

Er ließ sich gehen, wurde trübsinnig und apathisch. Manchmal ritzte er sich mit einer Rasierklinge, nur um zu spüren, ob er noch am Leben war.

IN BESSEREN KREISEN

– Tschiiii.

– Nehmen Sie abgekochtes Zwiebelwasser mit Ingwer und Zitrone, empfahl Julia Schäfer. Und Papiertaschentücher, diese angerotzten Schnupftücher sind grauenhaft.

– Tschiiii.

Groschen fühlte sich träge, ausgelaugt und wie in Noppenfolie verpackt. *Bestimmt habe ich mich in Untergrutzenbach erkältet. Das offene Fenster in der S-Bahn, das »Ziagts-Ihna-ehnet-zvui-zuwe« …*

– Soll ich Ihnen eine Zwiebel kochen – mit Ingwer und Honig? Die Schäfer machte ein besorgtes Gesicht.

– Danke, mir reicht der Tee von meiner Frau. Außerdem, der Kommissar sah sie mit geröteten Augen an, lächelte, können Sie das mit Ihrer Gesinnung vereinbaren? Burschenschaft Hysteria?

– Die Burschenschaft ist Kunst. Wissen Sie, welchen Platz Österreich im internationalen Vergleich der Lohnschere zwischen Mann und Frau einnimmt? Den hundertsten! Hinter Kasachstan!

– Lenken Sie nicht ab. Was macht diese Burschenschaft?

– Ausflüge. Wir singen Lieder, tragen Bierkämpfe mit anderen Burschenschaften aus und fechten Mensuren.

– Mit dem Lippenstift?

– Paperlapapp! Außerdem weiß der LIMES nicht, wie er uns einordnen soll. Man hält uns für ihresgleichen … Wissen Sie, dass manche Liedermacher und Kabarettisten nicht mehr auftreten … Ein paar wurden verhaftet, andere haben das Land verlassen … Es heißt, man hat sogar die Schwester von Lex Arminius interniert, und ihren Mann, der kein Wort Deutsch spricht ... Sippenhaftung!

– Meine Frau findet das entsetzlich, aber ich ... Keine Regierung will, dass man sich über sie lustig macht.

– Aber verhaften?

– Tja ... Sie sind zwar Piefke, Fräulein Schäfer, aber auch Sie müssen aufpassen, was Sie sagen. Neuerdings haben die Wände Ohren. Tschiii. Kann der LIMES nicht die Schnupfenviren verbieten?

– Sie müssen viel trinken.

– Ich trinke immer viel. Groschen lächelte.

– Keinen Alkohol! Sie werden sich noch eine Lungenentzündung holen.

– Tschiiii. Er wusste nicht, was er mehr fürchten sollte, die Influenza oder Influencer, die unermüdlich von den großen Leistungen der Regierung berichteten. Überall Plakate: »Es ist unsere Zeit«, »Die Veränderung hat begonnen«, »Wir sind die Zukunft« ... in den Nachrichten nur noch Jubelmeldungen: »Der Meister trifft den Papst«, »LIMES sorgt für Wohlstand« ...

Da kam Döblinger hereingeplatzt.

– Groschen, wie schaut es aus? Sie haben sicher einen Frack? Opernball! Noch streng geheim, aber die Spitzen der europäischen Politik haben sich angesagt. Präsidenten, Regierungschefs, hochrangige Diplomaten! Das wird ein Event.

– Die Zeigzeugen, brummte der Kommissar.

– Wie bitte?

– Tschiii.

– Egal. Jedenfalls müssen wir für deren Sicherheit sorgen.

– Sind wir Leibwächter?

– Je mehr Polizeibeamte undercover auf dem Ball sind, desto besser. Für den LIMES ist das eine Prestigeveranstaltung. Ein Fest, um der Welt zu zeigen, wer wir sind. Und der Meister ist abergläubisch, alle Volksaufstände der letzten Zeit haben auf Plätzen begonnen, die mit Ti oder Ta anfangen: am Tahrir-Platz in Kairo, dem Taksim-Platz in Istanbul, oder dem Tian'anmen-Platz in China. In Wien gibt es nur den Julius-Tandler-Platz – benannt nach einem sozialistischen Eugeniker mit wüsten Ansichten – und das Tanzparkett.

– Und den Tabor, warf die Schäfer ein.

Groschen schüttelte den Kopf und holte Atem:

– Warum wird das Gehopse nicht abgesagt?

– Sind Sie verrückt? In der Zweiten Republik ist der Opernball nur einmal ausgefallen, 1991 wegen dem Golfkrieg. Wissen Sie, was da dranhängt? Vom Tourismus über den Frackverleih bis zu den Friseuren. Außerdem sehen Sie im Frack vielleicht nicht mehr wie ein Müllmann aus …

Für wen hält sich der? Für den Karl Lagerfeld des Staatsdienstes? Bloß weil er im Anzug herumläuft und herumposaunt, dass nur Männer im Anzug das Gesetz vertreten dürfen?

– Meine Frau wird sich freuen.

– Na sehen Sie. Wie steht's mit Ihren tänzerischen Fähigkeiten?

– Umtschitschi … umtschitschi … Schicken Sie mich zum Elmayer?

– Das täte Ihnen passen. Döblinger rauschte ab.

– Sie Glückspilz, strahlte ihn Fräulein Schäfer an. Opernball! Mit Zylinder und weißem Schal? Dabei rangieren Sie in Sachen Eleganz nur knapp vor der Kartoffel.

– Schäfer! Schäfer! Kommen Sie nicht aus Deutschland, der Sahelzone des Humors?

Die Blondine lachte höhnisch.

– Aber im Ernst: Fahren Sie mit einem Fiaker vor? – Sie sprach es wie Vieh-Acker aus, wie sie auch Kriii-au oder Schööön-brunn sagte. Opernball! Und ich bin der Doktor Hieblinger!

– Wer bitte?

– Haben Sie nie den Film gesehen? »Opernball« mit Theo

Lingen, Hans Moser, Paul Hörbiger … Doktor Hieblinger! Ihre Augen glänzten, aber Groschen hatte keine Ahnung, wovon sie sprach. Sie umarmte Martin, der die Szenerie stumm beobachtet hatte und nicht wusste, wie ihm nun geschah, vollführte mit ihm Walzerschritte:

– Eins, zwei, drei, eins, zwei, drei …

– Warum ziehen Sie nicht meinen Frack an? Ich bin sowieso nicht heiß darauf. Und wenn Sie für Gleichberechtigung sind …

– Und Ihre Frau?

– Würde mich auf den Mond schießen.

Während Groschen überlegte, wie seine Frau reagierte, wenn er sich vor dieser Veranstaltung drückte, läutete das Telefon.

– Herr Kommissar, keuchte eine Stimme, kommen Sie sofort, Sie müssen …

– Immer mit der Ruhe. Wer spricht denn da?

– Berenice Pamperl … meine Mutter … Bitte kommen Sie schnell. Ich will, dass Sie das sehen.

– Was denn?

Aufgelegt.

– Untergrutzenbach. Groschen schüttelte den Kopf.

– Soll ich Sie begleiten? Martin war vom Tanzen etwas außer Atem.

– Tschiii! Auf keinen Fall.

Eine gute Stunde später war Groschen bei der Hauenstein-Villa, die wie ganz Untergrutzenbach in dichtem Nebel lag. Sogar die Konturen des Schokolade-Baggers waren verschleiert. Sanitäter kamen gerade durch das Gartentor, zündeten sich Zigaretten an und sagten etwas von Scheußlichkeit und Dreckschwein. Vor der Tür standen Regenass und ein anderer Landpolizist, rauchten ebenfalls. *LIMES-Armbinden*. Beide nickten ihm zu.

– Sind Sie der Kommissar? Ein Bestatter kam ihm entgegen. Wir haben nur auf Sie gewartet. Die Spurensicherung hat den Fall abgeschlossen.

Groschen betrat die Villa, ging durch das Vorzimmer, wo nun wieder Bilder hingen, nur die Spiegel waren verhängt. So macht man das am Land, wenn jemand stirbt, dachte der Kommissar und ging weiter in das große Wohnzimmer, wo ihm sofort eine menschliche Skulptur ins Auge sprang, eine Mischung aus Bondage und Schlachthaus, etwas, das sogar ihn erschauern ließ. Am Boden lag eine blutverschmierte Plastikfolie … *ein Hermann-Nitsch-Happening* … ziemlich viel Blut … und darüber hing kopfüber eine nackte Frau. Die gespreizten Beine … *lachsrosa Fußsohlen* … hingen an zwei Lüsterhaken, auf der rasierten Scham … warum blickte er da zuerst hin, in diese Fleischspalte? … *dunkelrot wie gekochter Hahnenkamm* … Finanziera, der Piemonteser Eintopf fiel ihm ein … waren Brandmale. Auf den Arschbacken blaue Flecken. *Und was ragt da wie ein Schaltknüppel aus dem After? Ein Klobesen!* Dann sah er etwas, das ihm eine Weile den Appetit verderben sollte, zwei abgetrennte Hände. Er blickte zu den Unterarmen – nur noch Stummel. An den Brüsten, klein, waren Striemen, auch am Rücken. *Jesusmaria!*

Groschen musste sich setzen, ließ sich in einen Designerstuhl fallen, wo er mit der Hausherrin einmal Elsässer Schaumwein geschlürft hatte, studierte die Tote und ärgerte sich.

Jasmin! Ich habe sie gewarnt! Ich hätte sie härter anfassen müssen. Jetzt hängt sie da wie ein erlegtes Wild, dem man das Fell über die Ohren gezogen hat.

– Danke, dass Sie gekommen sind. Berenice stand in der Tür. »Global 2000« prangte auf ihrem Sweater. Mutter sitzt in der Küche. Sie ist völlig aufgelöst.

Tatsächlich kauerte Esther Hauenstein in der kleinen Küche und stierte Löcher in die Wand. Auch Xaver, Meinrad und

Katalin standen in dem kleinen Raum, worin klimatischer Tiefdruck herrschte.

– Eine Warnung, gickste Katalin hysterisch. Wir ... wir werden bedroht. Ich verlange Personenschutz.

– Frau Hauenstein. Groschen baute sich vor der Hausherrin auf. Ich muss Ihnen ein paar Fragen stellen. Zuerst: Wo waren Sie gestern Abend? In der Josefstadt?

Die Alte blickte durch ihn hindurch.

– Ein Beziehungsstück?

– Sie war zu Hause und hat geschlafen. Katalin tippte in ihr Handy mit der Fingerfertigkeit einer Konzertpianistin und sprach, ohne aufzusehen.

– Um den Schlaf beneide ich Sie. Sie wollen mir weismachen, dass hier die Mafia – und es sieht so aus, als wäre diese bizarre Installation ein Werk des Syndikats – eine Hinrichtung zelebriert, während Sie nebenan seelenruhig schlafen?

– Seit der Sache mit Branko nimmt sie Schlafmittel.

– Das ist ein Zeichen! Eine Botschaft! Katalin tippte noch immer in ihr Handy.

– Was sollen wir tun? Darauf warten, dass man uns so zurichtet? Sie müssen uns beschützen. Berenice, sie trug Turnschuhe, die bei jedem Schritt blinkten, ging unruhig herum.

– Wir brauchen Polizeischutz. Meinrad und Xaver sprachen fast gleichzeitig. Letzterer trug ein ölfarbenes Jackett mit gelben Karos, worin ein gelbes Stecktuch prangte. Ersterer ein Kord-Sakko mit Lederapplikationen an den Ärmeln. Aber während das sonst so offene Gesicht von Xaver heute verschlossen war, wirkte Meinrads kantiges Steingesicht aufgeblüht.

– Und du? Warum kannst du uns nicht beschützen, Schlabberlappen. Berenice gab Xaver einen Klaps, schüttelte den Kopf.

– Es ist deine Familie. Xaver spuckte die Wörter aus wie Weintraubenkerne und wandte sich an Groschen:

– Dabei liebe ich diese Frau. Wenn ich sie einmal betrügen würde, dann nur mit einem Kühlschrank voller Steaks und Würste.

– Fick dich. Seine Frau zeigte ihm den zwischen Zeige- und Mittelfinger gesteckten Daumen.

– Ernährung ist die neue Religion, und Veganer sind ihre Dschihadisten.

Esther begann zu weinen. Ein stummes Schluchzen, ihre Schultern zitterten.

Meinrad zitierte Wittgenstein, und Xaver murmelte etwas von Jasmins Horoskop, das nicht das beste sein konnte.

– Dicker Versager. Berenice sah ihren korpulenten Gemahl an, als wünschte sie, er solle in einer spontanen Selbstentzündung in Flammen aufgehen.

– Oh, einmal noch so jung sein, und einmal noch so wütend sein … Da drüben hängt eine Tote, und meiner Frau fällt nichts Besseres ein, als hier coram publico auf mich loszugehen? Xaver zog ein angewidertes Gesicht.

– Du wirst es aushalten. Berenice grinste höhnisch.

– Ja, der Xaver wird es aushalten.

– Halt deinen Mund.

– Jetzt ist aber Schluss. Groschen klopfte auf den Küchentisch. Ich will sofort wissen, was hier gespielt wird.

– Bedroht werden wir. Das sollten sogar Sie begreifen.

– Man gibt uns zu verstehen, dass es uns genauso gehen wird, wenn wir nicht dem Materialismus Marx'scher Prägung Rechnung tragen …

– Meinrad!

– Willst du auch, lass es mich profan sagen, im Wohnzimmer hängen? Nackt mit einem Klobesen im Arsch? Meinrads Stimme klang höhnisch.

– Wenn Sie mir nicht auf der Stelle sagen, worum es hier eigentlich geht, lasse ich Esther Hauenstein festnehmen.

– Das ist nicht Ihr Ernst?

Alle blickten zu Esther, die immer noch ins Leere stierte.

– Sehe ich so aus, als würde ich spaßen? Wut schnürte dem Kommissar fast die Kehle zu.

– Glauben Sie wirklich, Mutter hat ihre Reinigungskraft umgebracht? Weshalb? Weil Jasmin herumliegende Münzen mitgehen lassen hat?

– Die peinlich genau abgezählt gewesen sind. Das kam von Xaver, der dafür strafende Blicke erntete und entschuldigend die Achseln hob. Ist doch wahr.

– Weil, Groschen machte eine Kunstpause und versuchte jeden ätzenden Ton in seiner Stimme zu unterdrücken, weil Jasmin ein Verhältnis mit Branko hatte.

– Das ist nicht wahr. Esther schluchzte. Er lügt.

– Branko hat Jasmin das Gold versprochen, wahrscheinlich hatte sie es auch.

– Es gibt kein Gold, wie oft denn noch. Esther kreischte wie eine Furie, nein, eher wie Klaus Kinski bei den Dreharbeiten zu »Aguirre, der Zorn Gottes«.

– Wenn es kein Gold gibt, sehe ich auch keinen Grund für die Mafia, eine Reinigungskraft zu liquidieren, während eine eifersüchtige Frau natürlich ein Motiv hat … Aber vielleicht steckt etwas anderes dahinter.

– Was denn?

– Ich habe Unterlagen, die belegen, dass die Baufirma Hauenstein Politiker geschmiert hat.

– Kennen Sie einen Unternehmer, der keine Kontakte zu politischen Parteien pflegt?

– Vater sagte immer, ein Unternehmer darf keine Minderwertigkeitskomplexe haben. Wir haben früh die Chancen der Globalisierung erkannt. Katalin steckte ihr Handy weg.

– Der Erfolg der Firma Hauenstein basiert auf gelungener Planung, klugen Investitionen, Leistung und darauf, dass Jochen Hauenstein in der Lage war, in Farbe zu träumen. Meinrads Tonfall war so zynisch wie Vlad Țepeș, bevor er Tausende

Gefangene pfählen ließ. Groschen wusste dennoch nicht, wovon er sprach, und entgegnete:

– Und warum musste Persenbeug sterben?

– Wie kommen Sie auf den? Der war im Gefängnis …? Hat ihn nicht sein Zellengenosse umgebracht?

– Ist es Zufall, dass der mächtigste Lobbyist Österreichs ausgerechnet in Untergrutzenbach gelebt hat? Groschen schnäuzte sich in sein Stofftaschentuch und blickte sie an, die heulende Esther, Xaver und Meinrad, die demonstrativ ihre Köpfe hoben, Berenice, die ihre Mutter streichelte. Nur Katalin sah ihn an und sagte leise:

– Es geht um Wasser.

– Katalin! Wirst du ruhig sein.

– Wollt Ihr Mutter ins Gefängnis bringen?

– Noch ein Wort, zischte Berenice, und …

– Hat man Ihnen denn nicht zu verstehen gegeben, das kam nun wieder von Xaver, dass die Familie Hauenstein eine ehrenwerte Familie ist, die eine gewisse respektvolle Behandlung …

– Und ob man mir das zu verstehen gegeben hat, Herr Pamperl. Aber jetzt hören Sie einmal gut zu. Sie alle! Groschen stemmte seine Hände in die Hüfte und stellte sich breitbeinig mitten in den Raum. Da draußen hängt eine übel zugerichtete Tote, und meine Aufgabe ist es, das aufzuklären, egal wie viele Millionen Sie dem LIMES gespendet haben, Sie … Groschen schäumte. Ein junges, hübsches Mädchen, das das Pech hatte, jenseits der Grenze geboren worden zu sein. Sie meinen, das war die Witwentröster-Mafia. Leider gibt es eine Kleinigkeit, die mir Kopfzerbrechen bereitet. Er holte Luft und blickte alle eindringlich und lange an, bevor er verkündete:

– Da man ihr die Hände abgeschnitten hat, müsste sie ausgeblutet sein …

– Geschächtet wie bei den Orientalen. Meinrad lächelte.

– Es müsste alles voller Blut sein, ließ sich der Kommissar nicht aus der Ruhe bringen. Ist es aber nicht.

– Es ist doch überall Blut.

– Hätte man der Lebenden die Pfötchen abgeschnitten, würden wir darin waten. Tun wir aber nicht. Das bedeutet, man hat ihr die Hände erst abgetrennt, nachdem sie bereits mehrere Stunden tot gewesen ist. Also entweder hat man die Tote reingebracht und hier entsprechend arrangiert, oder die Killer haben mit der Toten einen netten Fernsehabend verbracht, bevor sie eine Säge ausgepackt haben, was bei Auftragskillern nicht üblich ist. Wodurch der Verdacht wieder auf die Hausbewohner fällt. Er sah zu Esther, die völlig verstört dreinsah. Also, ich höre. Wasser? Wie weiter?

– Na gut, ich erzähle. Meinrad verschränkte die Arme. Kennen Sie eine Nudelpresse?

– Man sagt nudeldick, dabei sind Nudeln dünn, warf Xaver ein.

– Ruhe! So wie eine Nudelpresse müssen Sie sich unsere Rohrelemente vorstellen. Je größer der Durchmesser eines Rohres, desto höher der Druck auf die Außenwand. Wir haben ein Rohr entwickelt, das ausschaut wie Bienenwaben … oder stellen Sie sich einen Kabelstrang vor. Unmengen Rohre. De facto hat es auch mit der Faktizität des Seienden zu tun.

– Es geht um Wasser?

– Richtig. Um den Ursprung aller abendländischen Philosophie. Wasser, worüber schon Thales sagte …

– Weiter.

– Profan ausgedrückt: Ein Konsortium plant eine Pipeline nach Saudi-Arabien.

– Eine Wasserleitung?

– Mit unseren Spezialrohren lassen sich viel höhere Durchflussgeschwindigkeiten erzielen. Meinrads Gesicht wirkte kantiger, und – tatsächlich, wenn er ein paar Schritte tat, konnte man es sehen – er hinkte.

– Ich fürchte, ich verstehe nicht.

– Das Wasser der Österreichischen Bundesforste wurde nach Saudi-Arabien verkauft!

– Wie? Alles? Sämtliche Seen und Flüsse?

– Und die Gletscher.

– Aber das geht doch nicht. Das ist … Haben Sie das gewusst? Der Kommissar blickte zu Berenice. Sie sind eine Globalisierungsgegnerin, eine Öko-Aktivistin.

– Aber nur bis zur eigenen Gartentür, sagte Xaver triumphierend.

Berenice zuckte mit den Achseln, fing sich und sagte:

– Was ist das Wichtigste auf der Welt? Das hier! Sie deutete auf ein Emblem der Firma Hauenstein.

– Wo, glauben Sie, kommt all das Geld her? In Meinrads Stimme lag eine unterdrückte Schadenfreude. Schulen, Krankenhäuser, Straßen? Die ganzen Veranstaltungen des LIMES? Der Überschuss im Budget? Der Wirtschaftsaufschwung? Von den paar Touristen? Nein, Österreich hat sein Wasser verscherbelt, und die Firma Hauenstein baut die Leitungen. Die Politiker mit ihrer Fellachengesinnung sind zu feig, es der Bevölkerung mitzuteilen, und die paar Journalisten, die davon Wind bekommen, werden geschmiert oder eliminiert.

– Aber? Groschen war sprachlos. LIMES ist noch nicht so lange an der Macht.

– Sie sind ein Nihilist. Die Verträge haben alle unterzeichnet. Jeder ist käuflich, sogar die Oppositionsparteien, sogar die Grünen, solange es sie noch gegeben hat. Natürlich ist das alles streng vertraulich.

– LIMES profitiert davon?

– Es gibt Dossiers … Über so gut wie jeden Politiker wurde eine Mappe angelegt … Der eine hatte als Teenager gekokst, der andere war öfter im Puff, vom nächsten existierten gefälschte Steuererklärungen … Es gibt da eine Firma, die darauf spezialisiert ist, solche Daten zu sammeln. Dasselbe mit den Journalisten. Jeder hat einen schwachen Punkt. Die Überheblichkeit von diesem Meinrad war schwer auszuhalten.

– Aber? Haben Sie denn gar keine ethischen Grundsätze?

– Nichts als Lügen! Symptome für die Krankheit, an der die Welt leidet. Katalin hob ihr Kinn. Wir sind der neue Adel, die Aristokratie des Geldes.

– Und die Menschen? Groschen hätte nie gedacht, dass die Verworfenheit dieser Familie so weit ging.

– Wenn der Zeitpunkt reif ist, wird es die Bevölkerung erfahren. Bei der nächsten Finanzkrise wird verkündet werden, dass wir uns Arbeitslosengeld, Pensionen, Sozialzuschüsse, Krankenhäuser, Schulen und den öffentlichen Verkehr nicht mehr leisten können, die Steuern drastisch erhöht werden müssen … und dann zaubert der Meister die Rettung aus dem Hut – den Deal mit den Saudis.

– Das wird die Bevölkerung nicht schlucken. Niemals.

– Haben Sie eine Ahnung, was der Meister alles kann. Die Leute werden einen Kotau machen. Sein profaner Synkretismus berührt die einfachen Gemüter … Oder meinen Sie, technisch wäre das nicht durchführbar? Denken Sie an Tunnelröhren. Eine gigantische Pipeline. Es gibt schon Testabschnitte in Mazedonien.

– Das ist dann wohl …

– Etwas Erhabenes! Ein enormer Auftrag. Was glauben Sie, wie viele Lobbyisten, Politiker, Unternehmer da involviert sind? Halb Österreich.

– Und deshalb hat man Jasmin und Branko umgelegt?

– Wir leben in einer Risikogesellschaft. Meinrad hatte wieder sein diabolisches Grinsen aufgesetzt.

– Man will, dass wir uns aus dem Geschäft zurückziehen, ergänzte Xaver.

– Wer will das?

– Vulgäre, unkultivierte Kleingeister. Meinrad rümpfte die Nase. Andere Baufirmen: Russen, Deutsche, Chinesen …

Verstehen Sie, nicht die Witwentröster rücken uns auf die Pelle, sondern die Baumafia, die wirklich schweren Jungs.

Er hat keine Angst, dachte Groschen. *Sein Blick verrät nicht eine Spur davon. Auch die anderen nicht, ich an ihrer Stelle hätte die Hosen gestrichen voll, aber diese Ofaires und Pamperls ...*

– Ein Wirtschaftskrimi?

– Können Sie sich an den Noricum-Skandal erinnern? An den plötzlichen Herztod des Generaldirektors? Bergunfälle, Verkehrstote, ungeklärte Selbstmorde ... Sagen Sie nicht, Österreich ist zu klein für Wirtschaftskriminalität. Da geht es um Milliarden.

Groschen war von dieser Entwicklung wie erschlagen. Das war ihm eindeutig eine Nummer zu groß. Er dachte, es ginge um einen Witwentröster, um eine kleine mafiöse Vereinigung, korrupte Kommunalpolitiker, aber das? Internationale Wirtschaftskriminalität überforderte ihn völlig. Jedes Mal, wenn er die Finanztürme in Frankfurt, London, New York oder am Wiener Donaukanal sah, war sein einziger Gedanke eine Killermotte, die diesen gelackten Herrschaften die Kleider vom Leib fräße. Ein Wirtschaftsjournalist hatte ihm erklärt, wie am Aktienmarkt die Informationen verkauft wurden, im Halbsekundentakt. Und damit wurden dann die Computer gespeist, die entschieden, ob man kaufen oder abstoßen sollte. Es waren Computer, die die Welt beherrschten! Und Sie sind für die Finanzkrise verantwortlich, hatte er damals dem Wirtschaftjournalisten vorgeworfen. Nein, war dessen Antwort gewesen, wir liefern nur die Waffen, schießen tun andere. *Aber Wasser nach Saudi-Arabien verkaufen? Schon wieder jemand, der nur die Waffen liefert! Ausgerechnet der LIMES, der die Grenzen dichtmacht, will uns austrocknen, das ist unfassbar.*

– Wenn das stimmt, kann Sie die Polizei kaum beschützen.

– Wir werden Leibwächter engagieren.

FRACKING VIENNA

Dienstag, der 17. Dezember.

Der einzige Mensch, der Malte besuchen kam, bot ein erschütterndes Bild: seine Mutter. Sie sagte nicht viel mehr, als dass er schlecht aussähe.

– Was hast du mit deinen Haaren gemacht? Gefällt dir das?

Malte war kahlrasiert, seine Kopfhaut voller kleiner Wunden und Blutkrusten.

Seine Mutter wirkte alt und zerbrechlich. Selbst ihre Haare waren, was er nie bei ihr gesehen hatte, zerrüttet. In erster Linie beklagte sie, sich jetzt von den Nachbarn einiges anhören zu müssen. Die meisten sagten zwar nichts, aber ihre Blicke waren Messer.

– Vater traut sich kaum mehr aus dem Haus. Nicht einmal zu seinem Stammtisch geht er ... Glaubst du, es ist schön, einen Mörder großgezogen zu haben? Glaubst du das? Trotzdem war ihr anzusehen, dass sie ihn liebte. Sie sprachen übers Essen, darüber, dass seinem Vater der Appetit vergangen war, Rebhühner hätten sie bekommen, und es sei schade, dass er da nicht mitessen könne. Die seien zwar trocken wie Holz, aber mit Knödelfülle und Blaukraut ... das Wichtigste wäre der Speck ... Nachdem sie ihm so ungefähr den Speiseplan der letzten zwölf Wochen heruntergebetet hatte – Malte war traurig, wenn er daran dachte, mit welchem Dreck sich seine Eltern vollstopften –, erwähnte sie wie beiläufig die Diagnose des Arztes, den sie wegen Leibschmerzen aufgesucht hatte: Bauchspeicheldrüsenkrebs.

– Aber keine Sorge, das wird wieder. Bis du draußen bist, ist das in Ordnung ...

– Was sagt Vater?

– Du kennst ihn. Er freut sich auf die Kreuzfahrt.

– Welche Kreuzfahrt?

– Die Regierung hat uns einen Prospekt geschickt. Weil ein Aufenthalt auf einem Kreuzfahrtschiff billiger kommt als jedes Pflegeheim, will sie Senioren solche Reisen gönnen – in die Karibik, nach Kuba, Südamerika, Antarktis. Ich wollte immer nach Barbados. Das Schiff heißt MS Liberty, fasst fünftausend Passagiere … gute Verpflegung … Seeluft … Das ist nett vom Meister, dass er sich so rührend um die Alten kümmert.

– Mama! Macht das nicht, auf keinen Fall.

– Wieso? Wir haben uns angemeldet. Alle unsere Freunde auch.

– Ihr werdet nicht zurückkommen! Die Regierung will euch nicht verwöhnen, sondern entsorgen. Ich weiß nicht, wie, ich weiß nur …

– Musst du alles schlechtmachen? Du hast zu viele Filme gesehen … Seine Mutter schüttelte den Kopf und hob die Hand, was bedeutete, sie wolle davon gar nichts hören. Der Meister sorgt sich um sein Volk. Hast du davon nichts gehört? Wir sind die Zukunft. Sogar du. Nur deine Haare? Also ich weiß nicht. Wie ein Verbrecher schaust du aus …

Nachts lag Malte lange wach, betrachtete durch sein Zellenfenster den Mond und kam sich sinnlos vor. Derselbe Mond, den auch die Häftlinge in Brasilien und Russland sahen, die in Mosambik, Kolumbien, Indonesien … Das Wort ERLEDIGT stand in Großbuchstaben da, blinkte auf. Die Mutter todkrank und für eine Kreuzfahrt angemeldet, von der es kein Zurück gab, er selbst zu fünfundzwanzig Jahren Haft verurteilt, verlassen von der Frau, die er geliebt hatte, das einzige Kind … verloren. Er fühlte sich ausgelöscht. Wo war der Malte Dinger, der die Welt verbessern wollte, gerne lebte, Witze machte,

Drinks mit Gin kreierte? Nicht zu reden von dem jungen Mann mit dem Oskar-Werner-Aussehen, dem die ganze Welt offenstand, der mit dem Barsoi Blitzkrieg durch die Stadt zog.

Malte war erledigt, nackt, verlassen. *Hashtag Hiob.* Er begann nachlässig zu werden, putzte sich immer seltener die Zähne, hatte kaum noch die Kraft, sich zu waschen, dachte nur sporadisch an die Welt da draußen, fühlte sich lebendig begraben, zugedeckt mit neunundsiebzig Kilo welkem Fleisch und verrottenden Knochen.

In den Tiefen seines gelähmten Körpers aber hatte etwas zu kribbeln angefangen, sich eine Bahn gegraben, Notausgang-Schilder entdeckt und einen Fluchtweg gefunden, vielleicht den einzigen, der ihm in diesem Leben blieb: Selbstmord, zum Abschluss kommen, ein Ende machen … Beim bloßen Gedanken daran begann etwas zu vibrieren. *Was für eine erquickliche Vorstellung.*

Es gab nur wenig, das ihn hinderte, diese letzte Tür zu öffnen und hindurchzugehen. Drei ausgeliehene DVDs aus der Stadtbücherei, zweihundert Euro, die er Jules schuldete, der Wunsch, Carvin noch einmal zu sehen. Doch die Selbstmordtür zog ihn so magisch an wie ein Magnet die Eisenspäne.

Er würde sich nicht aufhängen, mit den Fingernägeln den Beton zerkratzen; an eine Schusswaffe würde er kaum herankommen, aber es gab Rasierklingen, mit denen man sich die Adern aufschlitzen konnte. Wenn Wettl seinen Hofgang machte, hätte er Zeit genug, um abzutauchen, die Tür zu finden, auf der NOTAUSGANG prangte.

Mit jedem Tag, ja jeder Stunde reifte der Entschluss. Er würde sich auf Französisch verabschieden, der Welt für immer adieu sagen. Ohne Abschiedsbrief. Vielleicht schrieb er mit Blut das Wort »unschuldig« an die Wand. Elvira würde sich Vorwürfe machen, Göttlinger über die Sauerei klagen, Wettl sich über die Vorräte hermachen, aber die Welt würde sich weiterdrehen – nur ohne ihn. Noch immer wären Zeit und Raum unendlich, gäbe es hübsche Mädchen, Wein und Fußballspiele … Nur er wäre dahin. Bevor es dazu kam, erhielt er eine Nachricht, die ihn davon abhielt.

– Wir haben die Täter: Kalterer und die Mafia! Ich weiß nicht, warum Sie sich damit noch länger quälen? Döblinger hatte einen roten Kopf und brüllte:

– Wirtschaftskriminalität? Verkauftes Wasser? Wir können keine Anzeige gegen Unbekannt rausbringen. Für uns ist das erledigt, Groschen! Sie interessieren sich ja auch sonst nicht für politische Machenschaften. Politik ist unsicheres Terrain. Da will man nicht hineingezogen werden. Hören Sie auf, sonst … Der Staatanwalt stockte, aber Groschen wusste, was er sagen wollte, dass ihm andernfalls die Hauensteins das Leben zur Hölle machen würden.

– Sonst kann ich meine schützende Hand nicht länger über Sie halten.

Groschen blickte auf. Sollte er es Döblinger, diesem cholerischen Karrieristen, verdanken, dass ihn die Staatspolizei neuerdings in Ruhe ließ?

– Tun Sie sich einen Gefallen, kümmern Sie sich um den Opernball.

Das war Döblingers Reaktion. In Groschens Bericht stand, dass es bei Jasmins Leiche keine Fingerabdrücke gegeben habe, vieles auf Mafia-Methoden hindeutete, aber Ungereimtheiten geblieben seien. Die Obduktion hatte dieselben Scopolamin-Rückstände festgestellt wie bei Branko, von einem Schlag auf den Hinterkopf war die Rede. Brandmale und Peitschenhiebe waren dem Opfer erst nach dem Tod zugefügt worden. Jasmin Tunis war also nicht gefoltert worden, jemand hatte es so aussehen lassen wollen. Aber warum? Was hatte diese Skulptur mit Leiche zu bedeuten?

Groschen hatte keine Ahnung, er fühlte sich wie ein von

Termiten ausgehöhlter Baum. Wo blieben sein Scharfsinn, seine Kombinationsgabe? Noch nie hatte er es mit einer derart verworrenen Affäre zu tun gehabt.

– Und die Wasserpipeline zu den Saudis?

– Nicht unser Ressort, Groschen. Hirngespinste. Die Hauensteins sind eine wichtige Familien. Es heißt, sie sind mit dem Meister befreundet.

– Die Sache stinkt zum Himmel … Groschen wollte Einspruch erheben, als Döblingers Telefon klingelte. Klingeln? Es spielte einen alten Hit: »Und ich düse, düse, düse im Sauseschritt und bring die Liebe mit …« Der Staatsanwalt drückte den Verbindungsknopf und begleitete die Stimme im Lautsprecher mit einem gelegentlichen »unglaublich«, »sehr gut« oder »wer hätte das gedacht«. Gleichzeitig bedeutete er Groschen, sitzen zu bleiben. Kaum war das Gespräch beendet, klatschte Döblinger in die Hände:

– Na bitte, wir haben ihn!

– Wie? Was? Wen? Kalterer?

– Den Mörder des Hausmädchens. Der Revierinspektor von Untergrutzenbach, ein gewisser Regenass, hat ihn gestellt.

– Wen hat er gestellt?

– Den Mörder! Ein Ferenc, soll geistig zurückgeblieben sein, ein Zehenspitzengänger, hat alles gestanden.

– Tatsächlich?

– Freuen Sie sich nicht? Wir müssen uns nichts Politisches eintreten. Keine Baumafia. Ist das nicht prima?

Das auch noch, dachte Groschen, erhob sich und ging wortlos zur Tür. Wenn er etwas sicher wusste, dann, dass diesen Mord kein geistig Minderbemittelter verübt haben konnte. *Dieser Regenass ist nicht die hellste Kerze auf der Torte, aber ehrgeizig. Jetzt wittert er eine Chance.* Die Wahrheit war in Jasmins Augen gestanden, die stumpf wie abgegriffene Münzen gewesen waren, aber Groschen hatte sie nicht lesen können.

Er spürte, wie seine Stirn heiß wurde, und sehnte sich ins Bett.
Ein Ferenc? Aus dem Nichts!

Plötzlich hallten Schreie durch das Kommissariat:

– Ein Anschlag! Schnell!

Was?

Alle Beamten liefen zum Fernseher im Sekretariat, wo Bilder von Rettungswägen, umgestürzten Bretterbuden und einem ausgebrannten Kastenwagen zu sehen waren. Im News-Ticker am Bildschirmrad war von zweiundfünfzig Toten und siebzig Verletzten zu lesen. Man sah herumliegende Weihnachtsdekoration, Christbäume, gusseiserne Öfen, Kunsthandwerk, bunte Strickhauben und zugedeckte Leichen. Der Kastenwagen war in den Weihnachtsmarkt am Karlsplatz gerast, hatte wie ein Menschen wegräumender Schneepflug das Bassin vor der Karlskirche umrundet, war schließlich in die kleine, von Holzständen gesäumte Gasse gerast und dort inmitten einer Menschenmenge explodiert. Unter den Opfern waren vor allem Touristen und eine Kindergartengruppe samt Betreuerinnen. Man sah weinende Überlebende, verkohltes Holz, Weihnachtsmannmützen, herabhängende Lichterketten, Absperrbänder und überall die zugedeckten Toten.

Ein fassungsloser Reporter sprach von einem verheerenden Anschlag, der ihn sprachlos mache. Es gab bereits das Bekennerschreiben einer sunnitischen Terrororganisation, dessen Echtheit noch überprüft werden müsse. Die islamische Glaubensgemeinschaft distanzierte sich von jeder Form der Gewalt, der Meister und das Meisterlein würden demnächst am Tatort eintreffen, und von ausländischen Politikern kamen Trauerbekundungen. Ein Regierungssprecher versicherte den Hinterbliebenen seine innigste Anteilnahme und betonte, dass man alles unternehmen werde, um die Verantwortlichen zur Rechenschaft zu ziehen. Nun sehe man wieder einmal, dass der Islam eben nicht nur aus Glaubensbekenntnis (Schahada), Gebet, Fasten im Ramadan, Almosensteuer (Zakat) und dem Haddsch nach Mekka bestünde, sondern auch aus dem Krieg gegen die Ungläubigen.

Im Hintergrund sah man Menschen mit Smartphones in ausgestreckten Händen, die Einsatzkräfte bei der Arbeit filmten.

Die Beamten im Kommissariat schwiegen, aber selbst die friedfertigsten unter ihnen dachten, dass man die Täter an den Eiern aufhängen und Kampfhunden zum Fraß vorwerfen müsste.

Es war ein Brief, der Maltes Selbstmordtür verschloss. Der Brief einer Verehrerin. Mörder besaßen einen Nimbus, zogen manche Frauen magisch an.

Tatsächlich kam der Brief gerade rechtzeitig. Die Absenderin hieß Beatrix Ammann, lebte in Zürich und hatte ein Foto beigelegt. Man sah, dass es sich bei dieser Trixi um einen mütterlichen Typ handelte, mollig, kinnlos, riesige Zähne, aber nicht unattraktiv … Sie schrieb von der Zärtlichkeit in seinen Augen, verletzlichen Gesichtszügen, dass sie eine tiefe seelische Verwandtschaft spüre, noch nie einem Häftling geschrieben hätte, aber, nachdem sein Bild in der Zeitung … Sie möchte ihm Zürich zeigen, »wo es zwölfhundert Brunnen hat«, mit ihm zum »Nachtessen« und nachher tanzen gehen. Der Brief war gestochen scharf. *Kein Wunder, die Eidgenossen haben Schrifttypen erfunden, Helvetica, Univers … ein Volk von Pedanten, das von Schurkengeldern lebt, aber eine gibt es, die in mir keinen Mörder sieht, die mich kennenlernen will, eine von Fondue, Raclette und Schokolade aus dem Leim gegangene Trixi …*

– Ein eigener Schlag, sagte Wettl. Mörder-Muttis … Am Felsen wirst du sehen, dass fast jeder, dem sie den Frack umgehängt haben, ein paar von denen hat. Wahrscheinlich geilt die so was auf.

Malte war das egal. Die Hauptsache blieb, dass es da jemanden gab, dem er nicht gleichgültig war, einen Menschen, der sich hinsetzte und ihm einen fünfseitigen Brief schrieb. Auch wenn es nur eine pummelige Beatrix Ammann war, die schwer atmete, wenn sie Treppen steigen musste, eine, für die er wahrscheinlich nur eine wehrlose Kreatur war …

– Mit den Asylanten, meinte Wettl, wurden die Mörder-Muttis weniger, aber jetzt, da die abgeschoben worden sind, wirst du gar nicht mehr wissen, wohin mit all den Verehrerin-nen … Verstehst?

Er bekam Post von allen möglichen Leuten. Ein pensionier-ter Lehrer wünschte ihm die Todesstrafe, ein Pharmazie-Stu-dent wollte ihn für eine wissenschaftliche Studie gewinnen, und eine religiöse Frau schrieb, durch das Urteil hätte er die einmalige Gelegenheit, zu Gott zu finden.

Gott? Wie gerne hätte er zu ihm gefunden – und sei es nur, um einen Sinn in all den Ereignissen zu sehen. Hiob hatte al-les ertragen und war durch seinen Glauben glücklich gewe-sen. Aber so einfach war das für Malte nicht. Dieses Chris-tentum war eine kleinliche, alles aufrechnende Religion. Er mochte Jesus und die Bergpredigt, aber Jesus war ein Mensch, und Gott, sosehr er sich auch mühte, blieb für ihn ein Loga-rithmus, eine Formel, die sich nicht um Schicksalsschläge eines Malte Dinger kümmern konnte. Auch wenn er es noch so ersehnte, konnte er an kein Leben nach dem Tod glauben. Diesen Felsen fand er nicht.

Dafür fand, da hatte sein Zellengenosse recht, der Fel-sen ihn. Kurz vor Weihnachten wurde Malte seine Überstel-lung zu den Weinbergen, wie die Justizvollzugsanstalt Stein bei Krems salopp genannt wurde, mitgeteilt. Am Felsen, wie diese JVA auch hieß, wurden nur die schweren Jungs ver-wahrt – Mörder, Kapitalverbrecher, Berufskriminelle.

Freitag, 20. Dezember.

Groschen seufzte. Das Protokoll von Ferenc' Vernehmung ließ keine Zweifel. Der Idiot hatte gestanden. Bestimmt, dachte der Kommissar, war es Regenass, der ihm das diktiert hatte. Eine Vergewaltigung war so einem Dorfdeppen zuzutrauen, auch eine Leichenschändung, Brandstiftung, aber das, was in der Hauensteinvilla passiert war? So etwas macht kein geistig minderbemittelter Zehenspitzengänger.

Döblinger kam in das Büro des Kommissars, schnaubte wie ein Pferd.

– Wie stehen die Vorbereitungen für den Opernball? Haben Sie eine Loge? Ihre Leute brauchen einen Frack ... weiße Mascherl! Schwarze tragen nur die Kellner! Und die Staatspolizei? Haben Sie mit ihr gesprochen?

– Das mit der Loge ist geklärt. Wir haben der Ballmutter klargemacht, dass das ohne uns ihr letzter Ball ist. *Und mit der Staatspolizei spreche ich nicht freiwillig.* Er dachte an Beule und Pizzastück. Denken Sie wirklich, es kann etwas passieren?

– Jetzt nach dem Anschlag auf den Weihnachtsmarkt ... Was lesen Sie denn da? Döblinger sah das Vernehmungsprotokoll und fauchte:

– Jetzt reicht es. Dieser Fall ist abgeschlossen, Groschen. Wie oft noch? Kalterer hat den Branko umgebracht und dieser Ferenc das Mädchen. Wir haben anderes zu tun.

Tatsächlich waren fast alle Polizeibeamten mit dem Terroranschlag beschäftigt. Als Täter wurde ein zwanzigjähriger Maschinenbaustudent präsentiert, dessen ägyptische Familie im Herbst das Land verlassen hatte. Ein Bürschchen mit lockigem Haar, Oberlippenflaum und hängenden Augenlidern – ein Typ, bei dem Pier Paolo Pasolini einer abgegangen wäre. *Oder dem Meister? Es gab hartnäckige Gerüchte ...* Die Medien sahen diesen Samir Abdel Elmohamady als krankes Monster, machten Stimmung gegen Moslems – tickende Zeitbomben. Es kam zu Razzien, Massenverhaftungen und

Unruhen. Ein aufgebrachter Mob plünderte Geschäfte, auf offener Straße wurden orientalisch aussehende Männer verprügelt, Kopftuchfrauen beschimpft, türkische Kinder von Spielplätzen vertrieben. LIMES beschloss zu ihrem Schutz eine Verschärfung der Gesetze. Per Notverordnung wurden Folter und Todesstrafe wieder eingeführt. Dabei herrschten keineswegs bürgerkriegsartige Zustände, im Gegenteil, in den Städten war es ruhig, überall schwerbewaffnete Polizisten, Soldaten und Bürgerwehren.

Der Meister sprach von einer Zeitenwende, seiner unbändigen Liebe zum Volk, das jetzt zusammenstehen müsse, dass er selbst sich wie Karl Martell fühle, der 732 bei Poitiers die Araber geschlagen hatte ... oder wie Jan Sobieski, den Retter Wiens bei der Türkenbelagerung 1683 ... Man habe, sagte der Meister, immer Toleranz geübt, sei aber enttäuscht und hintergangen worden. Der Meister redete von Kraft, Entschlossenheit und nationaler Souveränität.

Groschen seufzte, dachte an die Wasserleitung nach Saudi-Arabien und ahnte, dass er die kommenden Tage mit Brustschmerzen und Stirnhöhlenkatarrh zu Hause verbringen würde. *Schöne Weihnachten.* Seine Frau würde ihn mit Schweineschmalz und gerösteten Zwiebeln einreiben, ihm Hühnersuppe kochen und literweise Tee einflößen. Es hieß, Leute, die im Verdacht stünden, den Bürgerkrieg vorzubereiten, würden verhaftet. Universitätsdozenten, Journalisten, Militärs, Juristen, Ärzte ... Alle unliebsamen Personen, hieß es, würden einkassiert, verschwanden in sogenannten Erholungslagern. Mörterndorf, Wöllersdorf, Haugsdorf, Hüttenberg ... Orte, in denen noch nie ein zivilisierter Mensch gewesen ist. Was sollte man dagegen tun? Vielleicht war es nicht so schlimm? Wahrscheinlich, versuchte sich Groschen einzureden, waren das nur Schulungen.

VIENNA BURNING

Montag, 23. Dezember.

– Ihr seid Geschenke, also lächelt, damit sich die bei den Weinbergen freuen. In der Strafanstalt Stein ist nur die Crème de la Crème von Österreichs Verbrechern. Göttlinger zog an seiner Zigarette und blies den Gefangenen Rauch ins Gesicht. Wenn wir uns nicht benehmen, gibt es Fußbrezeln.

– Wie wäre es mit einem orangen Overall? Das kam von Emanuel.

– Da musst du nach Guantanamo, du Flasche.

Das war der Abschied aus der JVA Josefstadt. Keine Rede und kein Ständchen. Ein Transport! Das Untersuchungsgefängnis war seit Tagen heillos überfüllt, auch in Maltes Zelle hatte man ein zusätzliches Hochbett gestellt, zwei Türken einquartiert, deren Verbrechen es war, Moslems zu sein.

Die Temperaturen lagen um den Gefrierpunkt. Sie standen in der Einfahrt vor dem weißen Krokodil: SS-Emanuel, Earl, Goofy, Wire und Faxe, vier Georgier, Malte und Oberst Günther, alle mit auf den Rücken gefesselten Händen. Die Beamten in schwerer Montur passten auf, dass keiner auf Gedanken kam.

Faxe warf Malte böse Blicke zu. Emanuel schob mit der Zunge einen Kaugummi durch den Mund und zischte:

– Coole Frisur. Caput calvitia! Leider zu spät. Quod licet Iovi, non licet bovi.

Die Willis trugen Sonnenbrillen, als ob sie sich für ein Remake der »Blues Brothers« bewarben. Und Oberst Günther? Der steckengebliebene Alt-68er? In Handschellen?

– Machen Sie auf Robert Redford?

– Wieso? Günthers Stimme klang brüchig.

– In ... mir fällt der Name jetzt nicht ein, irgendwas mit Bur oder Bar ... hat Redford einen Gefängnisdirektor gespielt, der sich ein Bild von den Haftbedingungen machen wollte. »Brubaker«! So heißt der Film.

– Man hat mich suspendiert, verhaftet und von einem Schnellgericht verurteilt.

– Was? Wieso?

– Ich war zu liberal. Günther klang resigniert. Offiziell spricht man von Amtsmissbrauch und Staatszersetzung. Einer meiner Leute hat mich denunziert, um an meinen Posten zu gelangen ... Das ist nicht in Ordnung, oder?

– Ruhe! Nicht schwätzen, mahnte Göttlinger.

– Ihnen gefällt es wohl, zischte Emanuel, uns hier zittern zu sehen.

– Kusch! Göttlinger trat vor den Glatzkopf und blies ihm eine Rauchschwade ins Gesicht.

Seit der fürchterlichen Szene in der Dusche hatte Malte die Nazis nicht mehr gesehen. Und nun wurden sie gemeinsam nach Stein gebracht. Keine gute Nachricht. Dabei sah er mit der Glatze genauso aus wie sie.

– Habt Ihr gewusst, dass die Malteser Kugel schwul ist? Emanuel lachte höhnisch.

– Einen Dreck bin ich, gab Malte zurück. Melk deine Ameise.

– Hast du Schiss?, das kam von Faxe. Mehr als draufgehen wirst du nicht.

– Schieß dir ins Knie.

– Vorwärts, brüllte ein Uniformierter.

Im Polizeibus roch es nach altem Schweiß und neuen Möbeln. Jeder bekam eine Zelle, groß wie der Schrankkoffer eines Zauberers, mit einem Klappsitz und etwas Aussicht auf den Himmel. Die Türen wurden verschlossen, wenig später ging es los. Maltes Körper spürte, wie der Bus anfuhr, bremste, um die Ecke bog, beschleunigte. Durch das schmale Fenster sah er Häuserzeilen. *Wien! Eine Stadt, in der man nur überlebt, wenn man nichts ernst nimmt.* Andere Autos waren zu hören, das Rattern der Straßenbahn, aber irgendwann, man fühlte es, hatte das Krokodil die Autobahn erreicht.

Malte dachte an Weinberge, an Krems und Heurige. *Am schlimmsten aber ist, dass ich zu Weihnachten nicht bei Carvin bin. Er wird ohne mich auf das Christkind warten, in die Mette gehen, ohne mich seine Geschenke auspacken …* Plötzlich schnellte er vor, mit der Stirn in Richtung Wand, und zurück, Reifen quietschten, er hörte einen Knall. Noch einen. Eine ganze Serie. *Was war das?* Der Bus schmierte nach links ab, schmatzende Geräusche, ein Poltern, *was ist los?*, der Bus brach aus, holperte, streifte irgendwo an, durchschlug etwas, manche schrien, und bevor Malte begreifen konnte, was los war, überschlug sich alles. Das Gefährt, so kam es ihm vor, fiel auf die Seite, rollte sich ab, kam in Schräglage zu stehen. Stillstand.

Nichts zu hören, nur die eigenen Atemzüge, Wimmern, plötzlich ein Peitschenknall. Gut, dass Malte angegurtet war. Brandgeruch stieg in seine Nase. Er wollte schreien, hörte wie aus großer Entfernung die Rufe anderer. Er löste, was mit den gefesselten Händen kompliziert war, den Sicherheitsgurt, rutschte zum Fenster und sah, *welch unverhoffte Freude,* einen Acker – grobe schwarze Erde.

– Mama, lass mich nicht allein, bitte, es ist so dunkel. Mama … Das kam von Faxe.

Schüsse? Türen wurden aufgerissen. Schreie in einer fremden Sprache. *Russisch? Rumänisch? Sätze wie Motorengebrumm.* Maltes Tür stand plötzlich offen. Ein einzelner Buchstabe war zu sehen: F.

Nachdem er eine Weile stillgehalten hatte, robbte er vorsichtig hinaus, sah in der Nachbarzelle Oberst Günther mit einem blutenden Loch mitten in der Stirn, stieg über einen toten Beamten. Noch ein Buchstabe: FR. Malte übergab sich, rieb den Mund gegen die Schulter, torkelte weiter, hinaus, auf ein Feld, sah kahle Bäume, verfaulte Blätter, die Straße, einen Kleinlaster mit Klosterschwestern, in den gerade die Georgier stiegen und davonbrausten. *Bin ich gestorben und schon in der Hölle? Wieso Klosterschwestern?* Das war kein Unfall, sondern eine Befreiungsaktion, die Reifen des Justizbusses waren platt. Einschusslöcher. Ganz viele Buchstaben: FREI! *Wo sind die Nazis? Wenn mich Faxe erwischt, bin ich tot.* Er sah die fünf über ein Feld humpeln – zum Glück drehte sich keiner um. Autos fuhren vorbei, keines hielt an. *Was nun?*

Schneeflocken fielen wie Staubzucker auf den Asphalt und schmolzen. Malte ging zur Frontseite des Busses, die Vordertür stand offen, in der Führerkabine krallte sich der Fahrer ans Lenkrad wie ein Kleinkind an die Mutterbrust, Blut lief aus seinem Mund, erschossen. Einen Augenblick lang überlegte Malte, ob ihm die Kleidung des Toten nützlich wäre, zumindest die Jacke, doch auch sie war voller Blut.

– Ich mag keinen Winter, keinen Schnee, keine Kälte. Aber FREIHEIT? Alles war ihm fremd, der Asphalt, die Schneestangen am Straßenrand, die kahlen Bäume und trostlosen Felder. Tatsächlich, er war frei. FREIHEIT, langsam tropfte sie in ihn hinein, leuchteten alle Buchstaben auf. Er fürchtete, dieses Glück könne nur mit einem noch viel größeren Unglück verbunden, ja erkauft sein. Sollte er diese Gelegenheit ungenützt vorüberziehen lassen? Sich in den Straßengraben hocken und warten? Bedächtig und mit gesenktem Kopf ging er weg vom Krokodil, weg von den Nazis. Noch war das keine Flucht, nur die Verwirrtheit nach dem Unfall. Schon nach wenigen Metern waren seine Finger klamm und steif. Nur wenige Autos fuhren vorbei, sie hielten nicht an. Warum nur? Und wieso war keine Sirene zu hören? Er blickte sich um, sah das im Feld liegende Krokodil, das aus der Entfernung einem weißen Spielzeugauto glich. Krähen flogen auf, und seine Schritte wurden schneller. War das jetzt Flucht? FREIHEIT? Bald rannte er, rannte, bis seine Kehle brannte. Rannte, bis er seine Lunge schmeckte, etwas in ihm explodierte, bis ein öliges Gewölk um seine Augen zog, alles verdüsterte.

Als der Schleier sich verzog, stoppte ein Wagen, nein, fuhr langsam neben ihm her.

– Kann ich behilflich sein … Malte! Wie kommst du hierher?

Dinger drehte sich um und sah zuerst einen mit Hippie-Motiven bemalten V W-Bus und dann ein bekanntes Gesicht: Jules, sein Kellner. Nein! Gibt es nicht.

– Das kann nicht sein. Jules! Was machst du hier?

– Meine Mutter wohnt in Fels am Wagram, ich wollte die Weihnachtsgeschenke bringen.

Weihnachtsgeschenke? Die meisten Gefangenen hatten Pakete und Grußkarten von draußen bekommen. Für Malte war nur eine Karte von Carvin gekommen: Christbaum, Pakete und ein Stern – mit wackeliger Hand gezeichnet. »Froe Weinaggtn« stand darüber.

Jules, schulterlanges blondes Haar, Dreitagebart, grüne Natojacke mit pelzgefütterter Kapuze, gab ihm eine Zigarette, bemerkte die Handschellen, hielt an, stieg aus und zauberte einen Bolzenschneider hervor. Es dauerte, bis die Brezel von den Handgelenken gelöst waren.

– Fährst du immer mit so einem Werkzeug herum? Hast du dich aufs Einbrechen verlegt?

– Unter der neuen Regierung ist alles anders … Da weiß man nie, wozu so ein Dosenöffner gut ist. Was ist mit deinen Haaren? Ich hätte dich fast nicht erkannt.

– Nackt wollte ich sein, nackt und nicht mehr ich … Malte rauchte eine Zigarette nach der anderen. Irgendwann bat er Jules anzuhalten, stieg aus und lief in einen Weinberg. Es schneite, und der Boden war gefroren. Malte warf sich auf die

Erde, wälzte sich wie ein junger Hund oder ein Wüstenbewohner, der zum ersten Mal Schnee sah, und lachte.

– Dreieinhalb Monate war ich eingesperrt. Unschuldig! Keine Erde, keine Pflanzen, nur die Zelle, das Betongeviert, Stacheldraht, das über den Hof gespannte Netz mit toten Tauben, die Gerüche des Zellengenossen … Er schlug seine Hände auf den harten Boden, brach Zweige von den Rebstöcken, klopfte gegen Holzpflöcke … Am liebsten hätte er sie alle umarmt. Wieder im Auto, begann er zu erzählen von der Fahrscheinkontrolle, der Verhaftung, den Nazis, der Alm, vom toten Persenbeug und der Verurteilung. Fünfundzwanzig Jahre!

Dann hörten sie Sirenen, und wenig später rasten Polizeiautos in entgegengesetzter Richtung vorbei.

– Im Gefängnis siehst du keinen Sternenhimmel, weil der Hof nachts beleuchtet wird. Nie. Nur hin und wieder mal den Mond.

Jules schwieg, hörte sich die Erzählfragmente an. Es war ihm peinlich, dass er Malte nie besucht hatte.

– Das Gefängnis ist etwas für die Armen. Reiche haben das Gesetz auf ihrer Seite. Wenn man arm ist, wird man nur bestohlen. Die fetten Ärsche nehmen uns die Kohle, die Würde, Weiber, die Geschichte … alles.

– Na ja.

– Hunger? Keine glutenfreie Vollwertkost, aber … Jules reichte ihm ein in Cellophan eingeschweißtes Croissant mit Schokofüllung.

– Danke.

– Was soll jetzt werden?

– Am besten lässt du mich bald raus, sonst kommst du wegen Beihilfe dran.

– Sicher nicht. Du weißt, wie ich zum LIMES stehe. Sie sind jung, sportlich und halten sich für bessere Menschen. Dabei lärmende Dummheit und hirnlose Begeisterung. Nach außen

fortschrittlich und gerecht, darunter verrottet. Dieser Tüchtig-
keitskult … Anfangs gab es Demonstrationen gegen den
Sozialabbau … Niedergeknüppelt! Seit dem Anschlag auf den
Weihnachtsmarkt herrscht Versammlungsverbot. Und niemand unternimmt etwas. Leute, die sich früher als glühende
Antifaschisten gerierten, haben sich arrangiert. Uniprofesso-
ren, Künstler, Schriftsteller, alle sind sie jetzt Anhänger der
Bewegung. Alle stimmen sie ein in den Lobgesang auf den
Meister. Ein neuer Moses, der uns aus dem Elend führt. Alle
lieben ihn. Wenn du den Leuten sein Badewasser verkaufst,
werden sie es trinken wie das Lourdes-Wasser. Ich nicht! Das
ist ein neuer Führerkult!

Malte hatte Jules' Gerede von der Anarchie nie ernst genommen. Bakunin, Proudhon, Dutschke und die eingekreis-
ten A … Eine Zeitlang war sein Kellner in der Hausbeset-
zerszene aktiv, dann hatte er wegen Drogen Probleme, fing
sich, machte eine Ausbildung zum Behindertenpfleger, arbeitete als Sportreporter, wurde Hüttenwirt, Portier, Tennisleh-
rer. Wenn man ihn im Dingers allein ließ, legte er den ganzen
Abend Hans Söllner und King Crimson auf. Ausgerechnet er
war die letzte Bastion des Widerstands?

– Es gibt nur eine Rasse. Jules zündete sich eine Zigarette
an, die der Reichen, nur eine Religion, die des Geldes, und
nur eine Ideologie, den Kapitalismus – und das alles muss
zerschlagen werden. Hast du dich jemals gefragt, wieso sich
Bankmanager Millionen an Boni auszahlen, während die einfachen Leute an der Armutsgrenze kratzen? Und sobald eine
Finanzkrise kommt, springt der Staat zur Rettung der Ban-
ken ein … Das ist pervers … Und du? Unschuldig in Polizei-
gewalt! Du musst einen Hass auf alles haben und dich rächen
wollen.

– Was soll ich tun? Das Parlament in die Luft jagen?

– Wieso nicht?

Es schneite. Das gebündelte gelbe Licht unter den Lampen wurde in Abertausende Splitter zerstreut, aus den Häusern kam Fernsehflimmern. Malte war vor seiner Wohnung und spürte Schneeflocken im Gesicht. Jahre seines Lebens hatte er hier verbracht, Tausende Frühstücke, Hunderte Küsse, Weihnachten, Kindergeburtstage … Hier war Blitzkrieg gestorben, hier hatten sie Carvin gezeugt, sich nächtelang geliebt, dem Sohn beim Wachsen zugesehen … Jules hatte ihn gewarnt, gesagt, er solle nicht hierher gehen, die Wohnung würde überwacht. Vergeblich. Malte musste herkommen. Hier war sein Leben, sein Zuhause.

Aber etwas war faul. Die Straße war nicht so schäbig gewesen: bröckelnder Putz, schmutzige Fenster. Ehemals türkische Lebensmittelgeschäfte waren nun Wettbüros oder kleine Boutiquen, dazwischen das Spielwarengeschäft, in dem er Carvins Bugaboo gekauft hatte. *Hashtag Boboville.* Alles unwirklich. Etwas stimmte nicht. Waren es die LIMES-Plakate? Die Hightech-Kinderwägen schiebenden Mütter? Ihr militärischer Stechschritt?

Plötzlich eine Polizeisirene! Sofort war Maltes Rücken nassgeschwitzt, sein Puls auf zweihundert. Er sah entsicherte Waffen, hörte Befehle: »Knien Sie sich auf den Boden, Hände über den Kopf …« Doch nein, das Einsatzfahrzeug raste vorbei.

Da kam jemand bei der Tür heraus. Elvira! Malte wich in einen Hauseingang zurück. Sie hatte einen Mann bei sich. Beide lachten. Maltes Herz wurde zum Presslufthammer. Er schien zu zittern − seine Knochen, Adern, alles. Seine Frau hatte einen anderen. *Einen Heinz!* Jetzt war es raus. Und aus. Carvin war auch dabei, als dieser Heinz ihn anschrie, er solle fich gefälligt beeilen, wäre Malte dem Typ, ja, es war der Polizist, dem er den Zahn ausgeschlagen hatte, fast an die Gurgel gesprungen, doch eine unsichtbare Macht hielt ihn zurück.

31. Dezember 2024.

Jules hatte ihn bei sich aufgenommen, und Malte war überzeugt, dass bald die Polizei auftauchen würde, doch sie kam nicht. Die Zeitungen berichteten tagelang von den als Klosterschwestern verkleideten Fluchthelfern, die in ihren Ursulinengewändern MGs versteckt hatten. Auf den Titelseiten waren die Georgier und die Nazis, Maltes Foto (noch mit Haaren) war kleiner – irgendwo zwischen schwarzen Dealern und muslimischen Zwangssehen; er kam, was ihn kränkte, allenfalls im Blattinneren vor. Trotzdem rechnete er damit, bald gefasst zu werden. Im Fernsehen wurden Polizeibilder eingeblendet, sprach man von »gemeingefährlichen, gewaltbereiten Subjekten« … »machen von der Schusswaffe Gebrauch«.

Es gab Suchaktionen in der Wachau und in Wien, Hinweise aus München, Linz; doch sowohl die Willis als auch die Unbedingten waren wie vom Erdboden verschluckt. Anfangs hatten sich die Medien gegenseitig übertroffen, als aber weder die Hundestaffeln noch die Hubschrauber und Bürgerwehren Spuren fanden, verschwanden die Ausbrecher aus dem Fokus der Aufmerksamkeit. Der Staat wollte Sicherheit vermitteln, entsprungene (ja, dieses Wort wurde oft verwendet) Häftlinge waren dafür nicht geeignet. Bald galt die Konzentration wieder dem Attentäter Elmohamady. Der sei, hieß es, von Hasspredigern radikalisiert worden. Ein Psychiater sprach von erweitertem Suizid, Depression und einer bewussten Entscheidung für das Böse. Es war von Krebszellen die Rede, die es auszumerzen galt, von Parasiten, die ihren Wirt bedrohten.

Fast täglich hatte Malte Jules mit Einkaufslisten losgeschickt: Kaviar, Lachs und Mayonnaise-Eier, Champagner, Rotwein, Marzipankartoffeln, alles, was er in Haft nicht bekommen hatte, stopfte er nun in sich hinein. Heringssalat, luftgetrockneten Schinken, Ziegenkäse … Dann tauchte alles wieder auf: Persenbeug, Wettl, der Stockchef, die Tage auf der

Alm. Alles flüsterte ihm zu: Du bist nur auf Ferien, ein Toter mit Urlaubsschein.

– Keine Angst. Die Wohnung ist auf eine Freundin angemeldet, die in Paris studiert. Jules erhitzte Butter, bröselte Marihuana hinein und setzte Schokolade zu.

Wohnung? Eine Mülldeponie. Überall lagen Zeitschriften, Bücher und alte Schuhe.

– So dreckig, wie es hier ist, würde es mich nicht wundern, wenn bald Leute vom Gesundheitsamt auftauchten. Es war eine Bude mit Matratzen auf dem Boden, einer Kaffeemaschine, die seit der Jahrtausendwende nicht mehr gereinigt worden war, Stapeln von Pizzaschachteln und Batterien von leeren Nutellagläsern.

– Was ist mit dieser Freundin? Ist sie hübsch? Wann kommt sie zurück?

– Brauchst du eine Frau?

– Ich war drei Monate im Landl, ich komme schon, wenn ich im Fernsehen ein Damen-Skirennen sehe.

– Soll ich eine Lady von einem Escortservice bestellen?

– Hierher? In diesen Saustall?

– Ich bin vielleicht Dreck, aber Dreck mit Meinung und Moral. Jules hantierte mit seiner Schokolade. Kleinbürgerliche Vorstellungen, die wir uns aufzwingen lassen, um dem Reproduktionsprogramm nachkommen zu können, dem Wunsch zu vögeln.

Malte wusste nicht, was er mit sich anfangen sollte. Dafür war Jules nach dem Genuss der Schokolade wie aufgezogen, sprach von einer spektakulären Aktion, von einem Anschlag auf den LIMES.

– Mit dem LIMES ist es wie mit der Milch. Alle kippen sie in sich hinein, weil sie glauben, sie sei gesund, dabei ist der Mensch nicht dafür gemacht. Milch verschleimt.

– Ich habe Milch immer gemocht.

– Aber du verträgst sie nicht, niemand verträgt sie. Mit dem

LIMES ist es genauso, der tut niemandem gut. Noch fällt es keinem auf, weil alle damit beschäftigt sind, die Erwartungen anderer zu erfüllen, selbstgemachten Stress zu bewältigen.

– Was hast du vor? Milch verbieten? Außerdem hinkt dein Vergleich, die Leute in Tibet, Ureinwohner, Indianer … alle trinken Milch.

– Nicht von der Kuh! Jules begann zu dozieren. Sieh dir die Asiaten an, die trinken alle keine Kuhmilch, bei denen kommen gewisse Krebsarten nicht vor.

– Was hat das mit dem LIMES zu tun? Malte war wie betäubt, dachte, es wäre vielleicht besser, wenn er sich der Polizei stellte. *Aber vorher brauche ich ein Weib.* Draußen waren explodierende Böller zu hören, Raketen zeichneten kaleidoskopische Muster in den Himmel, Bukette an Lichtblumen taten sich auf, verpufften, und Malte Dinger überlegte, was das neue Jahr wohl bringen würde.

– LIMES ist eine Führerdemokratie. Wenn wir nicht aufpassen …

– Und wir streiten uns über die Verträglichkeit von Milch.

– Man muss etwas tun! Wir könnten Thomas Bernhard durch die Kärntner Straße tragen. Oder eine brennende Puppe, die dem Meister gleicht? Meine Cousine kennt seine Schwester. Angeblich hat er als Jugendlicher Fliegen aufgespießt und Teddybären die Augen ausgerissen …

– Ich bin gegen Gewalt.

– Die Gewalt, die wir anwenden, wird eine notwendige Gewalt sein.

– Ich brauche eine Frau. Wenn ich keine bekomme, trinke ich so viel Milch, bis ich kollabiere. Happy New Year.

Malte ging auf die Straße. Sektkorken knallten, Paare tanzten Walzer. Er ließ sich treiben und fühlte sich sicher. Die Betrunkenen würden ihn nicht erkennen, und selbst wenn … Es ging über den Schwedenplatz, hinauf zur Tuchlauben, zum Hohen Markt, wo ihm, *ja, tatsächlich*, Kommissar Groschen und seine Frau entgegentorkelten – sie beschwipst, er schwer bedient mit einer Sektflasche in der Hand.

Irgendwann stand er am Bahnhof Landstraße, durchquerte die Viadukte des Ministeriums für Glück (das ehemalige Finanzministerium) und stieß, hatte er das nicht von Anfang an gewollt?, auf ein Laufhaus.

Im schummrigen Licht der Bar saßen halbnackte Prostituierte, die Laufhäusigen. Schwarze mit üppigen Gesäßen, Slowakinnen mit sprödem wasserstoffblondem Haar, mondgesichtige Asiatinnen und aufgebrezelte Landpomeranzen. Eine kannte er sogar? Es war die Kleine mit dem Koffer in der U-Bahn, die beim Anblick der Kontrolleure abgezogen war. Malte war irritiert, beachtete sie aber nicht weiter, widmete sich lieber der kleinwüchsigen Orientalin, die routiniert vor ihm tanzte. Sie war hübsch. Schwarze Netzstrümpfe, High Heels und ein warmes Lächeln, das leicht auseinanderstehende Zähne zeigte.

– Woher kommen du? Sie waren bereits auf dem Zimmer, er hielt die vereinbarten zwei Scheine in der Hand.

– Casablanca, aber du kannst normal mit mir reden. Sie nahm das Geld und ließ es verschwinden.

– Casablanca? Im Ernst?

– Der Name meines Dorfes würde dir nichts sagen, oder kennst du Marokko?

– Als Jugendlicher wollte ich per Interrail hin, aber mir war schon Spanien zu heiß. Müsst ihr jetzt nicht alle … wegen dem LIMES … das Land verlassen?

– Mädchen im Gewerbe dürfen bleiben. Sie machte eine vielsagende Handbewegung und warf sich auf das Bett. Völlig nackt und mit gespreizten Beinen lag sie da, hielt ein Kondom hoch und winkte.

– Komm!

– Du musst mir das erklären, ich war noch nie bei einer …

– Kein Küssen, und wenn du dir das Kondom runterziehst,

ist es aus. Vorne oder hinten. Abspritzen ins Gesicht macht fünfzig extra. Dasselbe bei Natursekt aktiv, passiv mach ich nicht.

– Malte betrachtete seinen Calvin Klein, der so schlaff wie eine Socke war.

Sie spuckte in die Hände und versuchte sich aufrichtig an der Aufstellung. Erfolglos.

– Gefalle ich dir nicht?

– Doch, du bist eine Maghreb-Prinzessin, die Lippen und die Grübchen in der Wange, dein Marillen-Hintern ... culo albicocca, wie der Neapolitaner sagt.

– Bist du schwul?

– Nicht, dass ich wüsste.

– Gib es zu. Jetzt, da man alle Stricher und Transen verhaftet, alle Gay-Klubs geschlossen hat ...

– Wieso?

– Darf ich nicht sagen.

– Bitte. Erstaunlicherweise rappelte nun etwas im Gebälk. Sie streifte ihm mit geübten Fingern das Kondom über und zog ihn auf das Bett. Was folgte, waren ein paar routinierte Bewegungen, bei denen er das Gefühl hatte, die Unendlichkeit zu spüren, den Prozess des Lebens.

Als er sich säuberte und anzog, saß sie vor einem Spiegel und malte sich die Lippen an.

– Sagst du mir jetzt, warum man alles Schwule verboten hat? Weil das für den LIMES widernatürlich ist?

– Blödsinn. Die kleine Marokkanerin, die nun aussah wie Berlusconis Bunga-Bunga-Ruby, lachte. Der Meister ist schwul, weiß jeder in der Szene. Und damit das nicht rauskommt, hat er alle Gays verboten. Sie wischte sich die Vagina mit einem Feuchttuch ab, schmierte Creme hinein, schlüpfte in ihren Slip und nahm die Zigarette, die Malte ihr angezündet hatte.

– Der Meister ist schwul? Und seine Frau?

– Na und? Sie lachte. Ich kann dir noch etwas sagen: Weil es sich für einen Politiker nicht schickt, eine Alkoholfahne zu haben, er aber gerne einen über den Durst trinkt, trägt er oft ein in Schnaps getränktes Tampon im Arsch.

– Im Ernst? Malte dachte an den kleinen Datenstick, den er seit Wochen am Handgelenk trug. Er steckte der Nutte noch einen von Jules' Geldscheinen in den BH, lächelte und kehrte zurück zur Bar, wo er sich einen Caffè Corretto genehmigte. Die Landpomeranze ging gerade mit einem Herrn in Richtung der Zimmer. *Mit wem zieht meine U-Bahn-Bekanntschaft ab, das neue Jahr zu feiern?* Nein, er kannte ihn nicht, es war Beule von der Staatspolizei. Aber dann sah er noch jemanden, der ihn an seinen schwarzen Freitag erinnerte – den Geschäftsmann aus dem Liesl, mit dem er im Krokodil gefahren war. *Der und seine fünfzehnjährige Natascha …*

2025. Die Neujahrsnacht war erst wenige Stunden alt. An den Häusern hingen LIMES-Fahnen, es war der erste Jahreswechsel der Bewegung, überall Bilder vom Meister und dem Meisterlein. Anfangs hatte man nicht gewusst, wer wer war, hielt man das Meisterlein für den Meister und umgekehrt. Bald kristallisierten sich die wahren Machtverhältnisse heraus, wurde der eine zum populären Retter, während der andere mehr und mehr verschwand.

Es war so kalt, dass der ausgestoßene Atem kleine Wölkchen bildete. Nach einem halbstündigen Fußmarsch hatte Malte sein Ziel erreicht – das Dingers. Der Reserveschlüssel lag an seinem Platz. Er sperrte auf und ging hinein, machte aber kein Licht. Ob das Lokal überwacht wurde? Egal. Er trank Gin, betrachtete sein Lebenswerk, die Bar mit der Platte aus kanadischem Ahornholz, Intarsien, die Sitzecke eines japanischen Designers, all die liebevoll arrangierten Kleinigkeiten: Kängurufell, Ebenholzfiguren, die Michael-Jackson-Büste, den alten Taucherhelm, den Gipsabdruck der Hundescheiße, in die Thomas Bernhard vor dem Bräunerhof gestiegen war, Schuhe von Ingrid Steeger, eine von Falcos Lederjacken.

Er nahm einen Schluck Gin, leerte den Rest über den Boden und warf die Flasche lachend gegen die Spiegelwand, wodurch eine gläserne Ablage zerbrach, mindestens zehn Flaschen zu Boden fielen, barsten. Malte ging zur Abstellkammer, holte einen Kanister samt Schlauch, trat auf die Straße, klopfte auf die Tankdeckel mehrerer Autos, fand einen, der sich öffnen ließ, und zapfte Benzin ab. Er schaffte das, ohne einen Tropfen in den Mund zu kriegen. Dann schleppte er den Kanister ins Dingers, verschüttete das Benzin, trat ins Freie, zündete sich eine Zigarette an, nahm einen Zug, noch einen, und schnippte sie schließlich durch den Türspalt ins Lokal.

Ein paar Momente lang passierte nichts, dann entzündeten sich Teppich und Mobiliar, schoss das Feuer hoch, erfasste das Lokal. Flaschen platzten, die Tapeten rollten sich von den Wänden, die Registrierkassa war bald nur noch ein schwarzer Bakelitklumpen, und sämtliche Glühbirnen an der Decke explodierten. Falcos Lederjacke, Ingrid Steegers Schuhe, alles schrumpfte. Gefräßige Flammen waren das, die sich im Lokal festbissen, alles verschlangen.

Malte stand dort, wo er den Gastgarten hatte errichten wollen, und tanzte wie verrückt. Keine Frau mehr, keinen Sohn und kein Comptoir. Alles weg! Nicht mehr lange, und die große Auslagenscheibe würde bersten, eine Durchzündung ermöglichen. Malte brüllte:

– Warum ich? Warum gerade ich? Wieso prüft man mich so schwer? Was habe ich getan? Warum sind meine Tage nur ein Hauch? Warum?

Als sich die ersten Fenster öffneten und ihm schlaftrunkene Stimmen zuriefen, ging er davon. Kurz darauf rasten Einsatzfahrzeuge an ihm vorbei.

TANZ AUF DEM VULKAN

Montag, der 6. Januar 2025.

Groschen zerknüllte die Zeitung, warf sie in die Luft und trat danach.

– Was macht Sie so wütend? Julia Schäfer hielt eine Kaffeetasse in der Hand.

– Nichts.

– Die zensurierten Filme? Seit sich alle Filmschaffenden vor einer Kommission verantworten müssen …

– Nein!

NGOs waren verboten worden, ebenso alle karitativen Einrichtungen. Vor Parks hingen Schilder, die verkündeten: Für Moslems und Hunde kein Zutritt. Aber das war es nicht. Es war eine Meldung über die Hauensteins. Millionenspende an den LIMES. *Ekelhaftes Pack!*

Seine Frau zeigte ihm dauernd Kleider für den Opernball. Für ihn, der nicht einmal den Unterschied zwischen einem Abend- und einem Cocktailkleid kannte, sahen alle gleich aus. Außerdem lag sie ihm mit Lackschuhen, Manschettenknöpfen und dergleichen in den Ohren. Welche Frisur? Welche Schuhe? »Mit hohen, eleganten kann man nicht tanzen, und flache Ballerinas sehen nach nichts aus.« Seit Tagen hatte sie nichts mehr zum LIMES gesagt. Es war, als würde sie die politische Situation nicht wahrhaben wollen. Außerdem war er ihr böse, dass sie auf dem Heimweg vom Silvesterpfad den Ausbrecher gesehen, aber nichts gesagt hatte. »Wer weiß«, hatte sie gemeint »ob er es gewesen ist, und selbst wenn, in deinem Zustand hättest du ihm höchstens die Sektflasche nachwerfen können.«

– Was tragen Sie da auf dem Kopf? Julia Schäfer machte sich über Groschens Sherlock-Holmes-Kappe lustig.

– Hat mir meine Frau zu Weihnachten geschenkt.

– Und eine Lupe haben Sie auch bekommen?

– Ich habe sie nur meiner Frau zuliebe aufgesetzt. Dem Kommissar war das Ding aus Harris-Tweed mit den hochgeschnürten Ohrenschützern peinlich.

Da trat ein altes Weib mit Kopftuch ins Büro, stemmte die Hände in die Hüften und blickte ihn herausfordernd an.

– Sind Sie der Kommissar?

– Wie kann ich helfen? Er blickte in ein von Unmengen kleiner Fältchen durchzogenes Gesicht, das ihm bekannt vorkam. Auch die dick bandagierten Beine hatte er schon einmal gesehen.

– Mein Ferry ist ein guter Sohn. Gut, manchmal fällt er über die Löcher in Maulwurfshügeln her, aber … Sie bekam feuchte Augen. Entschuldigen Sie, ich war noch nie in Wien, ich … Wissen Sie, dass es nach verbranntem Staub riecht … Diese Stadt ist nichts für mich, da kommen einem zehn Sprachen gleichzeitig entgegen … ärger als in Babylon … Sehen Sie sich das an. Sie zeigte ihre zerkratzten Unterarme.

– Worum geht es? Um Ihre Katze?

– Kummer! Ich habe seit zwei Wochen nicht mehr geschlafen. Seit Ferry …

Groschen hatte keine Ahnung, was die Alte von ihm wollte, dabei war ihre Verzweiflung von geradezu physischer Intensität, packte einen und zog einen runter.

– Ich habe wenig Vertrauen in irgendwen und noch weniger Besitz. Einen Teppich, Aubusson … den können Sie haben. Sie schob ihm ein Foto hin, das einen jungen Mann mit Flaschenbodenbrillen zeigte. Ein hübsches Gesicht, nur der schiefe, offene Mund verriet, dass etwas nicht in Ordnung war. Groschen sah sie fragend an.

– Sieht so ein Mörder aus?

Endlich kapierte der Kommissar: Es ging um Ferenc. Und die Frau, die vor ihm saß, war die ehemalige Nachbarin von Ed und Lotte Kalterer.

– Der Ferry tut keiner Fliege was. Bitte, dass er Mädchen hinterherläuft, kann sein. Ein junger Mann voller Hormone … Aber Mord? Niemals. Ich als Mutter weiß das. Fragen Sie die in den geschützten Werkstätten. Er arbeitet brav, mein Ferry.

– Groschen räusperte sich. Ich fürchte, ich kann wenig tun. Ferenc hat ein Geständnis abgelegt.

– Und das ist falsch! Was wollen Sie? Ich habe ein Sparbuch, viel ist nicht drauf, aber zwölftausend.

– Ich kann nichts tun. Nicht einmal der beste Anwalt … Er wandte den Kopf ab, als er sah, wie unter ihren faltigen Lidern Tränen zum Vorschein kamen.

– Ich habe einen Weingarten, den ich verscherbeln kann …

– Wenn Sie versuchen, mich zu bestechen, muss ich Sie anzeigen.

– Für mein Auto bekomme ich nicht viel, aber für das Gartenhaus, ich könnte es verpachten …

– Raus jetzt.

– Herr Kommissar, Sie sind meine letzte Hoffnung.

– Es tut mir leid. Er bugsierte sie hinaus, ließ sich in seinen Bürostuhl fallen, kramte in seiner Schreibtischlade, fand eine rote Packung und zündete sich eine Zigarette an.

– Sie rauchen? Sofort roch es die Schäfer. Sie wissen, das dürfen Sie hier nicht.

– Lassen Sie mich in Ruhe. Die Begegnung mit der Mutter hatte ihm den Rest gegeben. Er wusste, wie es geistig Minderbemittelten in Gefängnissen erging. Und wenn sie verurteilte Frauenmörder waren … Aber was sollte er tun? Er hatte es mit einer unbekannten, nicht zu fassenden Macht zu tun: mit Politik.

Als er die Zigarette ausgedämpft hatte, erschienen die

Sternsinger und baten um eine Spende für den LIMES. Er wollte sie zum Teufel jagen, warf ihnen dann aber doch ein paar Münzen in die Büchse.

Mittwoch, der 8. Januar.

Die Sonne glänzte wie ein hasserfülltes Glitzerwesen. Maltes Finger waren klamm, seine Atemzüge gingen unregelmäßig, und das Gesicht brannte. Vor Kälte oder Aufregung? Jules hatte ihn gewarnt, aber vergeblich. Dinger stand vor Carvins Schule, beim Spielplatz. Da, wo vor Weihnachten der Anschlag stattgefunden hatte, war jetzt ein Meer an Friedhofskerzen, Blumen, Fotos.

Malte roch kindliche, mit Milchschweiß versetzte Duschgelaromen, sah Schultaschen mit Prinzessinnen oder Fußballmotiven, den Hortbetreuer in einer gesteppten Daunenjacke. Dann erblickte er ihn, den kleinen Dino, Beherrscher seines Mesozoikums: Carvin! Pelzbesetzte Holzfällerjacke, Haube mit Hasenohren, gelbe Gummistiefel. Malte fixierte ihn so lange, bis Carvin ihn spürte. Einen Moment lang arbeiteten die kindlichen Gedanken, dann hob Carvin die Hand, wollte winken, doch plötzlich drehte er sich weg und sprach mit einem Mitschüler. Seine Stimme hörte sich nicht mehr wie die seines Sohnes an.

– He! Hier! … Carvin! … Sinnlos! Sein Sohn ignorierte ihn.

Maltes Herz zerriss. Carvin hatte ihn vergessen, verdrängt, ausradiert. Das war das Ende, der Atem des Universums war ausgepumpt, alles fiel in sich zusammen. Menschen, Wirbeltiere, Saurier, Urzeitfische, stickstofffressende Zellen, alles wurde auf den Zustand vor dem Urknall komprimiert.

Malte, Tränen in den Augen, ging Richtung Karlskirche, vorbei am eingerüsteten Brunnen, an Kränzen und Kerzen, Briefen und Fotos. Alles aus! Plötzlich stieß ihn jemand. Er blickte in ein fettig glänzendes Gesicht. Filz!

– Filz? Was machst du hier? Deine Haftprüfung war erfolgreich?

– Ob sie mich lieben oder hassen, einmal müssen sie mich doch entlassen.

– Man hat dich gehen lassen?

– Mhm. Filz nickte. Willst du die Geschichte hören? Als Malte schwieg, erzählte ihm Filz von einer hysterischen Frau, die er als Supermarktfilialleiter beim Diebstahl erwischt hatte. Ich hätte sie laufenlassen, aber die hat herumgekreischt und behauptet, ich hätte sie zum Sex genötigt, dabei habe ich sie nicht angerührt – so eine rührt keiner an, nicht freiwillig. Später stellt sich heraus, sie ist Staatsanwältin, die MeToo-Debatte war noch aktuell, also wurde nicht sie verhaftet, sondern ich. Die vier schrecklichsten Monate meines Lebens.

– Staatsanwältin? Blonde Kurzhaarfrisur? Kampflesbe?

– Du kennst sie?

– Nein … Warum hast du im Gefängnis nicht versucht …

– Gegen ein Gerücht ankämpfen? Sinnlos. Wahrheit und Respekt gelten im Knast als Dummheit … Ich war immer das Opfer, immer zu dick …

– Was machst du jetzt?

– Keinen Supermarkt mehr. Irgendetwas wird sich finden. Filz hob die Schultern und blickte ihn traurig an.

– Schau nicht so belämmert, sonst trete ich dir in den fetten Hintern. Aber Malte tat nichts dergleichen. Im Gegenteil, er umarmte Filz und gab ihm Jules' Adresse: Komm vorbei, wenn du willst.

Zurück bei Jules, fühlte er sich flatterig. Sodbrennen und Schüttelfrost.

– Ich bin tot, antwortete er auf Jules' Frage, noch bevor sie ausgesprochen war.

– Was ist? Du bist wie ein Huhn vor einem Gewitter. Jules' Stimme kam aus weiter Ferne.

– Carvin. Er kennt mich nicht mehr.

– Das wundert dich? Schau in den Spiegel.

– Wegen der Glatze? Ich hatte eine Haube auf. Außerdem sind sie schon wieder einen halben Zentimeter lang.

– Kinder mögen es nicht, urteilen zu müssen. Sie wollen sich nicht entscheiden.

– Ich muss dir etwas zeigen, Jules. Malte nahm den Datenstick vom Handgelenk. *Seltsam, dass mir der nie abgenommen worden ist.* Wenig später sahen sie den LIMES-Propagandafilm, lasen den Text und zogen induktive, deduktive und andere abduktive Schlussfolgerungen.

– Wahnsinn! Jules war sprachlos, redete von einem Schlammklumpen voller Würmer, mit dem er diese Welt verglich.

– Wer finanziert das? Diese Gestopften, die nicht genug bekommen können, leiden, wenn sie Kacke beim Klo hinunterspülen, aber für so was geben sie Geld aus.

– Sollen wir die Medien informieren?

– Bist du verrückt! Die Medien sind alle gleichgeschaltet, da wird der Meister nicht mehr kritisiert, die halten es unter Verschluss oder lassen es verschwinden.

– Was willst du tun?

– Eine Aktion!

– Du meinst …? Während der eine Teil in Maltes Hirn nach einer beruhigenden Erklärung suchte, ahnte der andere, was Jules mit »Aktion« meinte. Ich will niemanden verletzen!

– Es muss etwas sein, das aufrüttelt.

– Wasser, hat Persenbeug gesagt. Darum geht es!

– Eher geht es um die Errichtung einer Diktatur. Ich hasse diesen Staat … und du musst ihn auch hassen. Man hat dir alles genommen, deine Familie, das Dingers … Hast du gehört? Ist ausgebrannt in der Silvesternacht. Stand in der Zeitung … Brandstiftung … Schade, dass das Neujahrskonzert vorüber ist … Wie wär's mit einem Skirennen? Wir könnten in Kitzbühel Schweine über die Streif jagen ... Blut auf eine Sprungschanze ... Nein, wir betätigen die Wassersprinkler in der Oper während einer Vorstellung.

– Warum nicht beim Opernball? ... Malte bereute diesen Satz sofort, denn er wusste, beim Opernball kannte Jules sich aus. Vor Jahren war er noch bei der Gegendemo gewesen, Schwarzer Block und so, doch letztes Jahr hatte er für Dinger Gin und Austern aus Quimper geliefert.

– Das ist es! Jules' Zeigefinger war auf Malte gerichtet. Unsere Aktion wird am Opernball stattfinden. Yeah! Er ballte die Faust. Im selben Augenblick klopfte es, erst zaghaft, dann fest.

– Die Polizei! Du musst dich verstecken. Schnell!

Doch Malte dachte nicht daran, öffnete und sah Filz mit zwei Pizzakartons und einer Flasche Rotwein in der Hand.

LAST WALTZ

Donnerstag, 13. Februar.

In Rio erreichte der Karneval seinen Höhepunkt, in Wien die Grippewelle. Der Winter zeigte sich unerbittlich. Eine Kältewelle hatte Europa fest im Griff. Ein sibirischer Despot, der die Tränen in den Augen gefrieren ließ, die Äste der Bäume in Eiszapfen verwandelte. Von Polen bis Rumänien erfroren Obdachlose. An den Fenstern des Kommissariats war eine dicke Frostschicht gewachsen.

– Was isst du da? Veganen Pflaumenkuchen?

– Wegen der Zwetschken-Albinos? Keine Ahnung, warum die farblos sind. Wahrscheinlich tiefgekühlt … Martin sah zu Fräulein Schäfer, die ihm wie ein warmer aufquellender Teig erschien, biss in seinen Kuchen, schmatzte.

Die Beamten hatten die Ansprache des Polizeipräsidenten über sich ergehen lassen, der ihnen eingebläut hatte, sich am Ball ruhig zu verhalten und die causa prima zu bedenken, den Schutz der Regierung und ihrer Gäste. Nun saßen sie beim Frühstück, tranken Kaffee, der wie Abwaschwasser schmeckte … *das lernt die Schäfer nie* … da wurde dem Kommissar Besuch gemeldet.

Ein graues Männlein mit kränklich gelben Augen, zerbissenen Lippen und dünnem Haar. *Sieht aus, als ob er sich nur von Aktenstaub ernährt.* Groschen erkannte ihn nicht wieder.

Der Gast tanzte von einem Fuß auf den anderen.

– Ich bin der Dolmetscher … Wir haben uns im Grauen Haus gesehen. Erinnern Sie sich an den Ukrainer, der einen anderen erstochen hat? Im September war's. … Ich muss etwas beichten!

– Sieht das hier wie ein Beichtstuhl aus? Aber bitte. Groschen deutete auf einen Stuhl. Kaffee?

Der Übersetzer schüttelte den Kopf.

– Schade, unsere Bohnenbrühe ist unvergesslich ... ein Coffee to go ... Also?

– Werden Sie mich anschwärzen? Ich habe Ihnen damals nicht alles übersetzt ... Sie waren schnell weg, weil Sie zu einer Leiche mussten.

– Strozzigasse, daran erinnere ich mich. Also?

– Das Opfer war ein Moldawier, der für Emil Schwein gearbeitet hatte und wegen der giftigen Chemikalien an Mundhöhlenkrebs erkrankt war. Er wollte den Künstler verklagen ... Der Ukrainer hat behauptet, er sei, von wem, weiß er nicht, gedungen worden, den Krebskranken aus dem Weg zu räumen, was er zweifellos getan hat. Dieser Moldawier hätte nicht nur Emil Schwein in Schwierigkeiten bringen können, sondern auch die Regierung. Er wusste etwas von verkauftem Wasser, Lobbyismus ...

– Warum haben Sie mir damals nichts davon erzählt?

– Weil ich es für Unfug hielt, weil ich Emil Schwein nicht in Schwierigkeiten bringen wollte ...

– Und warum kommen Sie jetzt damit?

– Weil ich Angst habe. Mir ist, als würde ich verfolgt. Der Dolmetscher hatte einen verängstigten Blick. Der Ukrainer hat erzählt, dass Österreich sein Wasser verkauft hat, und dass die Spitzen der Gesellschaft in den Skandal involviert sind.

– Danke. Groschen reichte dem Dolmetscher die Hand.

– Wie? Interessiert Sie das denn gar nicht?

– Ich habe davon bereits gehört, und es fällt nicht in mein Ressort.

– Wie? Und jetzt? Bekomme ich Personenschutz?

– Vorläufig nicht. Der Kommissar begleitete ihn zur Tür und blickte ihm noch eine Weile hinterher. Dann ging er zu

Martin, der das Gespräch verfolgt hatte, und biss von seinem Zwetschkenkuchen ab.

– Wo genau wurden Kalterers Fingerabdrücke gefunden?

– Auf … Martin zuckte zusammen … Nippesfiguren, Gläsern, Tassen.

– Auf beweglichen Gegenständen, die man später hingetragen haben könnte?

– Ich verstehe nicht. Der Fall ist abgeschlossen. Hat Branko etwas mit dem Moldawier zu tun? Was ist das für eine Geschichte mit dem Wasser? Wieso haben Sie nicht nachgehakt?

– Der Mann ist durchgedreht.

– Wirklich? Für mich hat er sich vernünftig angehört.

– Selbst wenn, geht uns das nichts an.

– Wieso?

– Martin! Willst du auch in Zukunft hier arbeiten? Ja? Dann frag nicht so blöd. Es gibt gewisse Dinge, die …

Da hörten sie einen Knall und einen Schrei von der Straße. Sie liefen hinaus, wo ihnen der Wind Hunderte feine Kristallnadeln entgegenschleuderte.

– Abgeknallt, sagte der Portier mit seltsam freudigem Gesicht.

Vor dem Kommissariat lag der Übersetzer, ein Einschussloch mitten in der Stirn. Am Hinterkopf war das Projektil wieder ausgetreten. Blutiges Gekröse sprenkelte den frischen Schnee.

– Das waren Profis. Warum? Martin kannte sich nicht aus.

– Wegen Wasser. Deshalb ist es besser, wenn du davon nichts weißt. Groschen zündete sich eine Zigarette an, die in der Kälte beißend schmeckte, und ging Richtung Donaukanal. *Man hat den Übersetzer ausgeknipst, nachdem er bei mir gewesen ist? Viel kann er nicht gewusst haben. Ging es darum, mir zu zeigen, dass ich die Finger von der Wassergeschichte lassen soll?* Das Geländer der Marienbrücke war mit Eiszapfen umwachsen, auf dem Donaukanal bildete sich ein dünner Eisfilm, und am Ufer glitten fröhlich schreiende Kinder mit Schlitt-schuhen über einen Eislaufplatz. Auf der anderen Straßen-seite gingen zwei Gestalten, die er kannte. Filzhüte, Armbin-den, aufgestellte Mantelkrägen – Beule und Pizzaboden. Als sie ihn sahen, winkten sie ihm zu.

Wenige Stunden später war es so weit: die Nacht der Nächte, das glamouröse Ereignis des Jahres – der Wiener Opernball!

Frau Groschen, ihr Haar war zu einer gigantischen Party-frisur à la Marge Simpson aufgetürmt, an deren Spitze ein fal-scher Diamant glitzerte, hantierte mit Stecknadeln in ihrem Kleid – eine bunte Eigenkreation im Stil der Wiener Secessio-nisten.

Schaut aus wie ein wandelnder Zebrastreifen, dachte der Kommissar, sagte es aber nicht. Er selbst quälte sich mit sei-nem Frack. Bereits das Anlegen der Manschettenknöpfe er-forderte Verrenkungen, aber was war mit dieser Weste? Man musste irgendetwas irgendwo durchziehen? Und dazu die kleinen Gummischlaufen, die um Knöpfe am inneren Hosen-bund mussten?

Seine Frau hielt ihm goldene und silberne Plateauschuhe vors Gesicht.

– Was hast du vor? Willst du die Kronleuchter mitgehen lassen?

– Die sind nur für den roten Teppich, tanzen kann ich da-mit sowieso nicht.

– Nein? Groschen schien erleichtert.

– Freu dich nicht zu früh, ich nehme mir Ballerinas in der Handtasche mit.

– Was mache ich mit der Weste?

– Du musst doch nur … hier durch, siehst du …

– Hilfst du mir auch mit dem Mascherl?

– Fesch, wie ich immer sage, ein Mann ohne Masche ist wie Feuer ohne Asche.

– Und was ist das? Groschen hielt eine gerippte Seiden-
schleife hoch. Ein Suspensorium?

– Bauchbinde, damit du schlanker wirkst.

– Habe ich das notwendig? Egal, lass uns Champagner
trinken, auf unseren ersten Opernball.

– Das ist ein Wort. Her mit dem Zeug!

Groschen holte eine Flasche Moët & Chandon aus dem
Kühlschrank, da klingelte sein Handy.

– Was ist los? Seine Frau hielt ihm ihr leeres Glas hin.

– Ein Mordfall, ganz in der Nähe. Ich muss hin. Er öffnete
den Champagner und reichte ihr die Flasche.

– Jetzt? Im Frack?

– Bis ich den ausgezogen habe, ist die Leiche unter der
Erde. Weißt du, wo die Miesbachgasse ist?

– Luftlinie fünfhundert Meter, aber du findest bestimmt
eine Abkürzung.

Die Nacht war ölig, verschmiert. Schnee dämpfte die Geräusche. Groschen, im Frack mit Pudelmütze und in Pelzstiefeln,
die er in der Eile angezogen hatte, lief zu der Siedlung, benannt nach einem sozialdemokratischen Politiker, »wieder-
errichtet in den Jahren 1947 bis 52« stand an der Fassade, sie
war nur wenige Häuserblocks entfernt.

Am Gehsteig stand ein Porsche mit herausgeflexten Schein-
werfern. Er lief ein Treppenhaus hinauf, wusste, dass müh-
selige und sinnlose Arbeit auf ihn wartete. »Cicivarek« stand
an der angelehnten Tür, darunter handschriftlich »Tschitschi«.

Ein Geruch nach altem Käse. Schuhe, Industriemöbel. Im
Vorzimmer eine Dracaena, knapp davor einzugehen. Blutsprit-
zer saßen wie Käfer auf den Blättern. Dann das Wohnzimmer.
Auf der Couch hockte ein feistes Weib mit blondiertem Haar
und rauchte. Der Polizist daneben salutierte. Groschen wusste
sofort, was los war: eine Familientragödie! Der Raum glich einer Schlachterei, als wäre das Böse entwichen aus der Büchse

dieser qualmenden Pandora. Auf dem Laminatboden lag ein fülliger Mensch, von der Taille abwärts nackt, mit Kronjuwelen wie ein Vogelnest. In seinem aufgeblähten Bauch steckte gleich einer Axt im Holzstock ein Küchenmesser, darunter eine Lache aus Blut, Kot und Pisse.

Im Fernseher lief ein Vorbericht zum Opernball. Der Meister holte seine Staatsgäste am Flughafen ab.

Die Cicivarek sah den Kommissar und musste lachen.

– Saluti tutti. Kommt jetzt der Opernball zu mir?

– Was ist geschehen?

– Der Idiot wollte sich die »Big Bang Theory« ansehen, sagte die Frau in aggressivem Ton, weil ihn diese blonde Nutte aufgeilt. Saluti tutti … Sie war betrunken und zerzaust mit glühenden Wangen, Fettringen im Nacken und verklebtem blondem Haar. Ihre pektoralen Prachtstücke hatten die Größe von Wassermelonen.

– Diese Scheiße auf zwei Beinen … hält sich wohl für Sheldon Cooper … Jetzt ham mir den Scherben auf …

– Cicivarek, Brigitte, sagte der Polizist.

– Sie können Tschitschi sagen. Saluti tutti.

Eine erfolgreiche Beziehung ist ein Balanceakt, diese hier war zweifellos aus dem Gleichgewicht geraten und in eine Schlucht gestürzt.

– Notwehr, sagte sie zu sich selbst. Der Walter wollte, dass ich seine Krampfader inhalier, mir das Bonbon aus Wurst ins Hirn stoßen.

– Notwehr, wiederholte der Polizist, was nichts daran ändert, dass ihr beide verhaftet seid, du und deine verfettete Visage.

Sie sah den Kommissar an, schüttelte ungläubig den Kopf … »jetzt kommt der Opernball zu mir« … und sagte, schuld sei er selbst, der Hirm. Alles habe damit angefangen, dass sie den Falschen erwischt hätten.

– Aber er hat das Handy genommen, man hat uns sein Bild

geschickt. Woher hätten wir wissen sollen … Ich habe gleich gesagt, man lässt sich nicht mit der Mafia ein, schon gar nicht mit der balkanesischen … Sich als Kontrolleur verkleiden, so ein blödsinnige Idee …

Groschen sah sie an, ahnte aber, dass er nichts Genaueres erfahren würde … Da kam ihm ein Gedanke: Malte Dinger! Er kannte die Geschichte der Verhaftung, seine Frau war ihm damit in den Ohren gelegen. In der Silvesternacht hatte sie ihn sogar gesehen … Konnte es sein, dass dieser Malte Dinger ein Verwechslungsopfer war? Seit fast zwei Monaten war er auf der Flucht. Der Kommissar überlegte, wie er ihn finden könnte. Da rief seine Frau an und drängte ihn, sich zu beeilen.

– Der Ball! Du weißt, dass wir spät dran sind? Und ich will unbedingt über den Red Carpet gehen.

Ja, ja, die Zukunft ist ein Teppich.

DIE NACHT DER NÄCHTE

An diesem Abend, sagte der Kommentator im Fernsehen, wird die Erde in Österreich wieder für flach erklärt, nämlich zum Tanzparkett, an diesen Abend werden sich die Debütantinnen ein Leben lang erinnern, an die Musik, die Aufregung, das Prickeln in der Kehle. Das wird die Nacht der Nächte, ein Fest der Sinne, Walzerrausch. Mehr als fünftausend Ballgäste. Hundertvierundvierzig Debütantenpaare, über sechsundvierzigtausend Gläser, von denen mindestens fünfhundert zu Bruch gehen werden, tausend Tischtücher, die am nächsten Tag achtzig Wäschesäcke füllen und siebzehn Wäschereibedienstete beschäftigen werden, viertausend Besteckteile, sechshundert Sektkübel, von denen jährlich um die zwanzig gestohlen werden … Die Liste der Konsumation liest sich wie der Speisezettel einer römischen Garnison: tausenddreihundert Flaschen Sekt und Champagner, neunhundert Flaschen Wein, tausendsechshundert Flaschen Bier, zweitausendfünfhundert Paar Würstel, tausend Petits Fours und Sandwiches, tausenddreihundert Portionen Gulaschsuppe, sechstausend Semmeln. Dazu Millionen Fernsehzuschauer. Hunderteinundsiebzig Blumenarrangements und vierhundertachtzig Blumengestecke, hundertfünfzig Musikerinnen und Musiker, rund dreihundertzwanzig Personen Bewirtungspersonal …

Halb Österreich saß vor der Glotze, um mit kleinen oder größeren billigen Sektflaschen mitzufeiern.

Der Schneefall hatte nachgelassen. Nun fegte wieder ein eisiger Wind durch die Stadt. Am roten Teppich herrschte ein Gedränge wie in einer japanischen U-Bahn zur Stoßzeit. Groschen fühlte sich unsicher – außerdem rieben die Lackschuhe an den Fersen. *Das kann ja Eiter werden. Ich hätte zwei Paar Socken anziehen müssen.* Seine Frau dagegen liebte es, im Promigetümmel mitzuhampeln.

Überall Kameras, Blitzlichtgewitter und Gesellschaftsreporter, die Ziegler, Schliesser, Schneider oder andere Unterschichtnamen hatten. Die beiden Polizisten von A-TV waren zu sehen. *Hubert und Staller.* Alle machten Selfies – der einzige Moment, in dem sie lachten. Vor den Kameras setzte der Verstand aus und ließ die Menschen Dinge tun und sagen, die sie sonst vermieden.

Eine Fernsehmoderatorin, die ihre Karriere einer Liaison mit dem Herausgeber eines politischen Magazins verdankte, drängte sich zu den Fotografen, um ihr lachsfarbenes Kleid zu präsentieren. In Österreich reicht es schon, wenn eine Frau eine passable Figur und gefärbte Haare hat, um als Schönheit durchzugehen, auch wenn ihr Gesicht aussieht, als wäre es beim Naserümpfen festgefroren. Ehemalige Nachrichtensprecher, die Politiker geworden waren, weil die Bevölkerung dachte, sie verkörperten die Wahrheit – dabei lasen sie nur Meldungen vom Teleprompter ab. Eine entkoffeiniert aussehende Astrologin – sah aus wie eine Altenpflegerin auf einer Weihnachtsfeier. Der Chef eines Internet-Wettanbieters namens Bet-man machte ein Gesicht, als hätte er gerade Tollkirschen konsumiert – münzgroße Pupillen.

– Sieh dir mal das Kleid von der an, flüsterte Frau Groschen. Versace auf billig. Eine Nitribitt für Arme. Oder die? Das Kleid schaut aus wie der Store aus dem Raucherzimmer eines slowakischen Hotels vor der Wende. Just diese Dame drehte sich um und sagte zu Frau Groschen:

– Hinreißend! Sie sehen bezaubernd aus, meine Liebe.

– Danke, Sie aber auch, erwiderte die falsche Schlange. Und erst Ihr Kleid. Sehr elegant! Vintage ist immer gut.

– Wer war das?, fragte der Kommissar.

– Keine Ahnung, habe ich noch nie gesehen.

– Herr Kommissar! Hierher! Eine blonde Reporterin, selbst das, wie man in Wien sagte, Gspusi eines Schlagersängers, zerrte ihn und seine Frau vor eine Kamera. Ist das Ihr erster Opernball? Wie gefällt es Ihnen?

– Wie der Maturaball der Republik. *Ein frivoles Phäaken-fest.*

– Abiturentenball! ... für unsere deutschen Zuseher, sagte die Blondine. Und wieder zu Groschen: Netzwerken Sie?

Bin ich ein Fischer?

– Mit wem? Mit Verbrechern? Gibt es hier welche?

Die Reporterin lächelte verlegen, und Frau Groschen zog ihren Mann beiseite.

– Unmöglich warst du wieder. Unmöglich.

– Was hätte ich sagen sollen? Das war eine dumme Frage. Mit wem soll ich netzwerken?

Ein Mann mit langem Haar und Holzfällergesicht lief fast in sie hinein. Frau Groschen grüßte ihn.

– Wer war jetzt das?

– Ein Önologe.

– Was?

– Winzer! Aber Promi-Winzer.

Was es alles gibt! In Österreich existieren offenbar in jeder Sparte Leute, die diesen Prominenten-Status wie einen Adels-titel führen. Promi-Ärzte, Promi-Juristen, Promi-Friseure, Promi-Schneider, Promi-Köche ... fehlten nur noch Promi-Putzfrauen, Promi-Straßenkehrer ... Brombeeren!

In der Ferne erkannte der Kommissar Kressbach, *Promi-Anwalt*, mit Zylinder, weißem Schal und goldener Taschen-uhr. Irgendwie mochte er diesen Pechstubenverwachsler, der Brunch statt Branche, Flatulenzen statt Faulenzen und Agrarzement statt Agreement sagte – auch wenn er beharr-lich gegen die Compliance-Richtlinien verstieß und dem Kommissariat ständig Freikarten für Fußballspiele oder Konzerte schickte.

Dahinter sah er das Tetanusgesicht einer gealterten Operettensängerin, deren auftoupiertes Haar vermuten ließ, sie trüge einen Pudel auf dem Kopf. Die Alte, die niemand unter fünfzig jemals singen gehört hatte, geziert und affektiert, war ein wandelndes Dum-Dum-Geschoß. Aber was sollte man erst von ihrem Walker im mit Pailetten besetzten Frack halten? Der war so schwul, dass man besser den Hintern zusammenkniff, wenn man in seine Nähe kam.

Am Ende des roten Teppichs standen luxuriös uniformierte Kartenabreißer. Groschen wandte sich noch einmal um, sah die Menschenmenge, als ganz hinten eine Stretchlimo vorfuhr. Mitglieder der Regierung. Als der Meister ausstieg und gönnerhaft die Hand hob, applaudierten alle – auch die Groschens.

Wie von selbst bildete sich ein Spalier, tauchten aus dem Nichts zackige, junge Männer, humorlose Gesichter, mit Fähnchen auf, und der LIMES-Tross stolzierte durch.

Meister!-Meister!-Rufe wurden skandiert. Der Meister, eine Symbiose aus Machiavelli, Führer und Papst, lächelte. (Ob er wirklich ein in Alkohol getränktes Tampon im Dickdarm trug?) Ihm folgten Minister, Staatsgäste, der Kardinal und zwei Bischöfe.

Die Veränderung hat begonnen. Jetzt ist einiges anders in unserem Land.

Im Inneren der Oper lag gelbes, klebriges Licht. Groschen glaubte, alle sähen ihn prüfend an. Ja, er war ein Prolet, gehörte nicht hierher. Seine Frau, diese elfenhafte und märchenhaft herausgeputzte Erscheinung, war aufgekratzt, kommentierte alles und jeden.

Zum Glück mussten die Groschens nicht zur Garderobe, wo sich eine Menschentraube halbtot prügelte, um ihre Mäntel abgeben zu dürfen. *Anfängerfehler!* Die Groschens hatten ein Taxi genommen und trotz der eisigen Temperaturen auf Mäntel verzichtet.

An der Feststiege stand die Ballmutter, von der eine trockene, calvinistische Strenge ausging. Die Frau des Chefs der Philharmoniker war in diese höchste gesellschaftliche Position, die eine Frau in Österreich erreichen konnte, gehievt worden, damit sich die Philharmoniker für den Verbleib des Operndirektors aussprachen – umsonst, der Direktor wurde trotzdem abgesägt. Jetzt hing die Ballmutter in der Luft, obwohl sie mit ihrem pfirsichfarbenen Chiffonkleid ... *hat offenbar die Hussen einer Hochzeitsgesellschaft gemopst?* ... dauergrinsend auf der Treppe stand.

Mit eisigem Blick musterte sie den Kommissar. Neben ihr schüttelte ein Grüßaugust mit ziegelrotem Gesicht, der Operndirektor himself, einem Nationalratsabgeordneten die Pfote.

– Ein Knilch, zischte Groschens Frau, der sich mit seinem sechsstelligen Jahresgehalt für die Streichung der Sozialleistungen einsetzt. Der Direktor hat auch gut lachen, heute ist der einzige Tag im Jahr, an dem die Oper schwarze Zahlen schreibt.

Der Kommissar verabscheute diese Gesellschaft, ihr blasiertes Gehabe, ihre Art, affektiert zu sprechen. Dabei ... was war das doch für ein piefiger Haufen. Jedem Weltstar, der sich zufällig hierher verirrte, zu diesem Gipfel hiesigen Kulturlebens, musste diese Ansammlung an schlecht geschminkten, aus der Proportion geratenen Gesichtern provinziell erscheinen – so als verschlüge es den Zeremonienmeister Ludwigs XIV. nach Nischni Nowgorod, Reykjavík oder Tiraspol, um dort einer Bauernhochzeit beizuwohnen.

– Was ist mit dir? Bist du neuerdings im Trappistenorden? Frau Groschen hielt seine Hand und drückte sie. Das sind nicht die Fans der Trapp-Familie. Wie wär's mit ein bisschen reden? Du weißt, das ist das, wo man den Mund auf und zu macht.

– Ich ...

– In Österreich ist noch nie jemand an Oberflächlichkeit zugrunde gegangen.

– Dann bin ich der Erste. Mir geht es wie dem Bruno Kreisky, der über den Opernball gesagt hat, dass der die Rache der Geschichte an den Revolutionären ist.

– Das einzig Revolutionäre an dir ist dein exorbitanter Alkoholkonsum.

Der Kommissar begrüßte Leute, die ihm bekannt vorkamen, sich aber an ihn nicht zu erinnern schienen. Andere, die er nicht kannte, grüßten ihn. Alle hatten ein Lächeln wie Verkäufer von Zeitschriftenabonnements oder Amway.

Diese Ansammlung von Pinguinen mit Mascherln, Abendkleidern und Turmfrisuren ängstigte ihn. Kleinstadtschönheiten in Champagnerlaune. Füllige Matronen, teuer verpackt, pausbäckige Damen, von durchscheinendem Stoff umhüllt. Man machte auf Weltstadtglamour, aber im Aussehen und an der Art zu gehen kam das Bergvolk durch. Das waren knorrige und krumme Beine, gemacht, um über Felssteige zu klettern, durch Wälder zu marschieren, Kuhfladen auszuweichen, in Schweineställen auszumisten, Most oder Wein zu keltern, Kartoffeln zu klauben, aber nicht, um in Tanzschuhen elegant über das Parkett zu fegen. Wie aber erst, wenn sie den Mund aufmachten, dann hörte man Mistelbach, Fladnitz oder Unterstinkenbrunn heraus. *Es ist nur gerecht, dass die Reichen nicht auch noch schön sind. Bewegen können sie sich nicht, es ist, als stünde ihnen ihr eigener Körper im Weg ... keine Anmut, keine Grazie.*

Im Gesicht von Frau Groschen lag ein Lächeln, das er nicht zu deuten wusste. *Kann es sein, dass sie diesen Opernball wie einen zweiten Hochzeitstag erlebt, sich mit dem Kleid, ihrer Frisur und inmitten dieser herausgeputzten Menschen wie eine Prinzessin fühlt?* Aber in ihren Augen lag auch etwas Spott – Hohn über Kleider, die ihre Intelligenz beleidigten, hochgeschnürte Brüste, Frisuren wie Blumengestecke, Damen mit

Damenspitzerl. War das die bessere Gesellschaft? *Dicke, rei-*
che Leute, das Dschungelcamp der Österreicher!

– Offene Haare und entblößte Oberarme gehen gar nicht.
Seine Frau kannte alle, und von jedem dieser Prominenten
oder Halbprominenten wusste sie, was er sich zuschulden
kommen lassen hatte.

– Der Intendant, der sich gerade an der Sektbar aufpudelt,
hat in Deutschland Geld veruntreut und eine viel zu hohe
Abfindung bekommen, die Leiterin des Kulturinstitutes, die
Dicke mit den Bingo Wings, ist schwere Alkoholikerin, der
Steuerberater mit der Nerdbrille hat seine Frau verprügelt,
der Parteisekretär daneben war in einen Korruptionsfall verwickelt, der Frau im Flokati-Kleid wird ein Mehrfach-Verhält-
nis mit Regierungsmitgliedern nachgesagt, und der Theater-
direktor da drüben flüstert jeder Elevin ins Ohr: Kindchen,
wichtig ist, dass du lernst, durch die Möse zu atmen … Schau
dir die geliftete Filmdiva an! Ganz Wien weiß, die hat ihre
Karriere Bettgeschichten zu verdanken. In der Szene heißt sie
nur Wanderpokal. Wenn es aber um sexuellen Missbrauch
geht, sitzt sie stolz im Fernsehen und verkündet kess, bei ihr
sei so etwas niemals vorgekommen …

Und alle machten sie Fotos mit dem Smartephone. *Cheese!*
Wo ist Martin, wo Gordon? Wehe, die Knaben haben sich
gedrückt.

Die Groschens waren mittlerweile auf der Galerie und
blickten zur Tanzfläche. *Keine Spur der Assistenten.* In der
Präsidentenloge, sie war kurzerhand zur Loge des Meisters
umfunktioniert worden, tummelten sich Staatsgäste. Politiker, die versprachen, dass die Sonne in ihrem Land zwei Jahr-
zehnte nicht mehr unterging: Geert Wilders, Marine Le Pen,
Viktor Orbán, Matteo Salvini, daneben die Königin von Bel-
gien … Hand in Hand mit dem neuen Staatspräsidenten von
Vlaams Belang. Außerdem ein Pole von Nowa Prawica und
ein Tscheche von Svoboda a přímá demokracie. Natürlich der

steinalte Gauland von der deutschen AfD. Repräsentanten des neuen Europas, Ur-Arier, die es alle geschafft hatten, die Macht in ihren Ländern an sich zu reißen, um die Europäische Union zu zerschlagen.

Wie hatte der Polizeipräsident gesagt? Die causa prima ist die Bewachung der Präsidenten und des Meisters. In der Politik gehen die Dinge selten so, wie man sie sich vorstellt. Was, wenn jetzt einer losballert? Dann nützten alle Bodyguards nicht viel.

Während Groschen auf die Präsidenten sah und seine Frau sich über den Blumenschmuck mokierte, wurden unter lauten Ohhs und Ahhs riesige Fahnen mit dem LIMES-Logo enthüllt. Die Menge applaudierte.

Zur gleichen Zeit betraten ein Herr im Kaftan mit goldenem Turban und vier Ganzkörperverhüllte die Oper. Niemand hatte gedacht, dass Burkaträgerinnen kommen könnten. Die waren doch verboten! Wie reagieren? Ihnen den Einlass verwehren und einen Skandal riskieren? Damit Österreich als reaktionäres Land dastand? War es da nicht klüger, diese Vollverschleierten gewähren zu lassen? Man hatte sich diskret bei der Ballmutter erkundigt, die eine Entscheidung von solcher Tragweite nicht allein treffen wollte, einen Boten zum Meister schickte, der spontan entschied, die wandelnden Beduinenzelte hereinzulassen.

Weder die Ballmutter noch sonst jemand ahnte, wer sich unter den Burkas verbarg. Männer und eine Bombe! Wieso es keine Metalldetektoren und Sicherheitsschleusen gab? Sie wären ein logistisch kaum zu bewältigendes Unterfangen.

Aber das waren nicht die einzigen Attentäter. Es gab noch Malte, Jules und Filz, die den LIMES entzaubern wollten. Jules reichte es nicht, nachts Parolen wie LIMES = VERBRECHER an Wände zu schmieren. Man könne nicht bloß überwintern, sagte er, müsse sich wehren. Er gebärdete sich wie die Geschwister Scholl. Mutig müsse man jetzt sein, etwas tun, die

Wahrheit verbreiten, bevor es zu spät war. Im Internet war die freie Meinungsäußerung nicht mehr möglich, da wurde alles überwacht und zensuriert. Aber am Staatsball. Da war Gelegenheit.

Seit dem Vormittag trieben sich die drei im Opernhaus herum. Zuerst als Gin-Lieferanten, dann als Handwerker, die an Gerätschaften herumhantierten, bevor sie sich abends in Schale warfen.

Mit einem Beamer wollten sie Fotos von Wöllersdorf projizieren. Sie waren dort gewesen, um das Lager zu fotografieren. Überall Absperrungen, Wachtürme, Stacheldraht, aber dann hatten sie Gefangene gesehen – abgemagert, leere Augen. Auf ihrer grauen Kluft ein großer roter Punkt, »Abweichler« stand darauf.

– Wir dürfen nicht schweigen, hatte Jules getönt. Wir sind das Gewissen, die letzte Bastion der Vernunft. Wenn die Leute uns hören, werden sie beginnen nachzudenken, andere Widerstandsgruppen werden sich bilden, zu Aufständen wird es kommen.

Malte sollte sich das Mikro des Kapellmeisters schnappen und den Ballgästen wie dem Millionenpublikum an den Fernsehschirmen vom wahren LIMES erzählen.

– Mit nassen Tüchern wird man den Meister dann zum Teufel jagen.

Jetzt, da dieser Auftritt unmittelbar bevorstand, hatten sie weiche Knie. Seit dem Einlass herrschte Gedränge. Überall Adelige, die ihre nicht mehr ganz taufrischen Damen Püppi, Erschi, Gaxi oder ähnlich riefen … notorische Ehebrecher. Nach außen etepetete, innerlich verlottert.

Und dann? Erst trauten Malte und Filz ihren Augen nicht, dann sahen sie hinter einer Schauspielerin, deren Frisur an versprudelte Eier erinnerte, und DJ Ötzi, der eine Art gestickten Nachttischlampenuntersetzer auf dem Kopf trug, die Georgier.

– Die Willis!

– Welche Willis? Jules strich sich blondes Haar hinter die Ohren.

– Georgier, Killer, kennen wir aus dem Gefängnis.

– Was haben die vor?

– Denen ist alles zuzutrauen. Vielleicht ein Attentat?

Malte und Filz fielen zusammen wie Schneemänner im Frühling.

– Was wollen die? Einem Musiker die Nase blutig schlagen?

– Nein, wir müssen hinterher. Die haben Waffen. Habt ihr den Geigenkasten gesehen? Wenn die hier ein Blutbad anrichten, ist unsere Aktion sinnlos.

Also schlichen Malte und Filz den Willis hinterher. Jules wollte sie zurückhalten, doch vergeblich.

DIE VERSCHWÖRUNG DER PINGUINE

Die Visitenkarte Österreichs? Eine Freakshow! Groschen kippte bereits das dritte Glas Champagner, während seine Frau noch am ersten nippte.

– Mach so weiter, und du stehst bald auf einer Lebertransplantationsliste.

– Kein Alkohol ist auch keine Lösung. Ich fühle mich hier wie bei einem Perchtenlauf im Weißen Rössel. Schau dir diese aufgebrezelte Lady an. Mit dem Kleid wird sie eine Brezen reißen.

Er sah zu den Logen, erkannte Personen des öffentlichen Lebens: Schauspieler, Schönheitschirurgen, Steuerberater. In der Proszeniumsloge produzierte sich ein Rundfunk-General vor einer Millionenerbin. Dann sah er den Bürgermeister von Untergrutzenbach. Wer war noch in der Loge? *Nein!* Esther Hauenstein – sie hatte ein kleines, zynisches Lächeln aufgesetzt, ihre herablassende Haltung drückte Verachtung aus. Und daneben Lotte Kalterer! Auch Berenice, Xaver, Katalin und Meinrad waren da. Dem Kommissar schossen Fragen durch den Kopf. Da forderte ihn Meinrad zum Besuch der Loge auf.

– Muss das sein? Die Stimme von Groschens Frau klang gereizt.

– Lässt sich nicht verhindern. Sollten wir uns verlieren, treffen wir uns bei Roger Willemsen! … Das war ihr Code, weil Roger Willemsen so groß gewesen war, dass er alle überragt hatte. Zwar war Roger Willemsen tot und zudem nie am Opernball gewesen, doch der Spruch war geblieben, stand für den größten Mann im Raum.

– Schön, dass Sie gekommen sind. Meinrad lächelte so verspannt wie eine Leinwand im Keilrahmen. Negative Aura, aber fahrig, wie Groschen ihn noch nie erlebt hatte. Haben Sie gesehen, flüsterte er dem Kommissar zu, die Leute von der Witwentröstermafia sind hier. Die müssen Sie einkassieren. Sofort!

– Herr Kommissar Broschen! Was für eine bezaubernde Frau haben Sie da! Ihre Schwester?

– Meine Lebensgefahr, aber angetraut. Groschen umfasste sein Weib.

– Darf ich wenigstens heute auf etwas Sympathie hoffen? Das zerronnene Mascara hatte Esthers Augen in schwarze Höhlen verwandelt, und ihr Kleid sah aus, als wäre sie während einer Malaktion durch Jackson Pollocks Atelier gegangen. Aber was war da über ihre Lippen gekrochen? Ein Kompliment? Was machte die Untergrutzenbacher Sénilité dorée hier? Sie löste in Groschen einen Assoziationsfunken aus, der aber gleich wieder erlosch – er ahnte die Eleganz einer Gleichung, bei der alle Variablen gelöst waren. Weiter als bis zu dieser Ahnung kam er nicht. Seine Frau seufzte und rückte den Ausschnitt ihres Kleides zurecht. Sollte diese Mischpoche Branko gefoltert haben, um herauszufinden, wo das Gold war? Und Jasmin? Der Übersetzer? Die Gedanken an die Morde waren zäher, als er vermutet hatte. Alle hier besaßen großes Geschick, Menschen zu täuschen, und der Kommissar spürte, wie sehr Wahrheit und Lügen in dieser Sippschaft zu einem engmaschigen Teppich verwoben waren.

– Sie müssen uns vor der Mafia beschützen, flüsterte nun Xaver Richtung Kommissar, sonst wickeln uns die an den Gedärmen auf.

– Warum sollte sich der Kommissar dazu herablassen? Esther zeigte auf den Blumenschmuck der Balustraden und flötete:

– Wissen Sie, wie diese Blumen heißen? Papsthoden.

– Beachten Sie sie nicht, sagte Katalin im cremefarbenen Designerkleid mit gewagtem Dekolletee. Ihren Willen zu bekommen macht sie glücklich.

– Ihr denkt bloß an euer Erbe. Aber umsonst, weil ich bin pleite. Alles weg.

– Ist das wahr? Der Bürgermeister machte ein gespielt entsetztes Gesicht.

– Wenn Sie uns nur eingeladen haben, um an Mutters Geld zu kommen … Berenice, sie hatte tatsächlich einen Greenpeace-Button anstecken, schloss mit der Hand einen imaginären Reißverschluss an ihren Lippen. Meinrad sagte etwas von Geistesadel, Kulturelite und katholischem Sadomasochismus.

Unten im Parkett begann gerade die Eröffnung. Das Orchester spielte die Echo-Arie aus Bachs »Weihnachtsoratorium«. Balletttänzer mit straußeneiergroßen Suspensorien und Ballerinen auf muskulösen Zahnstocherbeinen schwebten über die Bühne, ein bekannter Sänger schmetterte Lehars »Dein ist mein ganzes Herz«. Da stürmte Martin in die Loge, schrie:

– Bei den Debütantinnen ist Panik ausgebrochen, sie haben einen abgetrennten Kopf in ihrer Garderobe.

– Was?

– Ich habe es über Funk erfahren.

Sie rannten aus der Loge, drängten sich durch das Gästegewühl, hochgereckte Handys, stießen mit einem Kamerateam zusammen. Vorbei an einem kleinen Buffet, an dem man sich mit einer Armada an Stielgläsern, Batterien an Champagnerflaschen und Geschwadern an Brötchen aufmunitioniert hatte, um diese Schlacht zu überstehen.

– Wartet auf mich. Mit den hohen Stöckeln kann ich nicht so schnell, jammerte Frau Groschen.

– Ich weiß nicht, ob du nicht besser …

– Hier herumstehen wie ein Verkehrsschild? Sicher nicht!

Weiter ging es durch einen Saal mit kleinen Tischen, dünnpfifffarbenen, nein, goldenen Stühlen mit Sitzflächen aus rotem Samt … Eine Band spielte gerade »Mackie Messer« … Schließlich landeten sie im Parkett, drängten durch Crêpesatinkleider, Velours Chiffon, Silberspitzenstoffe in Rosé, Orgien aus Strass, Diademe, Colliers, umrüschte Wesen, durch Parfümwolken und verschwitzte Leiber.

– Wo sind die Garderoben des Jungherren- und -damenkomitees?

Groschen sah Frauen, die entlaufenen Hühnern glichen, Flamingos und Pelikane in Glitzerkleidern. Männer mit Orden, die sich aufplusterten wie Pfaue. Schließlich, als Mittelpunkt in der Voliere, die von Fotografen und Kamerateams umlagerten Kuckuckskinder – die Burkas. *Warum sitzen diese Kameltreiberweiber und der Vogel im Bademantel nicht in einer Loge? Was, wenn die unter ihren wallenden Stoffgewändern Maschinengewehre haben?*

Es gab Sicherheitsbeamte, die vor Monitoren saßen und sämtliche Kameraübertragungen kontrollierten. Sie bemerkten nichts.

Als der Kommissar noch an diese Verhüllten dachte, stürmten andere die Bühne. Zwanzig junge Herren mit Schärpen und roten Baretten bildeten eine Formation, hielten Säbel in die Luft und skandierten:

– Ehre, Freiheit, Vatermord! Männer an den Herd! Lang lebe das Matriarchat!

Der Kommissar sah genauer hin und erkannte, diese Usurpatoren des Ballsaales waren Mädchen mit adipösen Schultern und Cello-Hüften. Sie hielten keine Säbel, sondern Plastikdildos in die Höhe. Auf ihren Schärpen stand in Frakturschrift »Burschenschaft Hysteria«, daneben war eine schematisierte Hyäne abgebildet. Und inmitten dieser Schar – Julia Schäfer. Seine Bürohilfskraft hatte ihr blondes Haar zurückgegelt und sah aus wie eine Mischung aus Nick Nolte und David Bowie.

– Ehre, Freiheit, Vatermord!, hallte es durch den Raum, in

dem sich sonst Tenöre in verfettete Herzen sangen, hohe C an der Decke klebten und selbst die Vorhänge und Polsterüberzüge mit Musikpartikeln getränkt waren. Das Publikum war irritiert. Zuerst hielt man den Auftritt dieser Burschenschaft für einen Teil der Eröffnungsshow, als aber der Meister eine wegwerfende Handbewegung machte, Ordner und Polizisten kamen, die strampelnden und kreischenden Weiber hinaustrugen, wurde klar, hier war eine Störaktion im Gange. Abgesehen von ein paar Buh-Rufen blieb es ruhig, Frau Groschen applaudierte, ihr Mann schüttelte den Kopf.

Ehre, Freiheit, Vatermord? Man muss ja nicht wie der selige Hugh Hefner Frauen einen Bommel auf den Hintern kleben und ihnen Hasenohren aufsetzen, aber das geht zu weit.

– Dir gefällt so was? Der Kommissar blickte seine Frau skeptisch an.

– Natürlich. Solange der Equal Pay Day nicht auf den 31. Dezember fällt, ist mir jede Form von Emanzipation recht. *Es wird noch so weit kommen, dass sie mir zum Geburtstag ein Emma-Abo schenkt.*

Nun kamen die Debütantinnen und Debütanten. Hundertvierundvierzig Paare. Der Einzug dieses Eröffnungskomitees erinnerte an die Lipizzaner der Spanischen Hofreitschule. Man sah, wie der Tanzmeister seinen Pferdchen Beine machte. Sie wurden regelrecht hineingepeitscht. *Was ist mit dem abgetrennten Kopf?*

Im Haar der Mädchen funkelten Krönchen, ein von den Donauwellen inspiriertes Karl-Lagerfeld-Design, den Burschen stand die Pubertät noch im Gesicht. Alle hielten schamhaft den Kopf gesenkt. Viele waren wohl als Greise auf die Welt gekommen, die vorgezeichnete Beamtenlaufbahn hatte sich bereits in ihren Milchgesichtern eingegraben. War das die Zukunft? Die Jeunesse dorée? Ein paar hübsche Gesichter und wache Augen immerhin waren auch darunter.

Und los ging es mit den Voltigier-Übungen. Die Paare bildeten Reihen und begannen ein kleines Intermezzo an Verbeugungen, hielten Händchen, wechselten die Plätze, lächelten wie Flugbegleiter, wenn gerade beide Triebwerke ausgefallen waren.

– So etwas muss man mögen … Wessen Söhne und Töchter sind denn das? Alteingesessene Akademiker, Adel, der sich rühmt, Kronprinz Rudolf die Leibschüssel gereicht zu haben, hochrangige Beamte, deren Ahnen dem Kaiser Bleistifte spitzen oder Würstel in den Senf tunken durften, ausländische Diplomaten – genetisch deformiert mit ausgelutschten Gehirnen wie ein zerkauter Kaugummi. Selbst der Kommissar spürte ein Knistern. Die bessere Gesellschaft Wiens sah wohlwollend auf ihre Söhne und Töchter. Wahrscheinlich dachten nicht wenige an die Mühsal der Geburt, die Plagen der Erziehung, und waren jetzt stolz und froh, ihren Nachwuchs in der Gesellschaft ankommen zu sehen. Manche hatten Tränen in den Augen. Schwer zu sagen, warum. Weil sie das alles an die eigene Jugend erinnerte? Oder aus Verzweiflung ob der mangelnden Eleganz ihrer Sprösslinge? *Florales und Defloriertes*. Verbeugungen, Knickse, Drehungen und käsiges Tête-à-Tête. Nicht nur Groschens Frau war tief ergriffen.

Als die Dressurübung zu Ende war, betrat der Zermonienmeister die Bühne und krächzte jene zwei magischen, ans Sakrale grenzenden Worte, auf die hier alle zu warten schienen, nein, nicht »ozapft is«, sondern:

– Alles Walzer!

Quasi der Urknall im Walzeruniversum. Das Ballkomitee begann sich akkurat im Linkswalzer zu drehen. Ein erhebendes Schauspiel, ein mechanischer Apparat mit hundertvierundvierzig Rädchen. Das Orchester schmierte Johann Strauß in ihre Gelenke. Aber dieses harmonische Gedrehe währte nicht lange, drängten sich doch sofort zahlreiche Ballbesucher auf die Tanzfläche, pressten sich als weitere Räder oder Sandkörner ins Getriebe, um dem Dreivierteltakt wippend zu frönen. Polka-Schritte, Landler, Käfer zertreten, Cakewalk ... Alles Mögliche war zu sehen, nur kein Walzer. Man stieg sich auf die Füße und den Damen aufs Kleid – und schon war aus dem harmonischen Tanzkosmos ein chaotisches, überall klemmendes Uhrwerk geworden, das sich, so viel war gewiss, den ganzen Abend nicht mehr reparieren ließ.

ZWEI LEBEN IN DREI VIERTELN

– Lass uns auch tanzen. Bitte! Die Augen von Groschens Frau glänzten.

– Ich tanze nicht.

– Komm, ich führe.

– Genau das fürchte ich.

Käme der Kommissar ihrem Wunsch nicht nach, würde sie ihn den Rest des Abends grillen. Also nahmen sie Haltung an … Die Luft war wärmer als ein Kinderfurz, und es roch wie in einem Turnsaal, in dem gerade Schulklassen ein zweistündiges Zirkeltraining absolviert hatten.

Alle drehten sich im Gemisch aus Licht, Ton und Farbe. Der Walzer hatte, wie es heißt, Wien die Revolution erspart, er sei eine Marseillaise der Herzen, die die Füße hüpfen macht. Den Kommissar erinnerte er an Flugangst und Sicherheitshinweise, weil die Austrian Airlines seit Jahrzehnten vor dem Start und nach der Landung Walzer spielten.

Lauter nachgemachte Menschen, die sich Kleider ausborgten und darauf warteten, für eine Gratiszeitung fotografiert zu werden. Wenn man denen versprach, dass sie ins Fernsehen kämen, wenn sie rückwärts gingen, sie täten es … *eins, zwei, drei … eins, zwei, drei …*

Die Töne des Orchesters schmierten alle ein. Einzelne Noten stiegen hoch, platzten wie Seifenblasen. Plötzlich tanzte Kressbach mit einer jungen Partnerin im Arm neben den Groschens.

– Haben Sie die Burschenschafterinnen gesehen?, zischte der Anwalt Richtung Kommissar. Frauengruppe, Schaukeltruppe, krause Puppen, Graupensuppen … Ehre, Freiheit, Vatermord! ... Sie hatten übrigens recht, ich habe Persenbeugs Unterlagen gefunden.

– Wirklich? Was steht drin?

– Irre relevant, nein, irrelevant! Der war ein Querulant, ein Wichtigtuer.

– Was drinsteht, will ich wissen.

– Ach, Herr Kommissar. Beten ist Silber, Leiden ist Gold. Oder wie der heilige Loddar Matthäus einst gesagt hat, jetzt müssen wir ein bisschen Sand in den Kopf stecken.

– Sagen Sie schon!

– Vergessen Sie es. Haltloses Zeug.

– Nämlich?

– Lügenkresse! Lügenkresse! ... Na schön. Er war besorgt wegen einer Wasserleitung nach Saudi-Arabien. Kompletter Unfug. Panikmache. Vom Klimawandel ist da die Rede, von einer Versteppung Mitteleuropas ... Waldbrände in Skandinavien, Überflutungen, Schädlinge wie die tropische Riesenzecke würden hier heimisch werden, über kurz oder lang käme es zu Malaria, Zika, zum Krim-Kongo-Fieber ...

Strauß ging anständig zu Werke, trommelte zart, violinierte kernig, warf Fagotte und Oboen in die Schlacht. Die Musiker spielten, wie man in ihren Kreisen zu sagen pflegte, wie die Sau, als wäre der Teufel hinter ihnen her, während der Dirigent herumfuchtelte wie ein Voodoopriester. Zwei, drei Sätze waren nicht zu verstehen. Erst als Kressbach von den Haarpaketen sprach, verstand ihn Groschen wieder:

– Die kommen von einem Geschäftsmann.

– Wie heißt er? Aber da war Kressbach samt seiner Begleiterin wieder in der Menge abgetaucht, verlor sich irgendwo im Getümmel ... *eins, zwei, drei, eins, zwei, drei.*

– Halte die Hand ausgestreckt! Brust raus! Frau Groschen sprach im Kommandoton.

Der Kommissar konzentrierte sich mehr auf das Geschehen in den Logen. Die Politiker schienen sich zu amüsieren.

Diese Ur-Arier feiern die Zerschlagung Europas. Ein Stockwerk höher interviewte der österreichische Rundfunk eine eingebürgerte russische Operndiva, die noch nach Jahrzehnten nicht in der Lage war, einen einzigen deutschen Satz unfallfrei zustande zu bringen. Daneben wurde gerade der steinalte Baumeister hereingezerrt, der eine abgehalfterte, aber mit gewaltigen Glutei maximi ausgestattete Hollywooddiva nach Wien geholt hatte.

– Seltsam, sagte Frau Groschen, die Schönheitschirurgie macht alle Frauen gleich, ob Hollywooddiva oder Porno-Starlet, alle sehen aus wie Mumien. Mit Lippen wie Pavianärsche.

Aber was war bei den Untergrutzenbachern los? Waren da nicht? … Bullige Männer mit kahlrasierten Schädeln. Die Witwentröstermafia! Was ging da vor sich?

– Entschuldige, aber ich muss … Roger Willemsen! … Der Kommissar ließ seine Frau stehen und rannte los. Zuerst musste er sich durch die Tanzenden schlängeln, dann durch Händchen haltende Pärchen, vorbei an Kamerateams und Menschenansammlungen, eine Treppe hochhasten, mitten durch Austern schlürfende Japaner, um endlich bei den Logen anzukommen. Malte, Jules und Filz suchten rasch das Weite, aber Groschen beachtete sie nicht. Unsicher stand er vor den Türen, stieß aufs Geratewohl eine auf und blickte in einen sperrangelweit aufgerissenen Mund. Es dauerte, bis er in dieser Fratze Carlo Faist, den golfnärrischen Bürgermeister, erkannte. Und dann sah er, dass zu seinen Füßen etwas Zitterndes kauerte! Lotte! *Wer sonst?* Die beiden spielten, jetzt sah er es, das Bonbon-aus-Wurst-Spiel – Fellatio.

– Entschuldigung! Weder der Bürgermeister noch seine kauende Zitadelle beachteten ihn.

Groschen wollte in die Nachbarloge, doch diese war versperrt. Er stieß die nächste Tür auf, sah dichtgedrängt Menschen um einen Tisch hocken.

– Ah, der Kommissar! Welch Glanz in unserer bescheidenen Hütte.

Einige hoben ihre Sektflöten und prosteten Groschen zu, der sprang trotz seiner Körpermasse auf den Tisch, stieg in einen Teller voller Lachsbrötchen, hob einen halbverzehrten Hummer hoch, warf ihn einer verstörten Dame zu, ging zur Brüstung, beugte sich in Richtung Nebenloge, um zu sehen, was da passierte.

Im selben Augenblick verstummte die Musik, stand der Meister an der Brüstung seiner Loge, sprach mit weicher Joghurtstimme etwas von neuer Weltordnung und seinem Bestreben, ein Volk von freien, glücklichen Menschen zu schaffen, von seinem Kampf für ein großes, freies Österreich. Er zitierte Leibniz:

– Der Herrscher ist der erste Diener seines Staates.

Und in der Nachbarloge? Wieder ein aufgerissenes Maul und Augen, in denen diesmal aber nichts Lüsternes, sondern nackte Angst stand. Die Georgier hatten Xaver gepackt und hielten seine Hand, nein, nur einen einzigen Finger in eine Heckenschere.

– Eine neue Zeit ist angebrochen, sagte der Meister. Wir erleben ein großes Schisma. Es gibt nur für uns oder gegen uns! Seit der großen Wende strahlt die Bewegung ihr helles Licht in die Welt hinaus, ist der schmähliche Verrat an den Interessen der Heimat gestoppt … Es geht um die Eindämmung des Chaos, die Zurechtweisung der Barbaren, die lustfeindlich, rückschrittlich und frauenverachtend sind …

– Bitte nicht, schrie Berenice. Bitte! Meinrad und Lotte hatten ihre Köpfe abgewandt. Lotte? Wer war dann die einen abkauende Bürgermeister-Zitadelle? Katalin? Und Esther? War das ein zynisches Lächeln auf ihren Kinski-Lippen. Die komplett humorlosen Georgier. Doch da war noch jemand … Groschen erkannte ihn: Edi aus Split.

– Hören wir bald, wo ist Gold?

– Ich weiß es nicht! Ich habe es nicht, ich … Xaver quiekte in einer Mischung aus Angst und Panik. Er blickte verstört zur Heckenschere, worin sein Finger steckte.

– Freiheit, Ehre und Wohlstand! Wir alle sind Geschöpfe des LIMES. LIMES ist der Sinn, der uns gefehlt hat. Seit der großen Wende … seit die entfesselte Elementargewalt der Bewegung über das Land hinwegbraust … Die Stimme des Meisters war wie ein Hefepilz, hatte etwas Sanftes, Sakrales. Fünftausend Ballgäste und Millionen an den Fernsehschirmen hingen an seinen Lippen. Alle, nur Groschen und die Leute in der Hauenstein-Loge nicht.

Edi machte eine Handbewegung, die Heckenschere wurde zum Raubtierkiefer, schloss sich, ein Blutstrahl schoss hervor, Xaver schrie, auch Berenice.

– Unerschütterlich! Unser Glaube ist unerschütterlich, proklamierte der Meister. Wir sind keine Vasallen des Sozialstaates mehr, keine Knechte der überkommenen Demokratie. Die große Wende hat das Rasen Richtung Abgrund gestoppt. Wir sind bereit, gegen die Invasion des Multikulti zu kämpfen. Die offene Gesellschaft hat ihre Chance gehabt und ist gescheitert. Daher brauchen wir nun Ordnung, Strenge und Kontrolle. Nichts kann den LIMES besiegen, nichts kann ihn überwinden! LIMES ist vollkommen! Und niemand, der sich uns in den Weg stellt, wird ungeschoren davonkommen …

Groschen rief Martin, den er im Parkett erblickte.

– Komm sofort rauf! Nimm eine Einheit mit.

Da drehte sich Edi um, sah den Kommissar, klatschte in die Hände, sagte etwas von Mario Puzo, Alberto Moravia, Richard Sennett und seinem Lieblingsbuch, dann zog er eine Pistole.

Glock 19!

– Tut mir leid für Sie! Waren sympathisch. Obwohl sollten Sie mehr lesen, Monsieur Maigret.

Die Ballgäste applaudierten fanatisch. Waren das die neuen

Herren? Die Besseren? Das Orchester spielte einen Triumph-marsch, und der Meister strahlte.

Groschen zuckte zurück, griff nach einer Champagnerfla-sche und zog sie Edi über den Kopf.

– Kishon! In Pubertät habe ich geliebt Ephraim Kishon. Kleines, reaktionäres Arschloch.

Die Menge tobte.

– Meister! Meister! Bravo! Manche im Saal mussten an das Bild der Präsentation des Staatsvertrages denken, ande-ren fiel der Empfang des Skihelden Karl Schranz auf dem Hel-denplatz ein, und fast niemand dachte an Hitler.

Wenig später stürmte eine Spezialeinheit der Polizei die Loge, nahm die Willis fest. Sanitäter verbanden Xavers Finger und kümmerten sich um den bewusstlosen Edi.

Die Hauensteins sahen den Kommissar schweigend an, und einer der Willis sagte, als er abgeführt wurde:

– Ich will ins Gefängnis nach Georgien, da gibt es alles: Frauen, Alkohol, kann man alles kaufen, während in Öster-reich … da werden zwar auch Insassen von Wärtern umge-bracht, aber …

Xaver jammerte, Berenice sagte, er solle sich nicht so an-stellen, Ibuprofen oder Parkemed nehmen, und Meinrad sprach von der intellektuellen Brillanz des Meisters. Seine zu-rückkommende Frau beachtete er nicht, flüsterte stattdessen dem Kommissar ins Ohr:

– Der Meister ist wie Gilles de Rais. Wenn es sein muss, frisst er seine Feinde auf.

Groschen griff nach einer Champagnerflasche, trank. Er hatte das Gefühl, dass das noch nicht alles war, sich die ei-gentliche Tragödie erst anschlich und bereitmachte. Vorerst aber kam nur Martin und raunte, dass sich der Kopf in der Garderobe der Debütantinnen als Scherz herausgestellt hatte, als Requisit aus dem Opernfundus.

Während sich die Aufmerksamkeit auf den Meister und das Treiben in den Logen konzentrierte, hatten sich die als Scheich und Burkadamen verkleideten Skinheads in die Mitte der Tanzfläche gedrängt. Sie tanzten eine Art griechischen Volkstanz, der mit Walzer so viel zu tun hatte wie Käse mit Bäumen.

– Keine Angst, flüsterte Scheich Emanuel. Das Wichtigste für einen Geschäftsmann ist ein kühler Kopf. Und wir sind Geschäftsleute, unser Geschäft ist der Befreiungskampf. Du lässt die Bombe fallen, und danach machen wir uns aus dem Staub. In drei Minuten sind wir draußen, und dann zünden wir.

– Wann genau? Faxe keuchte.

– Sobald du das Zeichen hörst, machen wir Butter bei die Fisch.

Da stockte die Musik, die nach der Meister-Rede angehoben hatte, und der Oboist … Was passierte im Kopf dieses Musikers? Während Dirigenten einen der gesündesten Berufe ausüben, werden Orchestermusiker krank: Cellisten bekommen Rückenbeschwerden, Geiger, die vor Trommeln sitzen, einen Gehörschaden und Violinespieler Ekzeme am Hals. Klarinettendaumen, Querflötengenick, Trompetenlippengeschwülste … Musiker leben gefährlich. Am schlimmsten aber trifft es Oboisten, die werden verrückt. Der Druck im Mundinnenraum, durch das Instrument nur ungenügend abgebaut, schädigt das Gehirn. Der Oboist also spielte einen zwar richtigen Ton, aber zum falschen Zeitpunkt, sodass nun ein monotones, an Walfischgesang erinnerndes Tönchen durch den Ballsaal rollte.

– War das ein Zeichen? Gibt es jetzt Butter bei die Fisch? *Jawohl!*

Faxe ließ die um den Bauch gewickelte Platte Plastiksprengstoff zu Boden gleiten. Das Ding, nicht größer als ein Schulheft, hatte die Dicke eines Omeletts. Wurde der Sprengkopf gezündet, flog die ganze Oper in die Luft.

Was diese Geschäftsleute der Zerstörung nicht wussten, Filz hatte sie erkannt, nicht das veränderte Gesicht von Emanuel, sondern Faxes X-beinigen Wiegeschritt – der hatte sich Filz eingebrannt. Malte, Jules und Filz waren daher nicht mehr den Willis hinterher, sondern den Nazis.

Malte hörte die Stimme Persenbeugs, die ihm befahl, den Nazis auf den Fersen zu bleiben. Nun, als sie den Sprengstoff sahen, wussten sie bescheid.

– Bombe!, riefen sie wie aus einem Mund.

– Bombe!

Malte und Jules nahmen die Verfolgung der Flüchtenden auf. Der fette Filz dagegen, der teigige Bursche mit den melancholischen Augen, drängte zu der Sprengstoffplatte, Bombe!, vorbei an fliehenden Tänzern, Damen, vorbei an Seitenblickemenschen, die ähnlich den Unberührbaren in Indien sonst nur ihre Kastenzugehörigkeit zelebrierten, jetzt aber panisch durcheinanderliefen, Kameras um- und Karmas wegwarfen.

Filz drängte sich durch einen Schwarm gelähmter Gesichtsmuskeln, toupiertes, an Insektenkokons erinnerndes Haar, Unmengen Stoff. Er wurde umgeworfen, rappelte sich hoch, sah die Platte, warf sich ohne zu zögern darauf und begann zu zählen. Die letzten Sekunden seines Lebens.

Als er bei sechzig angelangt und immer noch nichts geschehen war, blickte er hoch. Schnappatmung. Das Parkett war leer. Die Ballgäste pressten sich an die Seitenverkleidung, drängten zum Ausgang. Alle Orchesterstühle waren verwaist, die Logen leer. Achtzig. Noch immer nichts, fünfundneunzig. Nichts.

Vor der Oper warteten Polizisten auf die Nazis, die sich von den Burkas längst befreit hatten.

– Die Bombe!, brüllte Faxe. Butter bei die Fisch! Wir müssen weg.

– Die Bombe geht nicht hoch, du Strohkopf. Scheich Emanuel schlüpfte aus dem Kaftan. Darunter trug er Jeans und einen Sweater mit dem LIMES-Logo.

– Nicht? Warum?

– Weil sie nicht hochgehen kann. Emanuel machte ein Gesicht, als müsste er einen Trauerfall verkünden. Ich bin vom Verfassungsschutz. Man hat mich umgedreht.

– Du hast uns verraten?

– Für die höhere Idee.

– Pfui. *Da wird die Butter ranzig, stinkt der Fisch!* Faxe ließ sich widerstandslos festnehmen. In seinem Gesicht standen Verzweiflung und Entsetzen.

Immer noch drängten Menschen aus der Oper, um sofort ihren Twitter-, Instagram- und Facebook-Status zu kontrollieren, die Frohbotschaft »Ich bin in Sicherheit!« abzusetzen.

Aber nichts geschah. Lautsprecher verkündeten die Entwarnung!

– Dank des unermüdlichen Einsatzes unserer tapferen Ordnungshüter, verlautbarte eine Stimme, ist es dem LIMES gelungen, einen feigen und hinterhältigen Anschlag zu verhindern.

Filz lag noch auf der Platte, zitterte wie ein Parkinsonkranker. Dreihundertsechzig. Da trat der Meister an die hell erleuchtete Brüstung der Präsidentenloge, stand im goldenen Licht und verkündete mit väterlicher Stimme:

– Alles in Ordnung. Keine Panik. Der LIMES hat eine gemeine Verschwörung aufgedeckt, hinter der der Vizepräsident steckt. Das Meisterlein wurde bereits abgeführt. LIMES hat alles unter Kontrolle. Sie können sich nun wieder amüsieren.

WANTED MAN

Die Orchestermusiker nahmen langsam wieder ihre Plätze ein und begannen zu spielen. Filz, umringt von Polizisten, hob den Blick. Keine Bombe? Er klopfte seinen massigen Körper nach etwaigen Verletzungen ab. Der Polizeipräsident hob den Sprengstoff auf, drängte Filz zur Seite, reckte seine Brust heraus und ließ sich stolz mit dem Corpus delicti fotografieren.

Vor der Oper lief Malte Groschen in die Arme. Der Kommissar packte ihn am Handgelenk:

– Dageblieben! Ich hatte heute eine Begegnung mit einer gewissen Tschitschi, die mir etwas von einer Fahrscheinkontrolle erzählt hat … So wie es aussieht, hat sie mit dir den Falschen erwischt.

– Sage ich doch.

– Eigentlich wollte sie einen Xaver treffen … *vermutlich Pamperl*. Es geht um ein Handy und um eine Festnahme aus fadenscheinigen Gründen … Wahrscheinlich wird sich auch der Tod von Persenbeug noch klären.

– Sie glauben …?

– Noch steht der Mord des Zellengenossen im Raum und auch die Flucht, aber ich kann dir jenen Menschen zeigen, dem du alles das verdankst. Groschen deutete auf Edi, der gerade auf einer Bahre hinausgetragen wurde.

– Der da? Wer ist das?

– Ein Mafiaboss aus Split.

– Der hat mich in der U-Bahn kontrollieren und verhaften lassen?

– Scheint so.

– Und warum?

– Wegen Gold.

Malte stürzte zu Edi, riss ihn hoch:

– Du also! Du hast mein Leben kaputtgemacht. Er sah ihn mit ungläubigen Augen an. Edi murmelte etwas von Turgenjew, Verprügeln und Dichterlesung, doch Malte wandte sich angewidert ab, ging ein paar Schritte und steckte sich eine Zigarette in den Mund.

– Komme ich jetzt wieder ins Liesl, Landl oder nach Stein?

– Wenn du darauf bestehst. Groschen gab ihm Feuer. Es kann aber auch sein, dass du den Tumult, der hier herrscht, ausnutzt, um verlorenzugehen. Der Kommissar lächelte und ging davon.

– Moment! Herr Kommissar! Ich habe auch etwas für Sie. Malte setzte ihm nach und gab ihm den Datenstick. Vielleicht sehen Sie sich das mal an, damit Sie wissen, für welche Regierung Sie arbeiten.

– Hm. Ja, vielleicht.

Malte blickte ihm nach. Als er die Zigarette austreten wollte, bat ihn eine großgewachsene junge Frau mit wallenden braunen Locken, die ihre abstehenden Ohren überdeckten, um eine Zigi.

– Was?

– Zigarette! Schweizer Dialekt.

– Kommen Sie aus Zürich? Er hielt ihr die Schachtel hin.

– Aus dem Aargau. Wieso? Die junge Frau nahm Malte die fast abgebrannte Zigarette aus der Hand und brachte damit ihre eigene zum Glühen.

– Weil ich in Zürich eine Brieffreundin habe … Beatrix Ammann.

– Sind Sie …? Das gibt es nicht … Mendel Singer … nein, warten Sie … Malte Dinger? Ich bin Beatrix!

– Auf dem Foto sahen Sie viel …

– Das ist eine Freundin. Ich habe nur geschrieben, weil ich an einer Dissertation über Lebenslängliche arbeite.

– Dann habe ich wohl etwas gut. Wollen wir tanzen gehen?

– Sind Sie nicht flüchtig?

– Ja, aber so wie es aussieht, ist gerade meine Unschuld aufgetaucht.

– Na dann. Warum nicht?

– Sie sind allein auf dem Ball?

– Mein Begleiter ist geflohen, als er von der Bombe hörte.

– Feigling! Malte umfasste ihre Hüfte, spürte den erhitzten eidgenössischen Körper und zog sie Richtung Taxistand. Er war keineswegs bereit für eine neue Beziehung, musste erst einmal alles verarbeiten, sich selbst wiederfinden, und dennoch wurden in seinem Gehirn Glückshormone ausgeschüttet, waren seine Knie weich wie Pudding.

OPERNBALL OVERKILL

Groschen war zufrieden, die Nazis und die Mafia waren verhaftet, und abgesehen von den großen Zehen, die in den Lackschuhen schmerzten, den wundgeriebenen Fersen und dem vom Hemdkragen aufgescheuerten Hals war alles bestens. Wirklich? Irgendetwas fehlte … natürlich: seine Frau! Wo trieb sie sich herum? *Mit ihrem Orientierungssinn, hoffentlich findet sie zur Tanzfläche.* Er eilte in den Ballsaal, hielt Ausschau nach Roger Willemsen, doch sah er keinen, der alle überragte. Und auch vom Haarturm im Zebrastreifenkleid war nichts zu sehen.

Er irrte durch Gänge und Treppenhäuser, fand einen von Lichtstreifen und Rhythmen zerhackten Raum, die Techno-Disco. Seine Frau? Nein, nur junge Affen und Kompostis – Flatus-Thrombose-Fossile mit so stark geschminkten Weibern, dass sie unter das Vermummungsverbot fielen. Der Kommissar kam zu einer Schneider-Werkstatt, wo die stylischen Unfälle – zerrissene Kleider, Stöckelschuhbrüche, abgerissene Knöpfe und ähnliche Großkatastrophen – repariert wurden. Keine Frau Groschen! Und in der Kantine, dem einzigen Ort, wo die Preise moderat waren? Tatsächlich drängten sich in dem kleinen Kellerraum Ballgäste, Musiker, Prinzessinnen – manche hatten ihre Schuhe ausgezogen und die verschwitzten Füße hochgelagert. Einige Herren, ohne Mascherl und mit aufgeknöpften Frackhemden, rauchten. Hier verkam der glamouröse Ball zu einem ordinären Beisel. Groschen kämpfte gegen die Müdigkeit, gegen den Wunsch, nach Hause zu fahren und ins Bett zu fallen. Seine Füße schmerzten, die Rückenmuskulatur war verspannt.

Plötzlich griff ihm eine Dame an die Brust und drückte ihm mit »Sie haben da etwas« einen Zettel in die Hand. Der Kommissar blickte ihr nach, sah einen Kim-Kardashian-Stockerlhintern, dabei war es nur ein Cul de Paris, ein umgeschnalltes Rosshaarpölsterchen, klappte dann den Zettel auf und las: »Für hundert Mille loss i dei Oide frei! Modus operandi folgt. Keine Polizei, das wäre konträr. Gezeichnet der Entführer.«

Groschen schnappte nach Luft.

Er drängte sich durch einen Gang, sah eine abgehalfterte Operettensängerin, *Vogelnestfrisur*, einen für sein Dauerdelirium bekannten Zeitungskolumnisten, aber kein Zebrastreifenkleid. Überall standen welche und betrieben Networking, wie Verhaberung auf Neudeutsch hieß. Leute, die darüber redeten, wie sehr ihr Tun der Allgemeinheit nützte. Personen des öffentlichen Lebens, die in sorgfältig gewählten Sätzen LIMES und den Meister lobten.

– Hol i olle o, i hol eich olle o, sang ein Betrunkener.

Zurück auf der Tanzfläche – umtschitschi, umtschitschi –, spürte er sein Herz rasen. Keine Frau. Kein Roger Willemsen. Er blickte hoch, sah, dass bei den Präsidenten alles in Ordnung war, aber darüber, in der ORF-Loge, standen zehn Männer an der Brüstung, die wie auf Kommando – genau als die picksüßen Hölzel, also die Klarinetten, zu einem Zwischenspiel ansetzten – ihre Hosen herunterließen und begleitet von Ohhh- und Ihhh- und Ahhh-Schreien ihr Gemächt entblößten.

Die Zeigzeugen!

Kurz darauf stürmten Polizisten das Szenario, wurden die Exhibitionisten abgeführt.

– Haben Sie das gesehen? Das ist mal eine Redoute! Martin war mit einer Sektflöte ausgerüstet, grinste.

Groschen überreichte ihm den Brief des Entführers, den sein Assistent kopfschüttelnd las.

– Was wollen Sie jetzt tun?

– Champagner trinken. Der Kommissar blickte in die Logen. Die ersten Gäste waren schon gegangen. Erstaunlich, dass die Hauensteins noch nicht die Flucht ergriffen hatten.

Im Parkett begann die Mitternachtsquadrille. Der Zeremonienmeister gab Kommandos, die zuerst langsam erklärt und ausgeführt wurden, dann aber in einem Höllentempo bewältigt werden mussten: linke Dame, rechter Schritt, Herr zurück, Dame kommt, Partnerwechsel, zweiter Herr, Schritt zurück, erste Dame kehrt, Drehung vor, und zurück … ein Riesenspaß. Gelächter. Am Ende stolperten alle durcheinander. Danach bildete man mit den Händen Tore, durch die, angepeitscht von einem Galopp des schönen Edi Strauß, die gebückten Paare laufen mussten.

Als das wilde Gehopse zu Ende war, griff sich ein kleiner Mann mit krätziger Haut das Mikrofon und brüllte etwas von Aufmerksamkeit und Ruhe. Er hatte einen Revolver und ein Manuskript in der einen Hand, mit der anderen hielt er die Ballmutter.

Ja, spinnen jetzt alle?

Da erkannte der Kommissar den Gemeindesekretär Edwin Kalterer – ziemlich abgemagert. Was? Schweiß stand auf seiner Stirn, er schoss in die Luft, setzte gerade zu einer Erklärung an, sagte »Die Menschen sehen nur das Äußere, Gott sieht das Herz. Was?« Da, als hätte ihm Gott das Herz gepresst, sackte er zusammen, kippte um, ließ die völlig verdutzte Ballmutter einfach stehen und hauchte noch ein allerletztes Was.

Kaum jemand hatte bemerkt, dass er von einem Scharfschützen getroffen worden war. Wie konnten sich die Geschicke nur so gegen ihn verschwören? Kalterers Leiche wurde weggetragen, und niemand, kein Wunder, bei allem, was schon vorgefallen war, schenkte dem Beachtung.

Die Musik setzte wieder ein, und als das Licht in die Präsidentenloge fiel, war zu sehen, wie der Meister den Polizeipräsidenten anbrüllte. Nach einem kurzen Moment der Verlegenheit trat er ins Licht und verkündete, zur Feier der großen Wende einen neuen Kalender einzuführen:

– Die Verfassung ist aufgehoben, wir befinden uns heute Nacht in der Stunde null!

Die Menge applaudierte frenetisch.

Groschen ließ sich das Manuskript bringen und las nichts Geringeres als ein Geständnis! Edwin Kalterer hatte Branko ermordet, weil er ihm entlocken wollte, wo sich das Gold befand. Was? Das Gold, wurde da behauptet, gehörte eigentlich den Menschen der Gemeinde Untergrutzenbach. Deshalb hatte er auch Jasmin auf dem Gewissen, die mit Branko ein Verhältnis gehabt und das Gold von diesem Gigolo bekommen hatte. Die Erklärung enthielt Details, die nur der Mörder wissen konnte. *Also doch!* Jasmin hatte den Einbruch vorgetäuscht, tatsächlich war das Gold nie außerhalb der Hauenstein-Villa gewesen. Branko hatte es versteckt, wollte damit ein neues Leben mit Jasmin beginnen, doch hatten sie nicht mit Kalterer gerechnet. Der hatte erst ihn gefoltert, später sie, um an die vierzig Kilo Gold zu kommen, die er dann, so weit die Conclusio dieser Confessio, der katholischen Kirche gespendet hatte.

Der Kommissar war unglücklich. Weniger, weil der Staatsanwalt recht gehabt, sondern weil seine Menschenkenntnis ihn getrogen hatte. Sein Gehirn sträubte sich gegen diese Information. Er fühlte bleierne Erschöpfung, verließ das Gebäude und atmete tief durch.

Ein gutsituierter Herr bot ihm eine Zigarette an, die er ohne zu überlegen nahm.

– Kannten Sie den Mann, der eben die Ballmutter entführen wollte?

– Den Gemeindesekretär?

– Armer Kerl, sagte der Zigarettenspender, während er Groschen Feuer gab.

– Warum?

– Er war schwerkrank. Krebs. Unheilbar. Ich habe ihn eine Weile behandelt.

– Sie sind Arzt?

– Sehe ich so aus? Nein, Krankenpfleger.

– Dann sollten Sie nicht rauchen. Groschen warf seine Zigarette weg und rannte wieder in die Oper. Es war doch nicht so, wie es schien. Er wollte gerade die große Treppe hochhasten, als ihm Gordon und Filz den Weg versperrten.

– Der behauptet zu wissen, wer Ihre Frau entführt hat.

– Ich bin mit ihm gesessen. Filz sah zu Boden, wollte nicht sagen, dass es Malte gewesen war, der seinen Zellengenossen erkannt und von der Entführung erzählt hatte, die dieser Tigerwilli seit Monaten plante.

– Sein Name ist Wettl, ein Berufsganove.

– Kenne ich. Groschen überlegte, was wichtiger war, die Befreiung seiner Frau oder die Festnahme eines Mörders.

– Kümmere dich darum, Gordon, ich habe jetzt anderes zu tun. Er stieß seinen verdutzten Assistenten beiseite, »aber Ihre Frau?«, hetzte weiter, suchte die Loge der Hauensteins, stürmte hinein und sah Esther zufrieden an ihrem Tisch sitzen. Ein gutaussehender Mann mit gebräuntem Gesicht und kurzem, grauem Haar stand neben ihr.

– Ah, Herr Broschen. Darf ich Ihnen Emil Schwein vorstellen? Einer der bedeutendsten …

– Wir hatten bereits das Vergnügen. Schwein, einen LIMES-Anstecker am Kragen, nickte und stahl sich hinaus.

– Haben Sie nun Brankos Mörder?

– Ja.

– Armer Kalterer.

– Ein Todkranker macht ja viel, vielleicht sogar alles … Er hat eine andere Einstellung zum Leben.

– War Kalterer krank?

– Sie wissen es. Und nicht nur das, Sie haben ihm auch Geld für eine Therapie versprochen. Oder war es für seine Kinder? Für seine Frau?

– Warum hätte ich das tun sollen?

– Weil Sie es gewesen sind, die Branko und Jasmin ermordet hat.

– Sie haben Phantasien, junger Mann. Die dünnen Lippen formten sich zu einem Kinski-Mund und lächelten höhnisch.

– Nicht nur Phantasie, Frau Hauenstein, nicht nur. Mörder übersehen oft das Offensichtlichste. Groschen ging zu Esther, blickte unter den Tisch, zog den schweren Samtvorhang zur Seite, und ehe sie danach greifen konnte, hatte er ein kleines schwarzes Kästchen in der Hand.

– Sie wissen, was drinnen ist?

– Ich denke schon. Er klappte es auf und sah ein Abzuggehäuse mit Schulterstütze, einen Lauf mit Zielfernrohr, ein Magazin … Es waren die Teile eines Präzisionsgewehrs. *Wie hat sie das hereingeschmuggelt?*

– Kaltblütig sind Sie, sagte er, aber, wie viele Mörder, zwanghaft. Das, was Ihnen die endgültige Absolution bringen sollte, das Geständnis Kalterers, ist nun Ihr Verhängnis geworden.

– Sie haben mich von Anfang an verdächtigt.

– Erst seit ich die tote Jasmin gesehen habe. So richtet man nur jemanden, den man abgrundtief hasst. War es Eifersucht? Oder Hass auf die Vergänglichkeit?

– Sie wissen nicht, wie es ist, alt zu sein. Ihr Gesicht war völlig unbewegt, die Stimme schwach.

– Und warum Branko? Haben Sie ihn nicht geliebt? War es sein Verhältnis mit Jasmin?

– Ich bitte Sie, Herr Kommissar. Kennen Sie den japanischen Knöterich? Eine invasive Schlingpflanze ohne natürliche Feinde, wuchert alles zu. Genauso war Branko. Er wollte alles, mein Geld, meine Häuser, die Firma, aber als er mich mit Jasmin und dem Gold verlassen wollte … Wissen Sie, Herr Broschen, die Leute am Land sind gemein und brutal. Vielleicht liegt es an der Nähe zum Tod? Haben Sie sich umgesehen in Untergrutzenbach? Da ist der Tankwart gleichzeitig Metzger, und der Wirt macht seine Würste selbst, jeder Bauer ist auch Jäger … Die Menschen haben nur ein Kleidungsstück: die Arbeitsschürze. Alles ist so unglaublich hässlich … Ich hätte in die Stadt gehen müssen. Mein Leben lang habe ich gedacht, ich bin zu gut für einen Maurer, eine Baufirma, zu gut für Untergrutzenbach. In meiner Jugend war ich Unterwäschemodel, nannte mich Esther de Foubouché, weil mein Mädchenname Fotzbach war.

– Womit haben Sie das Mädchen umgebracht?

– Wissen Sie noch, wie ich Ihnen im Garten das unscheinbare Gewächs gezeigt habe? Datura stramonium, auch als Gemeiner Stechapfel bekannt. Macht willenlos. Tödlich war das Insulin, Überdosis. Lässt sich sehr leicht spritzen.

– Und warum haben Sie Kalterer nach Split geschickt?

– Ein Angebot an die Mafia, damit Ruhe ist.

– Aber er hat es vermasselt?

– Ein kindischer Rotzlöffel und ein Querulant. Wissen Sie, warum der Kalterer so schlecht auf uns zu sprechen war? Seine Mutter hat jahrelang den Vater meines Mannes gepflegt, weil sie gehofft hat, etwas zu erben. Als sie dann leer ausgegangen und kurz darauf gestorben ist, hat der Herr Gemeindesekretär uns dafür verantwortlich gemacht.

– Woher wussten Sie von seiner Krankheit?

– Wir hatten denselben Arzt, den Doktor Fasszieher.

– Und Sie wollten sehen, ob er käuflich ist?

– Sie sind naiv, Herr Broschen. Ich habe den Arzt gekauft, damit er ihm eine Krebsdiagnose attestiert und ihn auch gleich behandelt.

– Das ist nicht wahr?

– Kalterer war kerngesund. Vielleicht ein schwaches Herz, aber sonst …

– Noch einmal, damit ich es verstehe, Sie haben den Arzt bestochen, damit der dem Kalterer eine Krebsdiagnose stellt?

– Ich musste lange warten, bis ich ihn zu fassen bekam. Ehrliche Leute bereiten nur Probleme. Aber so konnte ich den Ed manipulieren. Todgeweihte machen alles, wenn man ihnen Geld für lebensverlängernde Maßnahmen verspricht.

– Sogar ein falsches Mordgeständnis?

Esther lächelte ein Gutsherrinnenlächeln:

– Jedenfalls habe ich Kalterer aufs Kommissariat geschickt, weil ihn das unverdächtig machte.

Groschen war sprachlos.

– Und mir fiel es schwer, mir vorzustellen, wie Sie den toten Körper der Jasmin aufhängen konnten.

– Dann haben Sie in der Schule nicht aufgepasst. Mechanik!

– Fast wären Sie davongekommen.

– Wissen Sie, was ein Kairos-Erlebnis ist? Der günstigste Zeitpunkt. Als Kind habe ich einmal eine tote Amsel in die Hühnersuppe geworfen und mich daran erfreut, wie die Brühe gegessen worden ist. Seit ich auf Brankos Pläne draufgekommen bin, ist das Leben für mich sinnlos.

– Aber Leute zu manipulieren macht dir Spaß?, sagte Meinrad, der in die Loge getreten war.

– Wenn du glaubst, dass ich mich jetzt bei dir oder meinen Töchtern entschuldige, bist du schief gewickelt. Ich werde mich nie entschuldigen, niemals, weil ich ihre Mutter bin.

Esther lachte. Es war ein schreckliches, abgründiges Lachen.

Martin führte Esther ab.

Meinrad Ofaire goss sich Champagner ein, bot auch Groschen ein Glas an.

– Schrecklich. Und alles, weil sie unzufrieden war. Sie lebte in ihrer eigenen Welt, und die Wahrheit war immer nur zu Besuch bei ihr.

– Damit ist sie nicht allein.
– Werfen Sie mir etwas vor?
– Würde Sie das wundern?
– Nein.

DAS PHANTOM DER OPER

Beim Verlassen der Hauenstein-Loge begegnete dem Kommissar eine betrunkene Dame im Konfettikleid.

– Der Zettelpoet, lallte sie, hat die Toiletten vollgeklebt. Sie musste aufstoßen und drückte Groschen ein Blatt Papier in die Hand. »LIMES bedeutet Schlimmes. Viel Getöse. Einen Namen hat das Böse. Meister heißt er« stand darauf. Aber lassen Sie sich nicht damit erwischen, brabbelte die Besoffene, umarmte den Kommissar und verkündete:

– Lauter Sprüche gegen die Regierung. Aber Obacht. Für so etwas wandert man in das Gefängnis.

Der Zettelpoet! Einer, der Widerstand leistet.

Was war mit seiner Frau? Groschen geriet in Panik: Überall saßen betrunkene und derangierte Menschen. Wie spät war es? Bestimmt nach vier. Er sah Ballbesucher, die sich Blumen aus der Deko zupften, andere hatten von der Garderobe ihre Mäntel abgeholt und warteten, dass ihnen die Herren- und Damenspenden ausgehändigt wurden.

Die Tanzfläche war beinahe leer. Dafür lagen Hunderte Haarspangen herum und haufenweise Kunsthaarbüschel. Groschen blickte zu den Logen. Keine Regierung mehr, kein Baumeister und keine Halbprominenz. Kellner räumten Tische ab.

– Hast du mich vergessen? Ein wandelnder Zebrastreifen kam ihm entgegen – seine Frau. Ihr Anblick war wie Blumen aus Licht, ein Feuerwerk. Sie sah aus, als ob nichts geschehen wäre, ruhig, wenn auch mit glasigen Augen. Hatte sie getrunken?

Hinter ihr waren Gordon und Wettl, der Entführer.

– Ist dir etwas zugestoßen? Groschen umarmte seine Frau und gab ihr einen Kuss.

– Alles in Ordnung. Dieser Gentleman, sie lallte und deutete auf Wettl, war ausgesprochen höflich. Er hat mich in einer Garderobe eingesperrt.

– Aber mit Schampus und Lachsbrötchen. Verstehn S'? Wettl senkte den Kopf, ohne seinen unverschämten Gesichtsausdruck verbergen zu können.

Groschen betrachtete den kleinen Mann mit dem Haarschwänzchen und den drei tätowierten Punkten am Handrücken.

– Bin ich dir abgegangen? Seine Frau tat sich schwer mit der Artikulation, sah ihn aber herausfordernd an.

– Natürlich. Ich …

– Dein Assistent hat mich befreit. Nur fürs Protokoll!

– Und diese beiden haben mir geholfen. Gordon zeigte auf Filz und Jules, die schüchtern im Hintergrund standen.

– Konträr! Wettl schluckte. Ich riech an Kieberer zehn Meter gegen den Wind. Ihr habt eine eigene Ausdünstung. Verstehn S'? Von euch Häusln lass ich mich im Normalfall nicht einnähen, aber im Winter ist es draußen viel geschissener als im Häfen …

– Wie bitte?

– Nichts. Wettl spürte, dass dies nicht der richtige Augenblick war, seinen Wortschatz zu ändern.

Gordon führte ihn ab. Groschen strich über die Wange seiner Frau und spürte, wie ihn Müdigkeit übermannte.

– Und ihr? Was ist mit euch? Der Kommissar blickte zu Filz und Jules.

– Wir wollten die Menschen wachrütteln, sagte Jules. Sie haben den LIMES gewählt, weil sie mehr Gerechtigkeit wollten. Aber was für eine Gerechtigkeit ist das? Geld für Flüchtlinge aus Kriegsgebieten? Gerechte Löhne? Chancengleichheit? Nein, deren Gerechtigkeit sind harte Strafen, Abschiebungen und Arbeitslager. Wir gehören nicht dazu. Leute wie uns nennt man die Gestrigen. Österreich ist ein primitiver, unaufgeklärter Staat mit der schlechtesten Regierung, die man sich denken kann.

– Hat Ihnen Malte etwas gegeben?

– Meinen Sie das hier? Groschen zog den Datenstick hervor. Was ist darauf gespeichert?

– Sehen Sie es sich an.

– Und ziehen Sie die Konsequenzen, ergänzte Filz.

– Herr Kommissar! Sie sind noch hier? Haben Sie uns gesehen? Julia Schäfer lachte, erblickte Groschens Frau, war kurz verlegen. Das war eine Aktion. Die Burschenschaft Hysteria hat zwar den ganzen Abend im Anhaltegefängnis verbracht, aber das war es wert. Mich hat man freigelassen, weil ich bei der Polizei beschäftigt bin. Außerdem ist mein Mantel hier. Die anderen dürfen hoffentlich zu Mittag raus. Die Bürohilfskraft lüpfte ihr rotes Barett und rannte Richtung Garderobe.

Vor der Oper wurden Faschingskrapfen und Zeitungen verteilt.

– Iss nicht alle auf einmal, sagte Frau Groschen zu ihrem Mann, der einen Hefeteigklumpen in sich hineinstopfte und schon einen zweiten in der Hand hielt.

Der Schnee knirschte unter ihren Schuhen. Müde stapften sie in Richtung der Taxis, wo Kressbach stand.

– Auch ein bisschen frische Schuft lappen? Besser eine Schwanzgierige als eine Ganzschwierige. Der Promi-Anwalt entschuldigte sich gleich bei Groschens Frau.

– Was für eine Nacht. Unvergesslich! Jetzt noch eine bosnische Serbensuppe und dann mit Lophia Soren ins Bett … Schade nur, dass sich ein Klient umgebracht hat.

– Was? Wer denn?

– Moment. Darhinozeros … Kressbach nahm Frau Groschens Zeitung, blätterte, fand schließlich, was er suchte, und zeigte auf das Bild einer gelockten Frau.

– Aber da steht »abgängig«?

– Heute Nacht hat man ihn gefunden, erhängt. Frost lag auf Kressbachs Stimme.

– Ihn? Frau Groschen war irritiert.

– Ein Transsexueller. Ich kann ihn verstehen. Jetzt, da Homosexualität mit Zuchthaus bestraft wird. Die müssen jetzt in einem Steinbruch arbeiten. Das wollte er halt nicht, und seine Identität als Iris konnte er nicht ablegen.

Iris? Groschen dachte an die Strozzigasse und wusste, woher er diesen Toten kannte.

Im Taxi blätterte Frau Groschen in den Zeitungen, aber nicht die Lokalnachrichten oder der Sport weckten ihr Interesse, nicht einmal die Verdächtigungen mancher Maghreb-Staaten, der Anschlag auf den Weihnachtsmarkt könne von LIMES initiiert gewesen sein, sondern nur die Ballberichterstattung. Da war von einem schillernden Traum von Lichtern, Stoffen und Blumendekorationen die Rede, waren die schönsten Kleider des Abends und verschiedene Prominente abgebildet. Die Groschens waren nicht dabei, auch nicht die Hauensteins, dafür Emil Schwein, Döblinger und seine Frau.

Am Horizont zeichnete sich ein klarer, kalter Tag ab. Frau Groschen wusste, sie würde ihrem Mann die langen Unterhosen heraussuchen, und er würde sie nicht anziehen.

Montag, 25. Tag der neuen Zeitrechnung, nach der alten wäre es der 10. März 2025.

Die Einrichtung hatte etwas Rustikales. An den Wänden hingen Webarbeiten und Landschaftsmalereien. Auf der Speisekarte gab es Gerichte mit eingelegtem Gemüse (Murături asortate), geschnittene Schweineohren samt überbackenen Zwiebelringen, diverse Salate, Soljanka, Borschtsch und Strudel (Plăcintă) in Variationen mit Käse, Kartoffeln, Fleisch. Daneben Eintöpfe, Bœuf Stroganoff, Pelmeni und andere gefüllte Teigtaschen. An den Nachbartischen wurden riesige Fleischportionen und lange Holzbretter mit zwölf Biergläsern serviert.

Groschen bestellte ein Chişinău Draft und blickte aus dem Fenster: Schlanke, dunkel gekleidete Menschen kämpften sich durch den Schneefall. Schmutzige, noch aus Sowjetzeiten stammende O-Busse, pistazienpuddinggrün oder milchkaffeebraun. Die Männer hatten eine einheitliche Kurzhaarfrisur, die Frauen waren so arm, dass es nicht einmal für Schminke reichte. Oder lag es am langen Schatten der Mädchenhändler, die zu Beginn des Jahrtausends, als die Wirtschaft zusammengebrochen war, alle jungen Frauen an deutsche, türkische oder südamerikanische Bordelle verschachert hatten?

Es gab auf dieser Welt Städte mit klingenden Namen: Fontainebleau, Baton Rouge, Tallahassee, Brazzaville, Coimbra, Havanna, Valparaíso … Städte mit dem Reiz des Exotischen – Chişinău zählte nicht dazu. Dennoch hatte sich der Kommissar überreden lassen, in die Republik Moldau zu fliegen.

Edi war nach dem Opernball aus dem Krankenhaus geflohen und wollte ihm etwas zeigen; nun saß Groschen in dem Lokal, das Strudel hieß, trank Bier und sinnierte über den Inhalt des Datensticks, den ihm Malte Dinger zugesteckt hatte. LIMES war dabei, eine Diktatur zu etablieren. Grausige Dinge waren geplant, ein totalitärer Überwachungsstaat ohne Pressefreiheit, mit Arbeitslagern. Was sollte man dagegen tun? Wem konnte man sich anvertrauen? Seine Frau wollte nichts riskieren. Von Martin und Gordon wusste er nicht, wie sie dazu standen. Jeder konnte ein Denunziant oder Spitzel sein. Andere wie Horowitz, der Portier im Kommissariat, früher ein bescheidener, höflicher Mensch, ließen jetzt den Herrn heraushängen, waren arrogant und hochnäsig, glaubten, sich alles erlauben zu dürfen. Und der Opernball? Was für eine bizarre Veranstaltung! Man müsste einen Krimi schreiben, in dem der Stargast des Baumeisters entführt oder gar ermordet wurde. Tatsächlich gab es nur ein Opfer – Kalterer, vielleicht den einzige Anständigen in diesem Panoptikum der Verkommenheit, von Esther Hauenstein betrogen und erpresst. Die internationalen Gäste hatten den Meister gefeiert, ebenso die Ballbesucher, dabei hatte der LIMES Österreichs Wasser an die Saudis verkauft. Niemand ahnte die Auswirkungen, Persenbeugs Studie, worin von Grundwasserknappheit, Versteppung, Waldbränden und neuen Schädlingen die Rede war, blieb verschollen. Und wer hatte Persenbeug ermordet? Korrupte Gefängnisbeamte im Auftrag der Regierung, so sah es aus.

Endlich tauchte Edi auf. Er roch nach kaltem Aschenbecher, reichte dem Kommissar die Hand und bestellte einen doppelten Espresso.

– Haben Sie keine Angst? Ich könnte Sie verhaften lassen!

– Wegen kleinen Finger? Haben »Opernball« von Haslinger Josef Sie gelesen? Guter Roman! Finger war Reminiszenz.

– Beihilfe zur Flucht! Sie haben den Ausbruch der Georgier organisiert.

– Brauchte Leute, um Hauensteins Angst zu machen. Aber, müssen Sie gratulieren mir, war gutes Einfall mit Nonnen in Lieferwagen.

– Warum sollte ich nach Moldawien kommen?

– Möchte ich, dass Sie etwas miterleben morgen. Heute, wenn Zeit haben, fahren wir nach Butuceni zum Kloster in Orheiul Vechi, ist einmalig.

– Gibt es dort Weihrauchkapseln? Die sollen gut für die Gelenke sein.

Als sie aufbrachen, sahen sie eine Demonstration mit Hunderten moldawischen Fahnen.

– Für Wiedervereinigung mit Rumänien, sagte Edi. Aber was passiert dann mit Transnistrien? Gagausien? Was bleibt von Republik Moldau? Da hinten ist Jerusalemstraße, einzige Straße, auf der Häuser stehen, wo es keine Adresse gibt. Niemand wohnt in Jerusalemstraße. Häuser gehören alle anderen Straßen. Jerusalemstraße ist wie Moldau. Ärmstes Land Europas mit am meisten schrumpfender Bevölkerung. Existiert, aber niemand lebt.

Edis Skoda roch wie neu. Entlang der Straße standen Nussbaum-Alleen, dahinter lagen verschneite Weinberge. Manchmal kam ihnen ein Pferdekarren entgegen, sonst waren vor allem Rauch ausstoßende Lkws unterwegs. Die Holzhäuser in den Straßendörfern hatten blaue Fensterrahmen, blaue Giebel, manche auch blaue Zäune und Fassaden.

– Wird alles verkauft, sagte Edi. Leute wollen ins Ausland. Durchschnittseinkommen hier fünfzig Euro pro Monat. Alle wollen Westen. Warum? Was ist Versprechen?

– Ich weiß nicht … Geld?

An fast jeder Kreuzung stand ein Kruzifix, in jedem Dorf ein überdachter Brunnen.

– Moldau ist wie Scheidungskind zwischen Russland und Westen, beide streiten, beide geben Geschenke, aber Scheidungskindern gehen es niemals gut.

Sie sahen verrostete Fahrzeuge, Kriegerdenkmäler und schön restaurierte Basiliken.

– Waren in Sowjetzeit Planetarien, jetzt hat Kirche Geld – sonst niemand. Bei Sowjetmonumente sind Symbole rausgeschlagen und mit Zement gefüllt – typisch für Moldau. Symbole weg, aber kein Ersatz.

Sie erreichten den Felsrücken oberhalb des Flusses Răut und gingen zu Fuß zum Höhlenkloster, das im 13. Jahrhundert Mönche in den Fels geschlagen hatten. Bereits beim Öffnen der Tür hörten sie ein monotones Gurgeln – liturgischen Gesang. Im Dunklen ging es Treppen hinab, und sie kamen zu einem kleinen Altarraum voll mit goldenen Ikonen, die im Schein von dünnen honigfarbenen Kerzen strahlten. Ein bärtiger Priester stand an einem großen Buch mit Goldschnitt und psalmodierte mit dem Rücken zur Gemeinde die Abendmesse. Alte Frauen warfen sich inbrünstig zu Boden, als ob Jesus gerade eben gekreuzigt worden wäre, weißhaarige Männer summten »Amen«.

Was für ein ergreifender Moment, der Groschen direkt in die Seele fuhr. Er war nicht besonders gläubig, aber das war ein Naturschauspiel – die Felsengrotte, der Gesang, die Ikonen im Kerzenschein, die armen Gläubigen. Es war wie aus einer anderen Zeit.

Edi zeigte dem Kommissar eine kleine Tür, die zu einem schmalen, schneebedeckten Felsvorsprung führte. Es war windstill, aber auf dem steinernen Balkon lag eine dicke Eisschicht, unter ihnen ging es hundert Meter in die Tiefe. Die Aussicht war märchenhaft: ein riesiges verschneites Tal, durch das sich der Fluss Răut schlängelte.

– Wenn Sie mich loswerden wollen, können Sie mich hier hinunterstoßen, sagte Groschen.

– Ich bitte Sie.

War es das, was Edi dem Kommissar zeigen wollte? Diese Aussicht? Sie standen eine halbe Stunde auf dem Felsen und blickten schweigend in das Tal. Es dämmerte, und dicke Schneeflocken patzten ihnen ins Gesicht. Vom Altarraum drang die reine Stimme des Priesters, und Groschen hatte das Gefühl, eins zu sein mit der Welt, mit dem Universum, mit sich selbst. *Wäre ich Gott, die Menschen würden mir wie Ameisen vorkommen, Ameisen, die unverständlichen Arbeiten nachgingen, sich gegenseitig bekämpften, wie wild herumrannten, um ein paar Brösel in den Bau zu schleppen … Dann gab es welche, die Essen auslieferten, damit andere zu Hause fernsehen konnten, wieder andere arbeiteten in Supermärkten, auf Baustellen oder als Müllbeseitiger, in Spitälern, und es gab Köche, Lehrer, Brandbekämpfer, aber schließlich waren da auch welche, die nichts anderes taten als zu beten, und das war beruhigend, das war gut und schön.*

Auch auf der Rückfahrt schwiegen sie. Groschen trank in der Hotelbar zwei Bier und fiel danach in einen tiefen, traumlosen Schlaf. Er wusste immer noch nicht, weshalb er hier war, was er sich erhoffte. *Chişinău?* Eine Stadt wie aus einem anderen Jahrhundert. Das Wasser im Badezimmer roch nach Chlor. Edi hatte nur verraten, dass sie nach Comrat in Gagausien fahren würden. Weshalb, hatte er nicht gesagt.

Wieder eine lange Autofahrt, doch jetzt war Edi gesprächiger. Er erzählte von Moldau, früher das westlichste Gebiet der Sowjetunion … fruchtbares Land, Millionärskolchosen. In der Stalinzeit hatte jede Familie Angehörige an Sibirien verloren, Leute wurden grundlos auf die Kommandantur bestellt und verschwanden – manchmal für zwanzig Jahre, manchmal für immer. Diejenigen, die nach zehn Jahren zurückkehrten, hatten sich arrangiert, denen war nicht zu trauen. Er zeigte Groschen die Sozialbauten aus der Chruschtschow- und der Breschnew-Ära, daneben einstöckige Bürgerhäuser, früher von jüdischen Kaufleuten bewohnt.

– Es gibt hier Juden, sagte Edi, die an King Moshiach glauben, den sie für Erlöser halten, obwohl Rabbi Schneerson, wie King Moshiach eigentlich hieß, bereits 1994 gestorben und der Jüngste Tag noch nicht angebrochen, das Goldene Tor in Jerusalem verschlossen nach wie vor ist.

– Wie? Groschen war irritiert. Juden, die an einen irdischen Erlöser glauben?

– Nur ein Teil im Judentum … Die anderen machen nix Lärm darum, das schon einmal schiefgegangen.

– Wie heißt dieser Erlöser?

– Schneerson! Man kann Gott nicht vorschreiben, wie er nennen seinen Sohn soll, aber Schneerson von einem eigenwilligen Humor zeugt. Oder können Sie vorstellen sich, dass ein Mendel Schneerson ist Erlöser? Das könnte von Woody Allen stammen. Gott Schneerson? Oder heißt Gott Schneer?

Das Land war flach wie bei Untergrutzenbach, aber besaßen die Leute deshalb Weitblick und Weltoffenheit? Spiegelte sich diese Landschaft im Charakter der Bewohner wider? Bei den Untergrutzenbachern nicht. Auf der Straße stand ein zerzauster Fuchs, und Edi sagte – endlich rückte er damit heraus –, sie würden zu einer Beerdigung fahren.

– Waren drei Brüder in Moldau. Sind alle drei gegangen in Westen. Haben zwei gearbeitet zwanzig Jahre lang für Schwein Emil, haben gemacht Plastikschokolade auf Autos, auf Kräne, in Swimmingpool, Plastikschokolade auf Häuser, auf alles, was kann vorstellen. Ist ein Bruder geworden krank. Mundhöhlenkrebs. Behandlung hat gekostet viele hunderttausend Euro. Nix Versicherung. Chemo, Immuntherapie … Und Schwein? Sagt er nema problema? Sagt er, macht euch keine Sorgen? Nix Muie! Millionenschwerer Künstler hat beide geworfen raus und, als ob das nicht genug, verklagt, weil angeblich haben zerkratzt ein Auto. Da hatten zwei andere beschlossen, ihn zu rächen. Auszunehmen alte Witwen. Ist Bruder zwei Branko und Bruder drei Edi.

– Was? Sie?

– Ich! Sollen Sie sehen Beerdigung von Branko. Sollen Sie sehen Witwe und Kinder, sollen Sie sehen, was Branko war für ein Mensch, was hat getan.

– Branko wird erst jetzt beerdigt?

– Hat gedauert Überführung und Genehmigung so lang.

– Und Brankos Frau in Holland?

Edi lachte.

– Aber der erste, der kranke Bruder, ist erstochen worden?

– Von Killer aus Ukraine. Wusste er zu viel über Schwein, LIMES, verkauftes Wasser … Wollte er alles erzählen Presse … futu-ti Cristosii si Dumnezeii mă-tii!

– Und das Handy am Karlsplatz? Die falschen Kontrolleure in der U-Bahn? Seid ihr das gewesen? Woher wussten die, dass der Auserwählte keine Fahrkarte hatte? Oder hätten die in jedem Fall etwas gefunden?

– Wollten wir erpressen Hauensteins, wollten wir Meinrad und Xaver Angst einjagen, damit man rausrückt Gold. Hat erwischt Unschuldigen – wenn es so was gibt.

– Wo ist das Gold?

– Überwachen Sie Hauensteins. Bin sicher ich, Katalin oder Berenice tragen irgendwann auf Sparkasse … zu diesem Golfspieler … Carlo Faist … Mutter hat Branko umgebracht, aber stecken alle unter Decke einer.

Als sie den Friedhof von Comrat erreichten, war die Zeremonie bereits in Gang. Der bärtige Priester trug eine goldbestickte Mitra und schwenkte eine mit rauchendem Weihrauch gefüllte Silberkugel. Ministranten hielten Fahnenstangen mit Heiligenbildern in ihren klammen Fingern. Die Männer unter den Trauergästen trugen Camouflage-Hosen und Lederjacken mit Pelzkrägen, die Frauen dunkle Mäntel und schwarze Kopftücher mit Blumenmuster. Dazwischen waren bleiche Kinder und alte Weiber mit Borsten auf den Lippen, zahnlosen Mündern, Frostbeulen. Ein Wimmern und Schluchzen hüllte alles ein. Alle Besänftigungsversuche wirkten halbherzig und waren vergeblich – eine Szenerie wie aus einem Theaterstück. Als Edi mit ein paar Trauergästen sprach, blickten einige verstohlen zu Groschen, nickten.

Der Friedhof lag unter einer dicken Schneedecke. Blaue Holz- oder Metallkreuze, manche Gräber waren mit einem Metallzaun eingefasst. In die schwarzen Marmorgrabsteine waren Bilder der Verstorbenen eingeätzt: dicke Männer mit Anzügen und Sandalen, Jugendliche, die an Autos lehnten, Kopftuchfrauen, Kinder.

Hunderte, ja, Tausende Menschen waren hier versammelt, hielten Kerzen, die in einem hellen Brot steckten, und sie sangen.

– Branko war sehr beliebt, flüsterte Edi. Er war Wohltäter, hat Leuten gespendet Geld, gebaut Schulen, Krankenhäuser, Spielplätze, ein Altersheim. Hat gegeben Leuten Hoffnung.

– In Split sagten Sie, das Geld der Witwen würde in Glücksspiel und Prostitution gesteckt?

– Hätten Sie geglaubt, was Sie hier sehen?

Eine Alte strich zärtlich über den Sarg, dem nun der Deckel abgenommen wurde. Inmitten weißer Seidenpölster lag der Tote – erstaunlich gut erhalten, wächsern, dieselbe Gesichtsfarbe wie die dünnen Kerzen. Er trug eine schwarze Mütze, strahlte fürstlich. Groschen dachte an Graf Dracula. Frauen küssten den Toten, legten ihm rote Rosen auf die Brust, das Schluchzen der Alten schwoll zu einem heftigen Crescendo. Nach einer Weile wurde der rötlich braune Kasten wieder geschlossen.

Um das offene Grab lagen linsenförmige Kränze mit bunten Stoffblumen. Der Priester hielt eine Rede auf Gagausisch. Groschen verstand kein Wort, ahnte aber, dass es um das Leben, die Seele und den Tod ging, vielleicht auch darum, dass die meisten während ihres kurzen Daseins von der Wahrheit nicht das Geringste ahnten. Gab es eine Wahrheit? Eine ganz gewiss, Wodka, der wurde später ausgeschenkt, als der Sarg bereits in der Grube war und der Gottesmann Wasser aus einer Plastikflasche darüber gegossen und die Trauernden Erde hinaufgeworfen hatten.

– Na sdorowje! Auf die Gesundheit!

Die Trauergäste wurden symbolisch mit Dreck beschmiert, und jeder bekam ein kleines Geschenk – Eier, Hühner, Gänse, Wein, einer einen Schweinekopf. Groschen bekam eine gestrickte Puppe überreicht. Man servierte Speck, Fleisch und eingelegtes Gemüse auf üppig beladenen Holzbrettern. Alle bedienten sich. Ein Frauenchor sang mit hohen Stimmen, und der Priester schob seinen Bass hinein. Bläser setzten ein, und die Glocke in der kleinen Kapelle bimmelte heftig. Es gab noch mehr Wodka.

– Diese beiden Burschen sind Söhne meines Bruders, sagte Edi. Es waren rundgesichtige, traurig dreinblickende Knaben, deren Augen irgendwo am Horizont spazieren gingen. Daneben ihre Mutter, »abgeschoben aus Esterreich«.

Groschen sah eine verhärmte Vierzigjährige, die einmal hübsch gewesen sein musste. Schöne, aber stumpfe Augen.

In seinem Mund lagen trocken und schwer Fragen, die er nicht herausbrachte. Er machte sich über die Menschheit keine Illusion, aber das alles verbitterte ihn zutiefst. Diese Mischung aus Armut und Herzlichkeit! Menschen am Rand, jenseits einer willkürlich gezogenen Grenze, jenseits jeder Perspektive. Er ließ sich Wodka nachschenken und machte ein versonnenes Gesicht. Als sich Paare zum Tanz bildeten, die sich durch die Gräberreihen drehten, klatschte er wie alle anderen in die Hände. Inzwischen gab es Borschtsch aus einem großen Kessel, noch mehr Wodka und für die Kinder giftig grüne oder gelbe Limonade aus Kanistern.

– Wollen Sie mich immer noch verhaften, fragte Edi auf der Rückfahrt. Gibt Erlebnisse, nach denen man nicht mehr kann tun, als wäre nichts gewesen, Erlebnisse, die schwer machen, wieder in normales Leben zurückzukehren – wie gute Bücher.

Groschen schwieg, blickte in die verschneite Landschaft, dachte an die Verehrung, die alle Trauergäste dem Toten entgegengebracht hatten. Zum Abschied hatte er das Bedürfnis, diesen Edi zu umarmen. Der intensive Geruch nach kaltem Zigarettenrauch stieß ihn aber ab, sodass er es bei einem kräftigen Händedruck beließ.

– Nur wer im Elend lebt, sagte Edi, glaubt an Wunder.

Am Flughafen gab es kaum lokale Souvenirs, nur schottischen Whisky, französische Parfüms und Schweizer Schokolade – so teuer wie überall. Der Kommissar erstand zwei Magneten für den Kühlschrank – tanzende Paare, »Moldau« stand darunter – und überlegte, ob diese Beerdigung eines der Erlebnisse war, nach denen man nicht mehr zum normalen Leben zurückfand. Oder der Opernball? Das, was die Regierung gerade veranstaltete?

ZIEGENYOGA

Freitag, 29. Tag der neuen Zeitrechnung.

Nichts verändert sich auf einen Schlag. Der Winter hatte beschlossen abzuziehen, dem Frühling Platz zu machen. In den Parks leuchtete der Goldregen, Löwenzahn und Schlüsselblumen wirkten in den grünen Wiesen wie hingekleckst, Amseln flöteten, und alles Kreuchende und Fleuchende erwachte, um zu kreuchen, zu fleuchen und den Menschen um die Ohren zu sirren.

Die Teller, Türen, Toiletten waren noch dieselben, auch die Betten, Bestecke, Besen wirkten gewöhnlich. Ebenso die Häuser, Rolltreppen, Autos. Nichts hatte etwas Beunruhigendes, alles sah so aus, wie es immer ausgesehen hatte. Nur die Zeit war anders, die war neu. Auf den Straßen standen Menschenschlangen – die einen vor Sozialmärkten, die anderen vor Ausgabestellen staatlicher Lotterielose. Im Fernsehen fanden Schauprozesse statt, die Tage der Freude hießen, bei denen ehemals prominente Persönlichkeiten wie Lex Arminius Zeugnis ihrer Verfehlungen ablegten. Die Angeklagten hatten Gesichter, die alten, runzeligen Äpfeln glichen, glasige Augen und brüchige Stimmen, die Satzstummel stotterten. Aber sie dankten dem Meister für seine Güte, seine Großherzigkeit, dafür, dass er sie an ihre patriotische Pflicht erinnert hatte. Es war beängstigend, meinten sie doch alles ernst. Als der Richter ihre Verfehlungen aufzählte, bekannten sie sich schuldig. Standen sie unter Drogen? Hatte man jeden Funken Widerstand aus ihnen herausgeprügelt?

Zum Abschluss und nach einer längeren Werbeunterbrechung war an jedem Tag der Freude ein Baukran zu sehen, an dessen Schwenkarm Leichen hingen. Die Kamera zoomte hin, zeigte auf den Rücken gebundene Hände, Säcke über den nach vorne gefallenen Köpfen. »Staatsverräter«, »Abweichler« und »Gestrige« stand auf Schildern. Man hörte ein nationales Lied, und eine warmherzige Stimme verkündete die Tatsache, dass die Vergehen dieser Abweichler früher nicht als Verbrechen gesehen wurden, ändere nichts an ihrer Schuld.

Grauenhaft, dachte Groschen. Aber drang dieses »grauenhaft« wirklich zu ihm durch? Es waren andere Menschen, Leute, die er nicht persönlich kannte, über die er nichts wusste. Grauenhaft. Aber was sollte er tun? So wie in der Stadt überall Poller aufgestellt worden waren, um weitere Amokfahrten zu verhindern, hatte auch er Poller in sich drinnen, die verhinderten, dass dieses »grauenhaft« zu weit in ihn hineinfuhr. Irgendwo am Rand seines Bewusstseins standen Fragen: Was war geschehen, dass alle Werte ihre Gültigkeit verloren hatten? Wie konnte es sein, dass nun die Primitiven, Lauten den Ton angaben?

Seine Frau riet ihm, den Mund zu halten. »Auch das geht vorüber. Wichtig ist, dass wir unsere Würde nicht verlieren.« Sie hatte sich eine kleine Ziege angeschafft, die auf den Namen Tiramisu hörte und eine mit Stroh ausgelegte Ecke im Wohnzimmer bewohnte, weil Ziegenyoga der neue Trend sei. Tiramisu übe, so seine Frau, beim Yoga eine beruhigende Wirkung aus.

Groschen hatte nur den Kopf geschüttelt. *Würde und Ziegenyoga?*

Jetzt saß er im Kommissariat Beule und Pizzaboden gegenüber. Die geheimen Staatspolizisten wirkten selbstbewusst wie eh und je. Das Ticken der Wanduhr war beinahe unerträglich. Groschen saß da wie eine Tischdekoration – still und ausdruckslos. Vor ihm lag der Antrag auf Parteimitgliedschaft.

– Sie sind ein Mensch, bei dem die Woche sieben Freitage

hat. *Wann habe ich das schon gehört?* Aber am Ende entscheiden Sie sich für das Richtige. Beule sah ihn freundlich an.

– Wie lautet eine Bauernregel: Ist Ende März der Frühling da, wird es ein wunderbares Jahr. Pizzaboden lachte.

– März heißt es jetzt nicht mehr!

– Zweifel und Widerstände sind ganz normal. Aber Sie müssen sehen, dass eine neue Zeit angebrochen ist, eine Zeit, der man sich nicht entgegenstellen kann. Eine neue Ordnung, Seele aller Dinge. Der Meister ist ein großer Menschenfreund, Förderer der Künste, Schirmherr der Wissenschaft …

Und mit einer Hand Pullover stricken kann er auch.

– Unterschreiben Sie. Sie werden es bestimmt niemals bereuen.

– Wie wollen Sie sonst weiterleben? Sie müssen daran glauben … Wir alle müssen das.

Groschen nahm die Füllfeder. Er hatte das Gefühl, seine Ehre zu besudeln. Was sollte er tun?

– In wenigen Tagen findet Ihre Taufe statt, Sie wollen doch das Glaubensbekenntnis ablegen, oder?

Sie gaben Groschen ein Blatt Papier, auf dem stand:

Ich glaube an das Volk der Österreicher,
an ein heiliges Reich
und an den Sieg des LIMES.
Das Vaterland,
verraten durch die Multikulti-Bewegung,
versklavt, geknechtet und entrechtet,
wird sich besinnen auf sich selbst,
geläutert durch das Feuer
falscher Einwanderungspolitik,
auferstehen in Vergeltung.
Ich glaube an den Meister,
den gütigen Führer,
Lenker Österreichs.

Und ich glaube an den LIMES,
die Bewegung, angetreten,
unser Land zu verteidigen,
von Gott beschützt,
auserwählt, die Reinheit der Menschen
zu erhalten.
Ich glaube an ein einig Österreich,
an eine einige Volksgemeinschaft
aller wahrhaften Patrioten,
an den Sieg unserer Sache,
Rache für alles Erlittene
und an den Meister,
den Führer zum Siege.
Ich glaube an die heilige Bewegung,
den Erhalt Österreichs,
die Sicherung der Grenzen
unserer Heimat.
Bis in alle Ewigkeit.
LIMES!

DANKSAGUNG

Wesentlich inspiriert wurde dieser Roman durch eine türkische Germanistik-Professorin, die ich hier besser nicht namentlich nenne. Im Dezember 2017 hat sie in Istanbul erwähnt, dass man soeben vierzig ihrer Kollegen verhaftet habe. Lehrende, die sie als unpolitisch einschätzte. Diese Bemerkung hat mich beschäftigt. Wie reagiert man, wenn sich eine funktionierende Zivilgesellschaft in eine Diktatur verwandelt? Leistet man Widerstand, wenn das eigene Leben bedroht wird? Wandert man aus? Oder versucht man, so gut es geht weiterzumachen?

Außerdem danke ich Oberst Peter Hofkirchner und dem Bezirksinspektor Dieter »Jack« Jakits, die sich Zeit genommen haben, mir die Gegebenheiten in der Justizanstalt Josefstadt ungeschönt zu zeigen. Es geht dort gesitteter zu, als hier beschrieben. Die nicht einfache Arbeit der Justizwachebeamten verdient größten Respekt.

Mein Dank gehört auch Stefan Matschiner, der mir vom Gefängnisalltag aus der Sicht eines Untersuchungshäftlings erzählt hat.

Die Geschichte der Witwentröster-Mafia verdanke ich den Schilderungen von Sophia und Henry, die Ähnliches erlebt haben. Danke.

Den korrupten Zuständen in Untergrutzenbach liegen die Geschehnisse in einer kleinen österreichischen Gemeinde zugrunde, von denen mir Rudolf W. ein eindringliches Bild vermittelt hat. Danke.

Weiters verneige ich mich vor der österreichischen Botschafterin in der Republik Moldau, Christine Freilinger, die mich bei meiner Recherchereise durch dieses interessante Land unterstützt hat. Dass ich die Republik Moldau auch lieben gelernt habe, liegt an der weltoffenen und sympathischen Art von Thomas Kloiber, österreichischer Kulturattaché in Bukarest, der mich eine Woche lang höchst kompetent und unterhaltsam begleitet hat. Gleiches gilt für den moldawischen Übersetzer und Dichter Ivan Pilchin. Danke.

Die kritischen Einwände und Anregungen von Karl Steinkogler, Christine Blaha, meinem Verleger und Lektor Herbert Ohrlinger und der Literaturagentin Karin Graf haben dieses Buch gerettet, sofern es denn zu retten war. Tausend Dank.

Weil er mir zahlreiche Besuche zu einem der abgespacestesten Ereignisse des österreichischen Gesellschaftslebens, dem Wiener Obernball, ermöglich hat, ist Lois Lammerhuber mitverantwortlich an der Entstehung dieses Romans. Danke.

Für die Begleitung, nicht nur zum Opernball, sondern auch durch das Leben und mein Schreiben liebe ich meine Frau Maxi. Und zum Schluss seien noch meine Söhne Laurenz und Nepomuk erwähnt, denen wie allen anderen Kindern dieser Roman gewidmet ist, auf dass sie allen gesellschaftlichen Entwicklungen, die in Richtung Totalitarismus gehen, mutig trotzen.

Nach *Das Floß der Medusa* der neue große historische Roman von Franzobel

Ferdinand Desoto hatte Pizarro nach Peru begleitet, dem Inkakönig Schach und Spanisch beigebracht, dessen Schwester geschwängert und mit dem Sklavenhandel ein Vermögen gemacht. Er war bereits berühmt, als er 1538 eine große Expedition nach Florida startete, die eine einzige Spur der Verwüstung durch den Süden Amerikas zog. Knapp fünfhundert Jahre später klagt ein New Yorker Anwalt im Namen aller indigenen Stämme auf Rückgabe der gesamten USA an die Ureinwohner.

Franzobels neuer Roman ist ein Feuerwerk des Einfallsreichtums und ein Gleichnis für die von Gier und Egoismus gesteuerte Gesellschaft, die von eitlen und unfähigen Führern in den Untergang gelenkt wird.

544 Seiten. Gebunden mit Lesebändchen. zsolnay.at